工房小鎮．基爾
停泊處
人型工房
禮拜堂

地下蓄水池
探究書庫
分配室

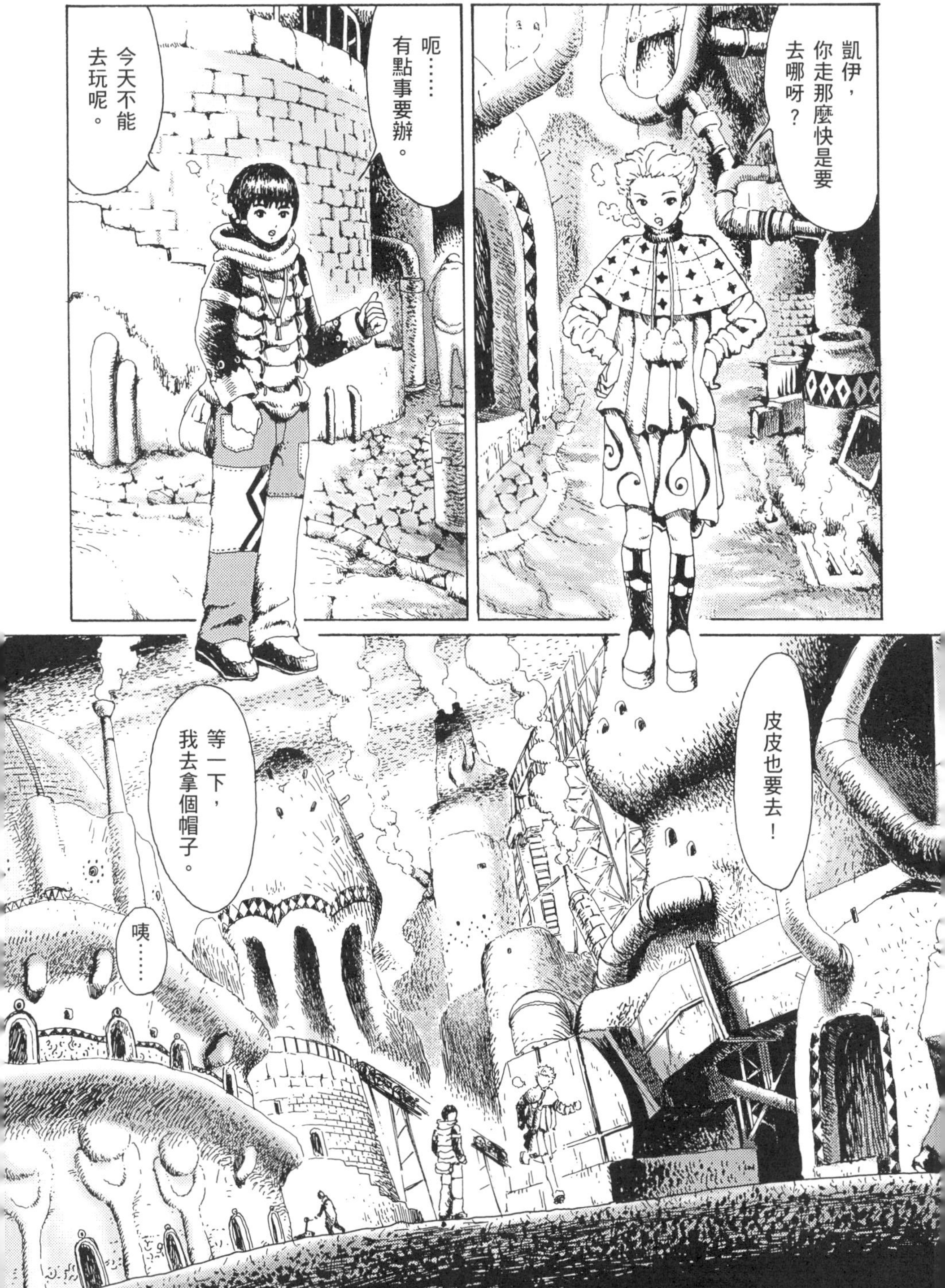
凱伊，你走那麼快是要去哪呀？
呃……有點事要辦。
今天不能去玩呢。
皮皮也要去！
等一下，我去拿個帽子。
咦……

（嗡嗡）

SINGING MUSIC OF MARIE

PROLOGUE

序幕

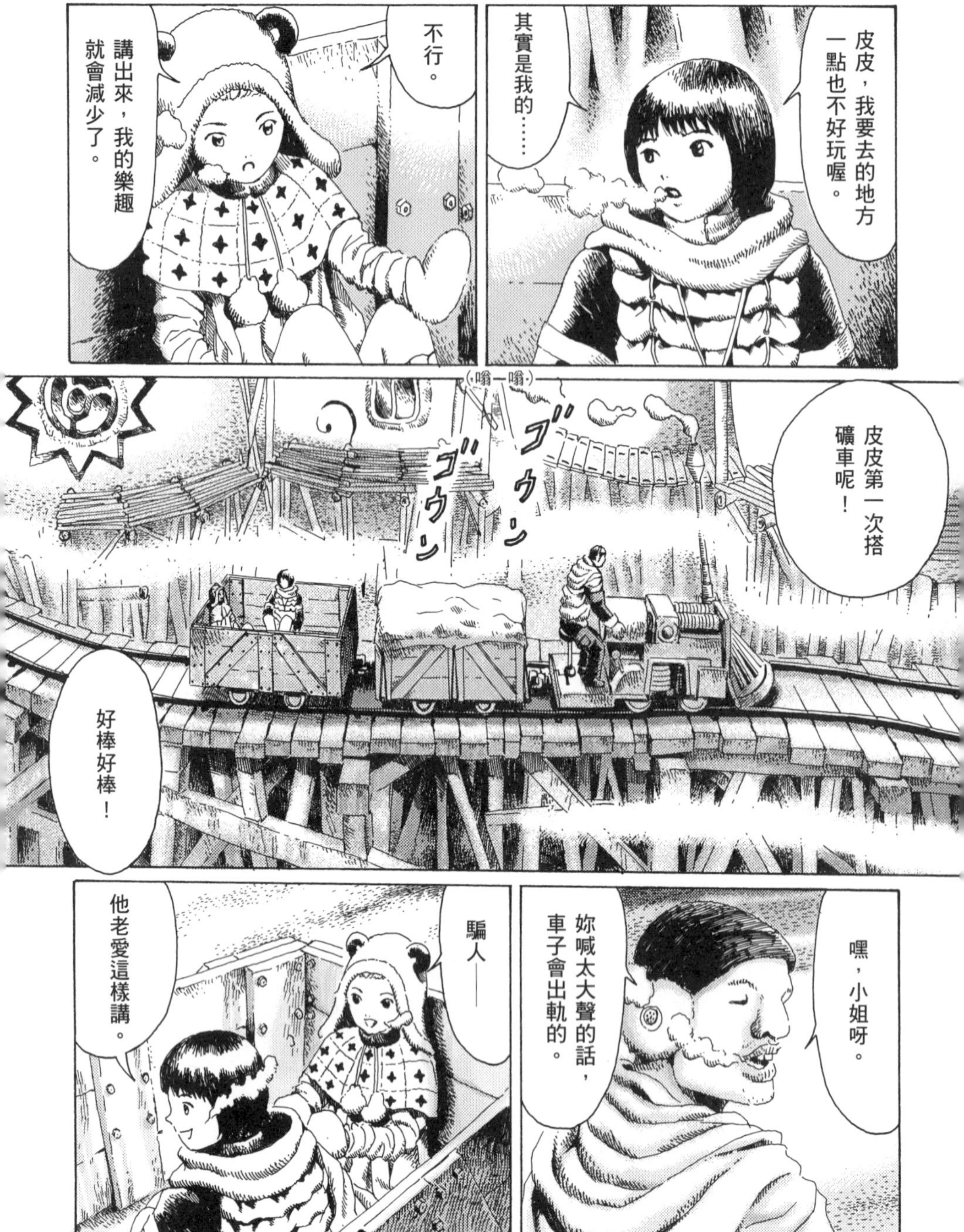
皮皮，我要去的地方一點也不好玩喔。
其實是我的……
不行。
講出來，我的樂趣就會減少了。
（嗡—嗡）
ゴウン
ゴウン
皮皮第一次搭礦車呢！
好棒好棒！
嘿，小姐呀。
妳喊太大聲的話，車子會出軌的。
騙人——
他老愛這樣講。

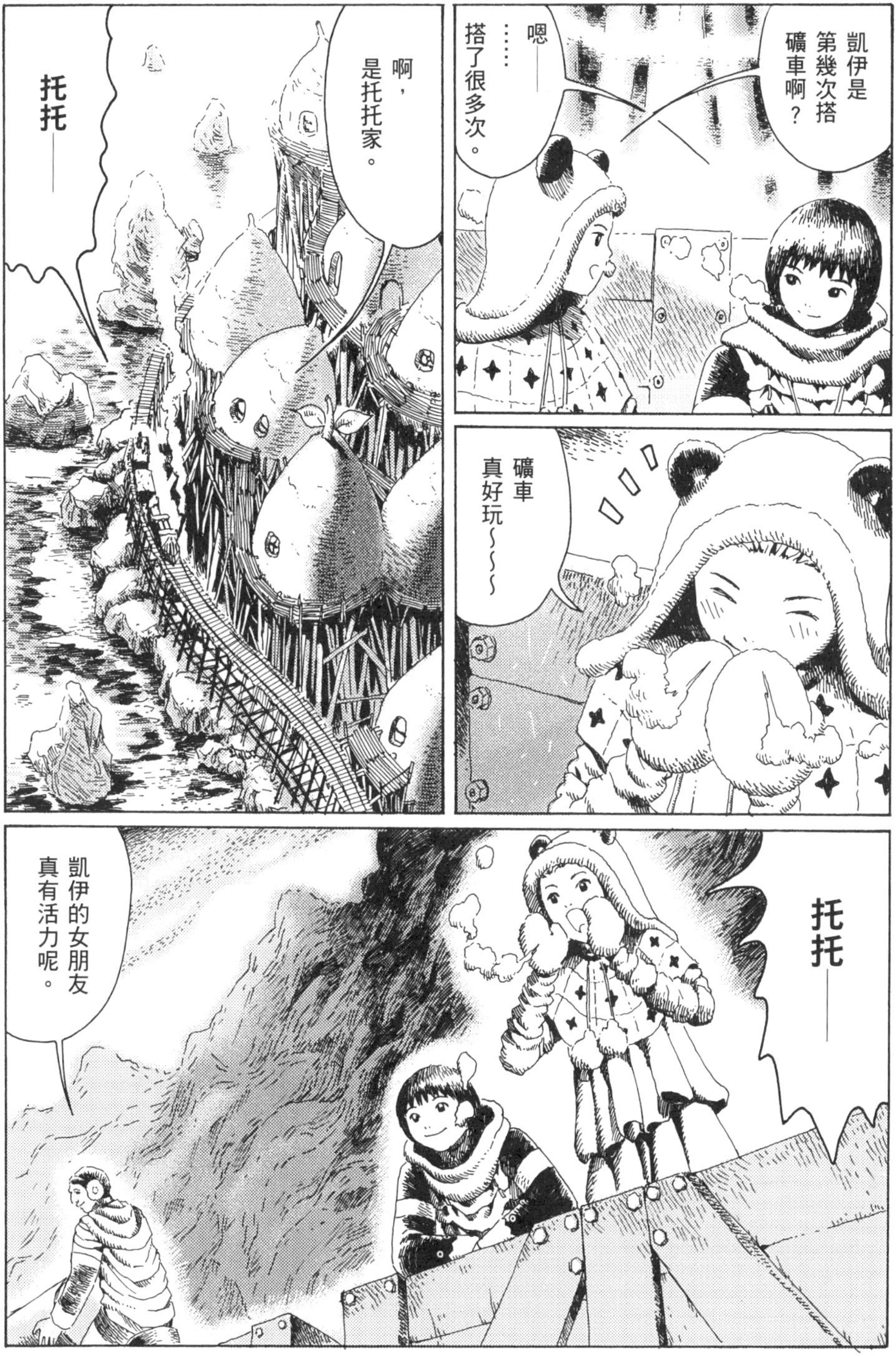
凱伊是第幾次搭礦車啊？
嗯——……搭了很多次。
礦車真好玩~~~
啊，是托托家。
托托——
托托——
凱伊的女朋友真有活力呢。

誰呀？
ギシ
唔~~~好冷！
(嘰嘰)
你們要去哪——？
ゴウン ゴウン
(嗡嗡)
我不知道——要是知道，樂趣就會變少了——
喂——
啊—皮皮，凱伊——
才不是女朋友咧
？
呃，算了吧
今天好像會下雨，小心點啊——
嗯——

凱伊，車子愈爬愈高了呢。
還會開到更高的地方喔。
咦？
ゴウンゴウン
（嗡嗡）
感覺還好嗎？
唔……嗯……
更高？
吞口水

（嗡嗡）

一……千年？
這一帶的地盤變得不穩固，工房才遷到現在的地點。
不過這裡挖到了純度很高的自然金，引起轟動呢。
因為是這地域第一次出產的金子呀。
就算到了現在，這裡的金礦也還沒全部開採完。
凱伊一提起石頭就很開心的樣子。
竟然那麼著迷，男孩子都是笨蛋呢——
呵呵呵呵呵。
欸！

這裡是多知海，妳看，水是紫色的吧。
咦？我想撿多知的果實——
嗡嗡嗡
不是啦，怎麼可能真的有花，應該說只是譬喻……
什麼啊。
皮皮開始覺得冷了。
還沒到嗎？
還要一個小時左右。
不會吧～

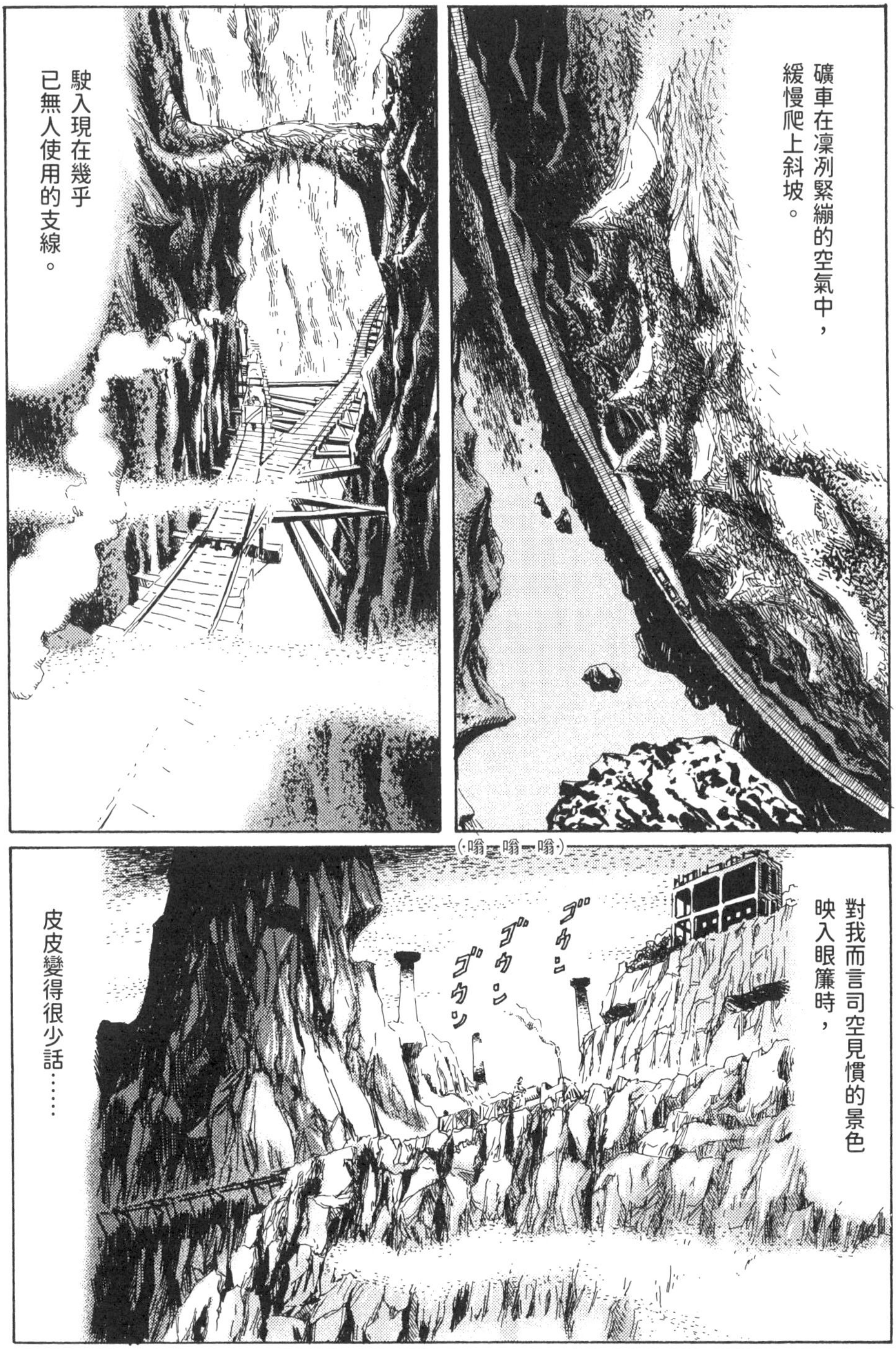
礦車在凜冽緊繃的空氣中，緩慢爬上斜坡。
駛入現在幾乎已無人使用的支線。
(嗡—嗡—嗡)
對我而言司空見慣的景色映入眼簾時，
ゴウン
ゴウン
ゴウン
皮皮變得很少話……

皮皮，
到囉。
嗯。
那，我傍晚會再過來喔。
到時候在這等我吧。
謝謝你，吉里先生。
幫我向丹問好唷。
(沙 沙)
丹？

下雪了…

凱伊……還沒到嗎？
快了。
我累了……腳好痛。
我來背妳吧。
不用。
不要把我當成小孩。
這樣啊。
不要那麼簡單就退縮嘛～～～

ザッ
ザッ
（沙 沙）
凱伊？
ザッ
ザッ
（沙 沙）
凱伊好像跟平常不太一樣……

拉烏魯……
姆瑪……
基卡。

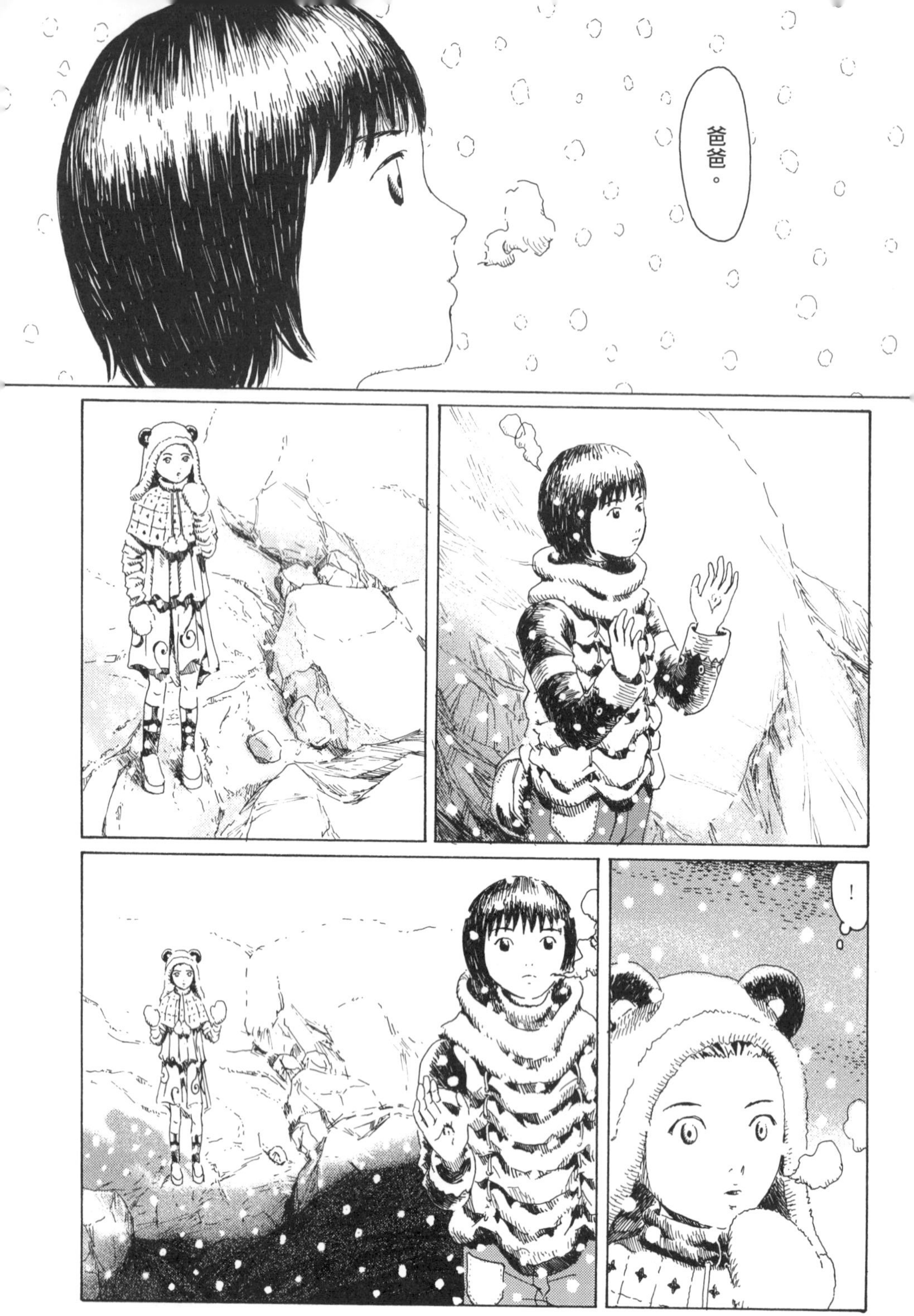
爸爸。
!

我以前和爸爸在這座礦山工作。
懂事之後就開始用礦車運礦石了。
有很多小孩和我一樣在這裡工作。
拉烏魯和我一樣大，姆瑪大我三歲，
基卡才四歲……

難道說……那些孩子和凱伊的爸爸……
被那塊石頭……！
嗯。
石頭垮下來，直接變成他們的墓碑了。
討厭……

凱伊手很巧，
凱伊喜歡魚啊，
石頭之類的。
凱伊的雙手手掌有奇怪的斑，
凱伊很勤勞工作，力氣很大，
凱伊……

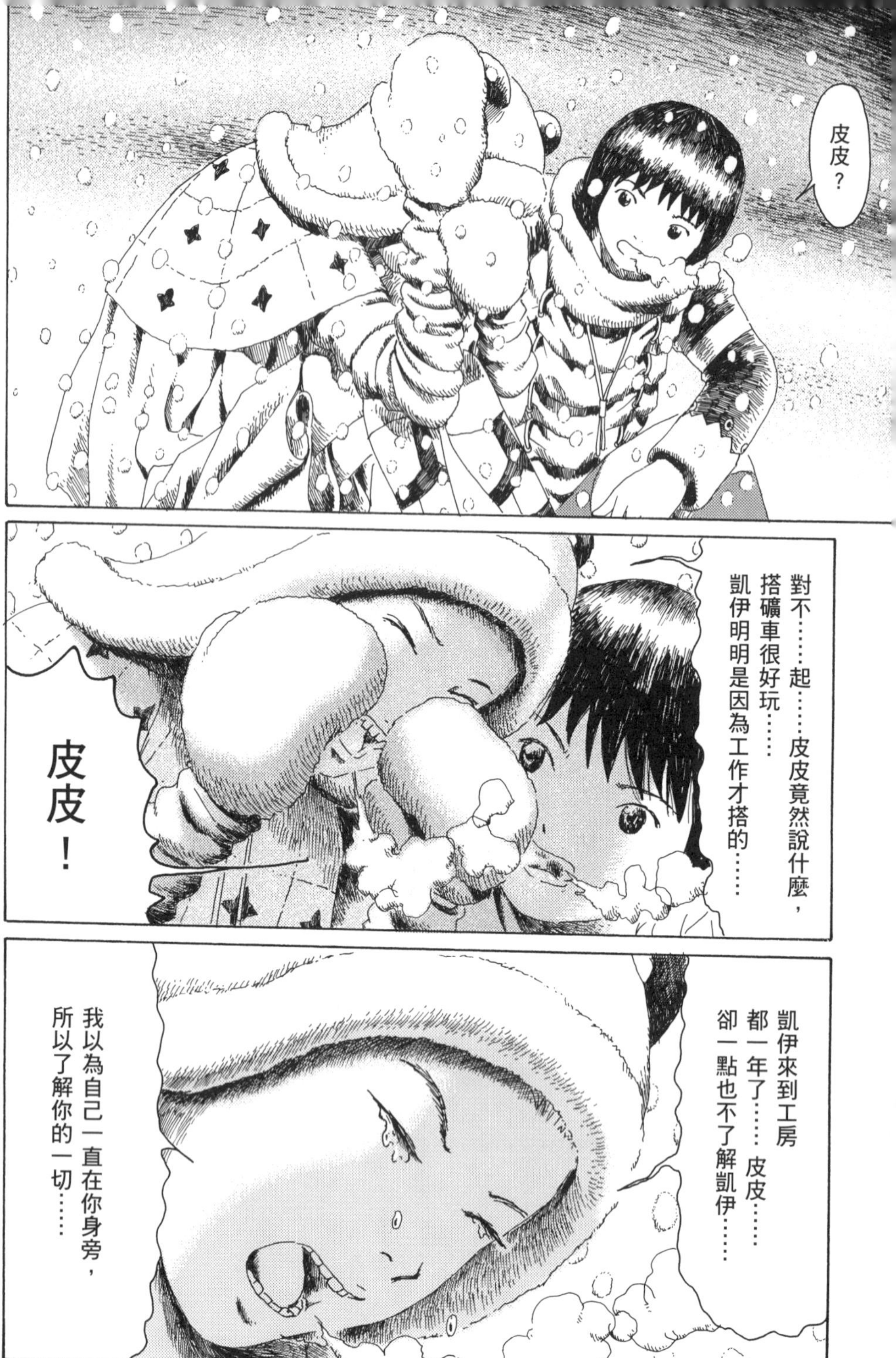
皮皮？
對不……起……皮皮竟然說什麼，
搭礦車很好玩……
凱伊明明是因為工作才搭的……
皮皮！
凱伊來到工房
都一年了……皮皮
卻一點也不了解凱伊……
我以為自己一直在你身旁，
所以了解你的一切……

啊，呃，那個……
果然應該要一個人過來的……
啊。

森林來了……

皮皮，森林來到那麼近的地方了……！
好壯觀……
森林一定會出現在她的繞行軌道上。
因此只要抬頭看森林上空……

瑪莉……

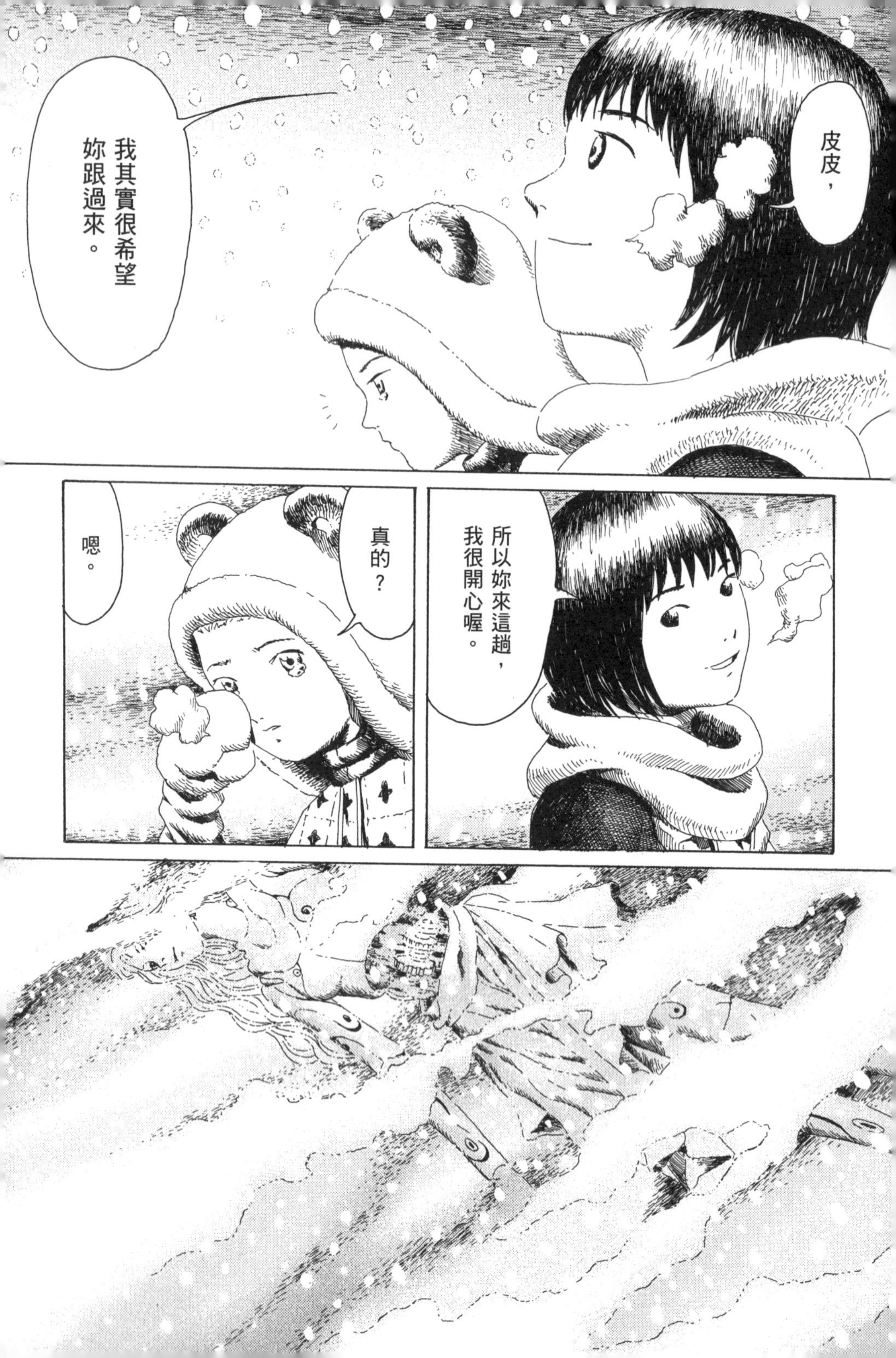
皮皮，
我其實很希望妳跟過來。
所以妳來這趟，我很開心喔。
真的？
嗯。

凱伊……皮皮是愛哭鬼，你會因為這樣討厭我嗎？
完全不會呀。
你會一直當皮皮的好朋友嗎？
嗯，永遠都會……永遠喔。

神聽瑪莉對祂說：
帶給人們幸福吧。
使人們不再爭鬥吧。
使人們的內心不再冥頑吧。
（彼利托書・創世紀）

看著瑪莉，內心就會變得溫柔。
說不出口的語言會因而解凍，自然流淌而出。

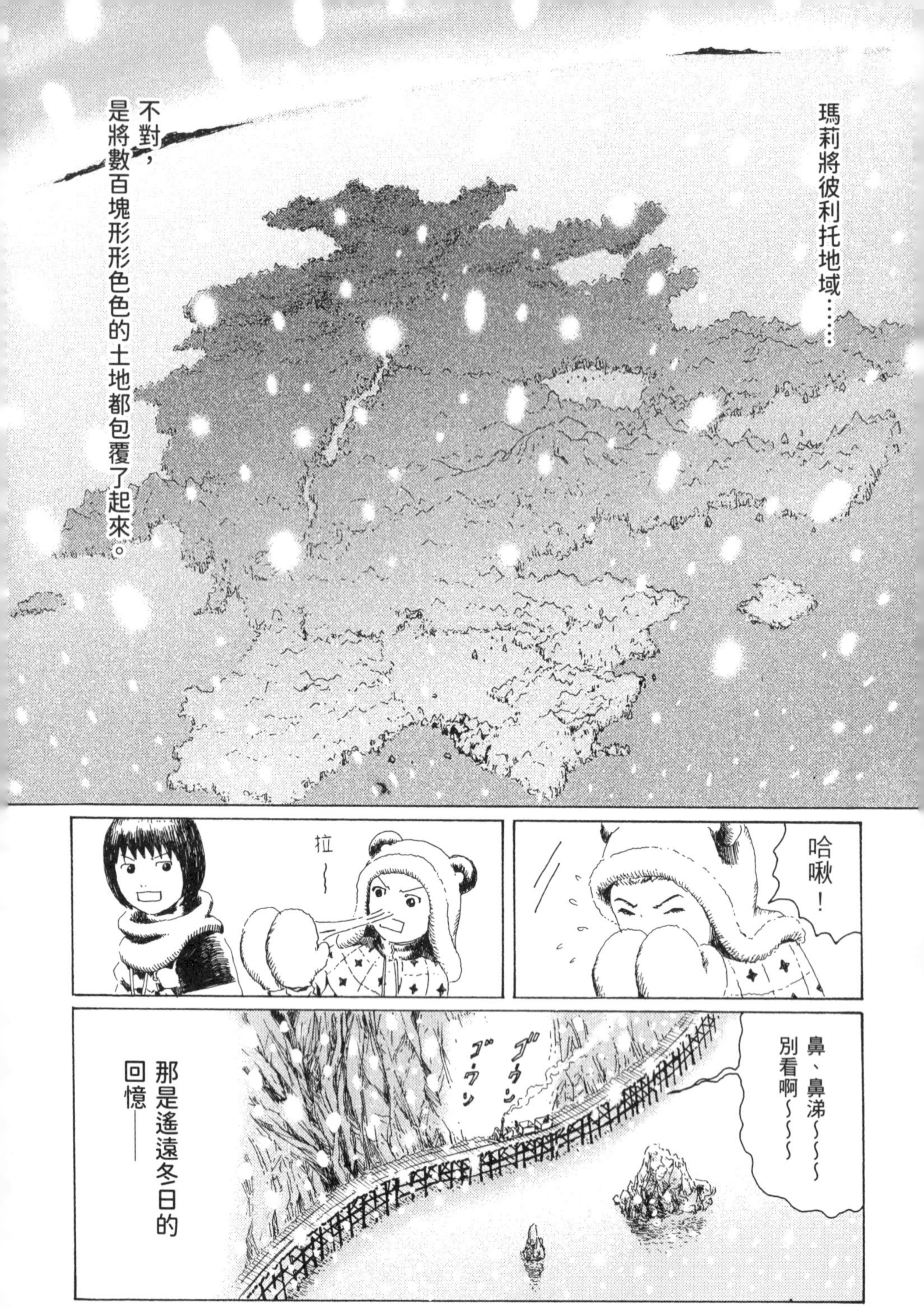

瑪莉將彼利托地域……
不對，是將數百塊形形色色的土地都包覆了起來。
哈啾！
拉～
鼻、鼻涕～～～別看啊～～～
ゴウン
ゴウン
那是遙遠冬日的回憶——

（嗡　嗡）

隔年，
十歲的我，
成了瑪莉的一部分。

接著到了我滿十八歲的現在，
我們共處的最後一年就要開始了……

瑪莉的音樂盒

古屋兔丸

SINGING MUSIC OF MARIE

臉譜出版

CONTENTS

目次

早安。
月亮悄悄將夜晚
自黑暗中釋放出來，
而瑪莉就像是那月亮，
守護著我們的同時，緩緩地……
繞行著這個世界。

SINGING MUSIC OF MARIE
EPISODE
I
第1話
工房小鎮・基爾

凱伊
唷！
呼
呼
早啊，皮皮。

早安。
這裡是皮皮的庭園。
任誰看了都會倒抽一口氣的美麗裝飾造景，都出自她手筆。

我正在幫大家上油呢。
數量這麼多，很辛苦呢。
真的。
皮皮如此笑著，似乎很開心。
嘿嘿
她口中的大家，是皮皮的父親葛吉吉每年送給她的生日禮物。
身爲工房頂尖的機關師傅，葛吉吉打造出的這些動物機械很有他的風格。
轉動發條，它們便會展現精巧的動作。

葛吉吉先生
果然是天才呢。
皮皮呀，今年拜託他幫我做超厲害的東西喔！
是什麼啊？
就算問她她也不會說的，皮皮就是這樣。
祕、密。
因為十八歲生日是很特別的呀！
喂——皮皮。
爸。

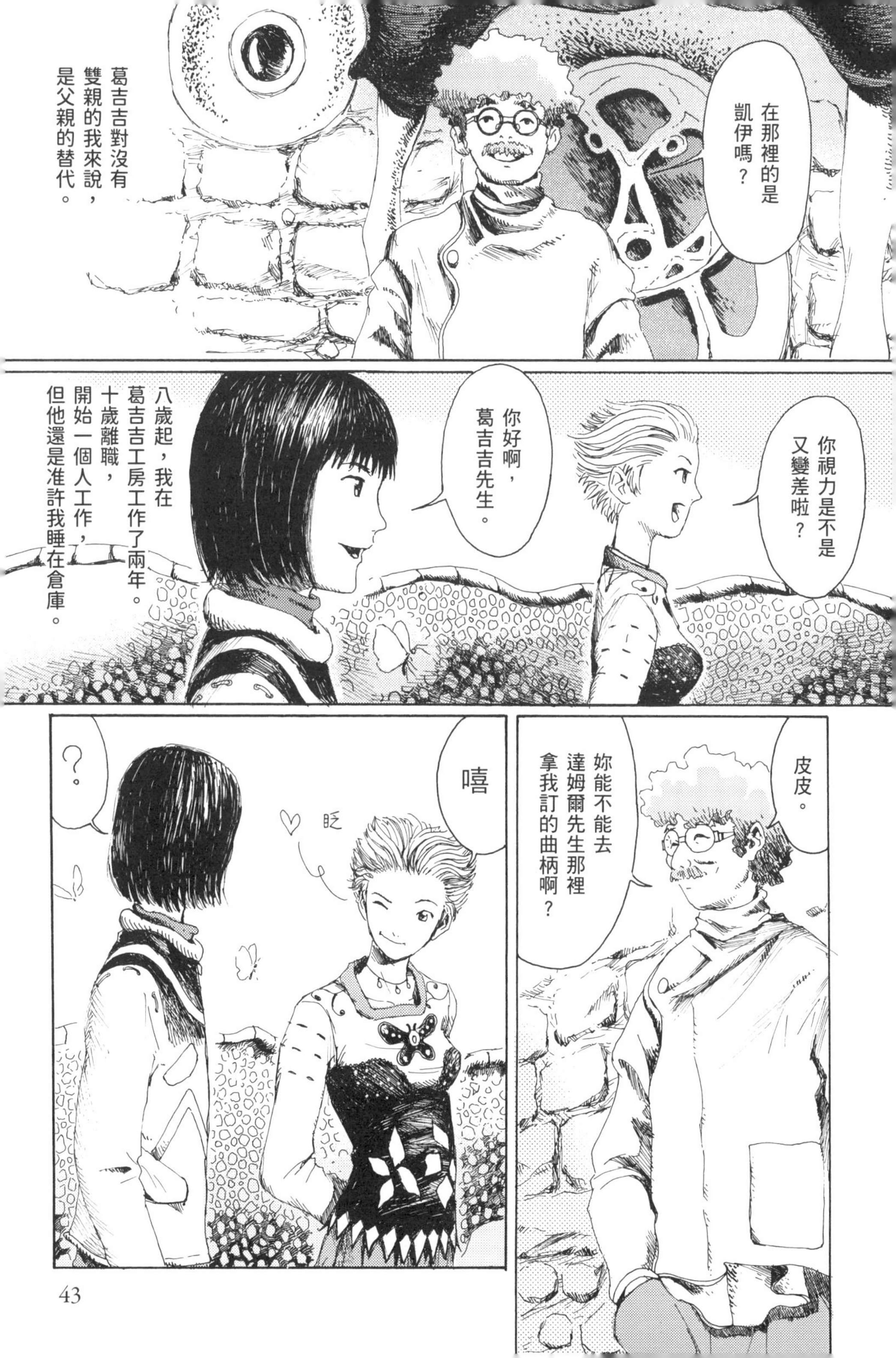
在那裡的是凱伊嗎？
葛吉吉對沒有雙親的我來說，是父親的替代。
你視力是不是又變差啦？
你好啊，葛吉吉先生。
八歲起，我在葛吉吉工房工作了兩年。十歲離職，開始一個人工作，但他還是准許我睡在倉庫。
皮皮。
妳能不能去達姆爾先生那裡拿我訂的曲柄啊？
嘻
眨
？。

不好意思耶，還麻煩你陪我來。
沒關係啦，我也想去見見達姆爾先生。
我還這——麼老實地跟他道歉呢
嘿嘿嘿。。。
這裡是工房小鎮，基爾。
彼利托地域有半數的人都生活在工房內。

這裡會製作出各式各樣的機械，然後和其他眾多島嶼以物易物。
基爾是細緻分工的技術人員集團，也是發明集團。
早啊，皮皮，凱伊。
早～
早啊，畢卡、達達。

早啊——蝴蝶。
凱伊一下子就被蟲子和小孩包圍了呢。
基爾有許多坡道，形成小小的迷宮。
十年前第一次來基爾時，我有沒有迷路呀？
不過穿梭在曲線柔和的建築物之間，就算迷路了心情也很舒暢。

你好——
我來幫爸爸跑腿了——
啊，皮皮。
咦？
咦？
啊，老闆雖然不在，但事情他交代我了。
喂，去拿那個。
要不要喝杯茶？
呃，沒關係。
ガチャーン
ガラガラ
（喀鏘 喀啦喀啦）
來，久等了。
呼
呼
你動作太快了啦
真笨欸，唉唷
?
?

真漂亮……
爸成天在誇獎它們呢。
欸，凱伊。
嗯。
葛吉吉先生說這裡的曲柄是藝術品呢。
啊……
我會告訴老闆的。
謝啦，達姆爾。
再見囉。
呼
皮皮總是和凱伊黏在一起呢……
皮皮好可愛——

欸，凱伊，
回程要不要繞到遠一點的地方？
瞄

抱歉，妳說什麼？
沒有，沒事。
他又在看瑪莉了。
（鏗—鏗）
啊。
托托，你在做什麼東西啊——
唷，皮皮，凱伊。

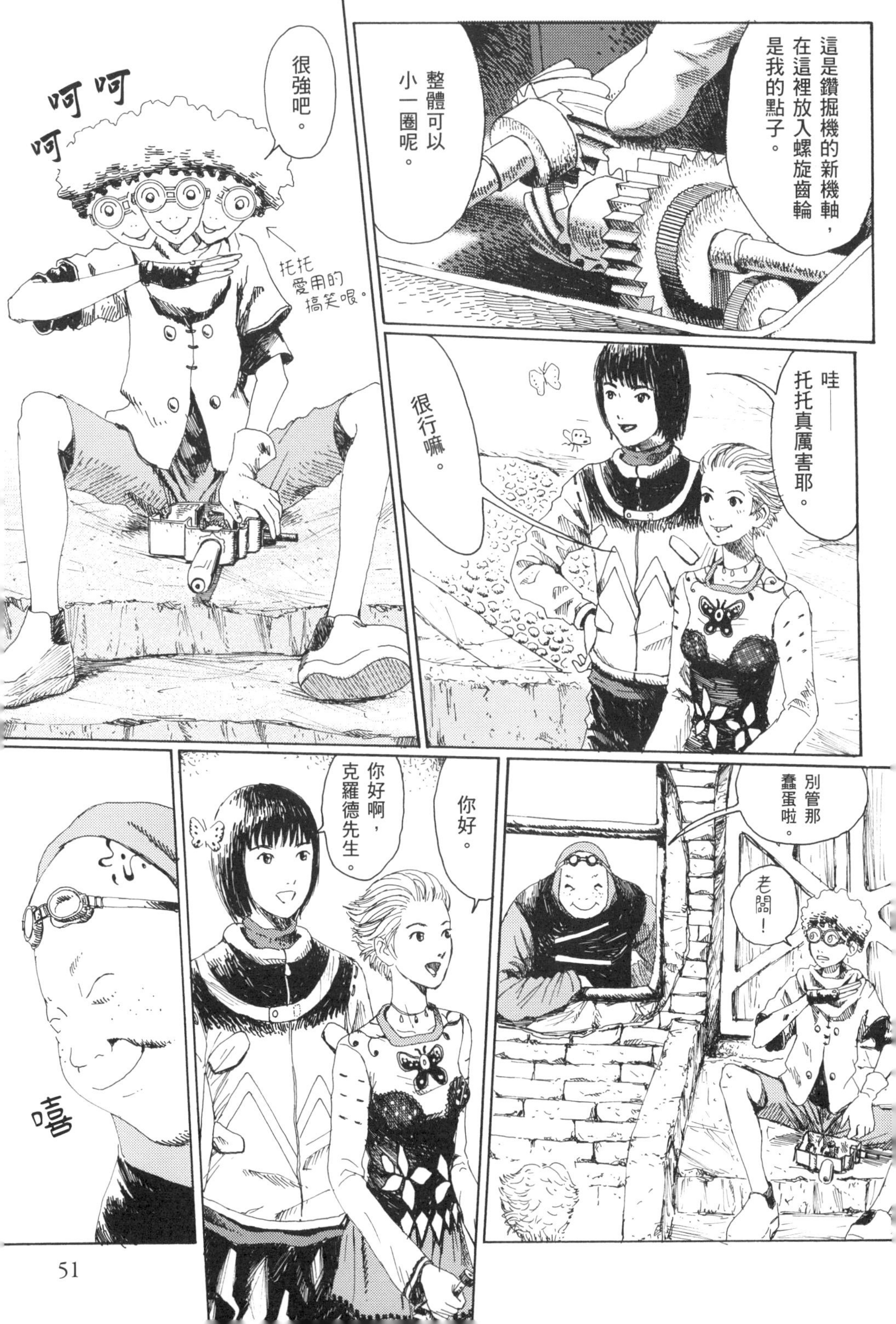
這是鑽掘機的新機軸，
在這裡放入螺旋齒輪
是我的點子。
整體可以
小一圈呢。
哇——
托托真厲害耶。
很行嘛。
很強吧。
呵呵呵
托托
愛用的
搞笑眼。
別管那
蠢蛋啦。
老闆！
你好。
你好啊，
克羅德先生。
嘻

來拍夢攝吧。
太棒啦——
皮皮最愛夢攝了。
ガチャ
老闆太寵皮皮啦！
喀鏘
（喀恰）
怎麼啦？
這聲音……是什麼？

怎麼啦？
我不知道，
但凱伊可能發現了什麼。
什麼？
這下不得了啦！
再小的聲音，我的耳朵都能捕捉到。

我的工作便是運用這項能力，找出地下水脈或礦脈。
不得了啦，凱伊他……
什麼！
怎麼啦怎麼啦？
十歲那年，我會離開葛吉吉工房，正是因爲我一個人展開了這項找礦脈的工作。
凱伊出動了……
尋找聲音時的凱伊，表情好帥——
泛紅
要去哪啊？
七嘴八舌

怎麼了嗎？
呃，凱伊他……
朝製鐵工房去囉。
(喀空—喀空—喀空—喀空)
ガコン
ガコン
ガコン
ガコン

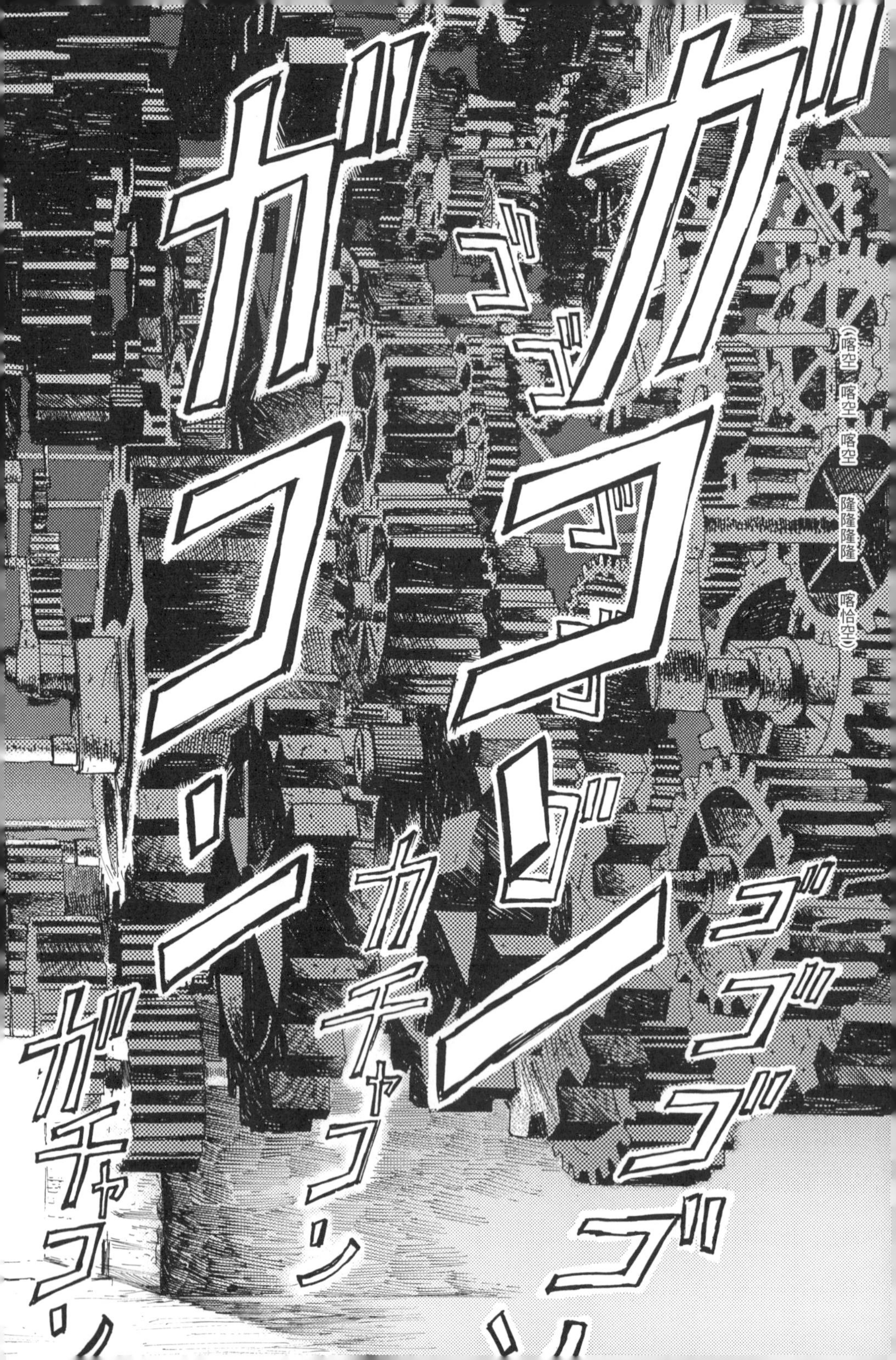

（喀空 喀空 喀空 隆隆隆隆 喀恰空）
ガコン
ゴゴゴゴ
ゴゴゴン
カチャン
ガコン
ガチャン

ガガン
ゴゴゴゴゴ
ガコン
ガコン

（叩喀）

※使製鐵工程自動化的工具。透過機械室的設定，可變更製鐵量，算是製鐵工房的頭腦。

（嘰—喀沙 嘰—喀 嘰—喀沙 嘰—）
キーカシャ
キーカ
キーカシャン
キー！
啥？

啊哈哈哈哈哈
這樣啊，原來啊。
對不起，驚動大家了。
你聽到不習慣的聲音，以為機械室故障了是吧？
的確，這裡要是故障，搞不好會引起嚴重事故呢。
沒想到我的小梅莉是原因呀……
抱緊
不過怎麼會跑去那啊？
貓叼過去的吧？
是說這大叔…
叫它小梅莉……
哎——不過凱伊真不愧是凱伊呢！聽力真厲害。
往後也靠你了。
凱伊出糗了——

在工房，
連這樣的事情
都會引起大騷動。
到了明天，
大概所有人都會
知情吧。
啊，
夢攝。
啊，
不小心帶過來了
嘻
大家
一起拍夢攝吧——
站近一點——
等、
等一下！
我們也要
和皮皮
一起拍！

好久沒拍夢攝了呢。
我們也可以入鏡嗎？
好好喔夢攝——
我們也可以拍嗎？
再往中間擠一點——
也、也只好擠了呢……
是啊
好，使出全力笑一個——
一、二……

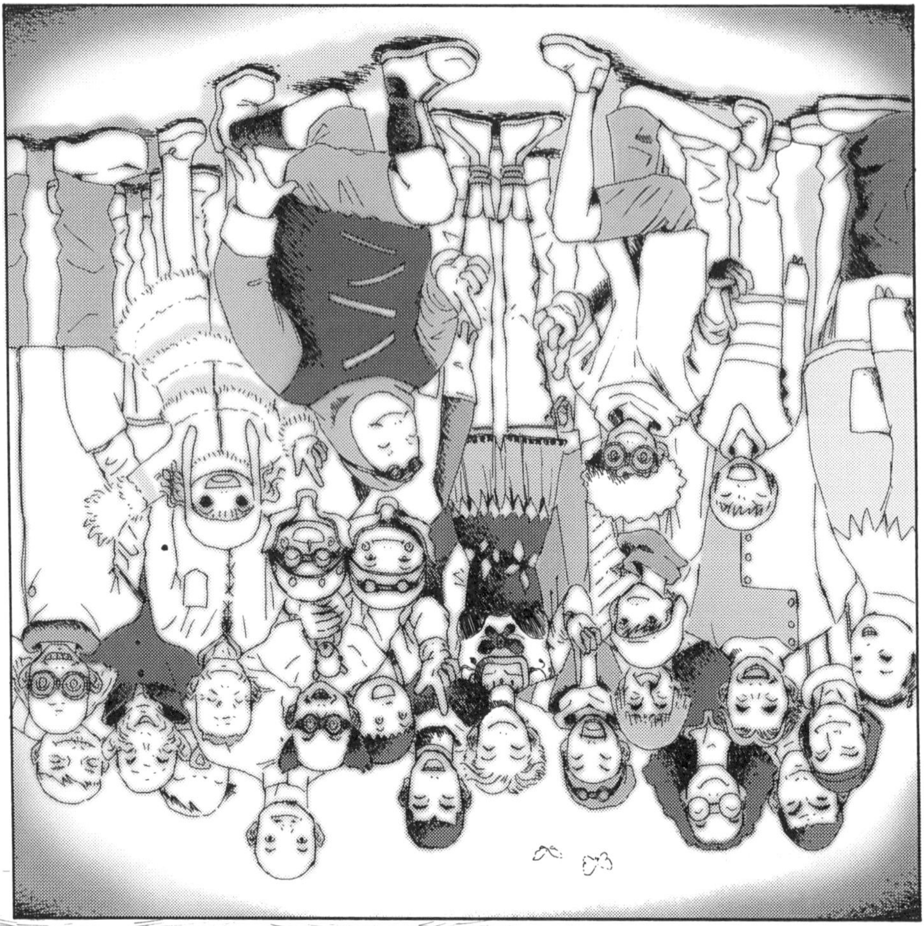

拍攝夢的機械，夢攝機……

眞是個好名字呢，我心想。

在這個世界，
什麼都不會發生。
大家都很平靜，
不知爭鬥爲何物。

我們眞的就像
活在夢中一樣呢。
皮皮……
動作眞慢呢……
啊
曲柄
掉在我這的東西，
剛好可以裝在這呢
眞走運——♡

SINGING MUSIC OF MARIE

EPISODE II

第2話

機關人偶瑪莉

叩叩
凱伊。
ギィ
嘰
呼。
凱伊從昨天到現在都還沒回來……

唷，皮皮。
托托。
去禮拜吧。
妳能這樣比嗎？
咦？
可以啊
點頭
啊，他叫馬爾。
個頭很大吧？他今天開始在我們工房工作。
妳好——
別看他長這樣，他可是小我一歲喔。
你好，馬爾。
我是皮皮。
臉紅
她挺嗆的喔，別被騙了！

馬爾之前在礦山工作。
跟凱伊一樣呢。
呃，凱伊呢？
他從昨天就不見人影了。
他要是一頭栽進探索工作，會好幾天不回家呢。
他說他想見見凱伊呢。
凱伊的風聲也會傳到礦山那邊去喔。
哎呀。
為什麼皮皮要不好意思啊？
哎，禮拜要遲到囉。
媽。

馬爾，你是第一次來工房嗎？
嗯。
這邊會製造各種機械。
對，揉麵糰機或洗衣機等等的。
沒看過吧——？
是呀，這座島的人用手揉麵包，還手洗衣服呢。
很怪吧？
呵呵
早安——
早安——
馬爾，你看。

這裡是齒輪工廠。
基爾的男人說，只要有齒輪和一點動力，就沒什麼造不出來的東西。
大家總是想設法讓別人大吃一驚呢。
例如我家老爺。
馬爾明天開始也會變成那樣喔。
手指又粗…
可是，我的手很不靈巧耶～～～
別聽托托說的。
不是明天，
是今天開始喔。
好台詞被她搶走了—

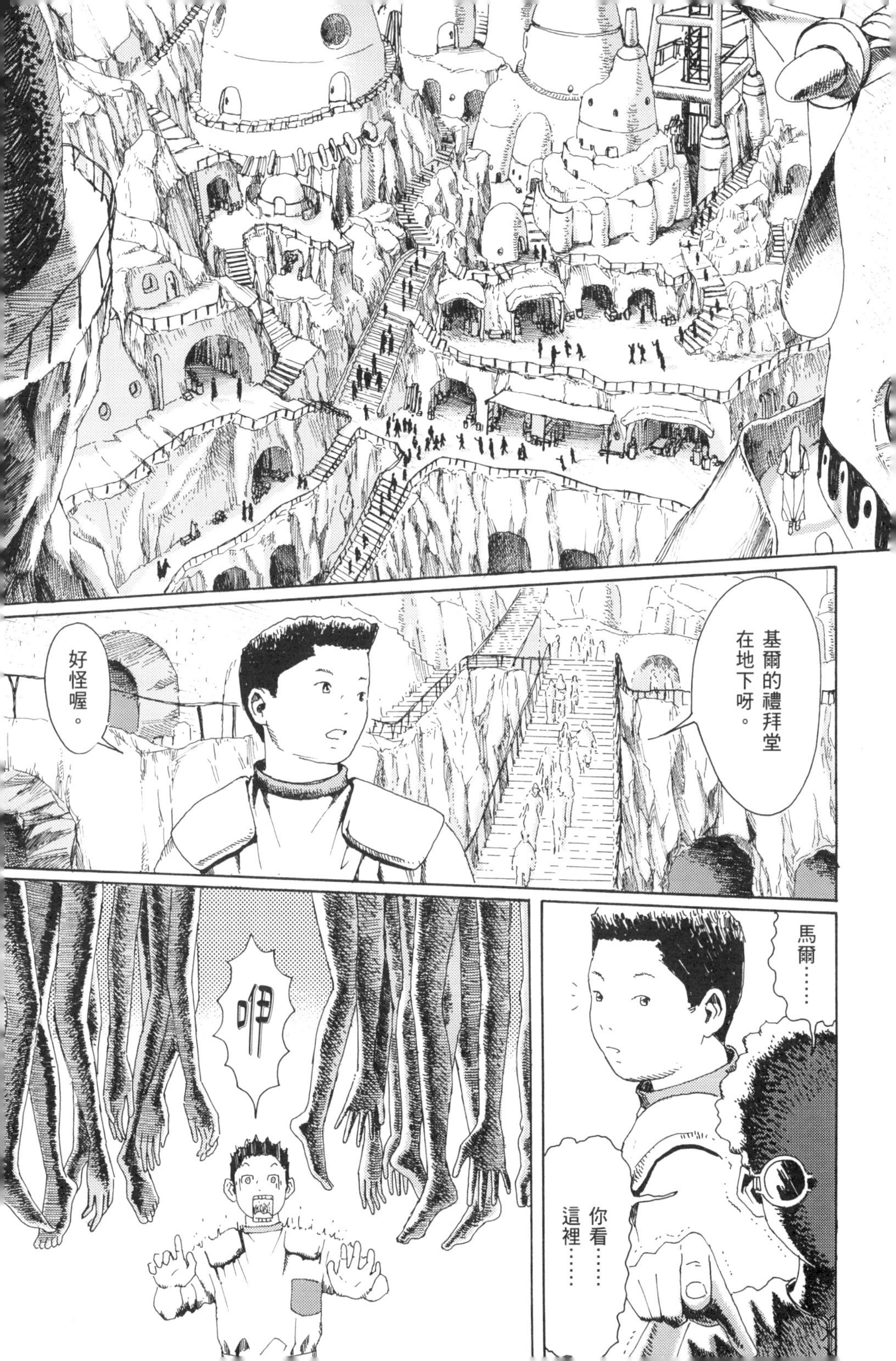
基爾的禮拜堂在地下呀。
好怪喔。
馬爾……
你看……這裡……
呷

你好啊，梅古先生。
唷。
呼
呼
他很煩吧？
這是義肢工房喔。
好像真的……
這一帶的地下叫人型工房喔。
世界上有很多人使用這裡的義手、義足，受到很大的幫助喔。
為了探究而不顧危險的工房男人們，也很受這裡照顧。
哇……
皮皮的爸爸啊，他的右手拇指也是義指呢。
咦！

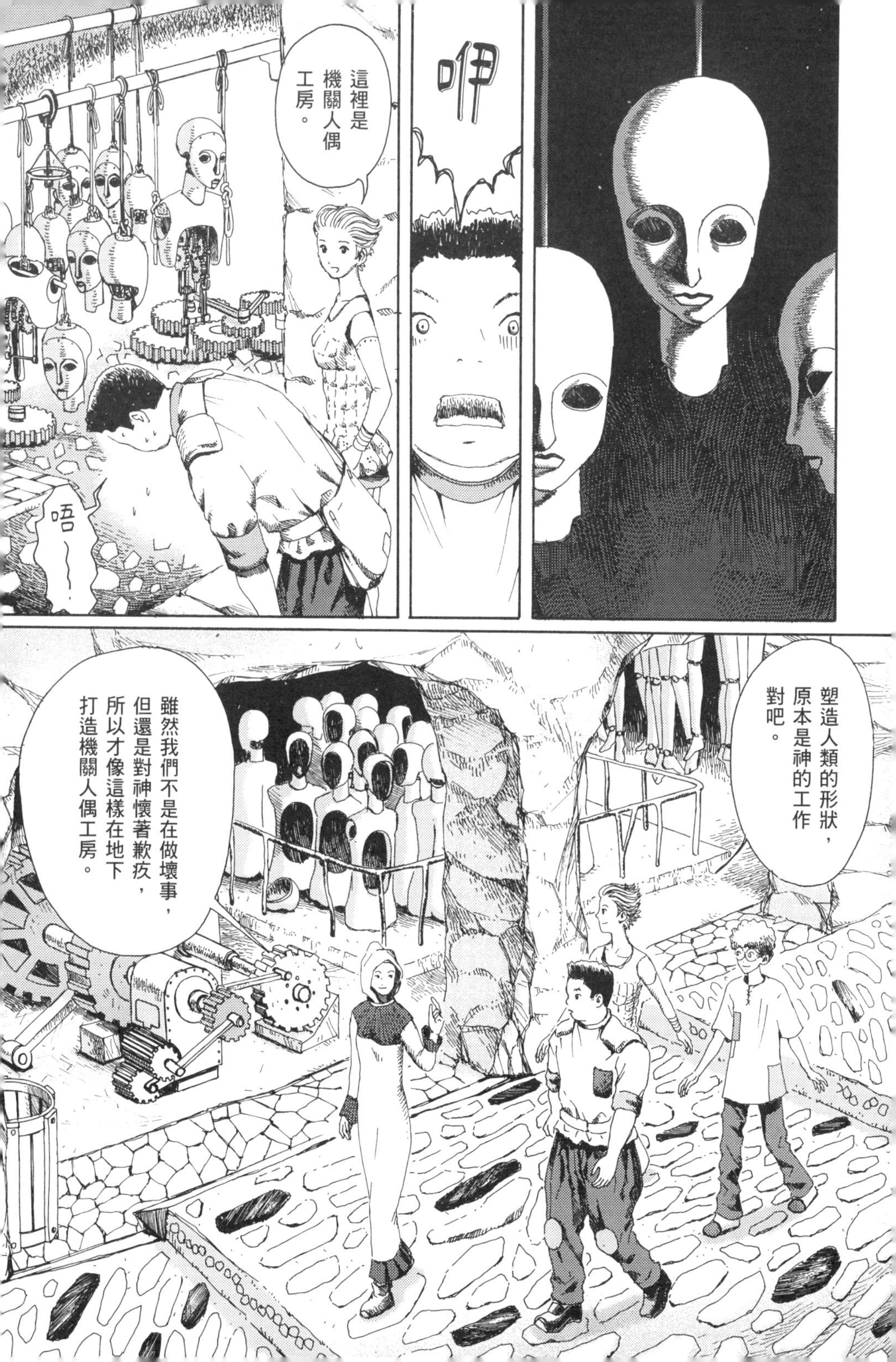

呷
這裡是機關人偶工房。
唔～
塑造人類的形狀，原本是神的工作對吧。
雖然我們不是在做壞事，但還是對神懷著歉疚，所以才像這樣在地下打造機關人偶工房。

延伸到比海面還低的地方嗎？
雖然已經聽過傳言，但還是覺得工房很不得了呢。
我漸漸失去自信了。
爸說我慢吞吞的，但頭腦很好，所以要我去工房……
他只是單純覺得我很礙事嘛……
馬爾，

而基爾人的智慧結晶，
就是禮拜堂喔。

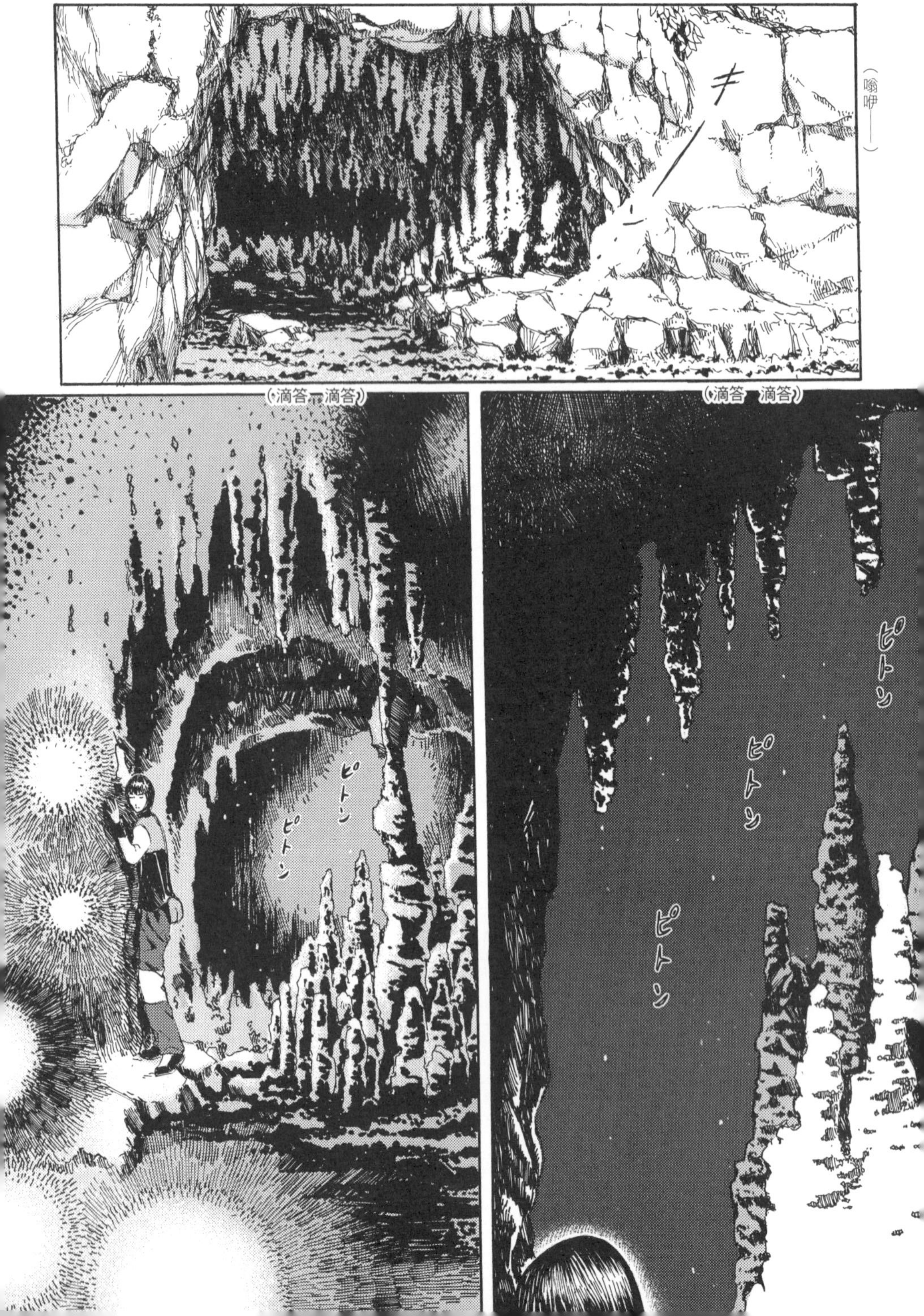

(嗡咿——)
(滴答 滴答)
ピトン
ピトン
ピトン
(滴答 滴答)
ピトン
ピトン

（喀）
（嗡——）
地下四十公尺處的巨大空洞……
有溫水流過……大塊鐵礦石……
不過聲音多少有點混濁……
磁鐵嗎……？

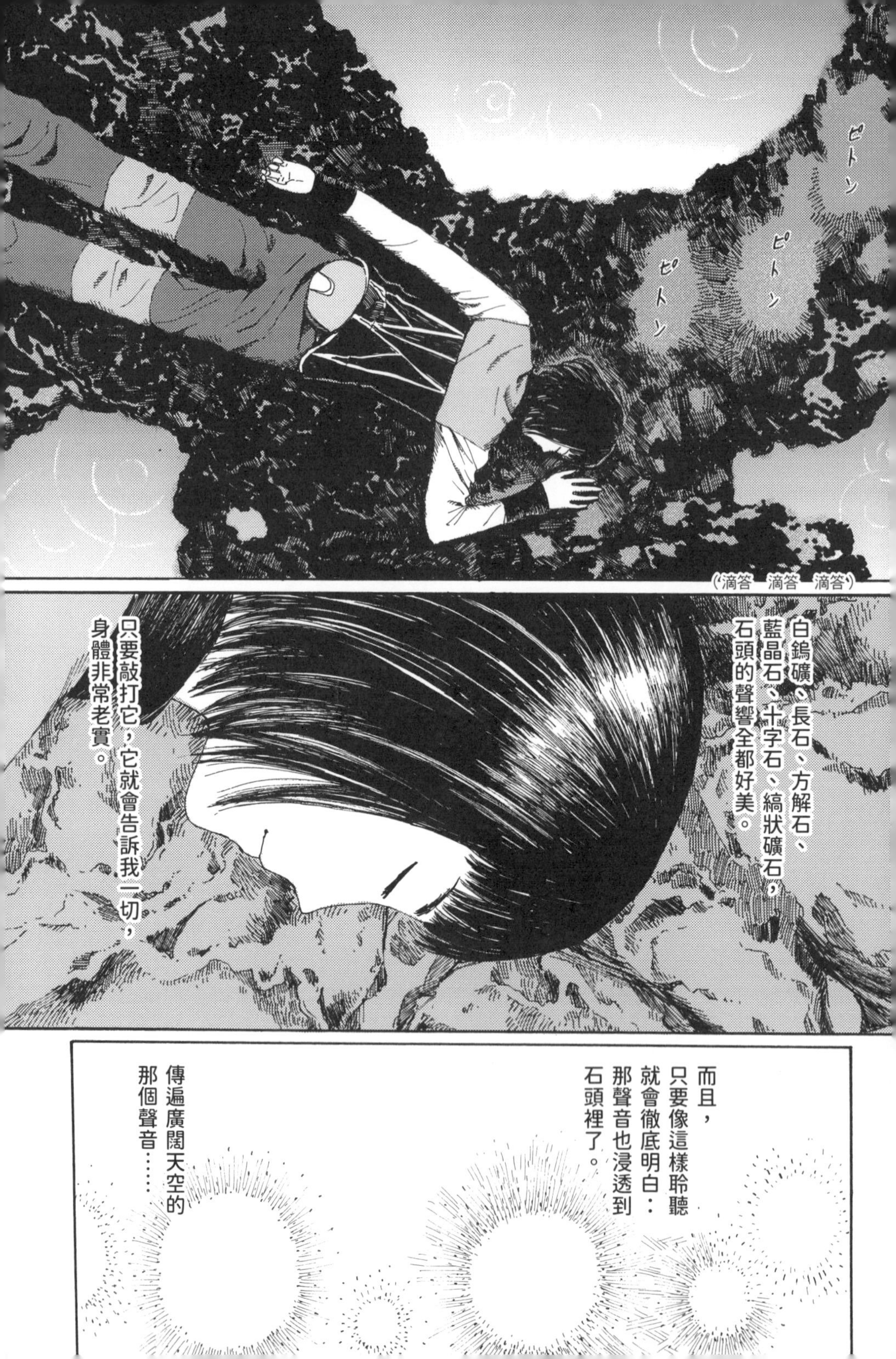
ピトン
ピトン
ピトン
（滴答　滴答　滴答）
白鎢礦、長石、方解石、藍晶石、十字石、縞狀礦石，石頭的聲響全都好美。
只要敲打它，它就會告訴我一切，身體非常老實。
而且，只要像這樣聆聽就會徹底明白：那聲音也浸透到石頭裡了。
傳遍廣闊天空的那個聲音……

智慧使溫柔誕生，
智慧為這片土地帶來了恩惠。
來，讓我們祈禱吧。
(叩隆—叩隆—叩隆)
ゴルン
ゴルン
ゴルン
ゴルン
要來囉！
？

ゴルン
ブルン
ゴルン
ブルン
（叩隆 叩隆 叩隆 叩隆）
是守護瑪莉的「森林三賢者」……
好讚喔。
現在吃驚還太早喔，馬爾。
咦？

啪答
啪答
啪答
啪答

大開⋯
工房⋯⋯不對，
人類現階段擁有的最高技術，就展現在這裡了呢。
我們鑽研技術到達極致，因而得知人類的極限，並且更加尊敬神了。
我好喜歡這音樂盒的音色。

可惡
有一種輸了的感覺啊！
看吧♥
我有一天也要做出那樣的東西！
好厲害啊，皮皮，我第一次看到那樣的東西……
好厲害呢——工房……嗚嗚。
剛來工房的凱伊，好像還激動到哭了呢……
呵呵呵

啪沙
凱伊……是凱伊在呼叫我吧！
咦？凱伊！
ザザザー
（沙沙……）

回來了。
謝謝你。
啪答啪答
(啪滋—啪滋—啪滋)
パスン
パスン
パスン
(啪滋 啪滋 啪滋)
凱伊——!
パスーン
パスーン
パスーン

我很擔心你耶。
咻
咻
啪滋
謝謝你們一再幫忙。
咦？
東張西望
啊，他是馬爾。
剛來到基爾。
呃，我是馬爾。
請、請多指教。
咻
他說他是凱伊迷喔。
馬爾，請多指教。
嘻

凱伊，
你有新發現對吧。
嗯。
托托，不好意思，可以請你叫挖掘技師他們過來嗎？
（啪滋　啪滋　啪滋）
パスーン
パスッ
好猛喔，托托，他說搞不好會挖到油層耶！
太棒了！
我和凱伊說到話了呢！
パスーン
パスーン
（啪滋　啪滋）

在托托他們回來之前，只有我們兩個獨處嗎。
ザザ……
（沙沙……）
我今天去了禮拜堂呢。
嗯。
皮皮邊聽音樂盒的聲音邊想，
好不公平喔，只有凱伊，
可以聽到真正的聲音呢。

你現在也聽得到嗎？
嗯。
不過濕氣讓聲音變得悶悶的。
唔

十歲那年夏天，我第一次發現，
自己能聽到瑪莉發出的音樂。
那音樂傳遍廣闊的天空，

是非常悠然的，
優美……且有點悲傷的旋律……

讓凱伊那麼著迷的聲音，聽起來到底是什麼感覺呢？
嘖，難得可以兩個人獨處耶。
稍微看一下皮皮嘛。
皮皮也來唱首歌好了。
咦？

這是……
這是瑪莉的視線……？
瑪莉看著我……？

怎麼啦，皮皮？
總覺得……凱伊好像要跑到很遠的地方去了。
這種話說不出口啊。
抱歉，有東西跑進我眼睛了。

SINGING MUSIC OF MARIE

EPISODE
Ⅲ

第3話
遙遠的記憶

今天和凱伊一起來市場。
他今天的同伴是貓啊…
咪
咪
太古森林化石形成了岩石表面，而市場直接拿它們來當作場地。

來，皮皮，多拿點呀。
盧沙島的果實今天才剛到貨喔。
謝謝。
好香～～～
皮皮來市場時感覺最幸福了。
這裡色彩繽紛，又很漂亮。
最重要的是，人的溫柔彷彿也擺放出來了。
啊。
賈納爾島的新款式來了！

這衣服好可愛！
希望尺寸會合。
凱伊。
咪
咪
如何？
嗯！很適合妳喔，皮皮。
那我就買啦。
點頭
難道是配合我才說的？

賈納爾島是裁縫島。
盧沙是土壤肥沃的農業島。
姆路姆是皮革製品島。
此外還有許多島嶼的食物或服裝、生活用品都集中到這裡販售了。
相對地，這座島會將機械製品或鋼材分出去。
凱伊，我們到上頭看看吧。

喔，說人人到呢。
聽說你這次可能會發現油層呢。
真了不起。
多挖點來啊。
不是皮皮啦！是凱伊找到的嘛。
哼
別嘟嘴別嘟嘴。

好—舒—服—啊——
人與人，
島與島，
在世界各地交換物品，這是多麼單純又完美的機制啊。
吸

夏天來啦～～～～～～
哇—哇—
哈哈哈哈哈哈
呀～
我們也過去吧！
嗯！
彼利托的夏天很短。
因此得盡情享受才行。

哈哈哈哈哈
呀ー
哇ー
喂ー

我和大家
一起度過好幾次
這樣的夏天呢。
愉快而短暫的夏天……

要是這個夏天能一直
持續下去就好了……
我想和大家一起歡笑，直到永遠。

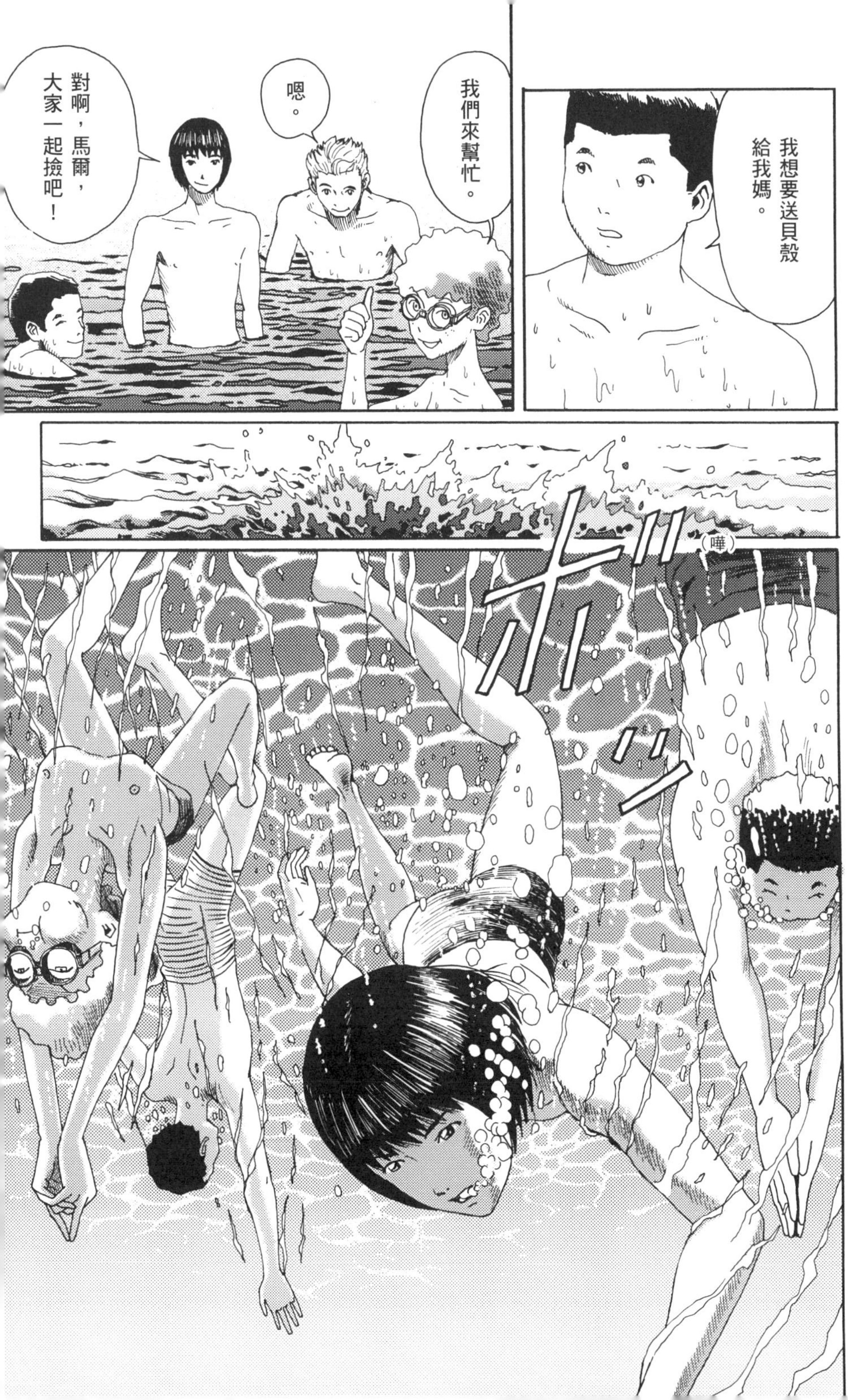
我想要送貝殼給我媽。
我們來幫忙。
嗯。
對啊，馬爾，大家一起撿吧！
ザバッ
（嘩）

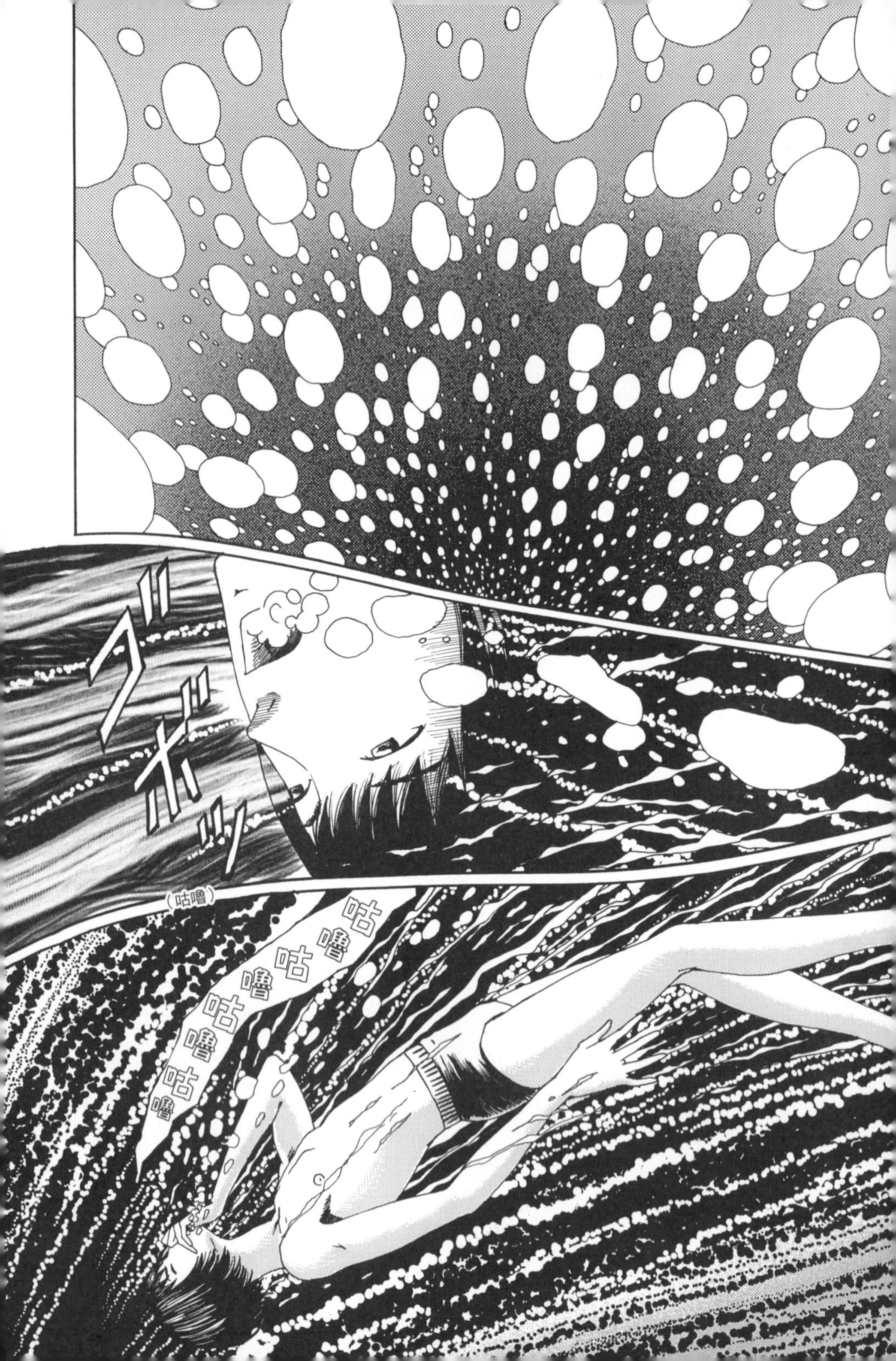
ゴボッ
(咕噜)
咕噜咕噜咕噜咕噜

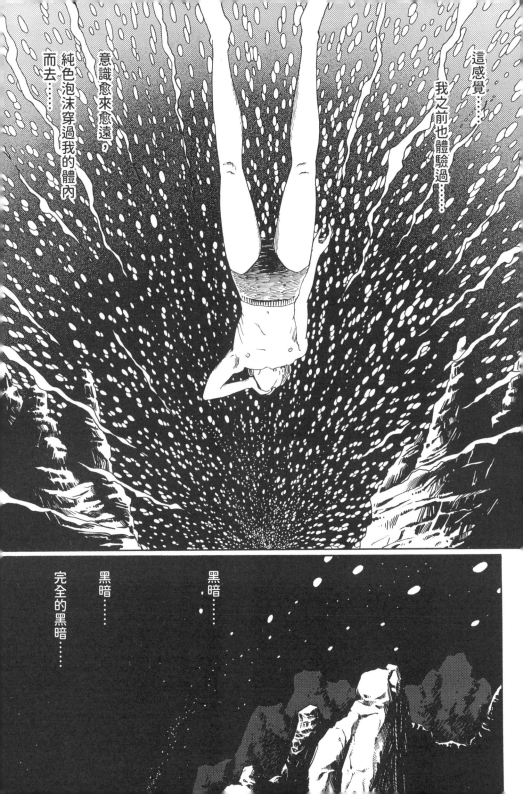

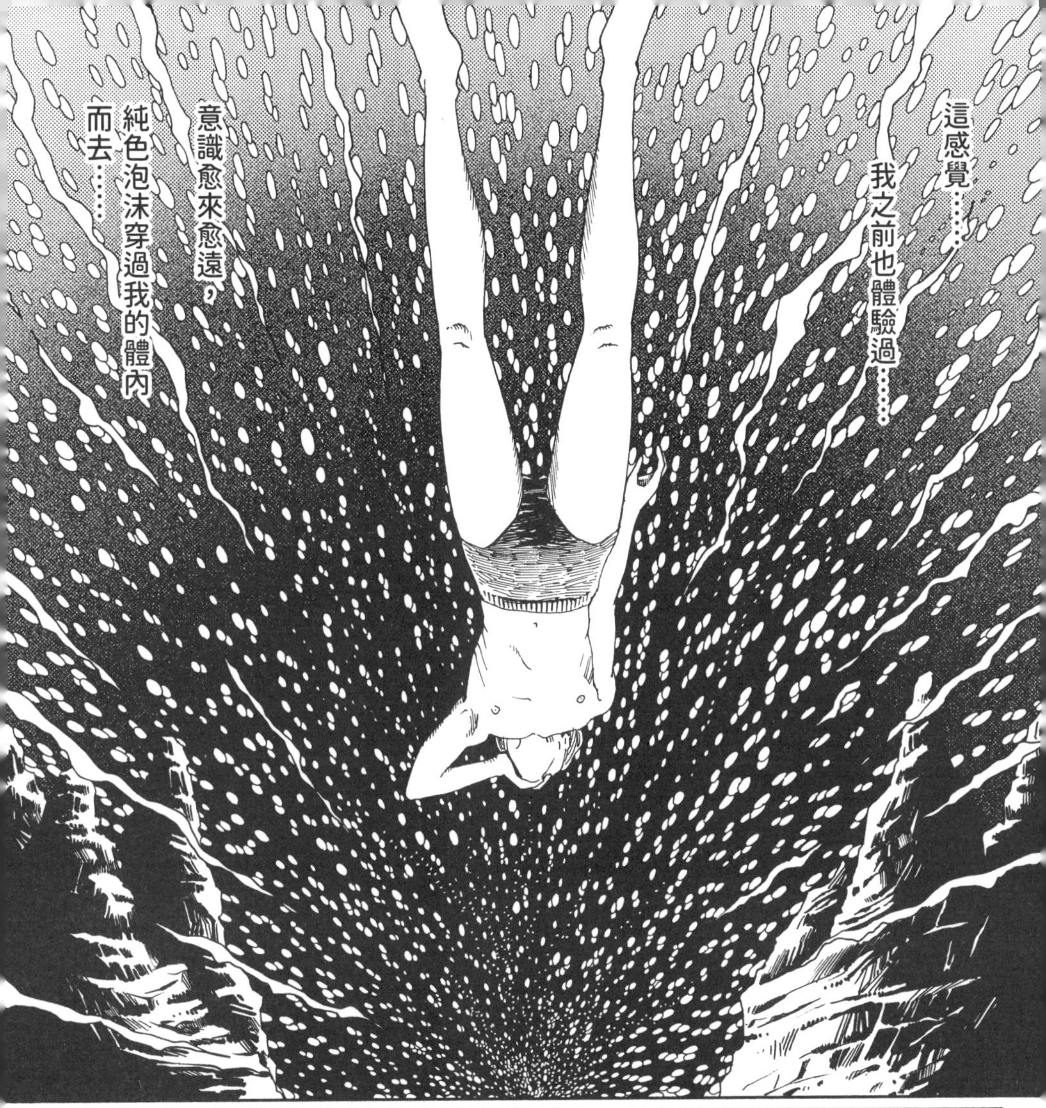
這感覺……
我之前也體驗過……
意識愈來愈遠，
純色泡沫穿過我的體內
而去……

黑暗……
黑暗……
完全的黑暗……

（沙沙——）

托托——凱伊呢？
咦？
咦……？我不知道……
凱伊！
凱——伊！
凱伊！
啊——
手足無措

討厭……
這樣不就是那時候的重演嗎……
皮皮！
凱伊不會游泳嗎？
嗯。

對不起，凱伊……
光是這樣泡著，
就很舒服了。
對不起耶。
皮皮。
皮皮。
皮皮，振作點！
皮皮！
凱伊？

皮皮。
討厭啦——
我……
我還以為凱伊又要不見了~~~~
哇——嗚啊
皮皮，我害妳擔心了，對不起。

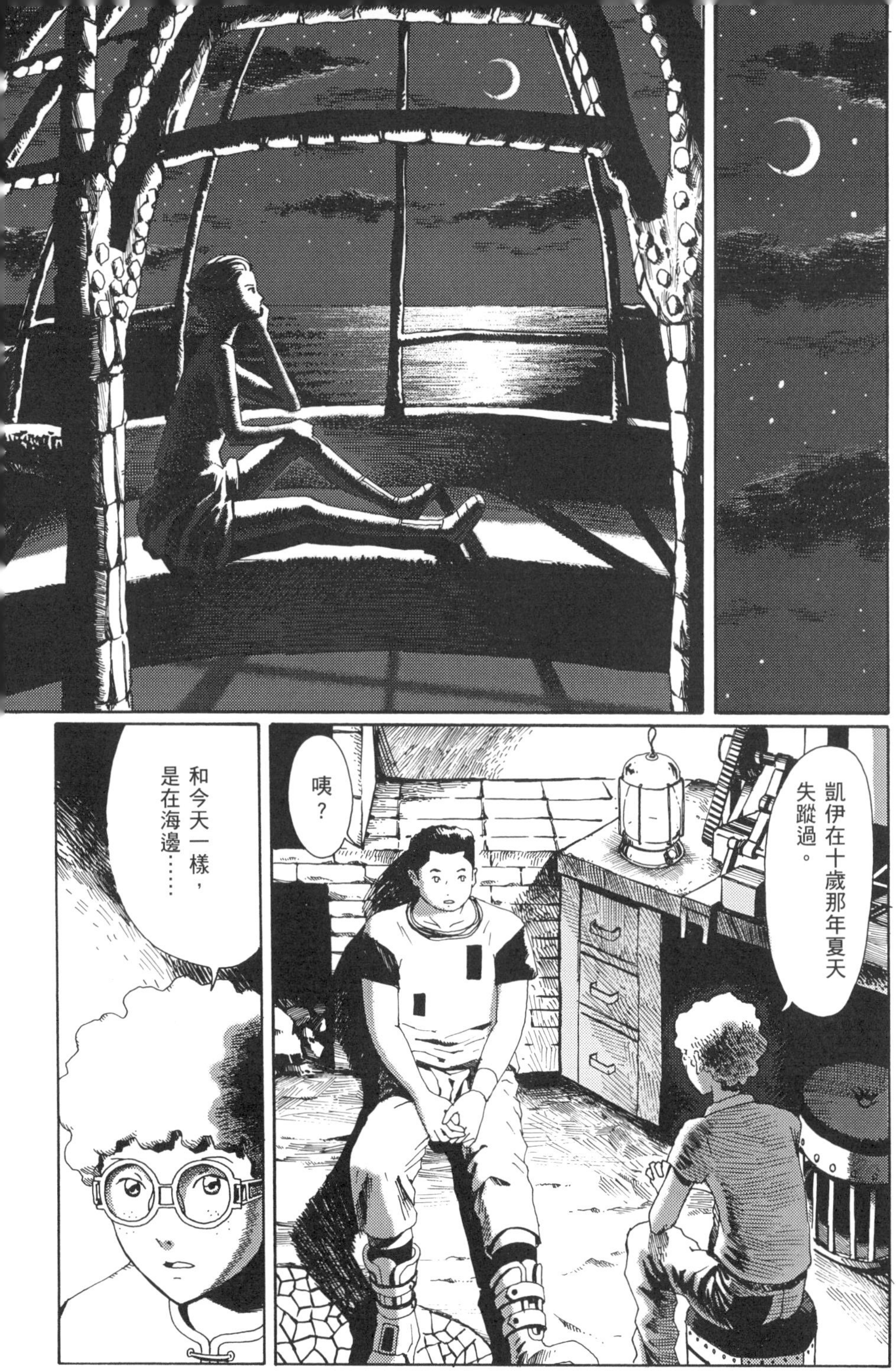
凱伊在十歲那年夏天失蹤過。
咦？
和今天一樣，是在海邊……

托托，凱伊，
來比誰先游到那塊石頭！
啊……嗯……
凱伊來基爾才第二年，還不太會游泳。
因為在礦山那邊是沒得游泳的。
皮皮知道這點，稍稍懷著惡作劇的心情提議比賽。
一、二……

凱伊就那樣
消失了。
工房的人們
聚集起來拚命尋找，
但就是找不到他。
記得那時的皮皮，
應該是一面自責
一面在哭泣吧。

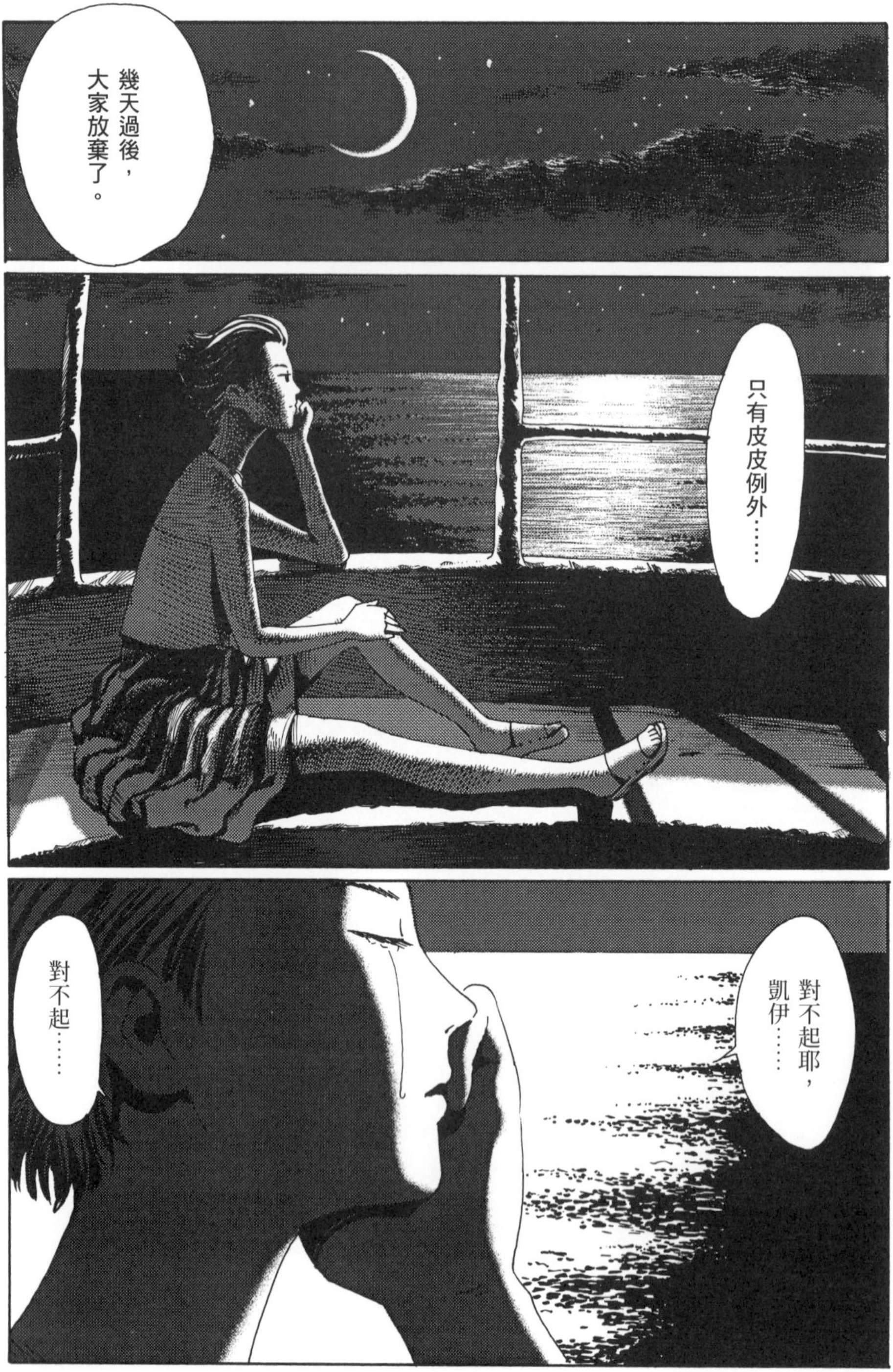
幾天過後，大家放棄了。
只有皮皮例外……
對不起耶，凱伊……
對不起……

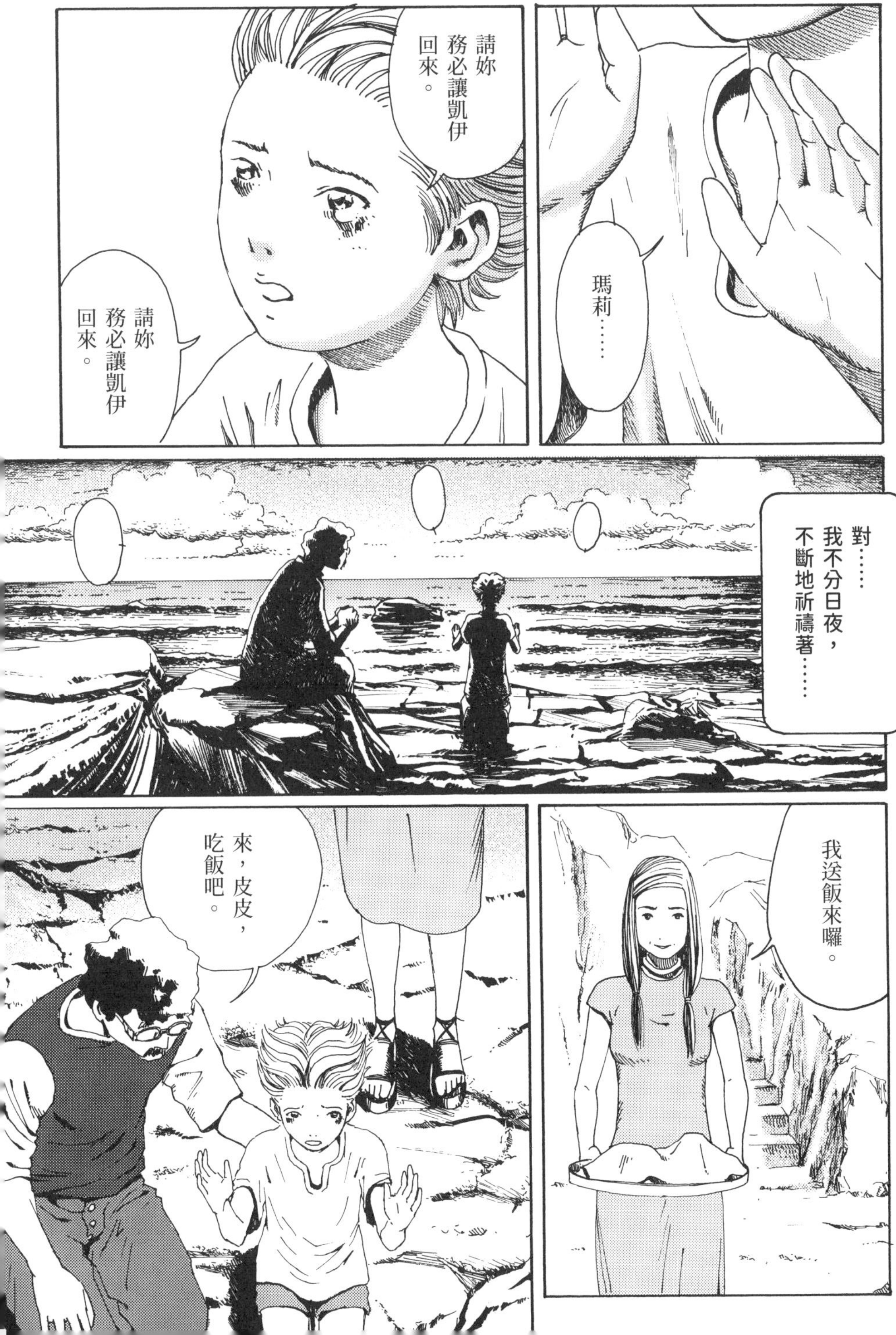
瑪莉……
請妳務必讓凱伊回來。
請妳務必讓凱伊回來。
對……我不分日夜，不斷地祈禱著……
我送飯來囉。
來，皮皮，吃飯吧。

不用了……凱伊的肚子更餓……
凱伊回來時，要是看到皮皮很沒精神，應該會難過喔。
嘔嘔嘔嘔
皮皮！
ザー
請妳務必讓凱伊……
務必……
ザー
幾天幾夜過去了。
（沙──沙──）

瑪莉……
妳在哪裡？
我看不見……
我看不見啊……
喃喃
喃喃
喃喃
葛吉吉，你就帶她回去了吧。
唔……
不行！
就快了……
凱伊……
就快回來了……
喃喃
喃喃
她持續祈禱到第十五個夜晚……

（沙沙…… 沙沙……）

咳咳
咳咳咳
奇蹟發生了……！
凱伊失去了十五天的記憶。
而且從這天起，凱伊的耳朵便能捕捉到所有聲音了。

想起來了……
我想起那段空白的時間了……

SINGING MUSIC OF MARIE

EPISODE
Ⅳ

第4話

森林三賢者

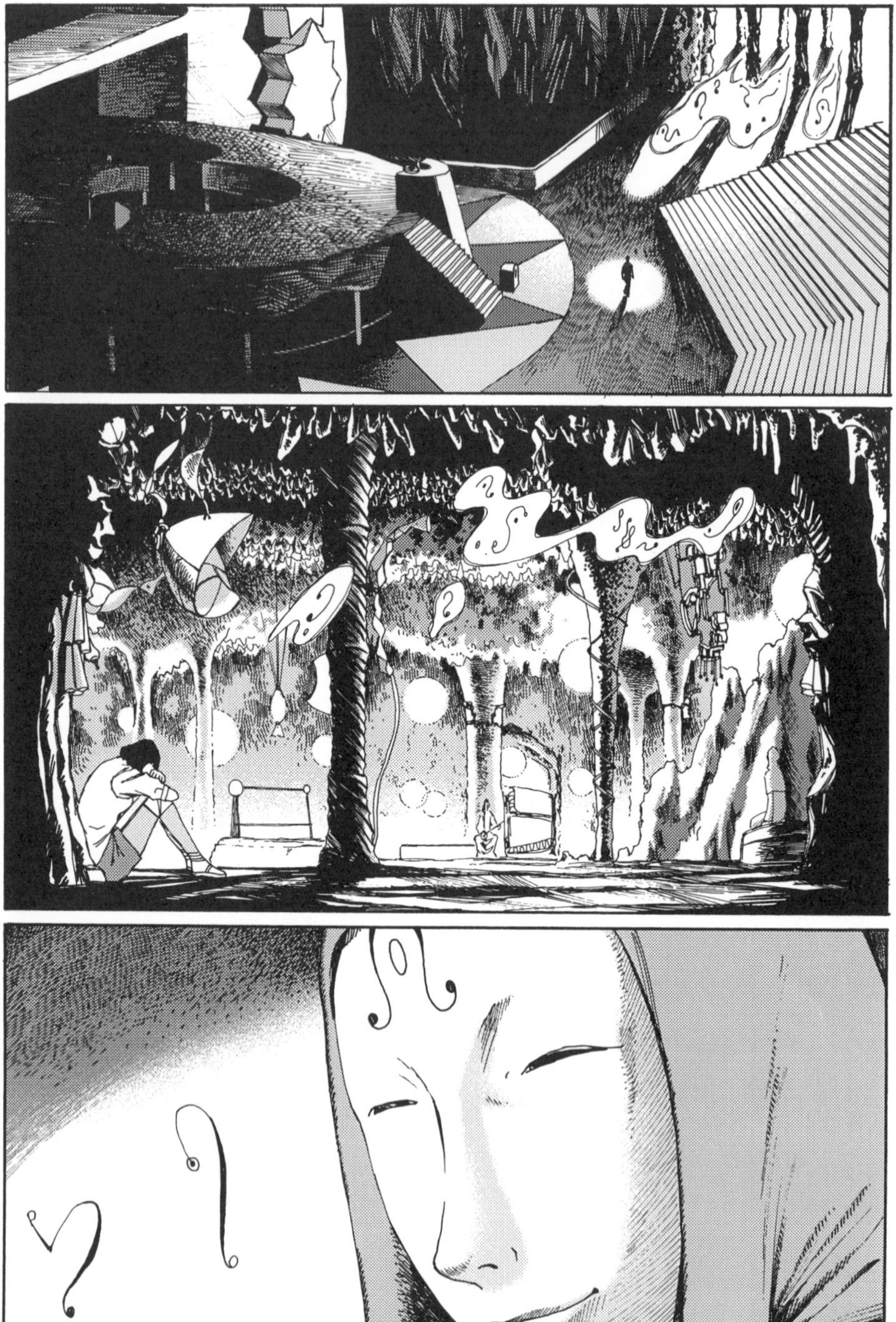

來者是凱伊吧。
請坐。
一到夜晚，谷爾先生製作的樂器所演奏的音樂，便會響徹禮拜堂內的音樂間。
谷爾先生是神官，也是優秀的機關樂器師傅。

失眠的人，
內心有疑問的人，
陷入悲傷的人，
都會自然聚集在這地方。
喔，
看來你有不可思議的事情要告訴我呢。
請聽我說，谷爾先生。

你還記得嗎？
十歲的我，失蹤的那個夏天……
好刺眼……
托托，凱伊，
來比誰先游到那塊石頭！
就在皮皮那麼說的瞬間。

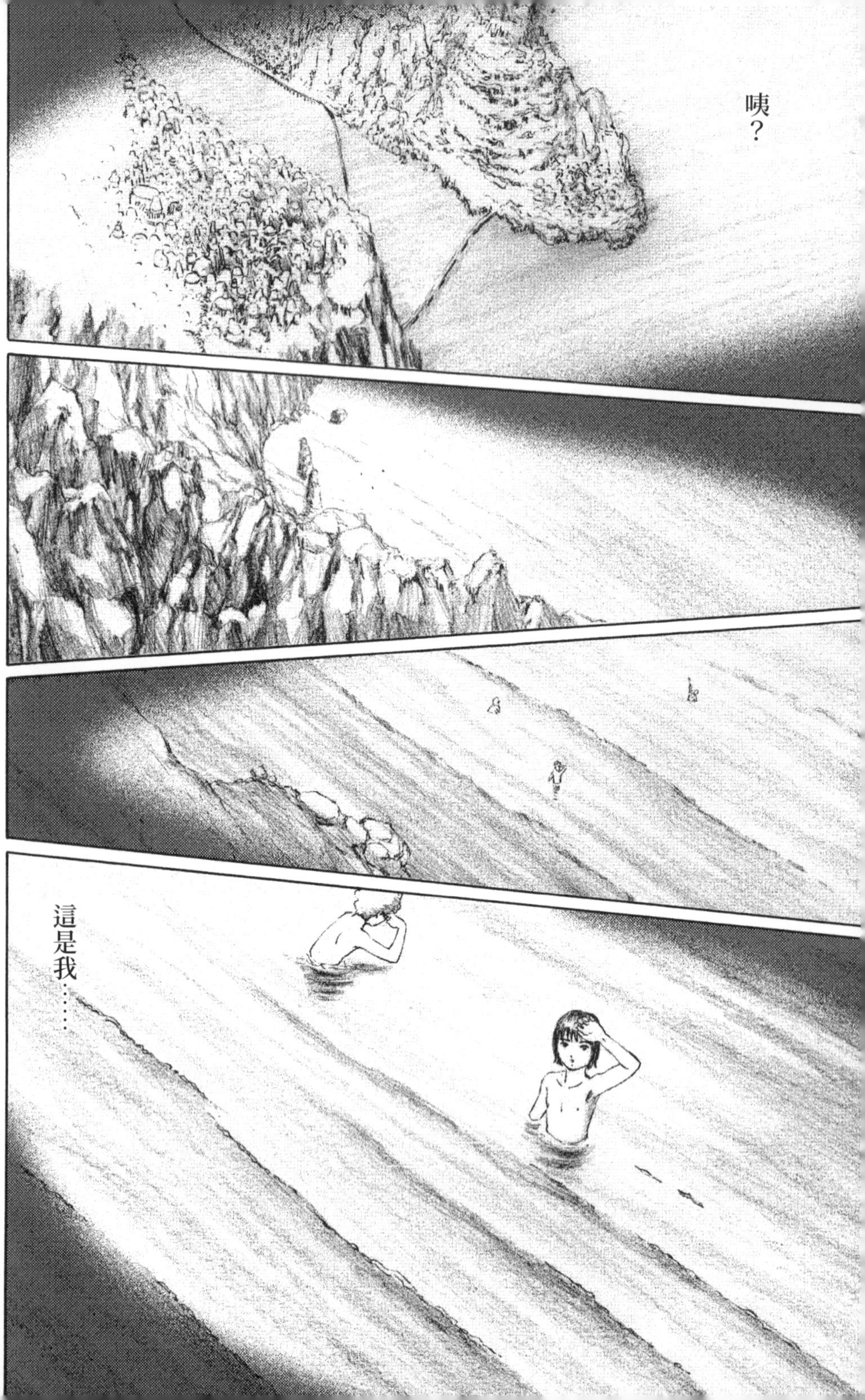
咦？
這是我……

現在我所見到的，是瑪莉的視線……
瑪莉看著我……！
發現了。
擁有印記者……

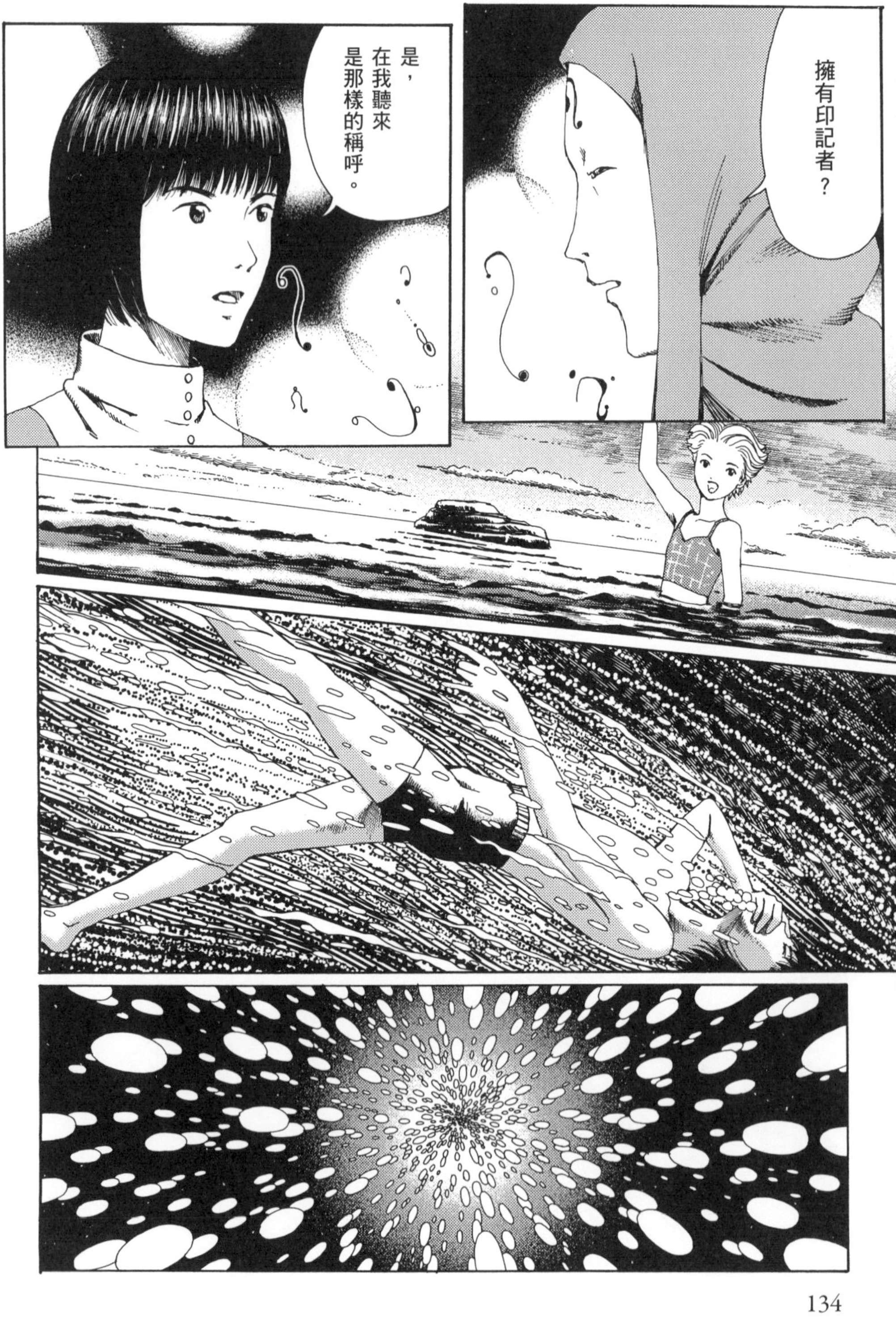
擁有印記者？
是，在我聽來是那樣的稱呼。

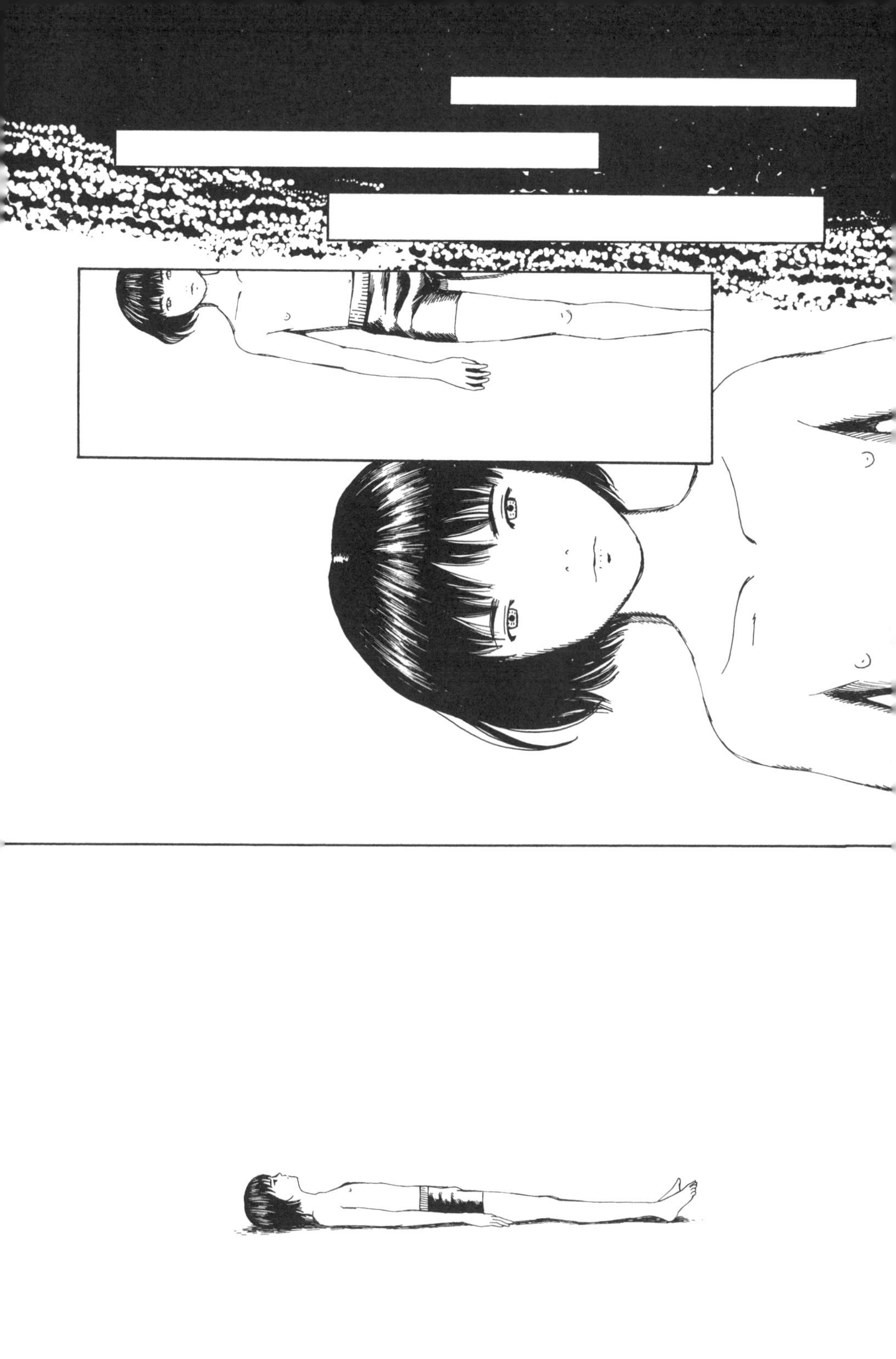

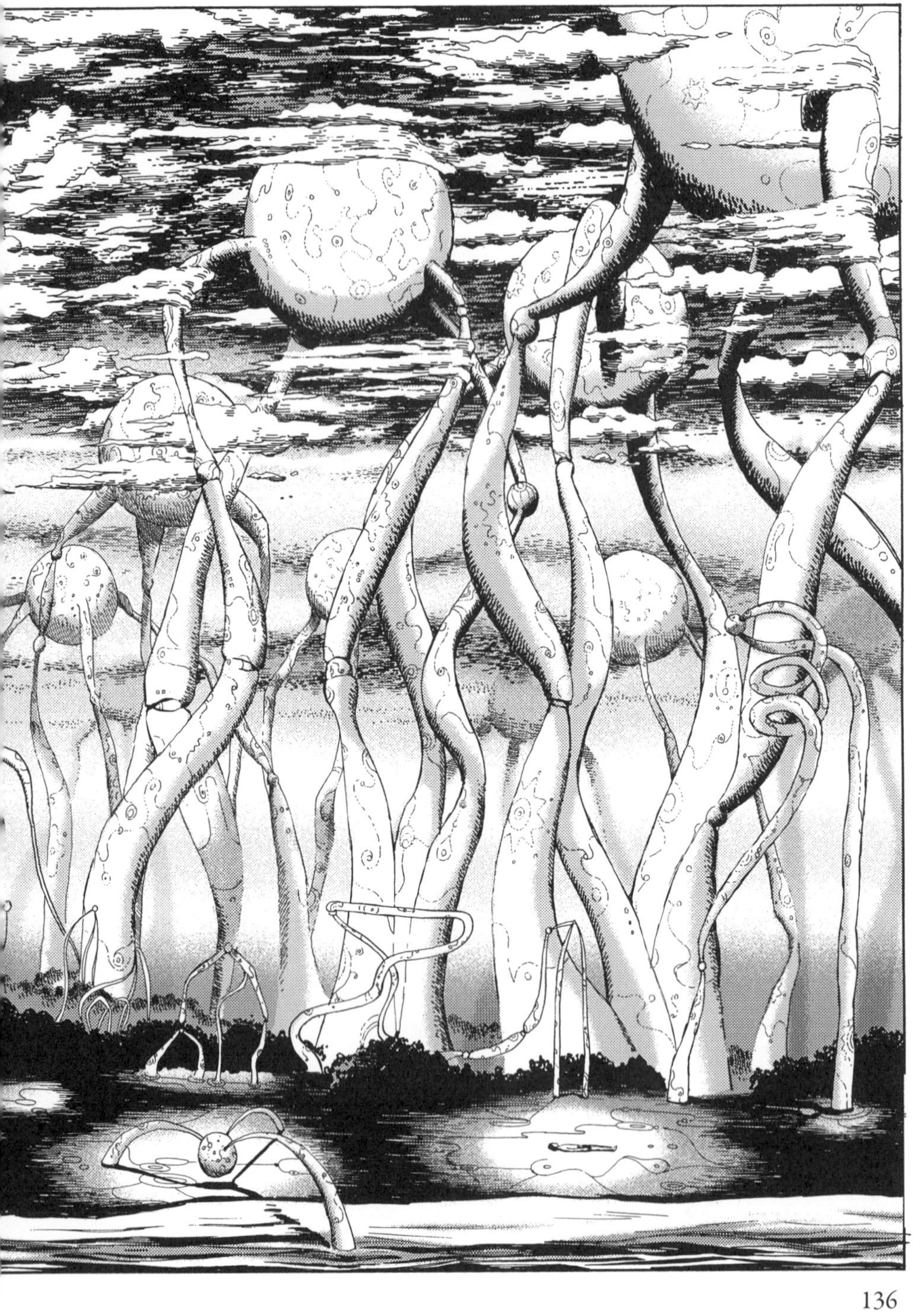

這裡是，
森林……
你到了森林……？
太棒了。
停
凱伊，手借我。
手？

「發現了，擁有印記者。」
啊。
凱伊手上那兩塊天生的斑，
也許是某種印記也說不定。

神之意志化身的精靈為父，瑪莉為母，
森林誕生了。
（彼利托書）
做為孩子的森林緊跟著瑪莉。
那張臉彷彿只對我一個人微笑，
簡直像……

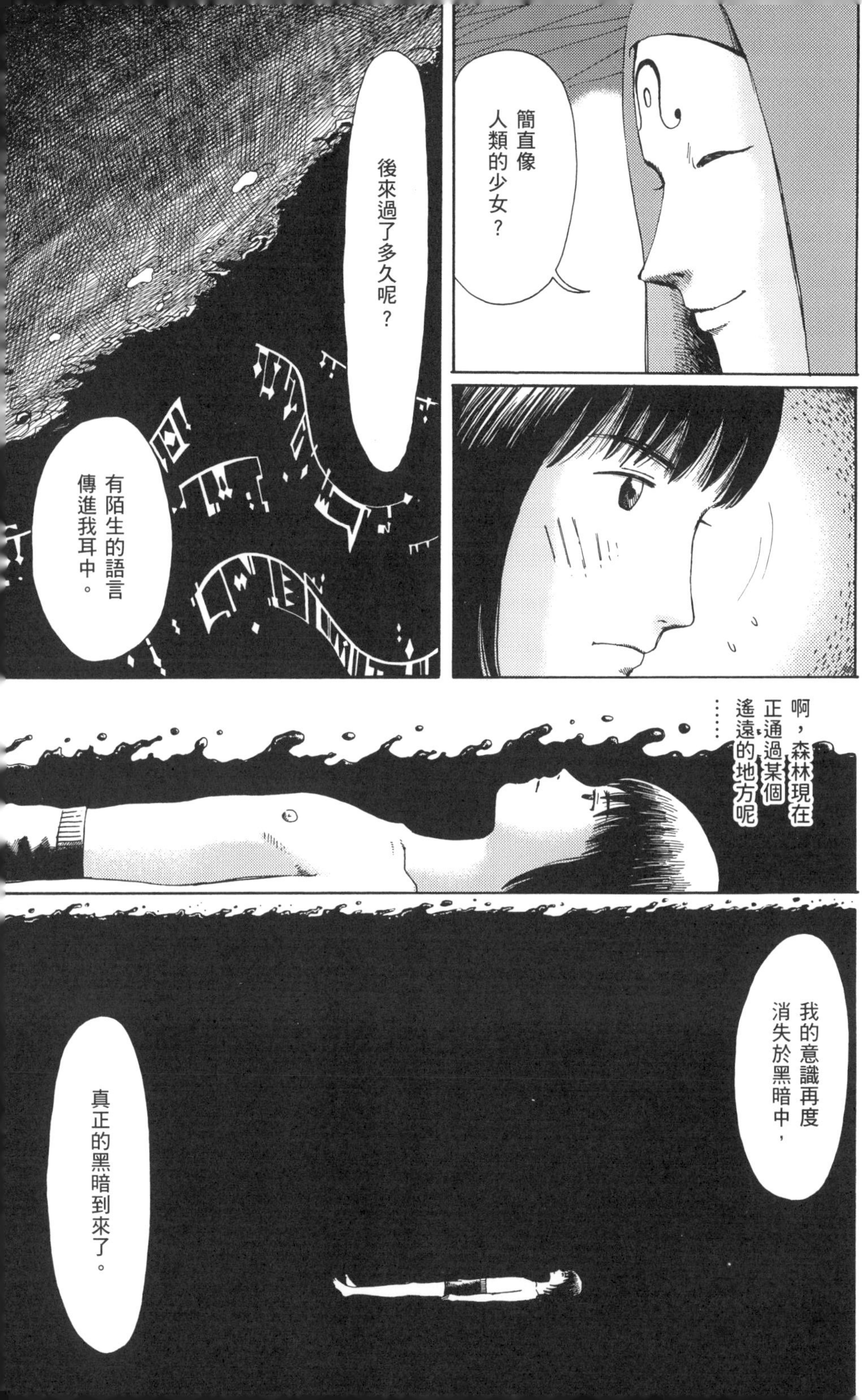
簡直像人類的少女？
後來過了多久呢？
有陌生的語言傳進我耳中。
啊，森林現在正通過某個遙遠的地方呢……
我的意識再度消失於黑暗中，
真正的黑暗到來了。

神打造了三賢者，
要他們守護森林
一個是鐵之賢者
一個是鋼之賢者
一個是金之賢者（彼利托書）
劈哩
ギリギリギ
（嘰哩嘰哩嘰哩）
ガコン ガコン
（喀空—喀空）
ガコン
バシャ
（喀空 啪唰）

（喀空　喀空　喀空　喀空　喀空）

（喀鏘　喀鏘　嘎——　嘰哩嘰哩嘰哩　鏗——喀唰）

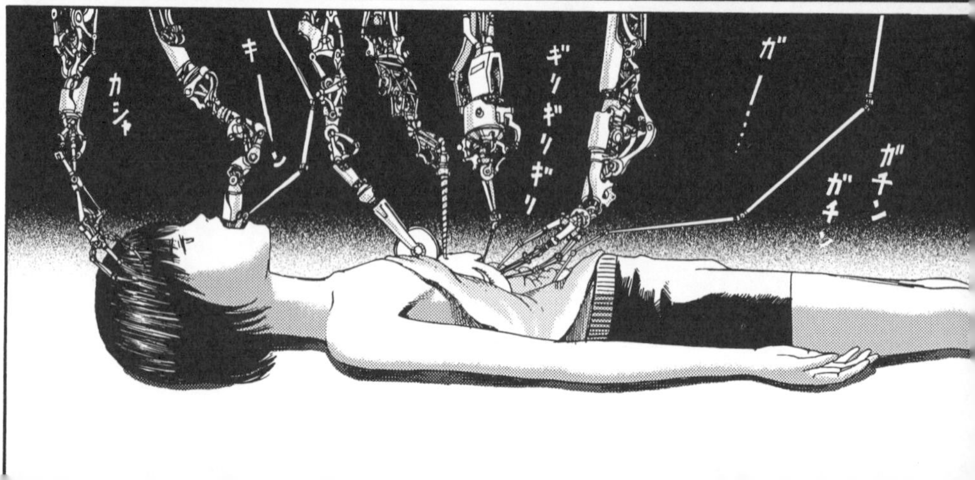

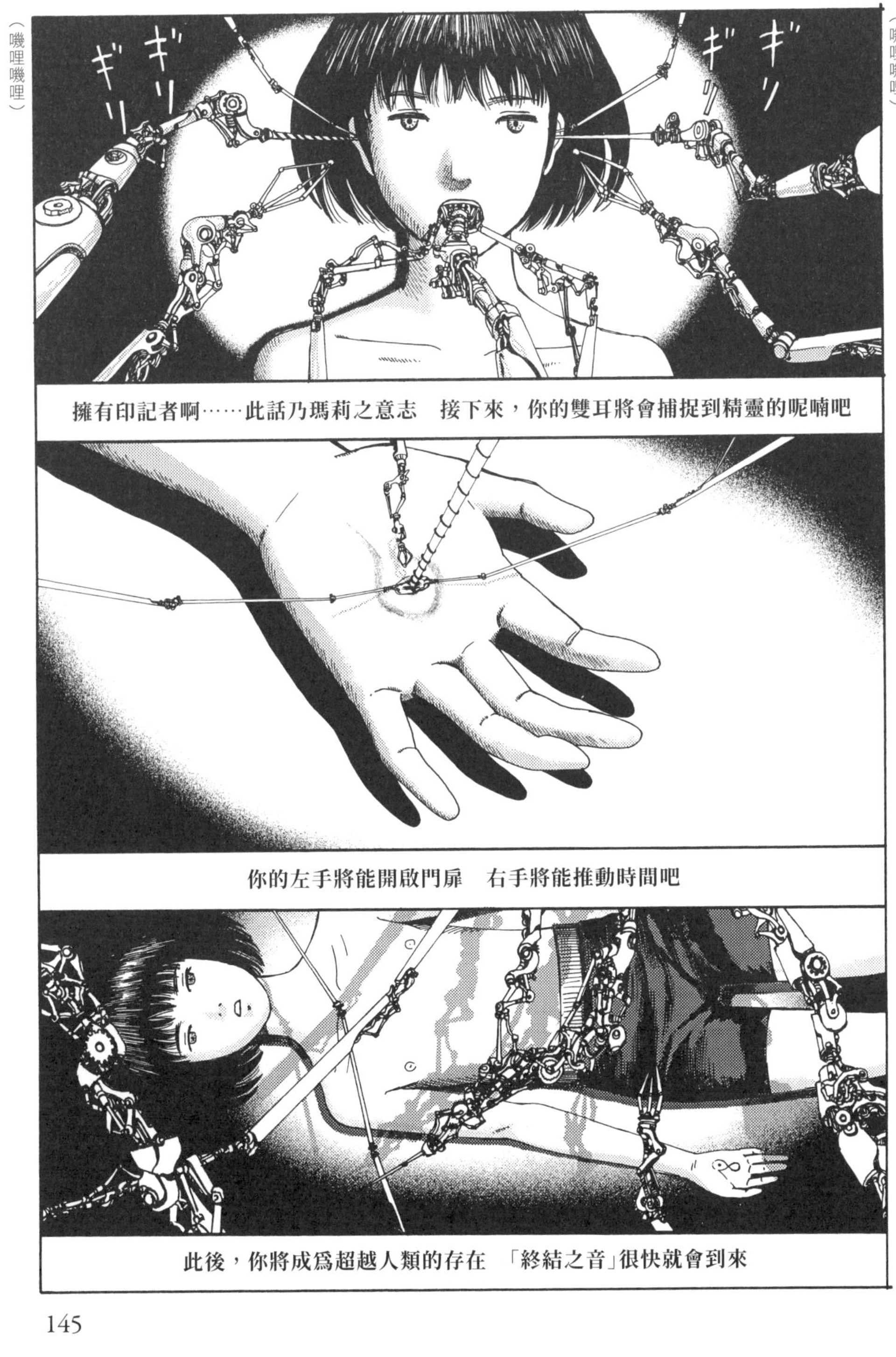
（嘰哩嘰哩）
（嘰哩嘰哩）
ギリ ギリ
擁有印記者啊……此話乃瑪莉之意志　接下來，你的雙耳將會捕捉到精靈的呢喃吧
你的左手將能開啟門扉　右手將能推動時間吧
此後，你將成爲超越人類的存在　「終結之音」很快就會到來

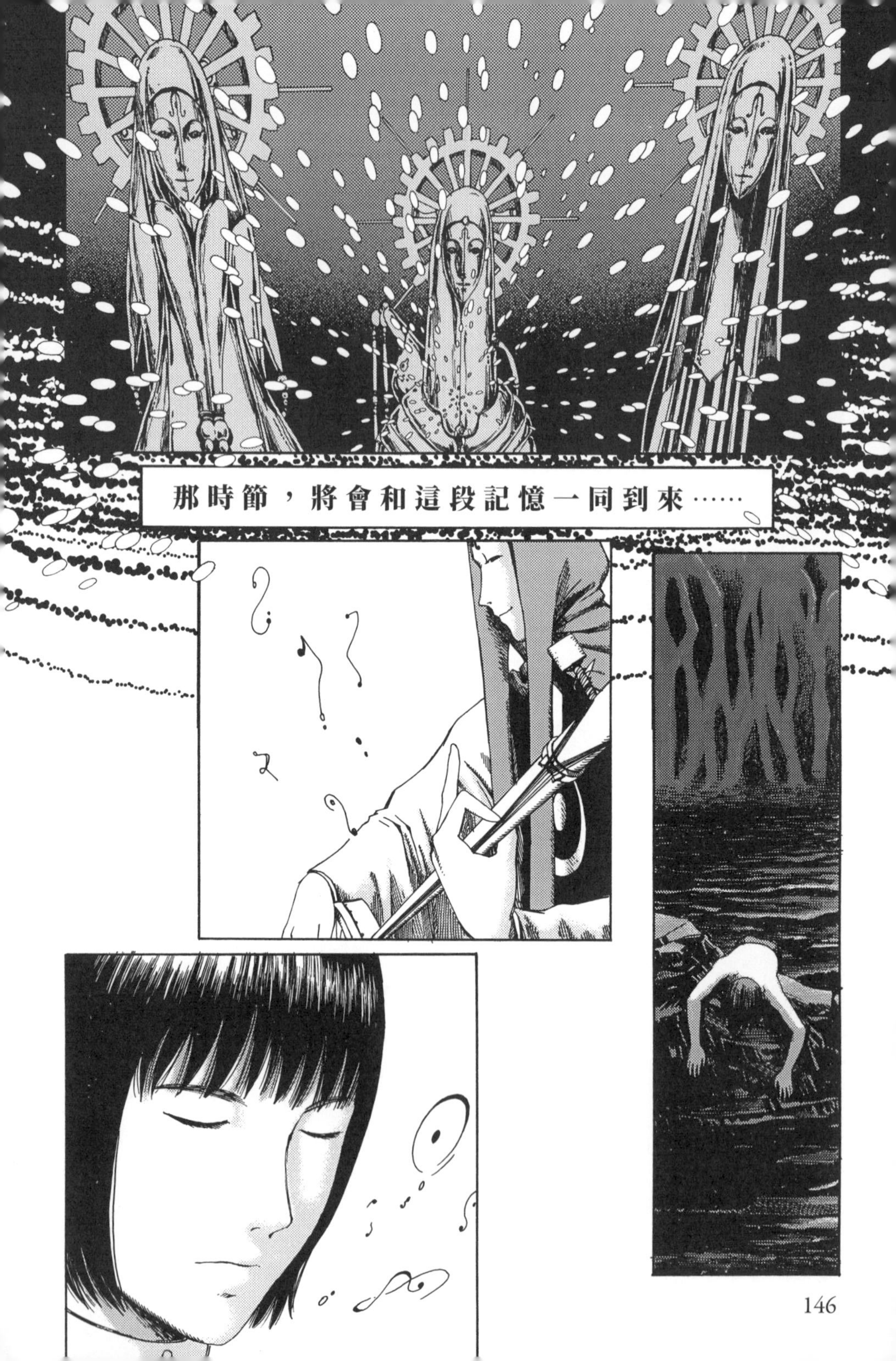
那時節，將會和這段記憶一同到來……

你見到了森林三賢者，從那得到的新耳朵……
能夠聽見精靈呢喃，也就是森羅萬象之音。
是的。
從海中回來後，我立刻就注意到自己的變化了。

只要集中精神，
我就能聽到
各式各樣的聲音。
大地地下深處
流動的水聲，
或在清朗的冬天，
會聽見島的另一頭
傳來嬰兒哭聲，
或鳥兒在遠處
振翅的聲音。
感情也會發出
聲音喔。
溫柔的感情
有流動蕩漾的聲音，
悲傷有
細細顫抖的聲音。
然後，我聽得到
那個聲音了……

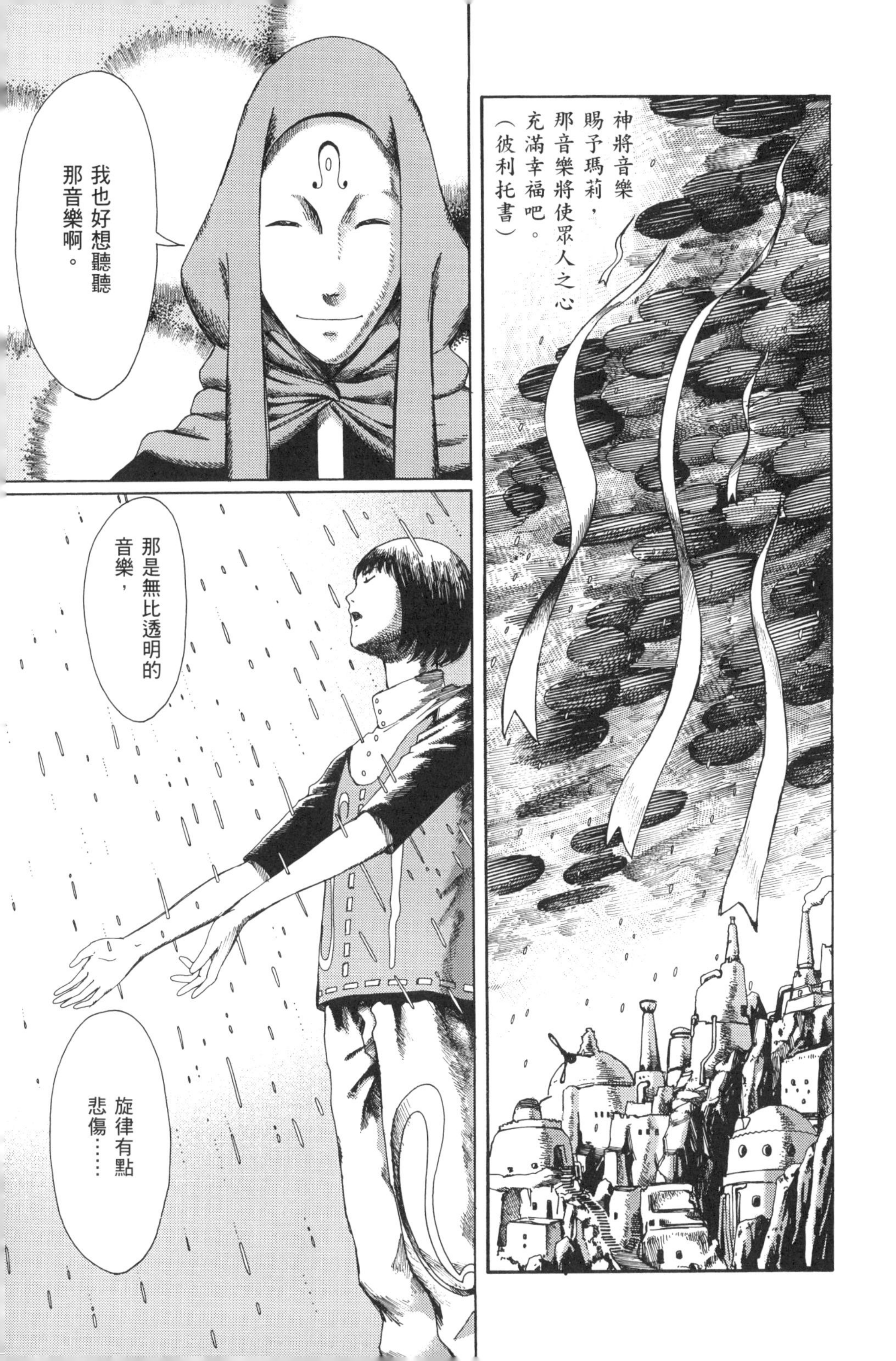
神將音樂
賜予瑪莉，
那音樂將使眾人之心
充滿幸福吧。
（彼利托書）
我也好想聽聽
那音樂啊。
那是無比透明的
音樂，
旋律有點
悲傷……

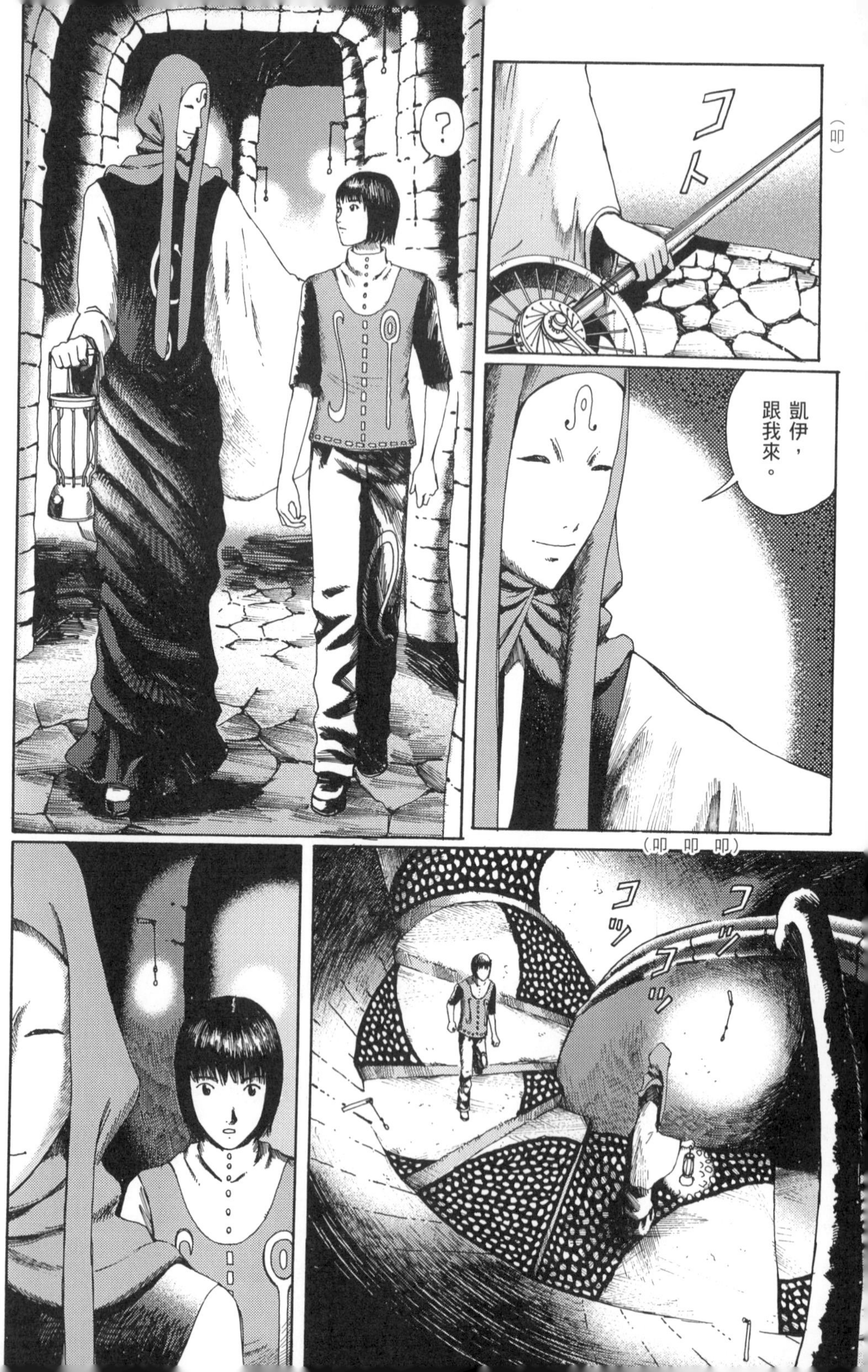
コト
(叩)
?
凱伊，跟我來。
コツ
コツ
コツ
(叩 叩 叩)

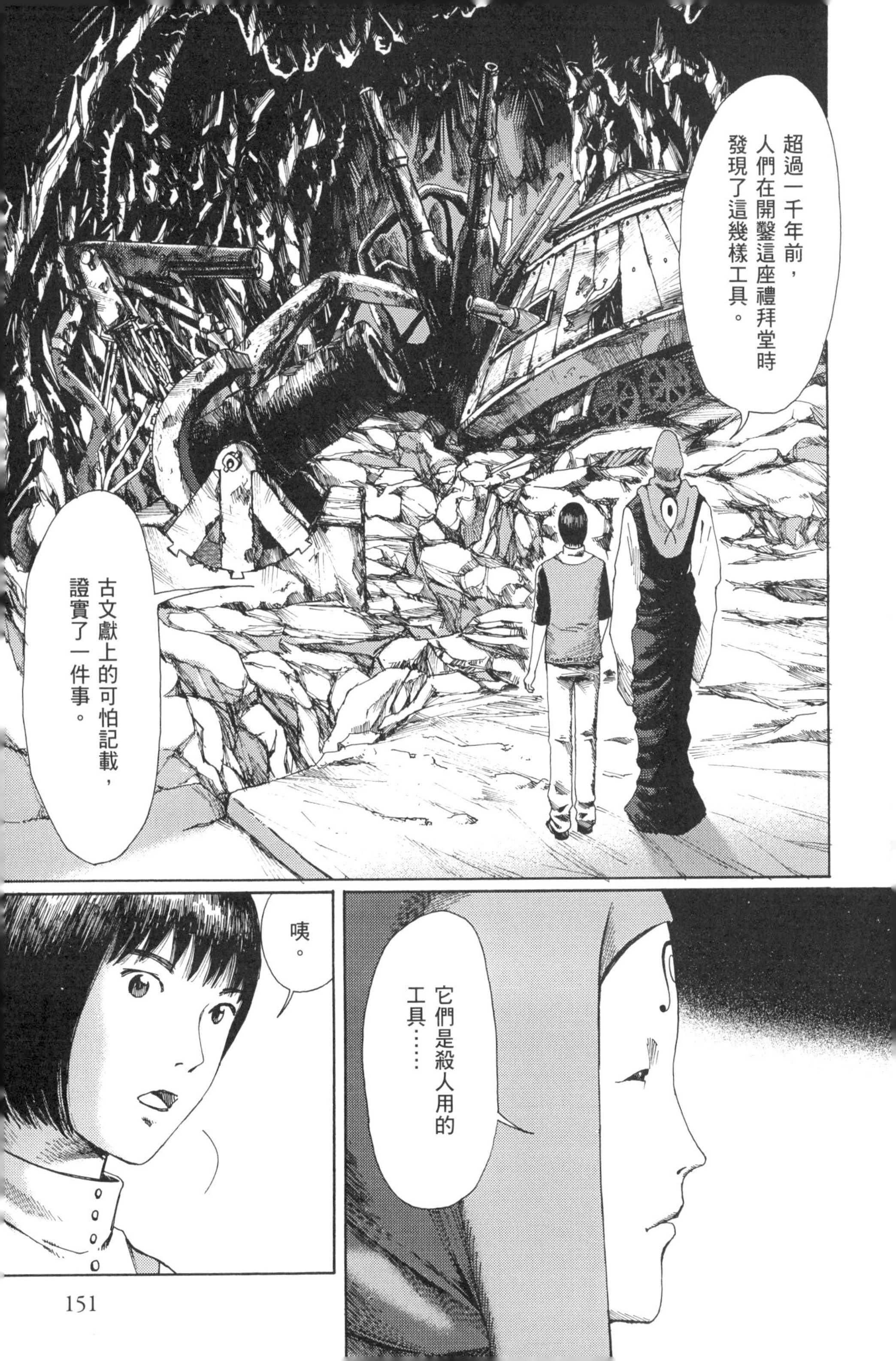
超過一千年前，
人們在開鑿這座禮拜堂時
發現了這幾樣工具。
古文獻上的可怕記載，
證實了一件事。
它們是殺人用的
工具……
咦。

根據傳說，這世界的人在過去會互相殺伐，
爭奪大地或物資，以滿足自身慾望。
這樣的歷史似乎持續了幾萬年。
這樣的世界對神而言不忍卒睹，
祂於是降下大雨，使人類和大地沉入海中。

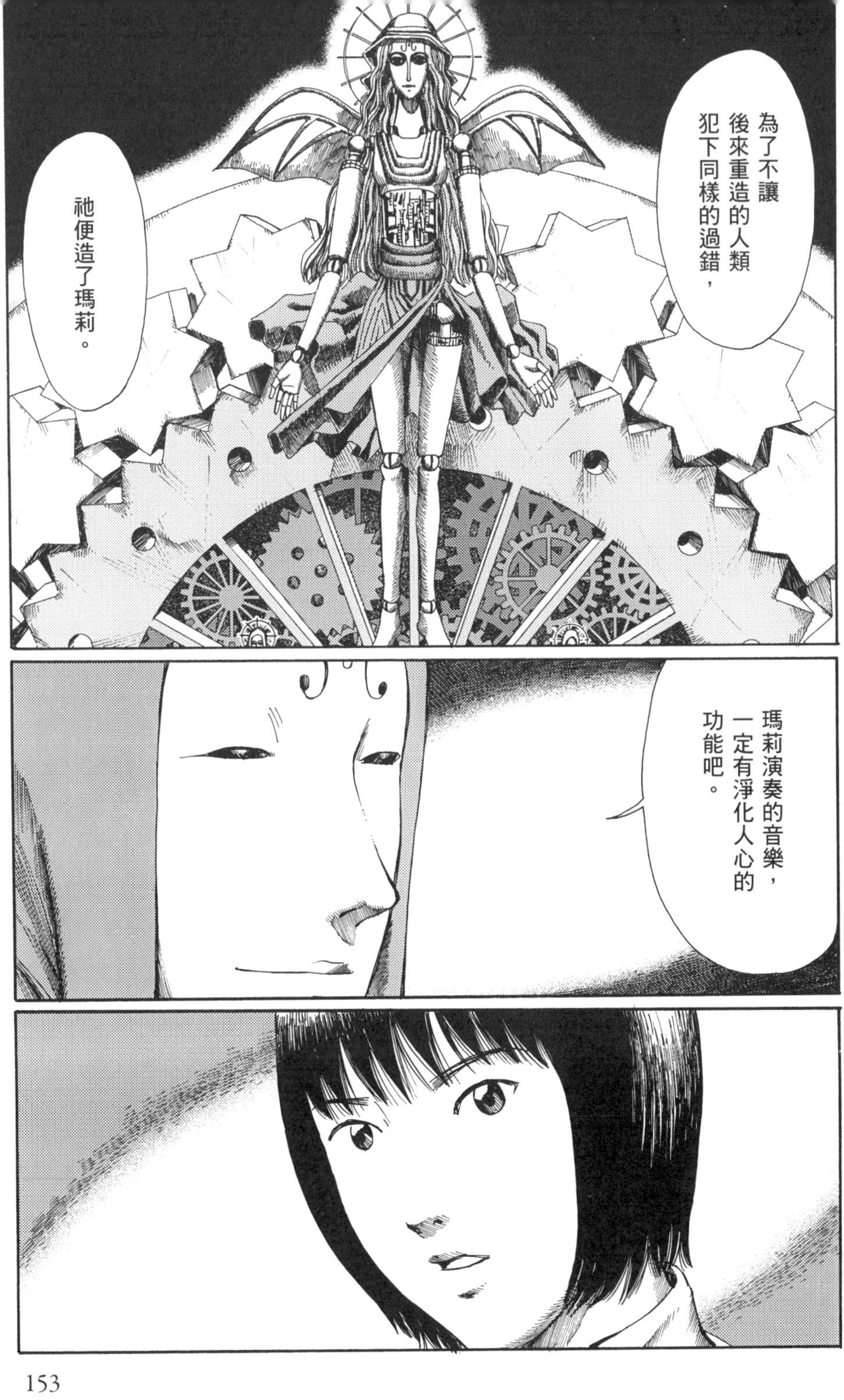
為了不讓後來重造的人類犯下同樣的過錯，
祂便造了瑪莉。
瑪莉演奏的音樂，一定有淨化人心的功能吧。

「左手將能開啟門扉，右手將能推動時間。」
我並不知道那句話是什麼意思。
不過凱伊在十歲那年夏天，
成為神的一部分了。
神的，
一部分……？

世界上
每一個地方的人，
都在爲了理想工作。
那行動的根源，
是「希望讓別人開心」的
心意……

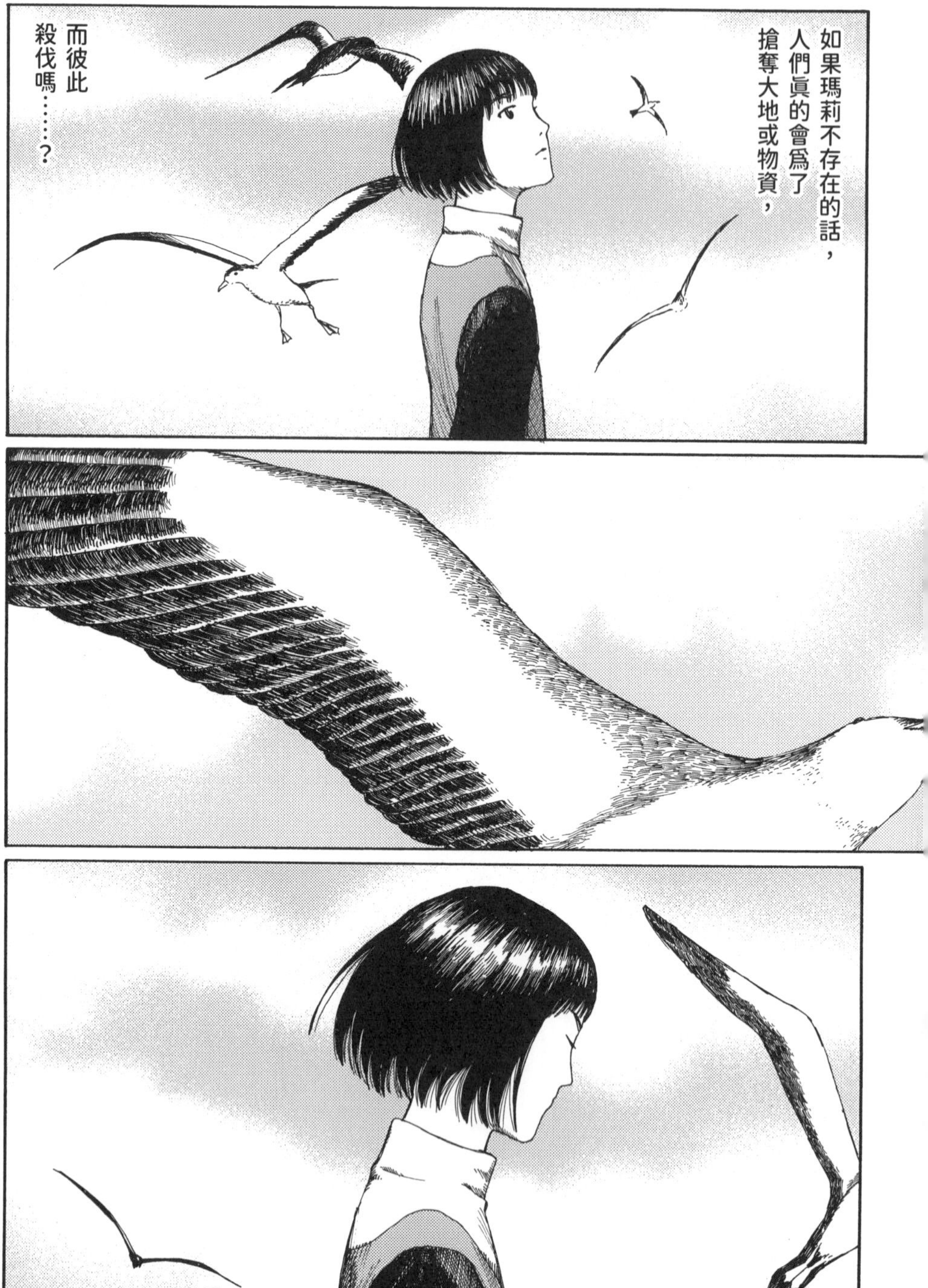
如果瑪莉不存在的話，
人們眞的會爲了
搶奪大地或物資，
而彼此
殺伐嗎……？

SINGING MUSIC OF MARIE

EPISODE V

第５話

兩人的心意

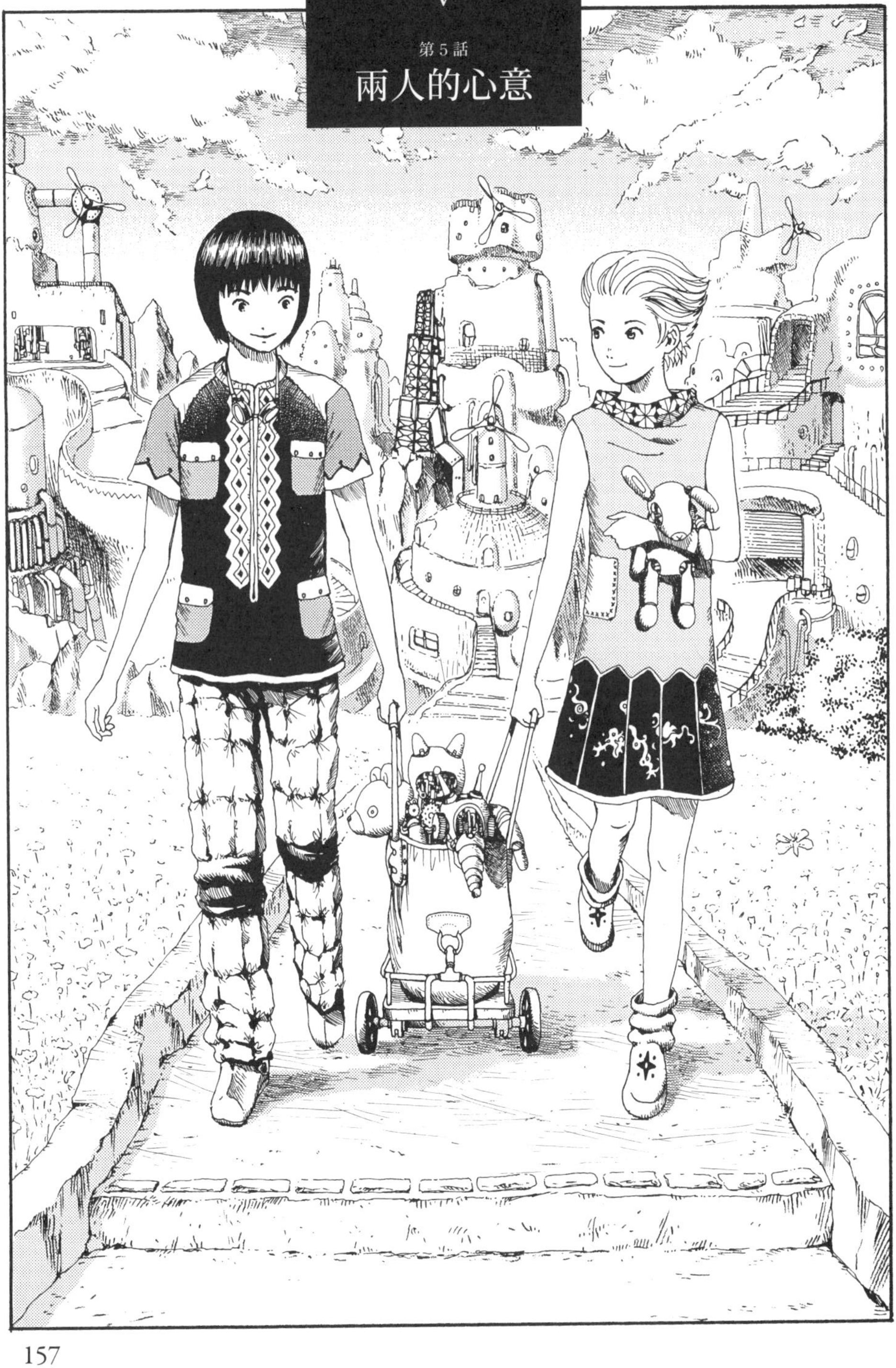

「巴羅地域」是一座島，
島上聳立著頂天立地的巨木。
巴羅樹掉下來的果實，
便是此島居民的生活糧食。

將裡頭果肉刮出、
曬乾後所得的殼，
會分給其他島嶼居民，
當作住家或儲藏庫。

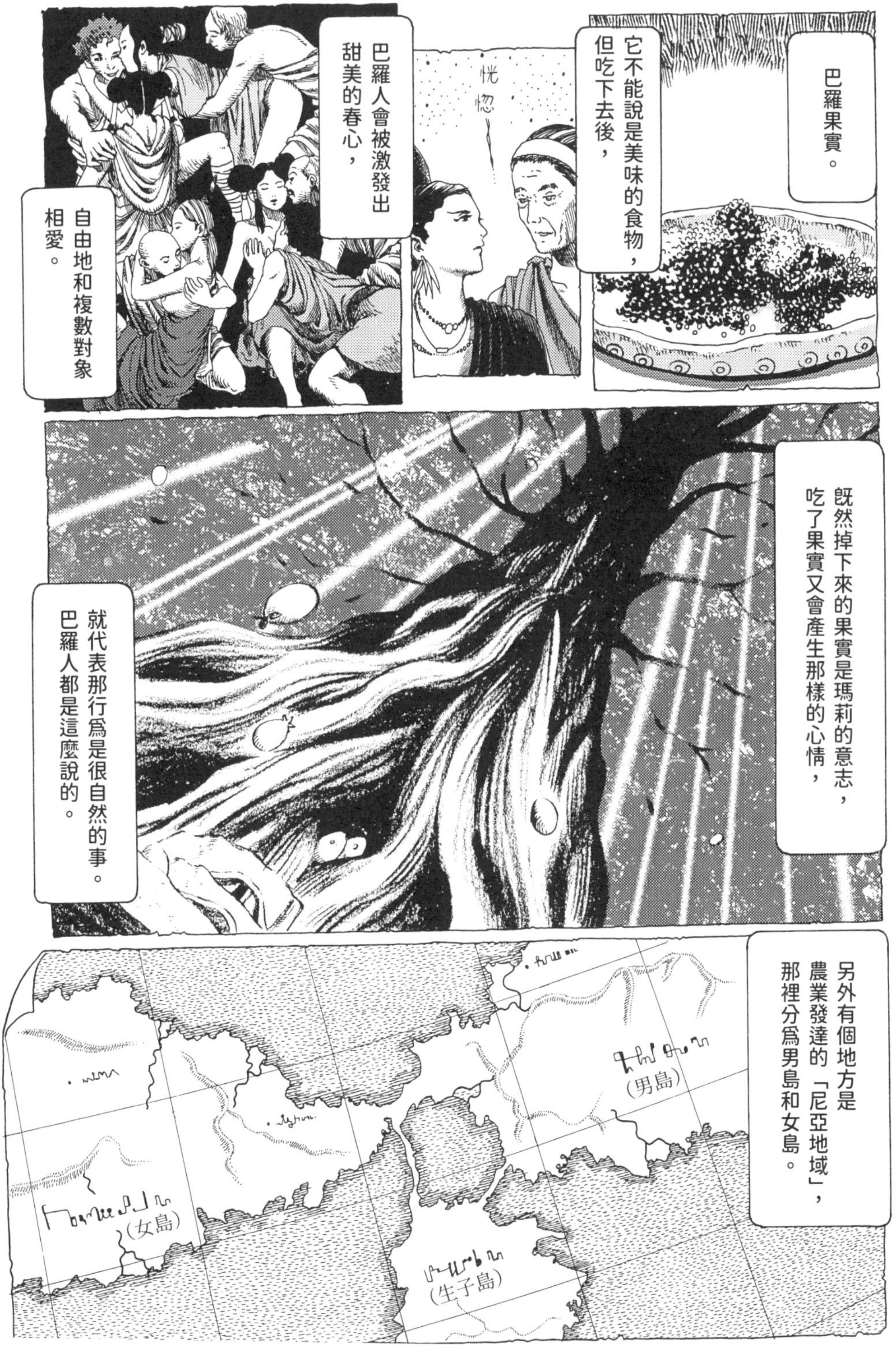
巴羅果實。
它不能說是美味的食物，但吃下去後，
恍惚～
巴羅人會被激發出甜美的春心，
自由地和複數對象相愛。
既然掉下來的果實是瑪莉的意志，吃了果實又會產生那樣的心情，
就代表那行爲是很自然的事。巴羅人都是這麼說的。
另外有個地方是農業發達的「尼亞地域」，那裡分爲男島和女島。
(男島)
(女島)
(生子島)

在男島，男人與男人結婚，
在女島，女人則與女人結婚。（！）
不過工作時，男女會互相幫助，自由往來於彼此的島，建立的關係很良好。
然後呢……雙方每年會在中央島上進行一次交涉，目的就只是要生小孩。
生下的孩子還是會被分到男島、女島去，做爲公共財產疼惜、扶養長大。
就像這樣，男女結合的形式有許許多多——
皮皮。

哇—— 哇——
凱伊，開始囉。
哇—— 哇——
不過在我們彼利托地域，男女結婚、共度一生是理所當然之事。
比較奇特的是提出結婚請求的方式。
哇—— 哇——
嗶—— 嗶——
綺拉，生日快樂——

好美喔……綺拉。
綺——拉——
喔——
嗶——
女孩子滿十八歲，就可以結婚。
男孩子的結婚年齡並不一定，
納南，加油——
阿達莫也加油——
不過呢，年輕人不太會被選到。
僵硬

男孩子一年只許「告白」一次，
納南——
呀——
阿達莫——
僵硬
發抖
只能挑女孩子生日那天！
有兩個人要向綺拉告白呀。
阿達莫開始跳舞囉！
納南送上機關裝置當作禮物！
哇——
哇——
ゴゴン
ジーー
（嘎嘎 嘰～～～）
哥，振作啊！

兩人都全力展現自己的風采，
哇——
哇——
哇——
哇——
爲的是得到綺拉的「蛋」。
欸，你覺得會是誰？
阿達莫吧。
嗯。
納南吧？
一直有在觀察綺拉的話就會知道了呀。
嘻嘻嘻
すっ
沙

綺拉開始跳舞了！
女孩子也會在告白前展現自我。
綺拉會向阿達莫還是納南告白呢？還是會挑其他男孩子呢？
收下蛋的人，就會得到和綺拉結婚的權利※。

※ 這時如果不小心打破蛋，就會被視為無意結婚。可見蛋有多麼重要。
想繼續單身的人，會在生日三天前打破蛋，擺在前門口，表明意願。如此一來就不會舉辦這個生日會。

吞……
!
啊
拉姆吉，
請收下……
咦？

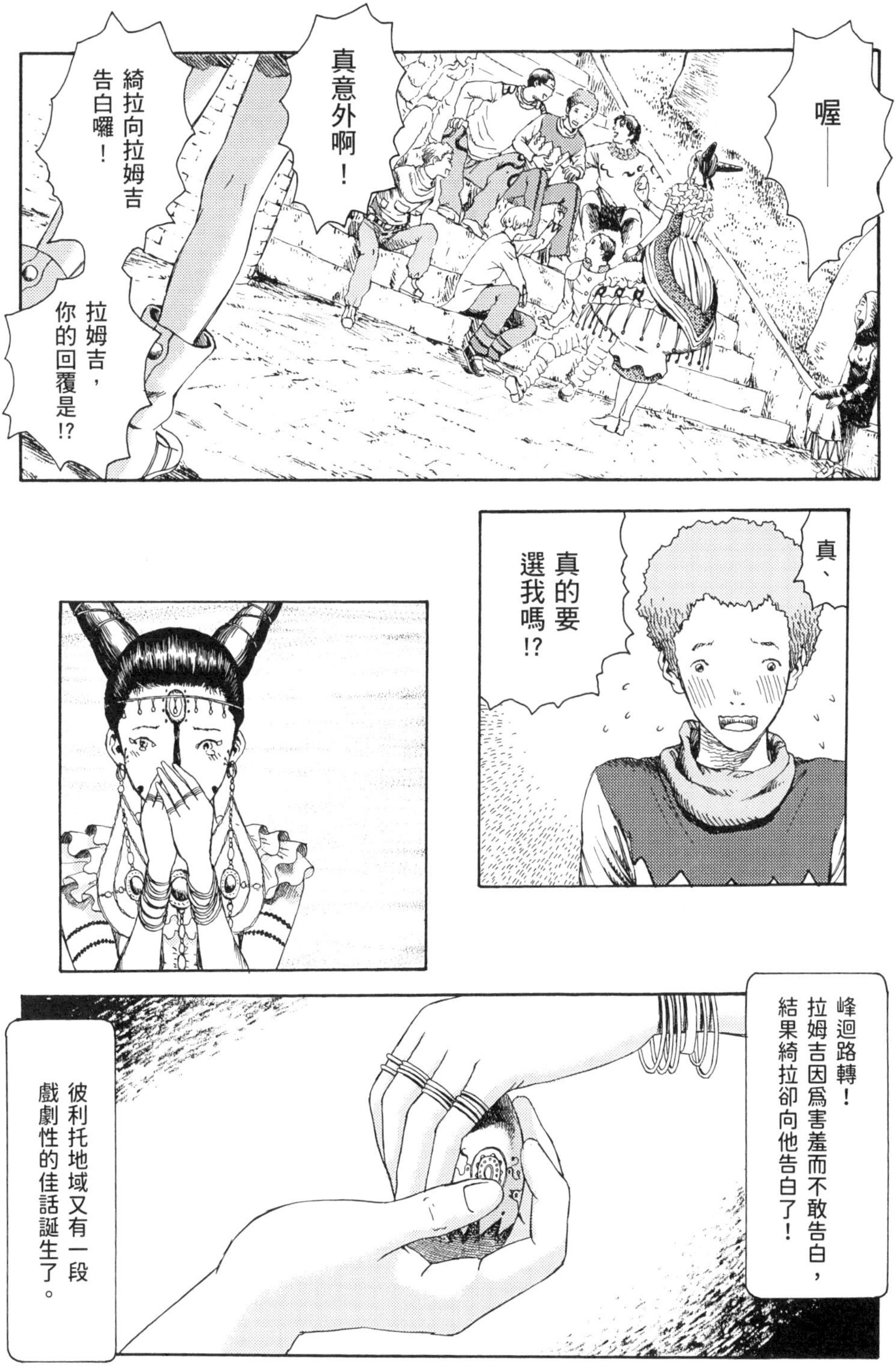
喔——
真意外啊！
綺拉向拉姆吉告白囉！
拉姆吉，你的回覆是!?
真、真的要選我嗎!?
峰迴路轉！拉姆吉因爲害羞而不敢告白，結果綺拉卻向他告白了！
彼利托地域又有一段戲劇性的佳話誕生了。

恭喜啊。
可惡
拉姆吉，你這混帳。
嗯……
謝謝你們，納南、阿達莫，我很開心喔。
在這之後，大夥兒會各帶一道菜餚來舉辦派對，祝福兩人，也讚許鼓起勇氣告白的男孩子※。
ドーン
ドドーン
呀—
哇—
啊哈哈哈哈哈
哈哈哈哈哈

（砰——砰砰——）

※日後會在禮拜堂進行正式的「結婚誓約」，只有親族可出席。

就快輪到皮皮了呢。
是啊。
我會衝一發喔！
我哥說他會找上皮皮。
咦，我哥也是。
啊，我哥也是。
皮皮的十八歲生日，就在下個月了。
嗶——
喔——
哇——
ドーン
ドドーン
（砰——砰砰——）

皮皮，
妳稍微搭上去看看。
爸，這樣嗎？
腳踩這裡。
好，別動喔。
223

223，然後，
195
311
260
下個月真的來得及對吧？
195……311……260……然後……
パタン
啪
這次相當棘手呢。
哎，敬請期待囉。
我很期待喔，爸爸！

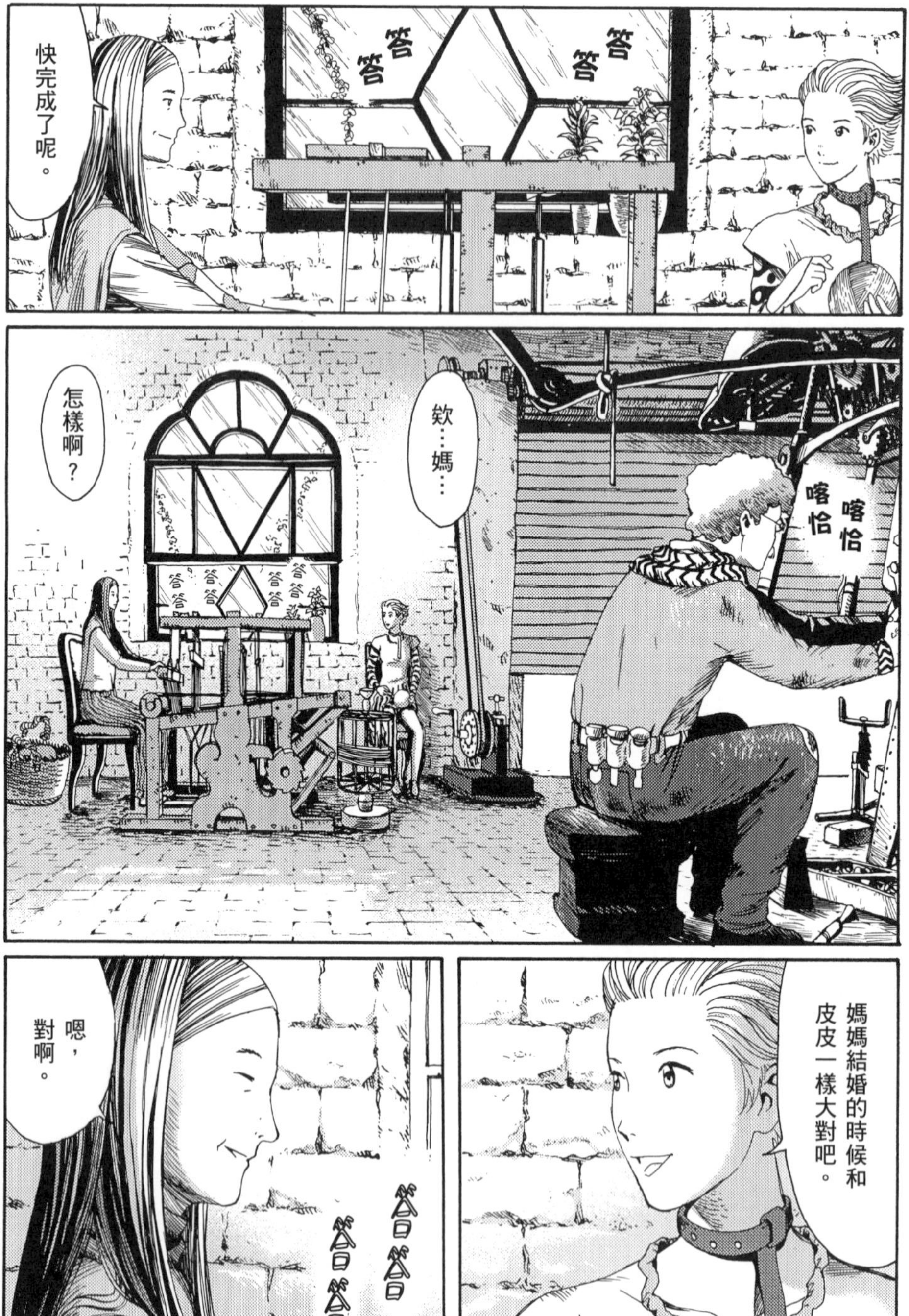
答答
答答
快完成了呢。
喀恰喀恰
欸…媽…
怎樣啊？
媽媽結婚的時候和皮皮一樣大對吧。
嗯，對啊。
答答
答答答

是媽媽告白的吧？
妳當時說什麼？
我說：「葛吉吉，今年要是不行，我明年還是會告白的。」
答答
答答
答答
答答
呀——
然後呢然後呢？爸爸說啥？
嘻嘻
別、別說那些好不好？我會分心！
啊～
「妳和我相差十五歲，而且我粗糙的手也和妳不搭。」
「這樣也沒關係嗎？」……他這樣說。

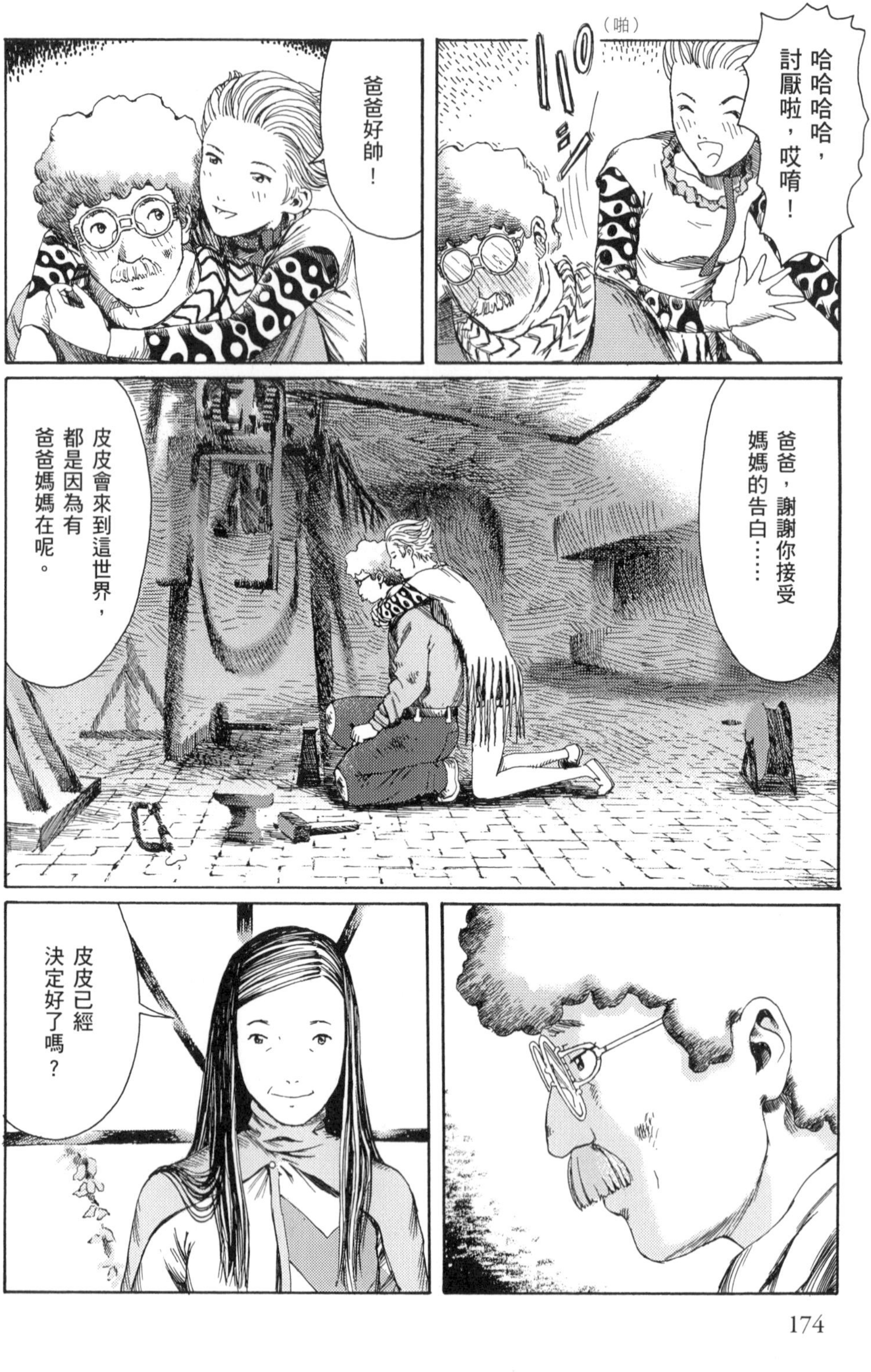
（啪）
哈哈哈哈，討厭啦，哎唷！
爸爸好帥！
爸爸，謝謝你接受媽媽的告白……
皮皮會來到這世界，都是因為有爸爸媽媽在呢。
皮皮已經決定好了嗎？

嗯。
不要挑凱伊。
咦？
カチャ カチャ
（咯恰 咯恰）
皮皮，來這裡。
（咯恰 咯恰）
カチャ カチャ

爸爸只是覺得寂寞啦。
原諒他吧。
這件事我只告訴媽喔。
皮皮……一直都……自從凱伊十年前來到工房後，
我就已經決定了。

凱伊的聲音，
凱伊的姿態，
凱伊的笑容。
我為什麼會這麼喜歡凱伊呢？

皮皮……
可是皮皮沒有自信呀……
因為凱伊好像對女孩子不感興趣嘛……
凱伊滿嘴都是瑪莉……

難道……
不會吧……
ザザザッ
（颯）

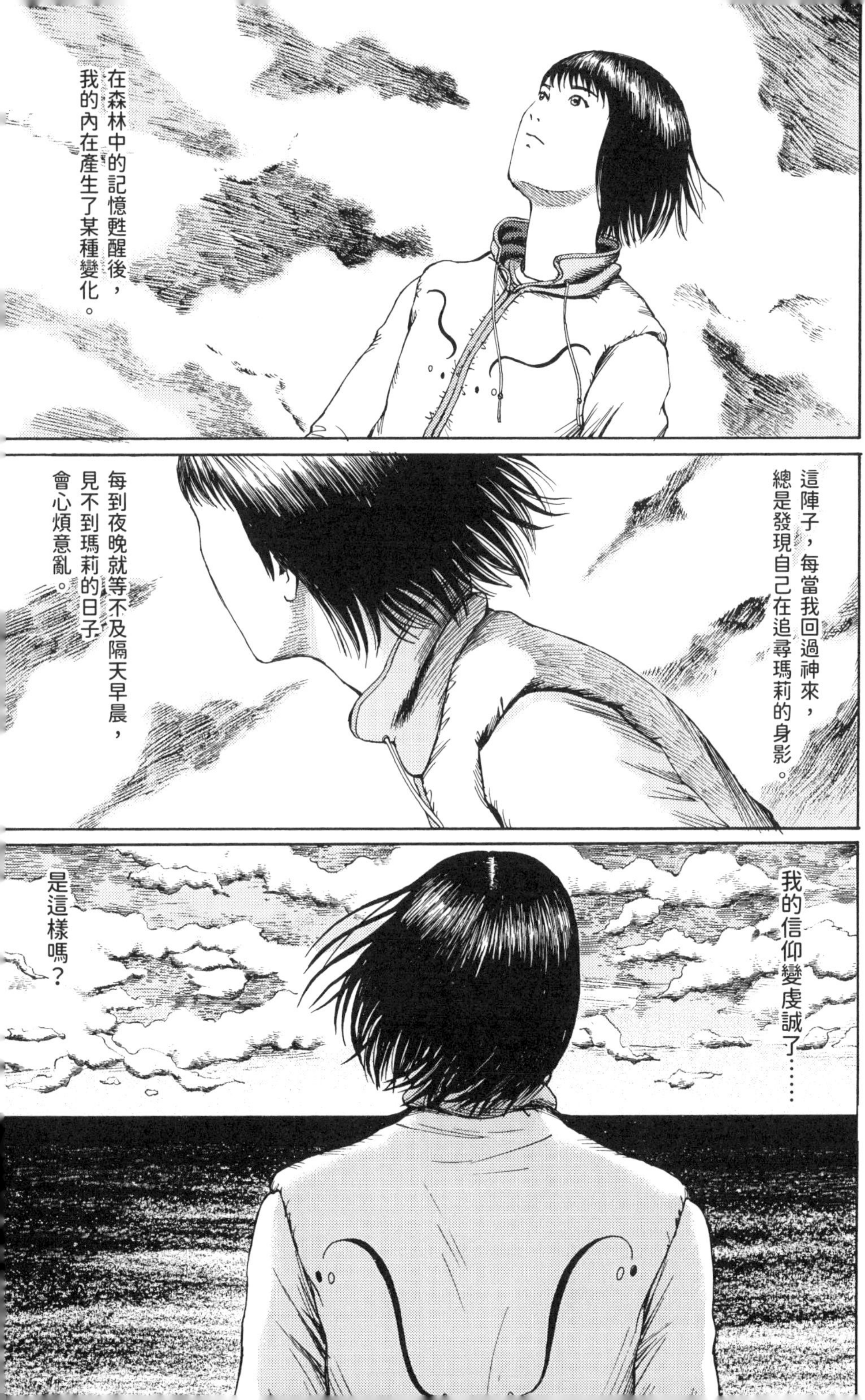
在森林中的記憶甦醒後，
我的內在產生了某種變化。
這陣子，每當我回過神來，
總是發現自己在追尋瑪莉的身影。
每到夜晚就等不及隔天早晨，
見不到瑪莉的日子
會心煩意亂。
我的信仰變虔誠了……
是這樣嗎？

哈哈哈哈
等一下—
綺拉和拉姆吉的聲音……
啊。

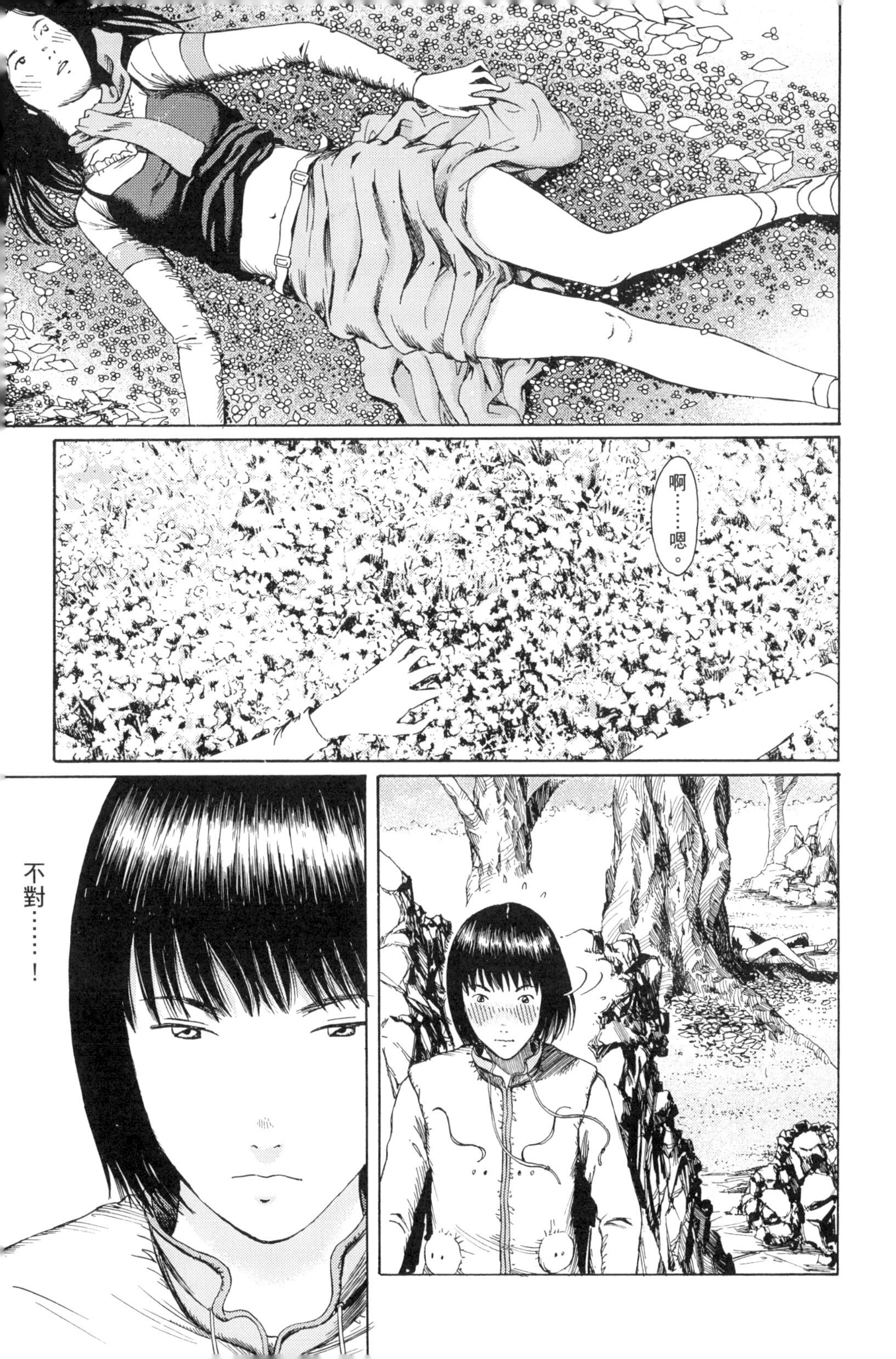

啊……嗯。
不對……！

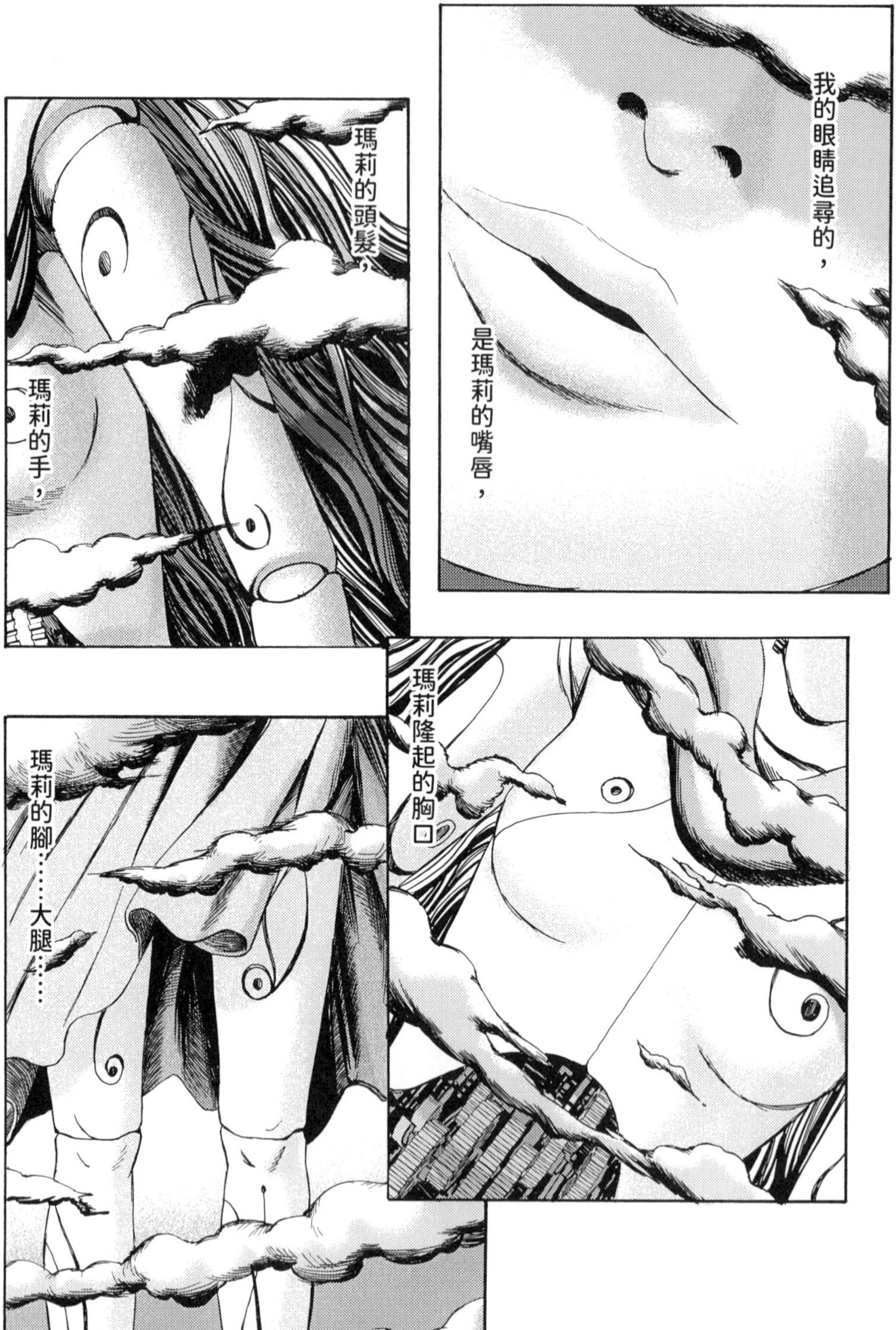
我的眼睛追尋的，
是瑪莉的嘴唇，
瑪莉的頭髮，
瑪莉的手，
瑪莉隆起的胸口
瑪莉的腳……
大腿……

輕蔑我吧，瑪莉，
請輕蔑
像我這樣的人吧。
下個月嗎……

SINGING MUSIC OF MARIE

EPISODE VI

第6話

褻瀆

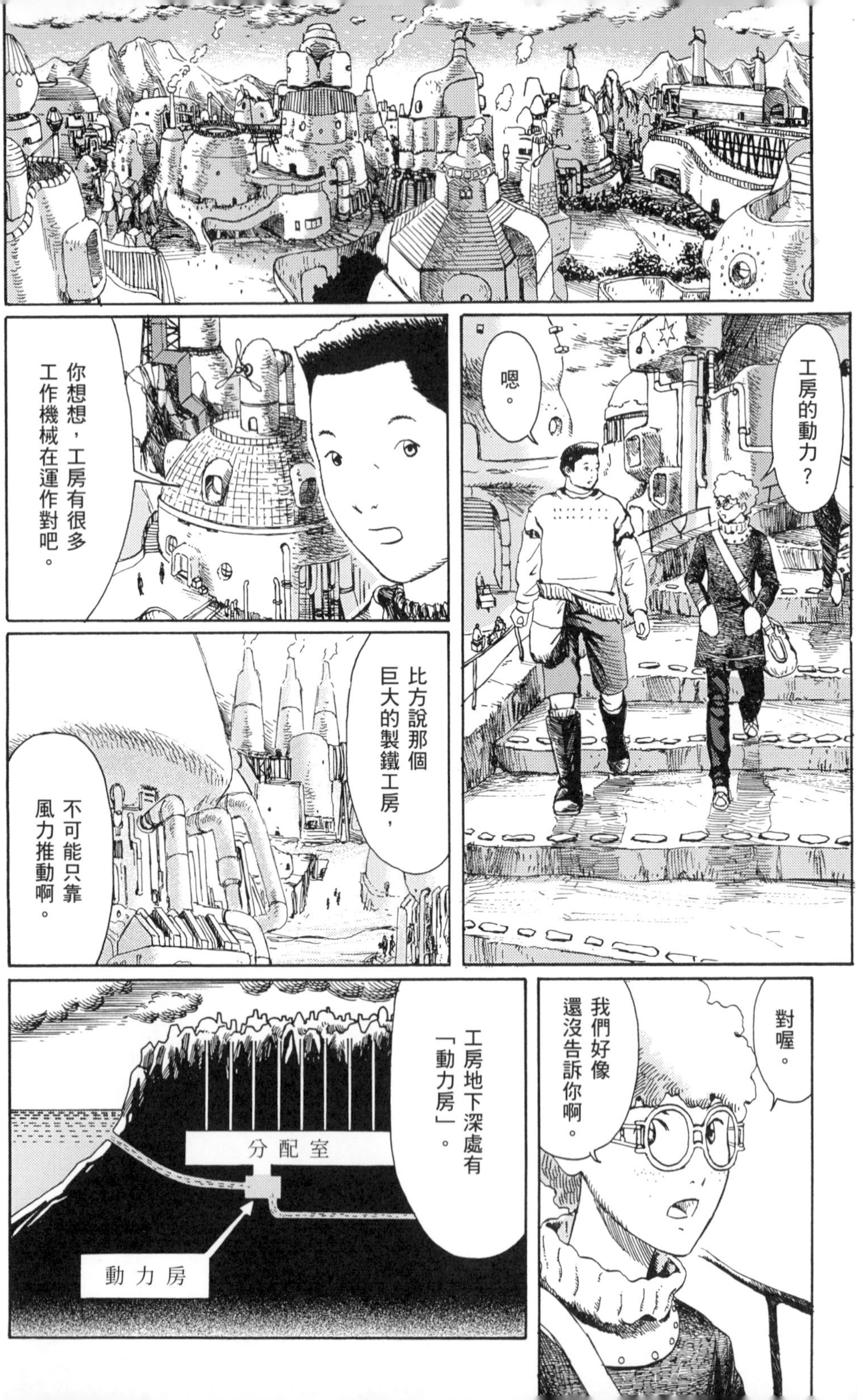
工房的動力？
嗯。
你想想，工房有很多工作機械在運作對吧。
比方說那個巨大的製鐵工房，
不可能只靠風力推動啊。
對喔。
我們好像還沒告訴你啊。
工房地下深處有「動力房」。
分配室
動力房

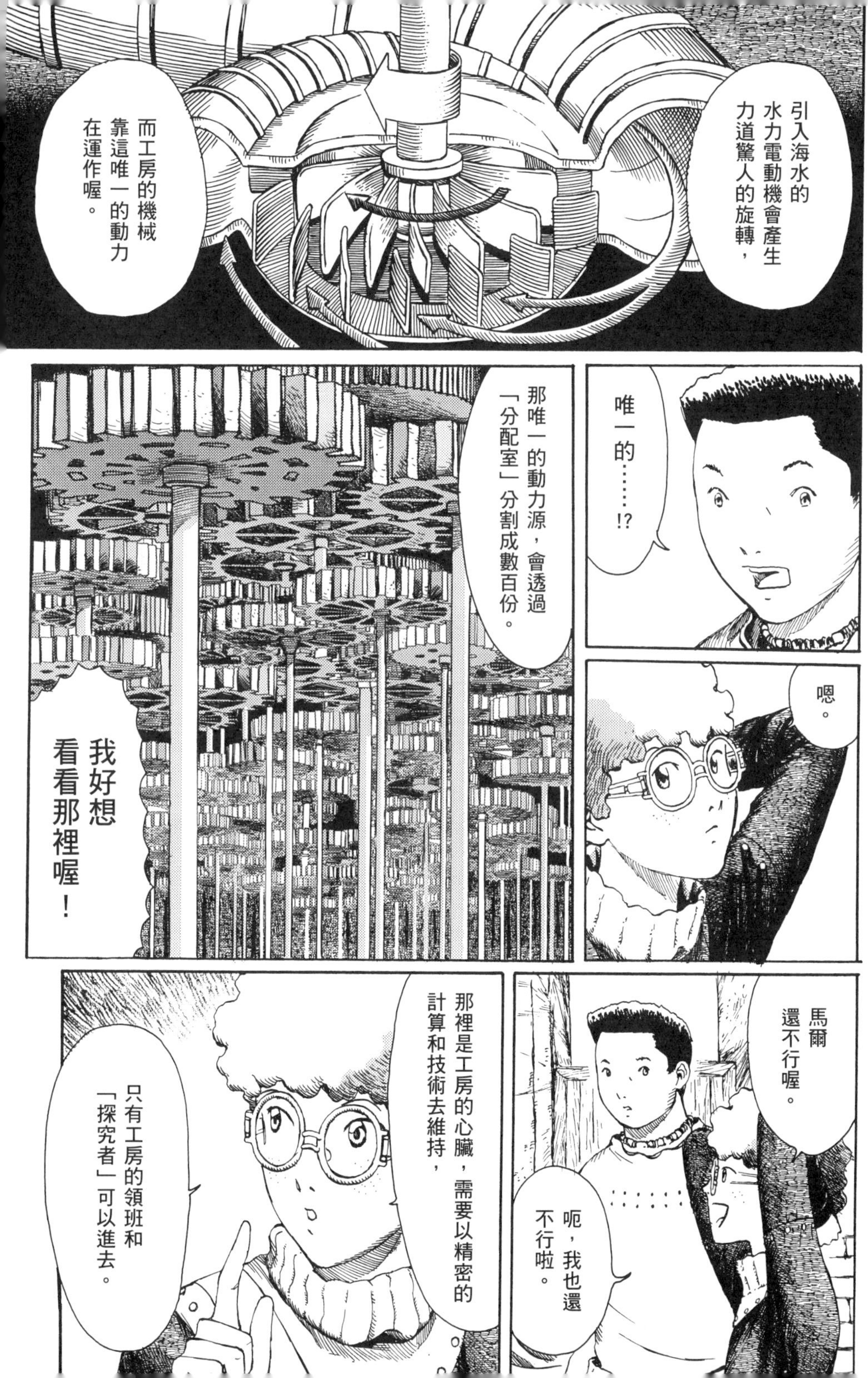
引入海水的水力電動機會產生力道驚人的旋轉，
而工房的機械靠這唯一的動力在運作喔。
唯一的……!?
那唯一的動力源，會透過「分配室」分割成數百份。
嗯。
我好想看看那裡喔！
馬爾還不行喔。
呃，我也還不行啦。
那裡是工房的心臟，需要以精密的計算和技術去維持，
只有工房的領班和「探究者」可以進去。

探究者？
「探究者」是研究技術的人。
他們會深入地下挖掘，透過古代遺物得知各種事情，
他們感覺就像工房的頭腦。
又稱為「地下看守者」。
嗯……工房果然很深奧呢……
真的很深
喂——
達——姆爾——

喔。
哎呀——真的很抱歉呢——
好多人呢。
是啊……大家都來幫我。
而且距離皮皮生日只剩下不到十天了，我真遜……
嘻
再說，我就那個嘛，技術力有點弱嘛。
托托要是願意出力，對我幫助會很大的喔。
啊，馬爾也是。
別客氣，別客氣。
哇～～～是那個嗎～～～～
真的在做啊～

哇～
啊，是機關人偶吧。
那，不好意思啊，請你馬上看一下。
各種零件和設計圖都在這箱子裡。
OK，簡單啦。
真假……？零件起碼有一百個吧……

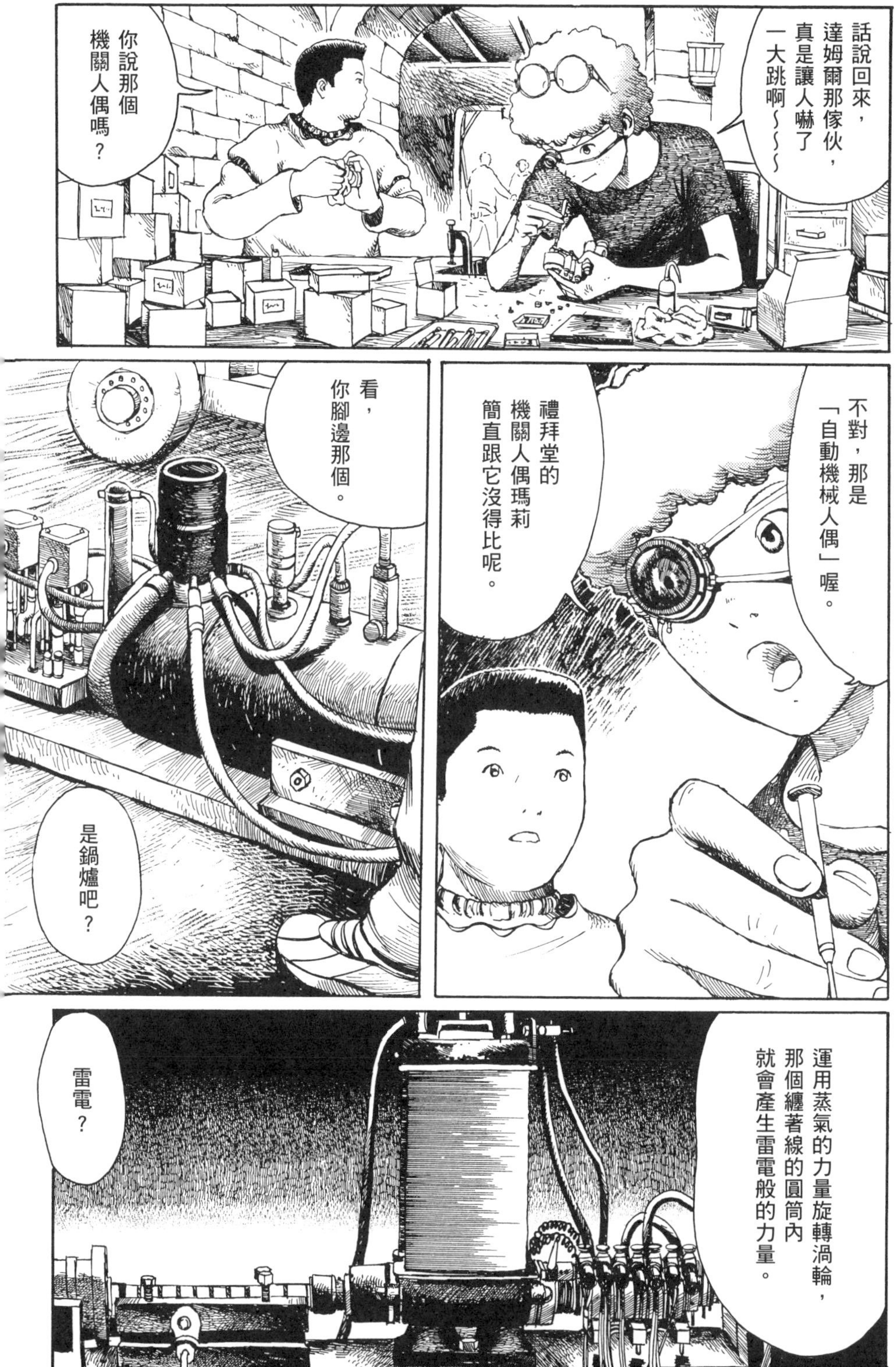
話說回來，達姆爾那傢伙，真是讓人嚇了一大跳啊～～～
你說那個機關人偶嗎？
不對，那是「自動機械人偶」喔。
禮拜堂的機關人偶瑪莉簡直跟它沒得比呢。
看，你腳邊那個。
是鍋爐吧？
運用蒸氣的力量旋轉渦輪，那個纏著線的圓筒內就會產生雷電般的力量。
雷電？

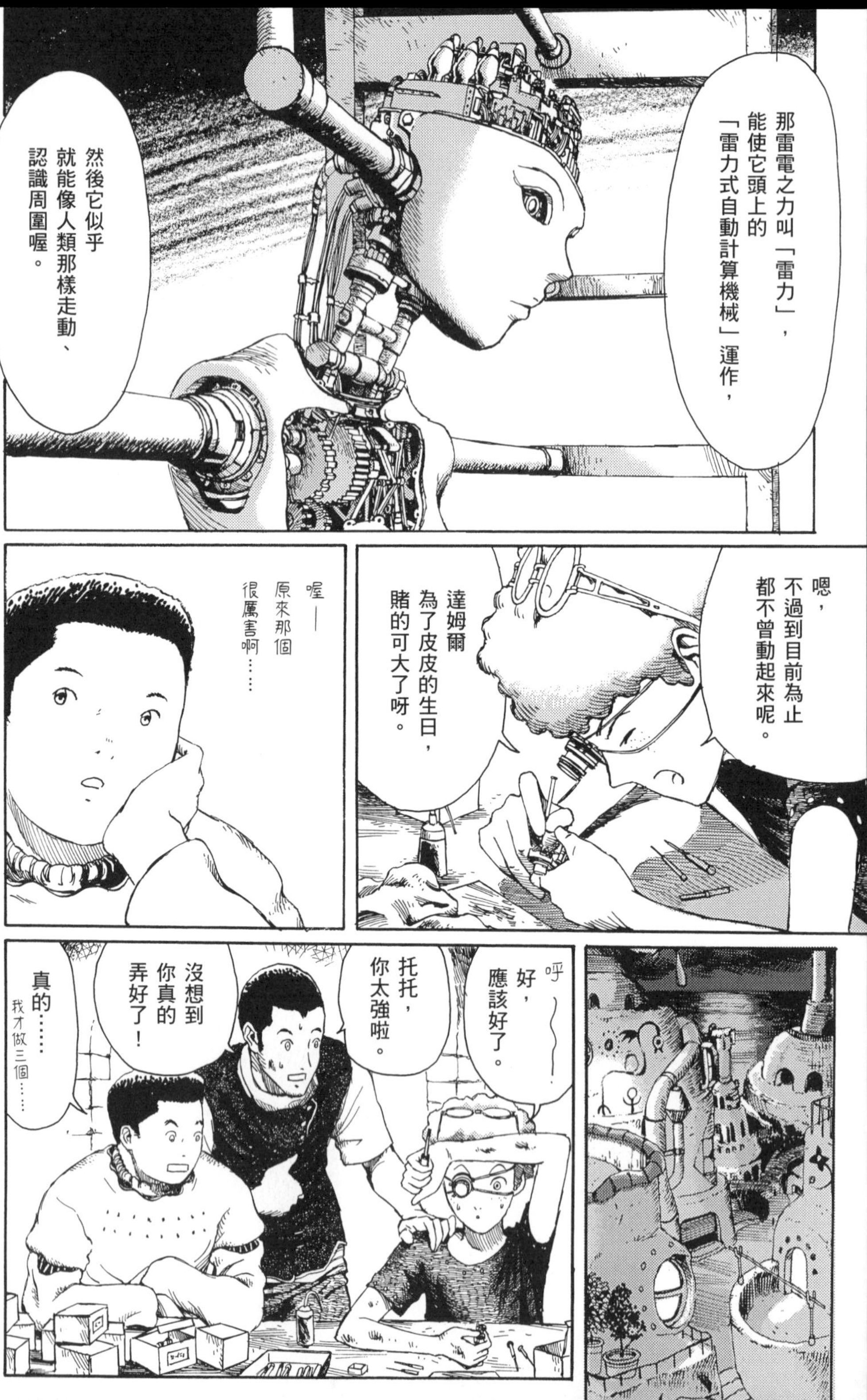
那雷電之力叫「雷力」，
能使它頭上的
「雷力式自動計算機械」運作，
然後它似乎
就能像人類那樣走動、
認識周圍喔。
嗯，
不過到目前為止
都不曾動起來呢。
達姆爾
為了皮皮的生日，
賭的可大了呀。
喔——
原來那個
很厲害啊……
呼——！
好，
應該好了。
托托，
你太強啦。
沒想到
你真的
弄好了！
真的……
我才做三個……

那先走一步囉，達姆爾。
抱歉沒幫上忙。
不會！真的很謝謝你們兩個！
我們會幫到你完成為止喔。
對吧馬爾？
嗯。
真的嗎!?
達姆爾真是個好人呢。
嗯。
他是很帥氣的男子漢喔。
看他那麼拚命在做，會感到很不捨呢。
皮皮滿十八歲前的這段時間，他已經拒絕過好幾個女孩子的告白了……

啊，這樣啊。
皮皮喜歡凱伊……
哎，不過皮皮也很可憐呀。
話說，我又有問題了。
什麼呀？
那麼厲害的自動機械人偶，是達姆爾想出來的嗎？
啊……
我得帶馬爾去看看那裡才行！
這邊。
又要往地下走啊——
那裡……
哎唷，好可疑喔。

我們現在要去「探究書庫」。
數百年來的工房研究成果，堆滿了那個地方。
打擾了——

這裡有數目龐大的文獻，
還有設計圖，

以及眾多試作品……

這機械會透過雷力將聲音傳導到極為遙遠的地方，
這機關會讓氣化油爆炸，
產生的力量是蒸氣壓縮機關的數百倍。
還有一種裝置可以產生無限倍的力量，這就是裝置的模型。
讓某種鋼石的「中心」連鎖分離，聽說就能產生力量。
我也不是很懂啦。
這是可以同時進行數萬筆計算的機器。
好大～
這些都是數百年以前做出來的東西唷。
理論上全部都可以運作。
不對，正確地說，是各個部分都能順利運作，
但無法實際運用。

負責研究、開發這些先進技術的，
就是在這裡進行研究的「地下看守者」。
這樣啊……這些人，
就是剛剛提到的「探究者」嗎……
達姆爾也是「探究者」之一喔。
哇～～
達姆爾果然很帥氣呢！
喔？

啊。
你們在查什麼嗎？
不，我是在幫馬爾導覽。
谷爾先生也是「探究者」之一。
咦……他明明是神官呀？
嗯。
因為了解人類能力的極限和崇敬神，是同一件事啊。
嘻
對吧？

(沙沙)
ザッ
ザッ
陷
呼——
變冷了呢——
還差一點……
皮皮，
爸爸在叫妳喔。
!
ザッ
(沙)

爸爸，完成了是吧！
這是皮皮的十八歲生日禮物。
「鳥」。
シュ～
プシュ～
（咻～～～噗咻～～～）

好厲害！太棒了！
爸爸果然很厲害啊！
不會吧……這應該不會飛對吧？
不……
設計上是會飛的，
不過是純以設計圖上的理論而言。

爸爸至今
挑戰了好幾次，
想乘著它飛起來。
就像爸爸的爸爸、
爺爺他們那樣……
不過一次都
沒有成功過。
就算一瞬間
以為自己飛起來了，
機器也會立刻故障。
躍躍
欲試
這次的
完成品
是至今最好的！
它可以飛……
我覺得它飛得起來。
躍躍
欲試
可是，
現在測試它，
要是試壞了，
就趕不上生日了，
躍躍
欲試
是這個嗎？
而且我也不能讓皮皮
搭那麼危險的東西
飛上天……
啊。
シュコー
シュコー
（咻叩──咻叩──）

（咻～～～砰 啵 啵啵 啵啵啵啵 啵啵啵）

呼
那，爸爸，
這個接下來要怎麼弄呢？
壓縮度提高，聲音穩定下來之後，拉這裡。
腳踩上這裡，
然後設定這裡，翅膀就會打開。
嗯。
然後呢，拉這根操縱桿，翅膀就會拍動。
只能拉到這條白線為止。
齒輪還無法咬合。
嗯。
懂了嗎？
嗯！

(啪沙 啪沙 啪沙)
這聲音……好驚人！
好像真的變成鳥在拍翅膀了!!
(啪沙 啪沙)
嗯，嗯。
我自己也覺得做得很好
凱伊會大吃一驚的！
(啪沙 啪沙)

凱伊投胎轉世的話，想變成什麼？
皮皮呢？
皮皮還想再當皮皮。
欸，凱伊你呢？
嗯——
鳥吧……
因為當鳥好像很舒服啊。

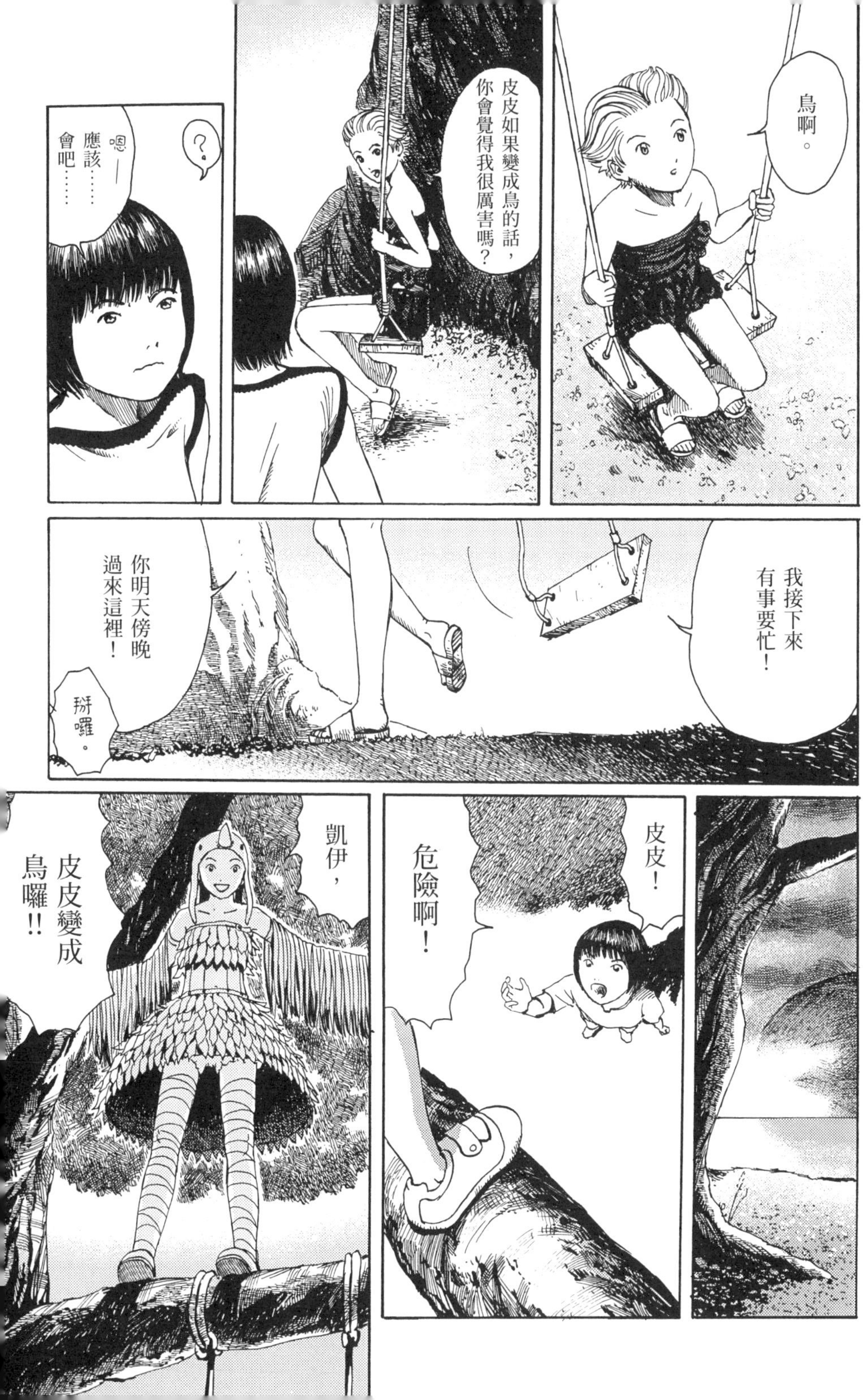
鳥啊。
皮皮如果變成鳥的話，你會覺得我很厲害嗎？
？
嗯—應該……會吧……
我接下來有事要忙！
你明天傍晚過來這裡！
掰囉。
皮皮！
危險啊！
凱伊，皮皮變成鳥囉!!

厲害嗎？
皮皮，妳很厲害啊！
快下來吧。
泛淚⋯⋯
凱伊⋯⋯
我不知道要怎麼下去啊～～～
來，踩我的肩膀。
我看不到下面啊～～～
那脫掉裙子。
嗚嗚——好糗喔——
皮皮明明想讓凱伊大吃一驚的。
我很驚訝喔，真的啦。

印象中，衣服是一夜沒睡做出來的……
真蠢——
不知道凱伊還記不記得呢？
哎——真想說我會變成鳥。
但要保密
雖然是不會飛的鳥啦。
靠那個告白的話，凱伊大受感動……搞不好……
嘿嘿嘿
好像不在家吧。

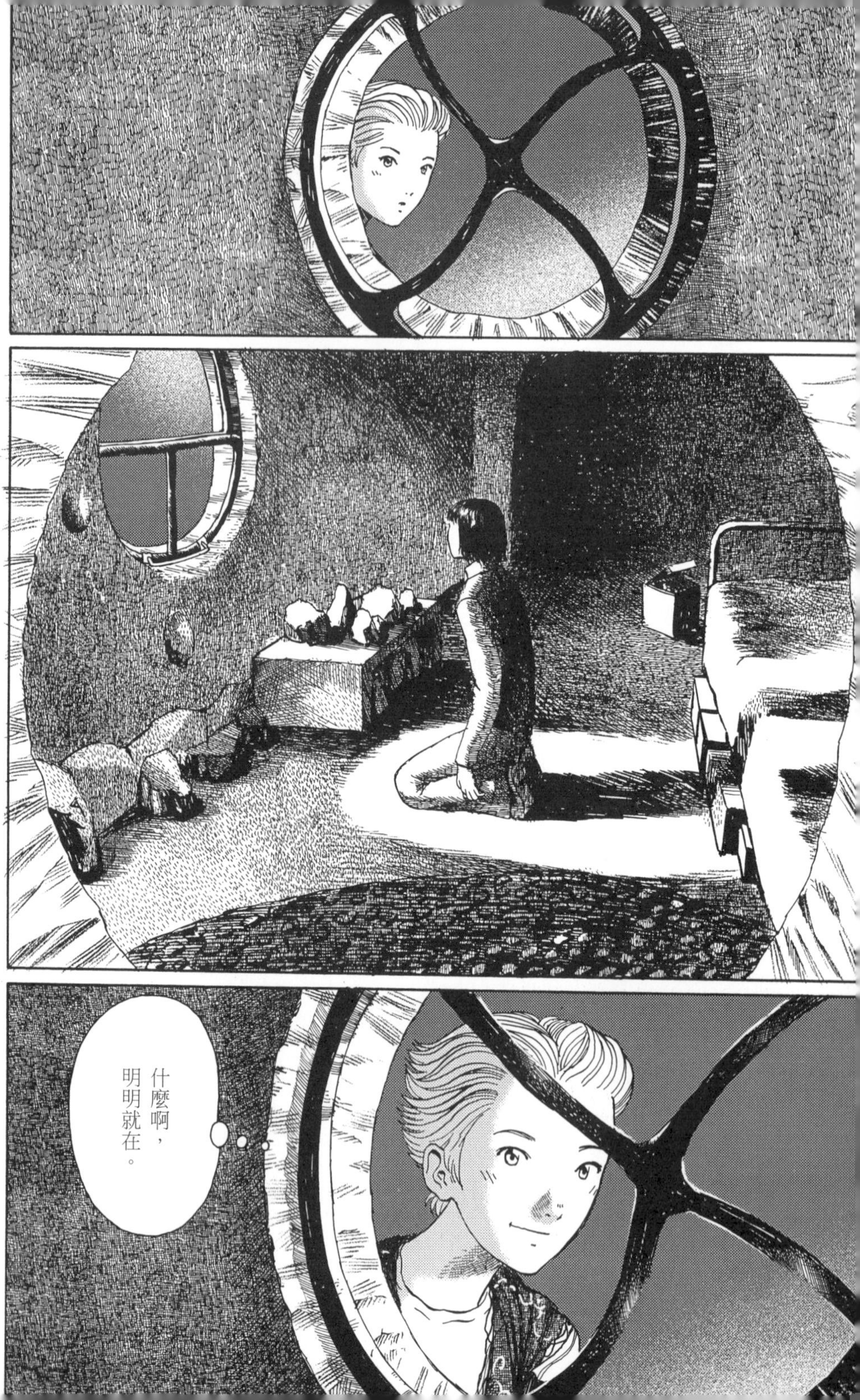
什麼啊，明明就在。

呼
呼
那麼投入……
在做啥呀……
呼
呼
呼
撲通
撲通
瑪莉。
撲通

怎麼會……
怎麼會……！

SINGING MUSIC OF MARIE

EPISODE VII

第7話

皮皮的決心

擦
我在做什麼啊。
好像笨蛋。

皮皮，吃飯囉。
我不要。
皮皮到底怎麼啦？
不清楚……
問她她也不說。
大概和凱伊之間發生了什麼事吧。
嗯。
那件事……
我再試著好好說一次給她聽吧。
嗯……

我用這隻手……！

我的腦袋是不是出了什麼問題呀？
為什麼……
為什麼我偏偏是對瑪莉……!?
太骯髒了！

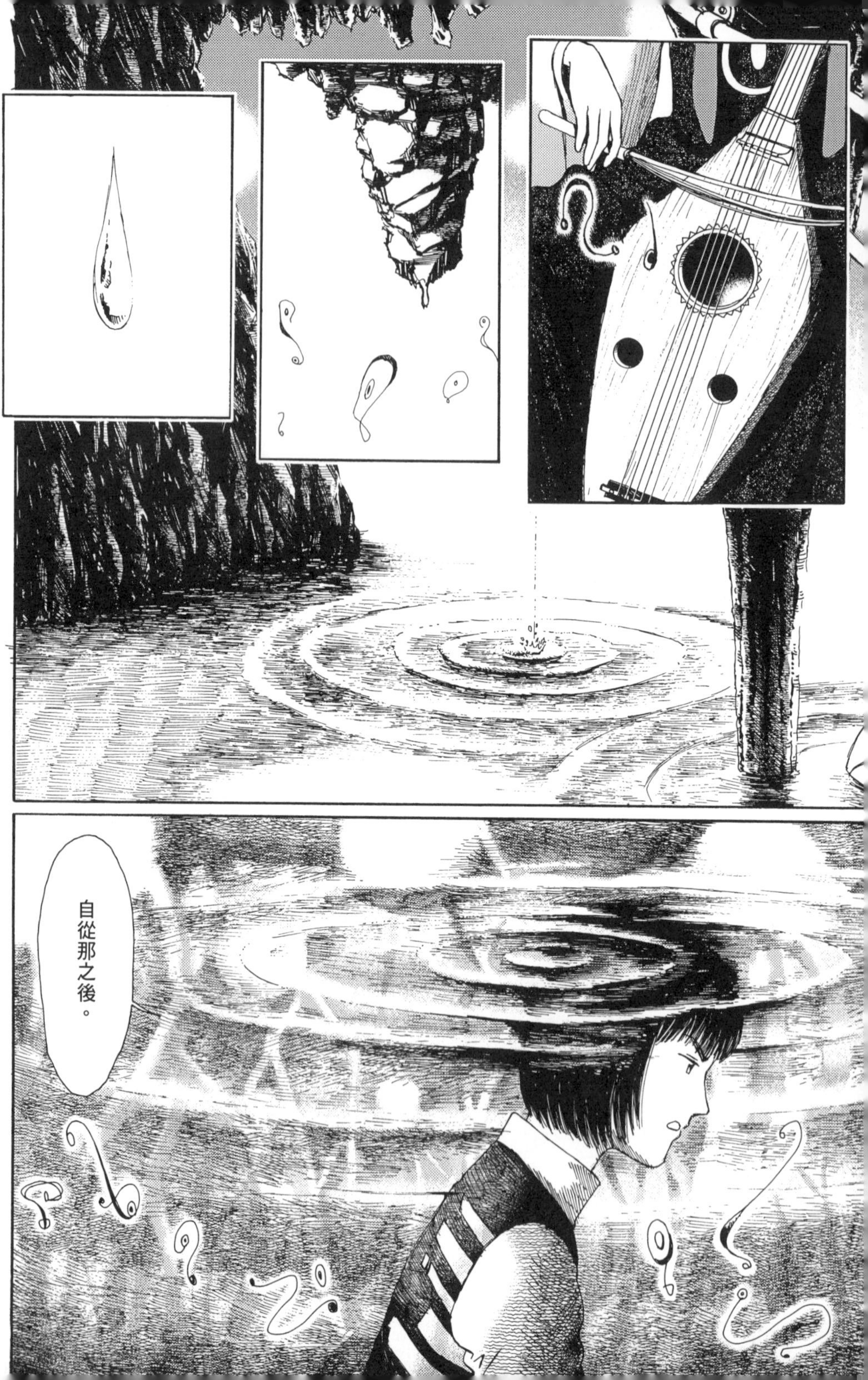
自從那之後。

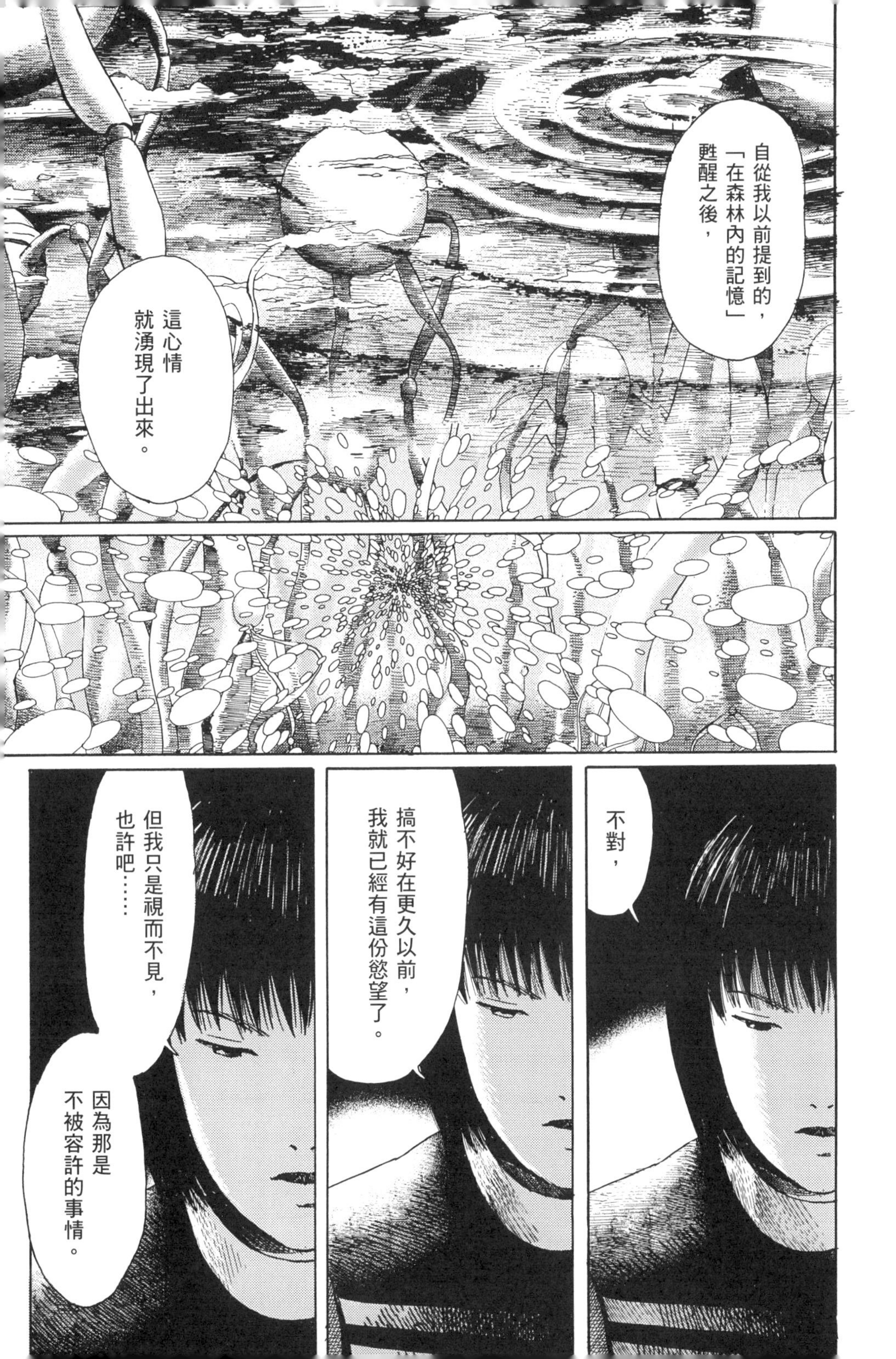
自從我以前提到的，「在森林內的記憶」甦醒之後，
這心情就湧現了出來。
不對，
搞不好在更久以前，我就已經有這份慾望了。
但我只是視而不見，也許吧……
因為那是不被容許的事情。

我已經沒有崇拜瑪莉的資格了。
不過……這份無法壓抑的心情，該怎麼辦呢？
然後呢？
你想找我談的事情是什麼呢？
咦？
對神的讚美，由神授予人之口舌。對瑪莉的愛，由神授與人之胸臆。（彼利托書）

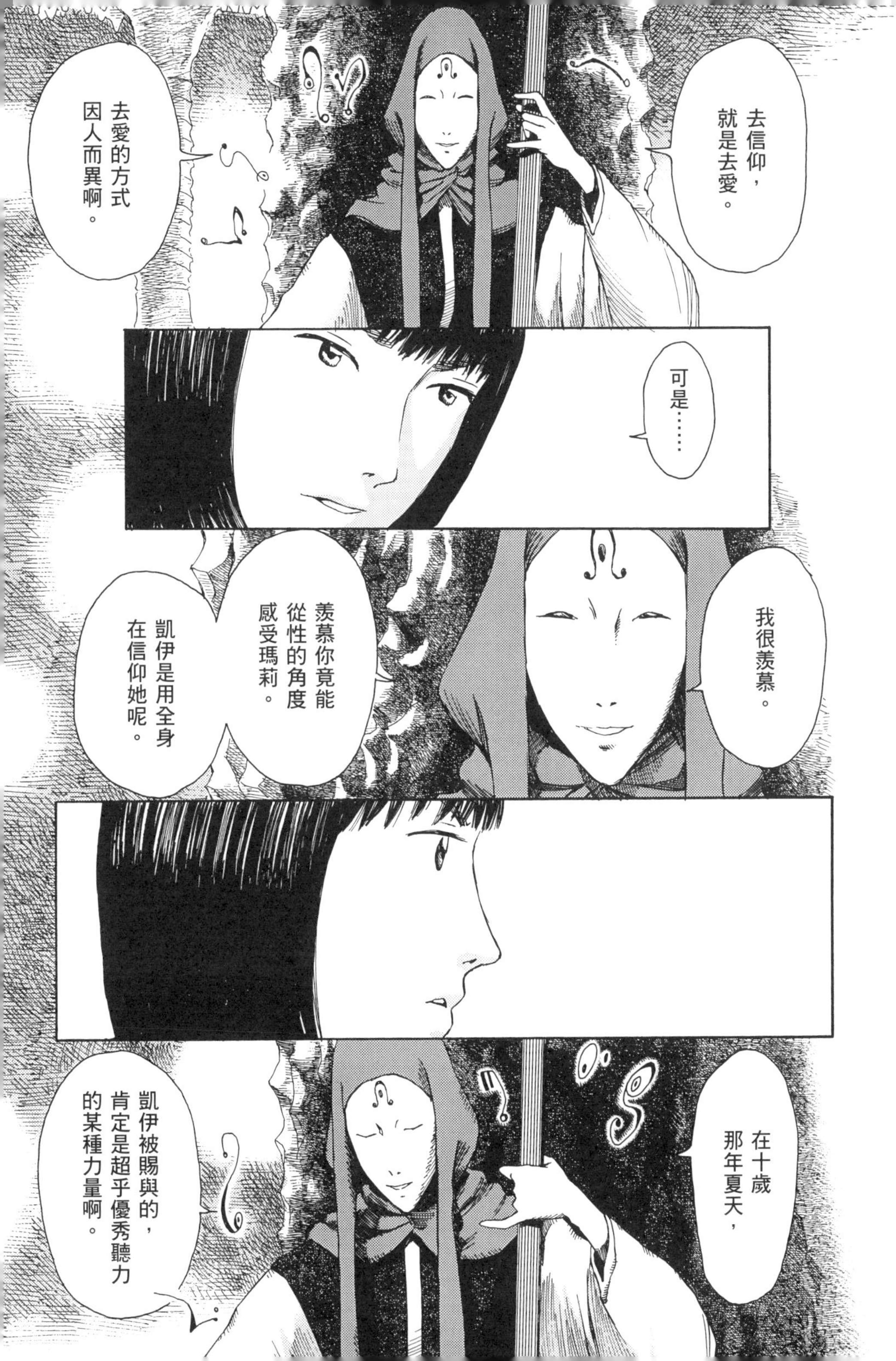
去信仰，就是去愛。
去愛的方式因人而異啊。
可是……
我很羨慕。
羨慕你竟能從性的角度感受瑪莉。
凱伊是用全身在信仰她呢。
在十歲那年夏天，
凱伊被賜與的，肯定是超乎優秀聽力的某種力量啊。

我被灌輸了……
要深深愛慕瑪莉的想法？
就算是，那也是瑪莉的意志。
沒什麼好羞恥的。

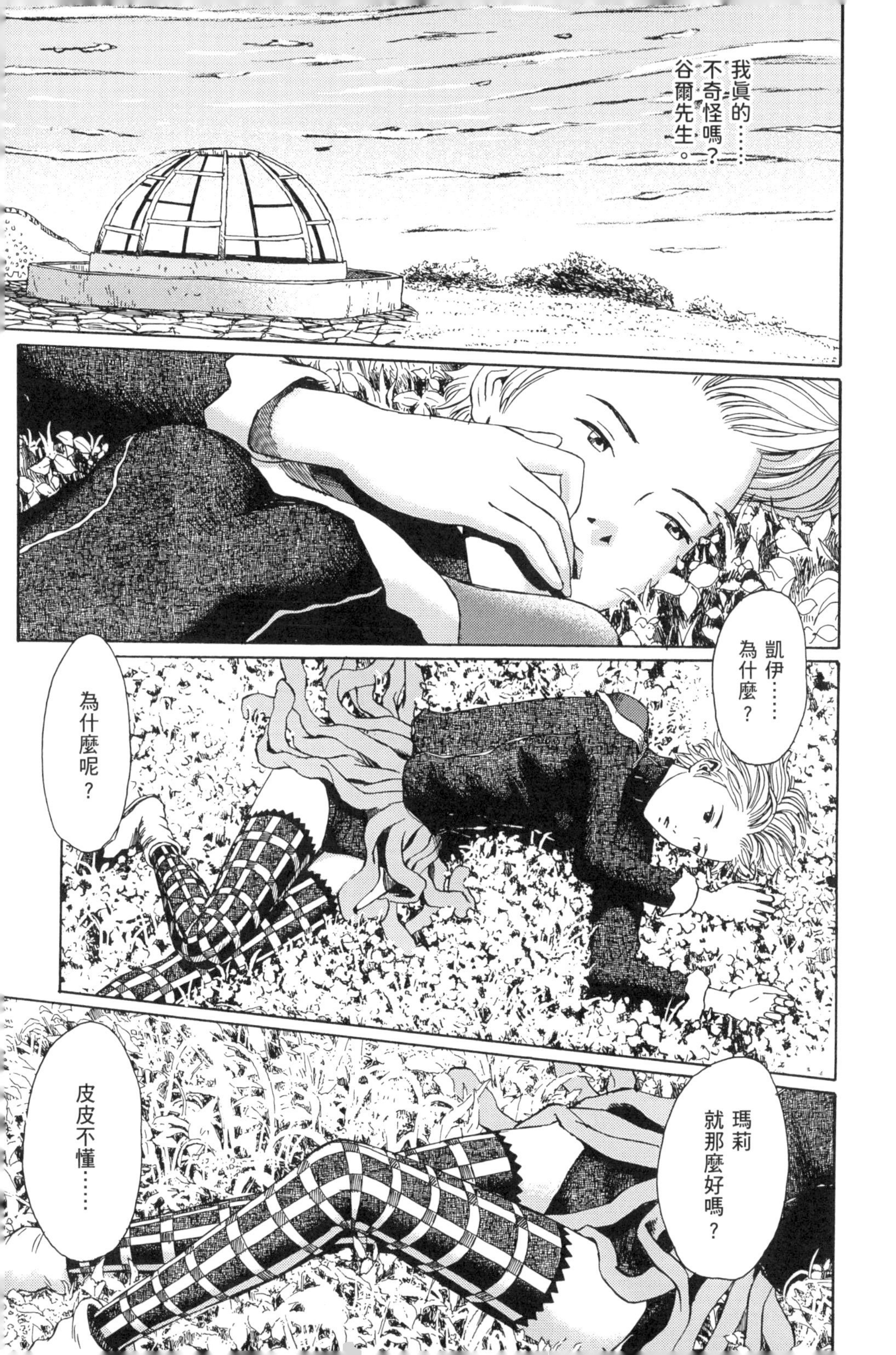
我眞的……
不奇怪嗎？
谷爾先生。
凱伊……
為什麼？
為什麼呢？
瑪莉
就那麼好嗎？
皮皮不懂……

真笨啊，
喜歡上瑪莉，根本不會有結果嘛。
討厭。
討厭。
討厭啦！
瞪
不要搶走凱伊喔！

皮皮只擁有凱伊的陪伴！
哈哈……我好像笨蛋。
腦袋一片混亂……
該怎麼辦呢。
（哩—哩—唧哩哩 哩—哩—唧哩哩）

後天就是我生日了。
要放棄告白嗎？
凱伊完全沒把皮皮當成女孩子看待吧，連一點點都沒有呢。
（哩——哩——）
對手是瑪莉的話，想對抗也對抗不了嘛！
（哩哩……）
（嘩）

パサパサパサパサパサ
（啪沙啪沙啪沙）
リリリリーン
（哩——哩——哩——哩——）

飛上天的話……
（哩—哩—唧哩哩哩）
リーン
リーン
チリリリン

皮皮也飛上天的話，就可以比得上瑪莉了？
（哩—哩—）

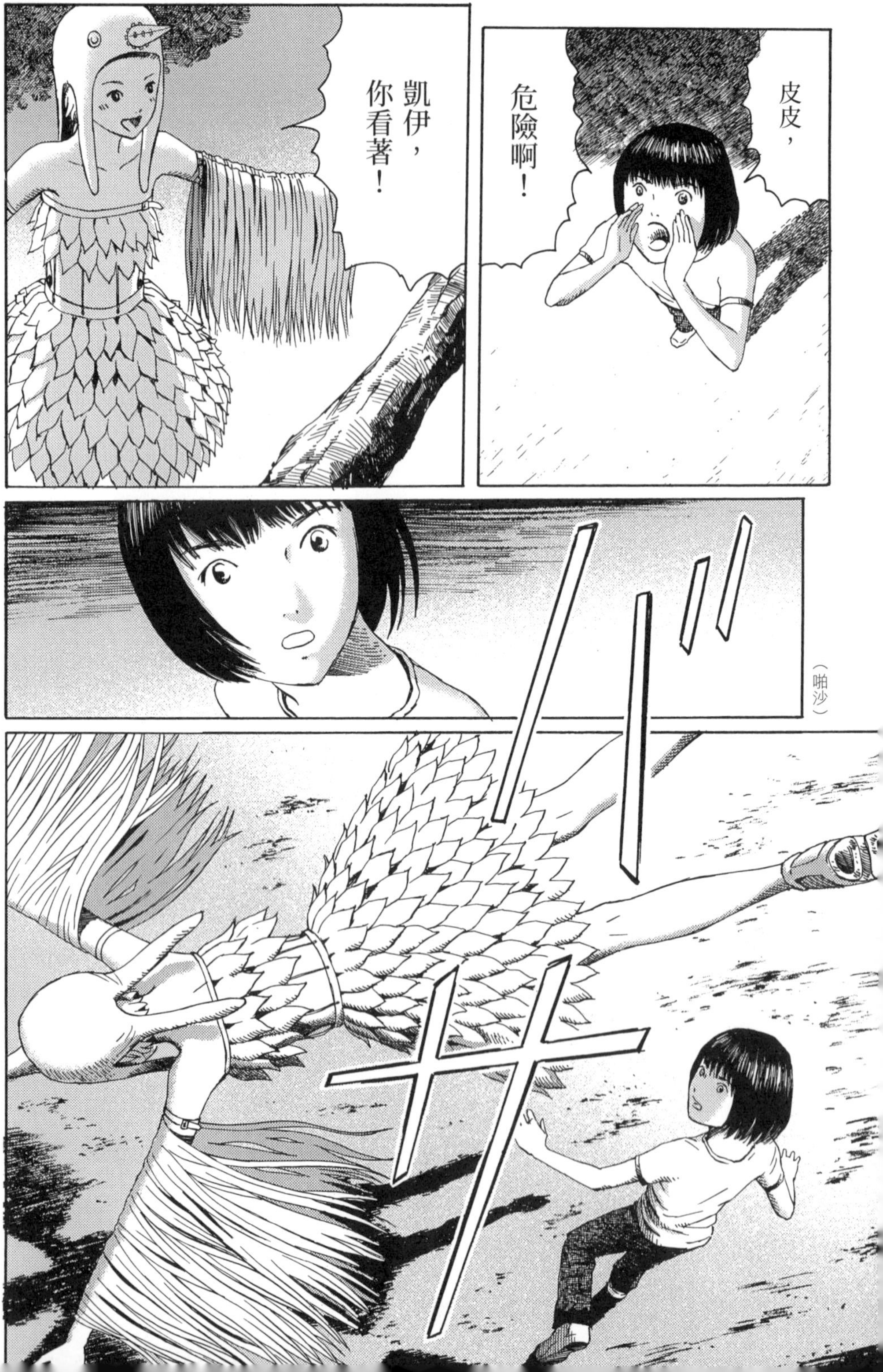

皮皮，危險啊！
凱伊，你看著！
（啪沙）

皮皮
變成鳥囉！
好厲害，
皮皮
好厲害啊！
那時候，變成鳥
只是小孩子的夢想，
但這次
不一樣！

對啊！
瑪莉有但皮皮沒有的能力，
就是在天空飛行……！
要是能飛起來，
凱伊看待皮皮的方式也會改變……

對啊。
我要飛!!
爸爸！
爸，拜託你！
呼
皮皮想要飛！
呼
皮皮？
欸，拜託你。
爸爸，我可以吧？
呼
呼
皮皮，怎麼啦？
拜託你！
到底怎麼了!?
拜託你～～～

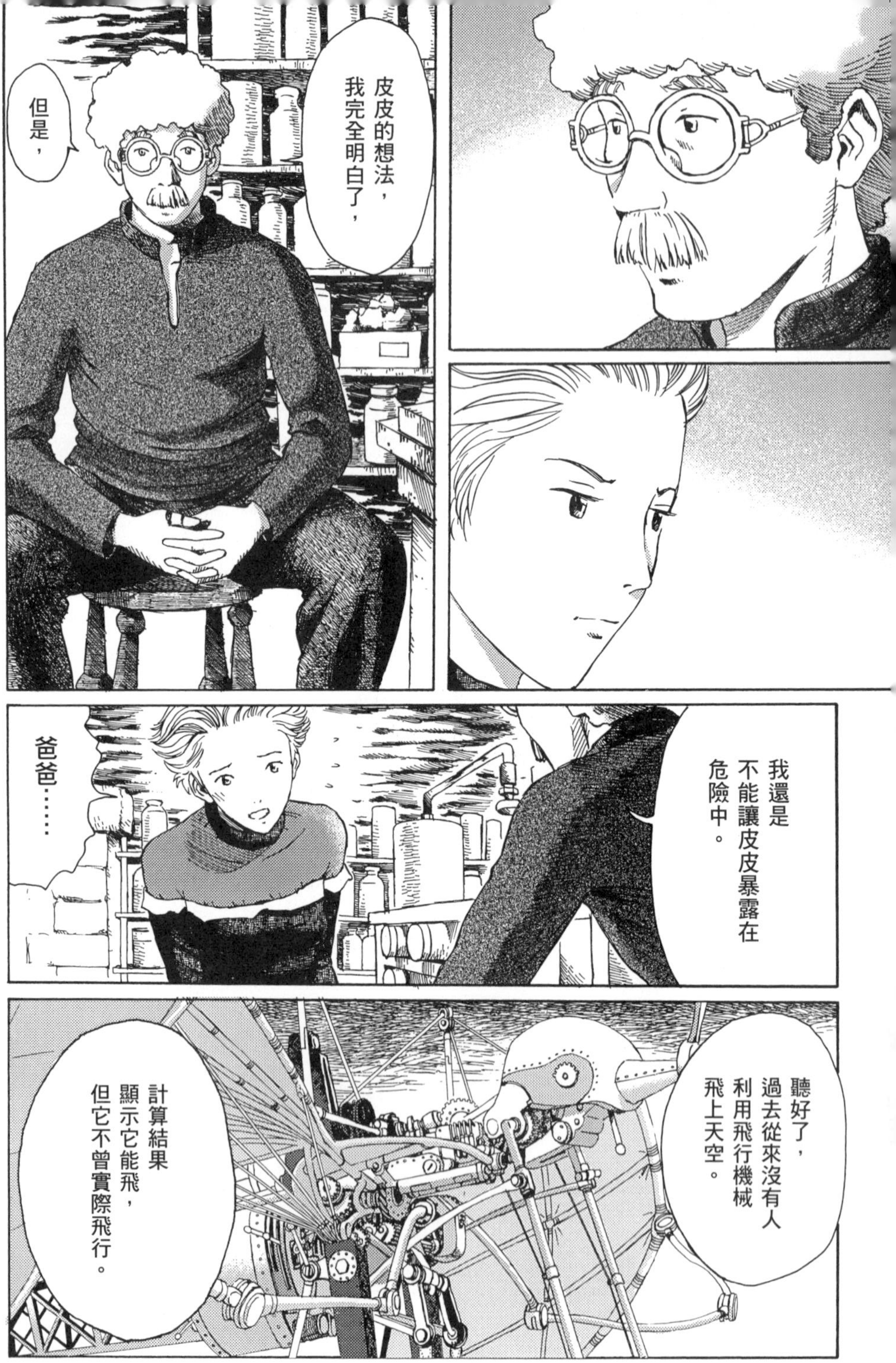
皮皮的想法，
我完全明白了，
但是，
我還是
不能讓皮皮暴露在
危險中。
爸爸……
聽好了，
過去從來沒有人
利用飛行機械
飛上天空。
計算結果
顯示它能飛，
但它不曾實際飛行。

可是……
皮皮，說到凱伊……
妳應該要放棄他。
爸爸和媽媽都是這麼希望的。

爸？
為什麼爸要這麼說呢？
說什麼媽媽也希望……騙人啦！
我沒騙妳。
妳沒辦法和凱伊在一起的。
太過分了……

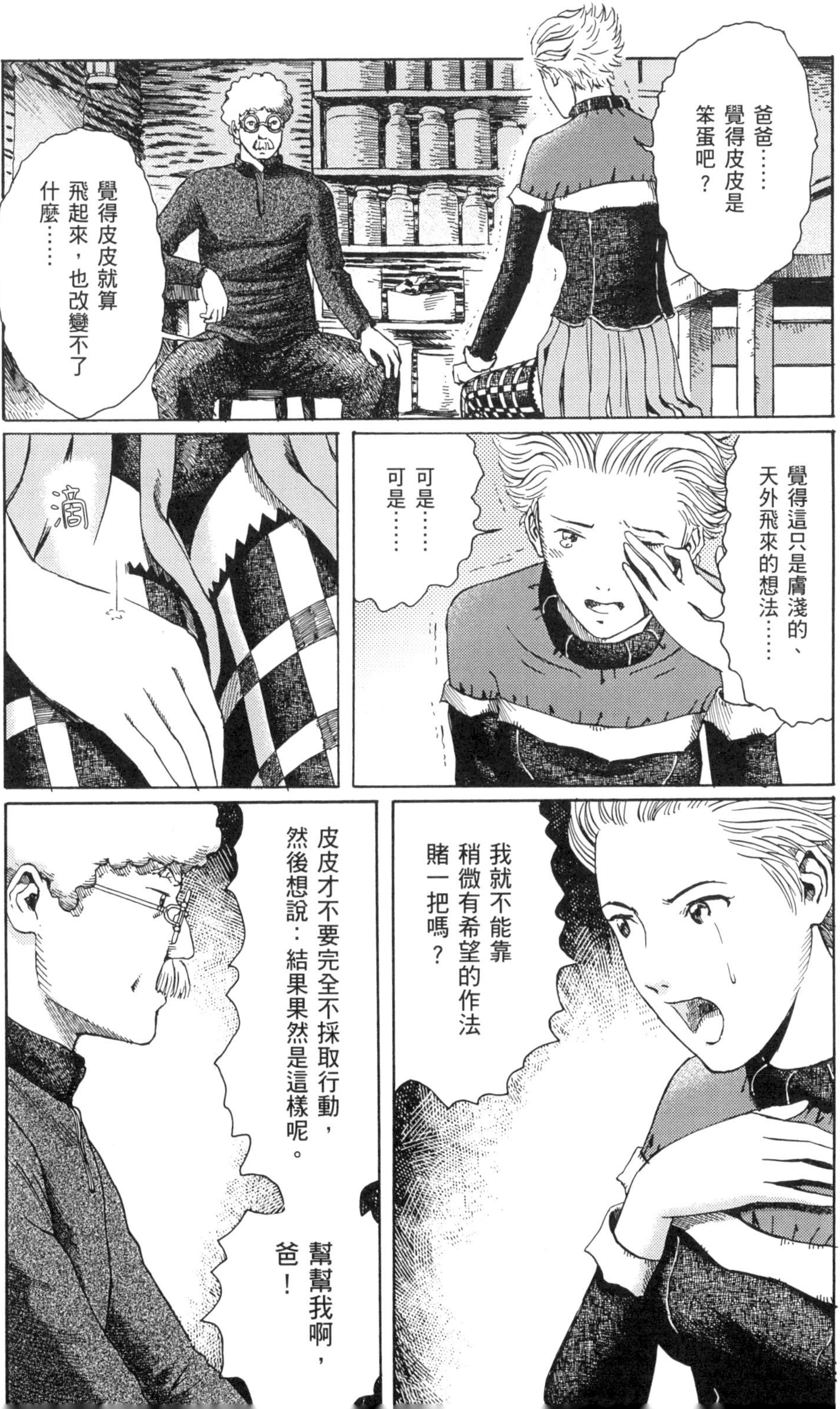
爸爸……覺得皮皮是笨蛋吧？
覺得皮皮就算飛起來，也改變不了什麼……
覺得這只是膚淺的、天外飛來的想法……
可是……可是……
滴
我就不能靠稍微有希望的作法賭一把嗎？
皮皮才不要完全不採取行動，然後想說：結果果然是這樣呢。
幫幫我啊，爸！

窣
皮皮，不是那樣的。
凱伊不是普通的男孩子，
凱伊……
凱伊他……

頭好痛……
咦？
剛剛是在說什麼去了？
每次都這樣……
只要談起這件事，她的內心就會像貝殼一樣緊閉起來。

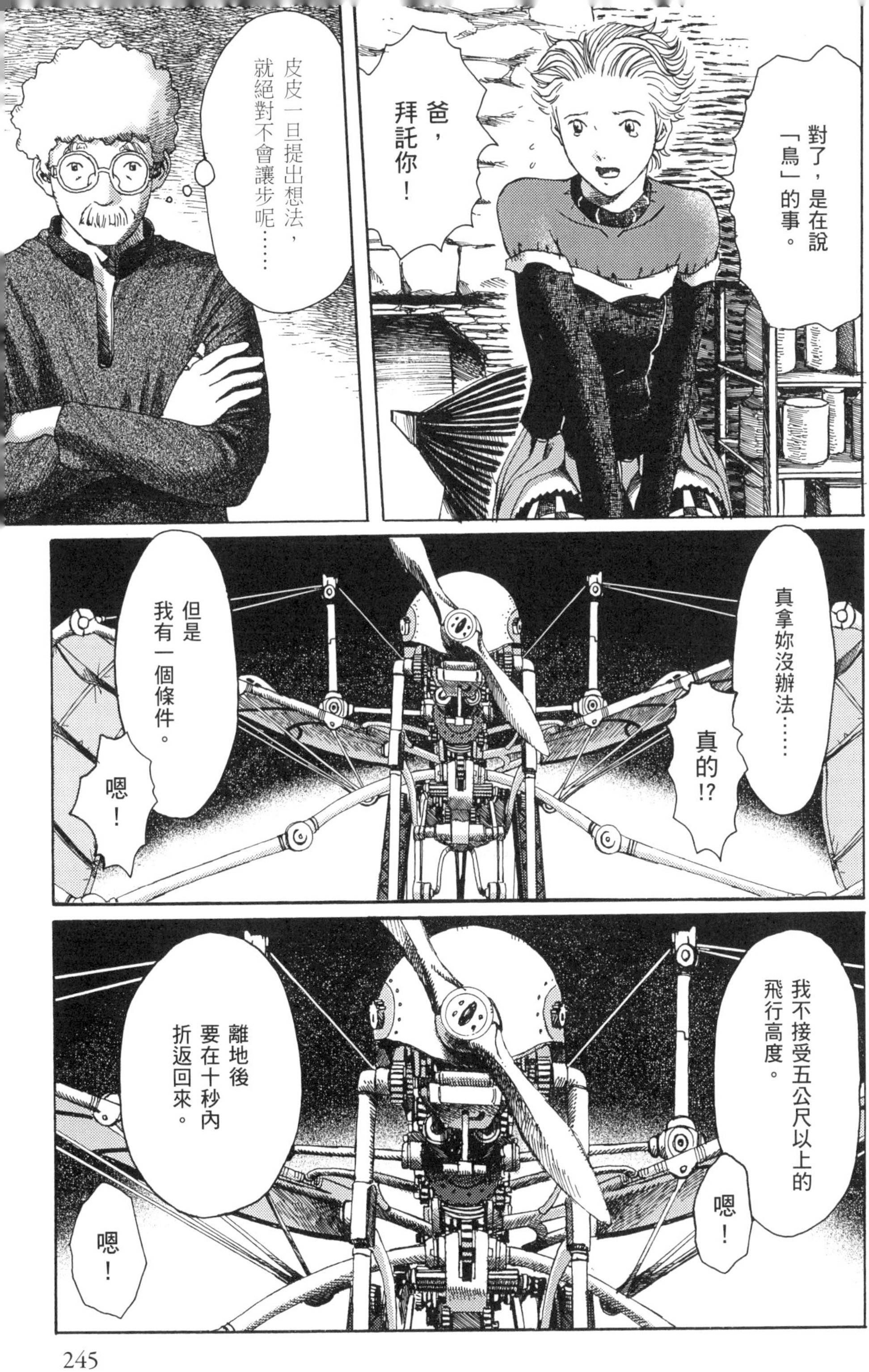
對了，是在說「鳥」的事。
爸，拜託你！
皮皮一旦提出想法，就絕對不會讓步呢……
真拿妳沒辦法……
真的!?
但是我有一個條件。
嗯！
我不接受五公尺以上的飛行高度。
嗯！
離地後要在十秒內折返回來。
嗯！

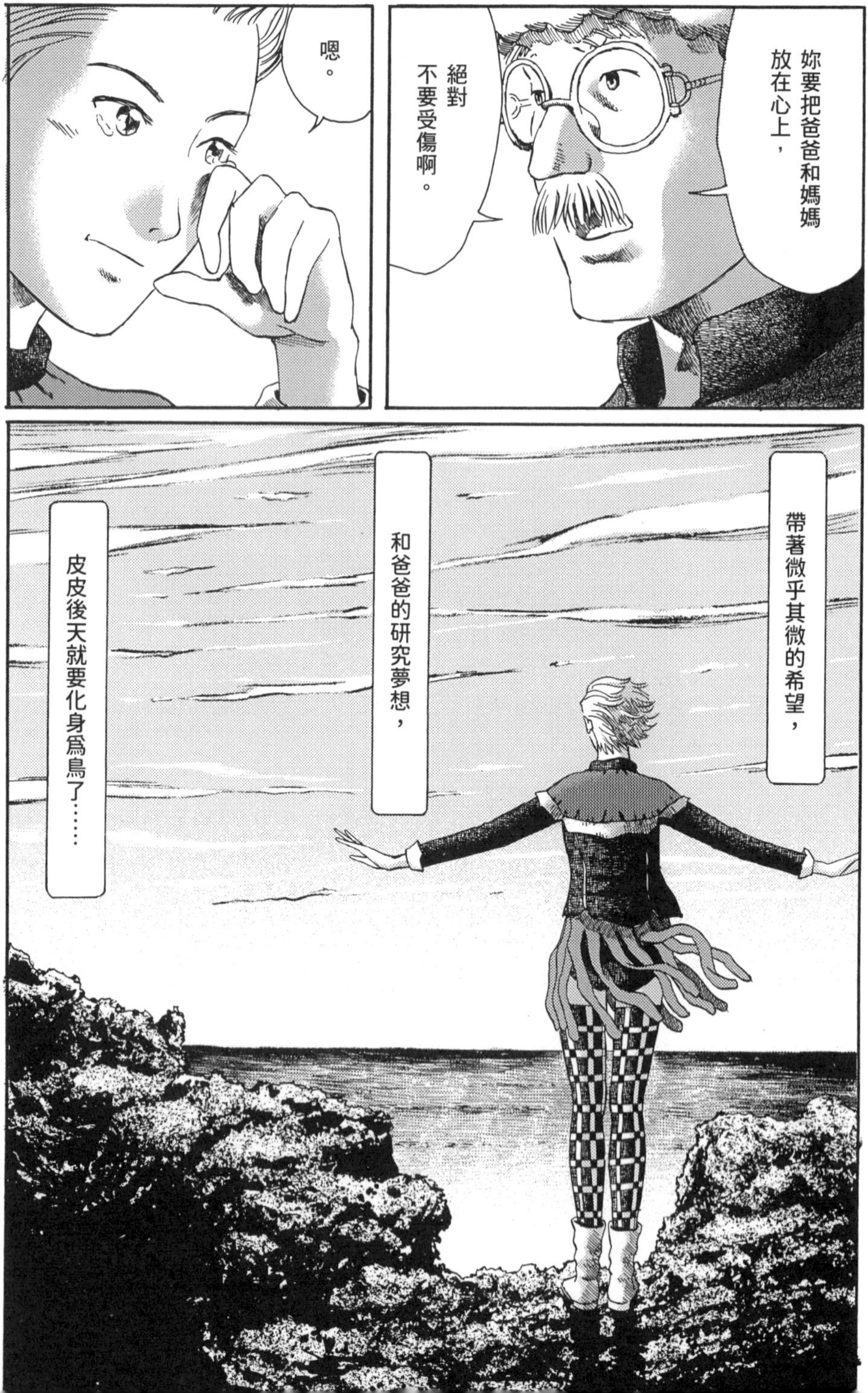
妳要把爸爸和媽媽放在心上，
絕對不要受傷啊。
嗯。
帶著微乎其微的希望，
和爸爸的研究夢想，
皮皮後天就要化身爲鳥了……

SINGING MUSIC OF MARIE

EPISODE VIII

第8話

18歳生日

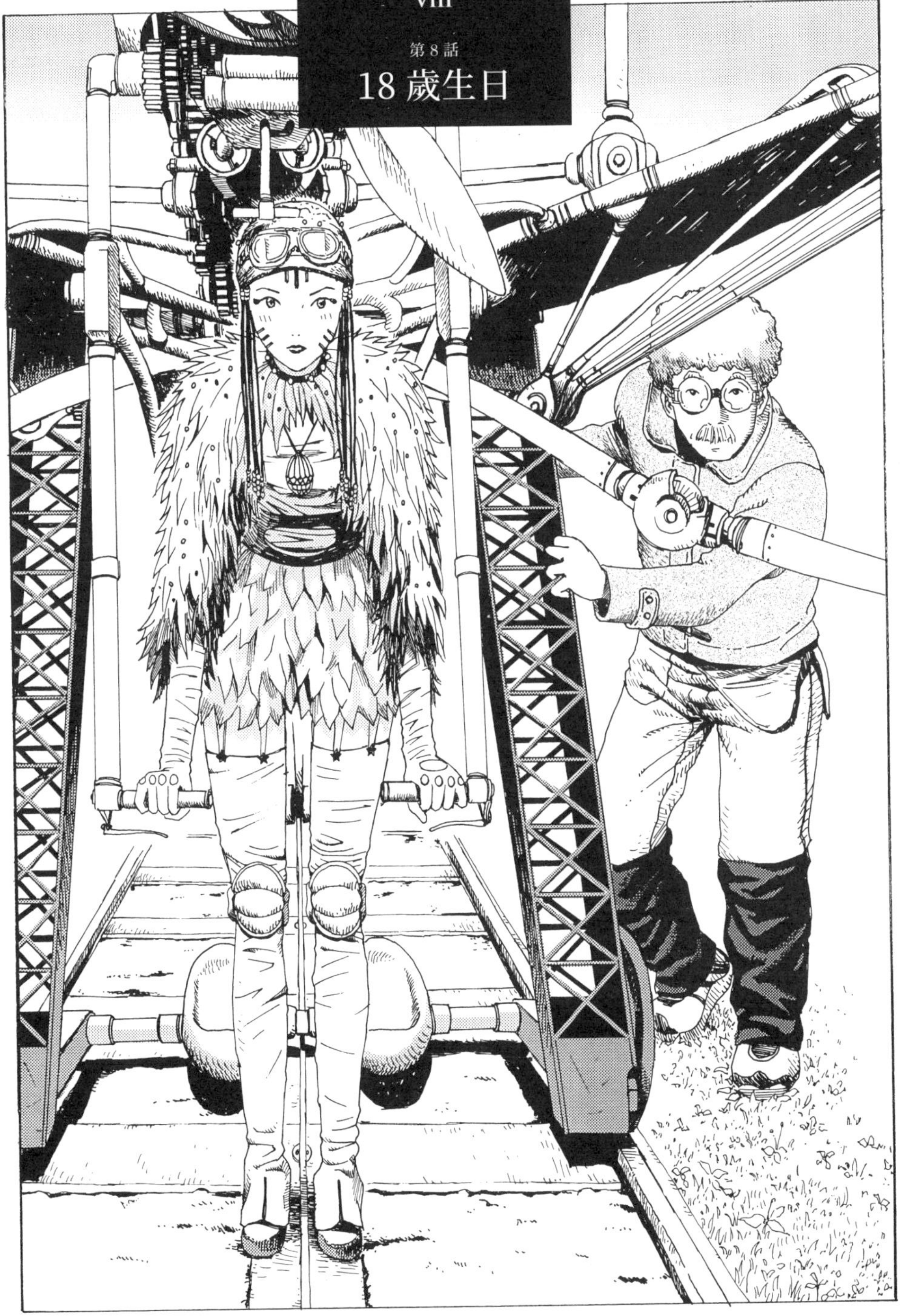

嘰哩
呱啦
呱啦
還、還是算了吧～～～
啥～一起豁出去嘛。
達姆爾，加油啊！
好喔。
哥，振作啊！
唔……嗯。
ヒュルルルル…
（咻——）

ドーン
(砰)
十八歲生日這天，
終於到來了。
喔——
嗶——
哇——
哇——
嗶——
皮皮，
要飛上天了！

皮皮，準備好了吧！
嗯。
走囉！
ガラ
ガラ
ガラ
（喀啦 喀啦 喀啦）
來了！
吞

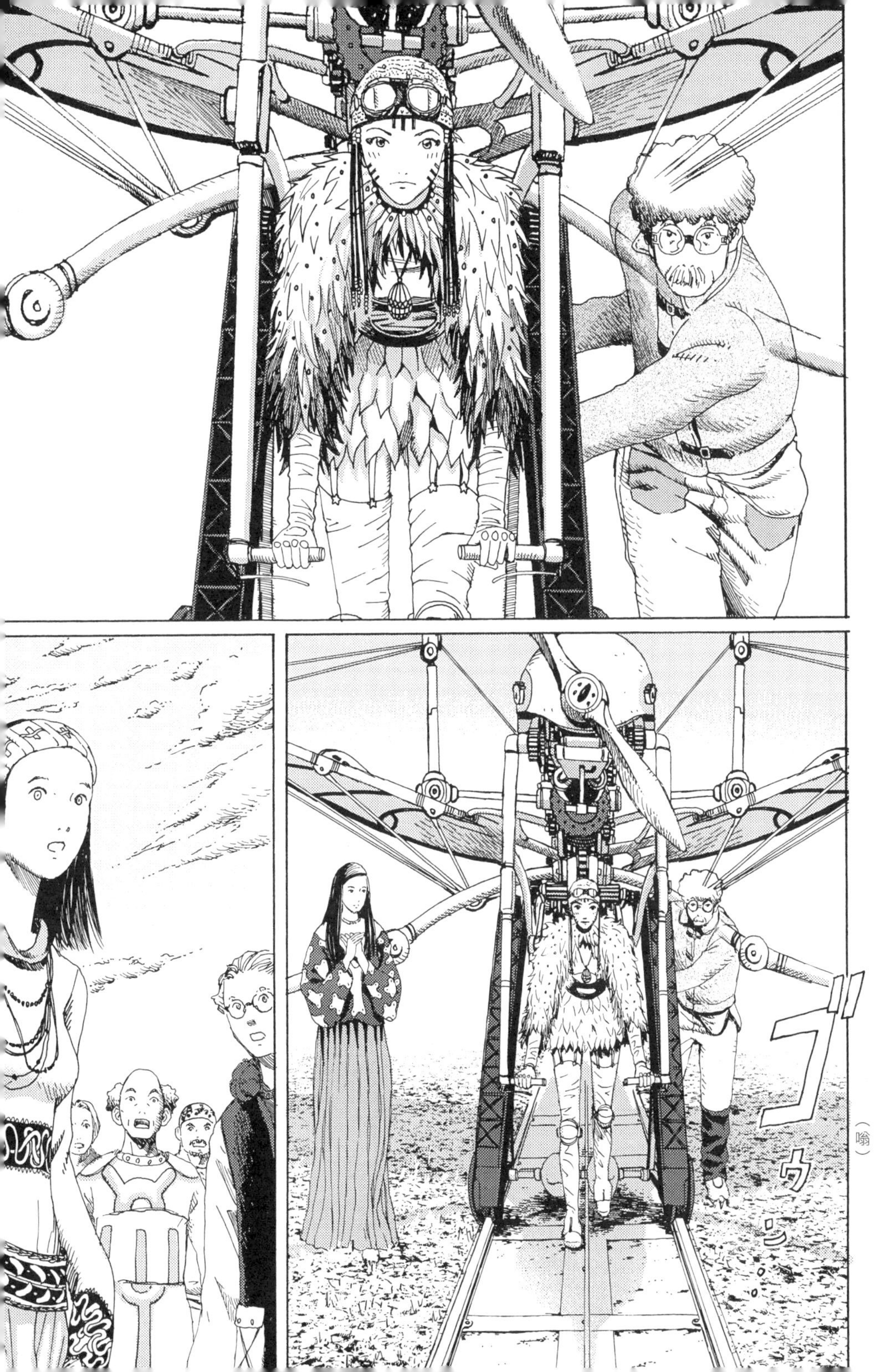
ゴウン…
（嗡）

喔喔喔喔！
媽媽是鳥
嗶—
嗶—
呀 皮皮
皮皮 生日快樂！
嗶
嗶
皮皮，妳很帥喔——
好可愛～♥
爸爸。
加熱狀況呢？
沒問題！壓力到底了。
皮皮，昨天的練習還記得吧！
シュコー
シュコー
(咻叩— 咻叩—)
嗯！

(咻叩——啵 啵啵啵啵)
ボボボボボ
(嗡——)
咦？
！
怎麼看都是打算……
難道說，皮皮！
達姆爾，準備好囉！
ボボボボボ
(啵啵啵啵啵)
喔！
好……要上囉。
初登場就是正式舞台。
拜託了……一定要啟動啊！
(唰)

出現了~~~
皮皮…？
喧鬧
嗯，是皮皮。
是皮皮造形的雷力式自動機械人偶！
喔。
好猛—
喔喔喔
達姆爾……

達姆爾，加熱到底了！
開啟壓縮閥！
（嗡——）
沒動喔!?
七嘴八舌
失敗了嗎？
不……雷力式和機關式不一樣，啟動是很耗時的！
喔——不知不覺，伊博克的舞也開始了囉！
哈哈哈，打扮徹頭徹尾跟平常沒兩樣嘛。
喔，皮皮！
很棒喔——！

伊拉卡……那是啥啊？
我看你們不會懂吧—
這叫抽象立體作品！
並不是想做狗結果失敗喔！
喝—
咻
哇
噫—
奎氏兄弟表演人偶劇。
杜巴身上纏滿鞭炮！
茲茲答答茲茲答答。
哈哈哈哈！
我試著弄了特殊化妝。
晃晃
根本認不出是誰——
哇
哇
嗶
嗶
九個人嗎？真厲害耶。
皮皮超受歡迎的嘛。

嘩——嘩——
哇
讚喔——
哇——
嘩——
大家加油啊——
喔——皮皮
呃啊——
啪嘰啪嘰
哈哈哈——
哇——
哇——
謝謝大家，
不過我打算託付這顆蛋的對象，已經……

凱伊
果然沒要向我告白呢……
這種事，我不是打從一開始就知道了嗎！
不行不行，不能往壞的方向想！
爸爸！
嗯，
去吧！
ガシャ
（喀沙）
預備──
プシュ
（噗咻──）
ボボボボボボボボボ
（啵啵啵啵啵啵）

（嗡嗡轟——）
大家讓一讓——
ゴウン
ゴウン
ゴーン！
ボボボボボボ
皮皮要來了……!?
（啵啵啵啵啵）
（鏗鏗嘩——）
ゴ
展開翅膀！
好！
（喀）
ガシャ
（喀沙）

（啵啵啵啵啵）

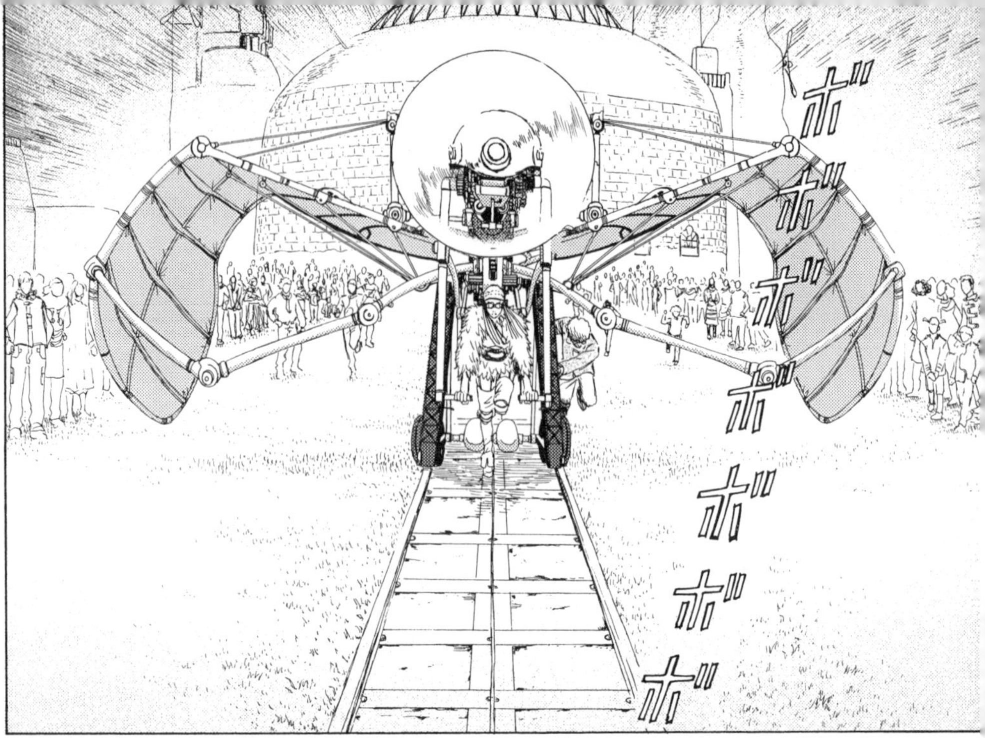

（啪沙）

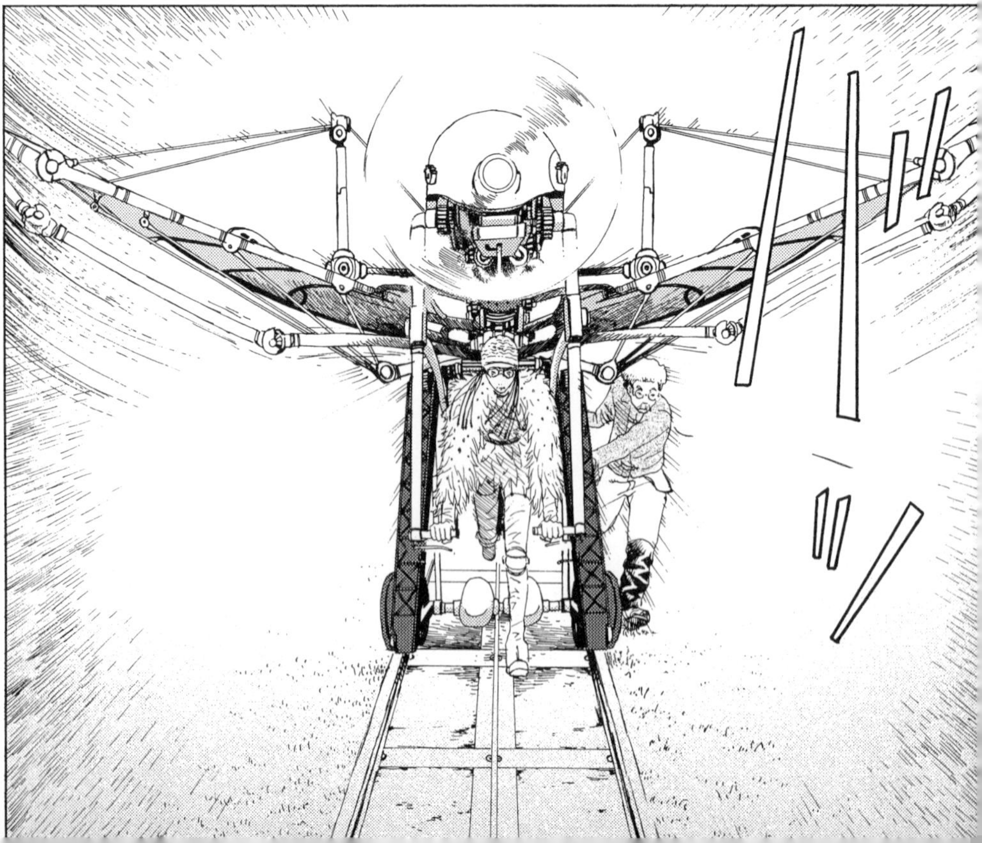

果然！
嘰哩呱拉
皮皮，打算飛啊！
皮皮！
瞄

（啵啵啵啵啵）
皮皮……
可惡，
還不動嗎!?
唔~~~
嗷嗚
又失敗啦——
聽好了，皮皮，打檔桿絕對不能超過白線！
我要去囉，爸。

妳明白吧！
啊！
防止越線的鐵絲……
不見了！
喂！
皮皮，停下……
……皮皮……
要飛囉。

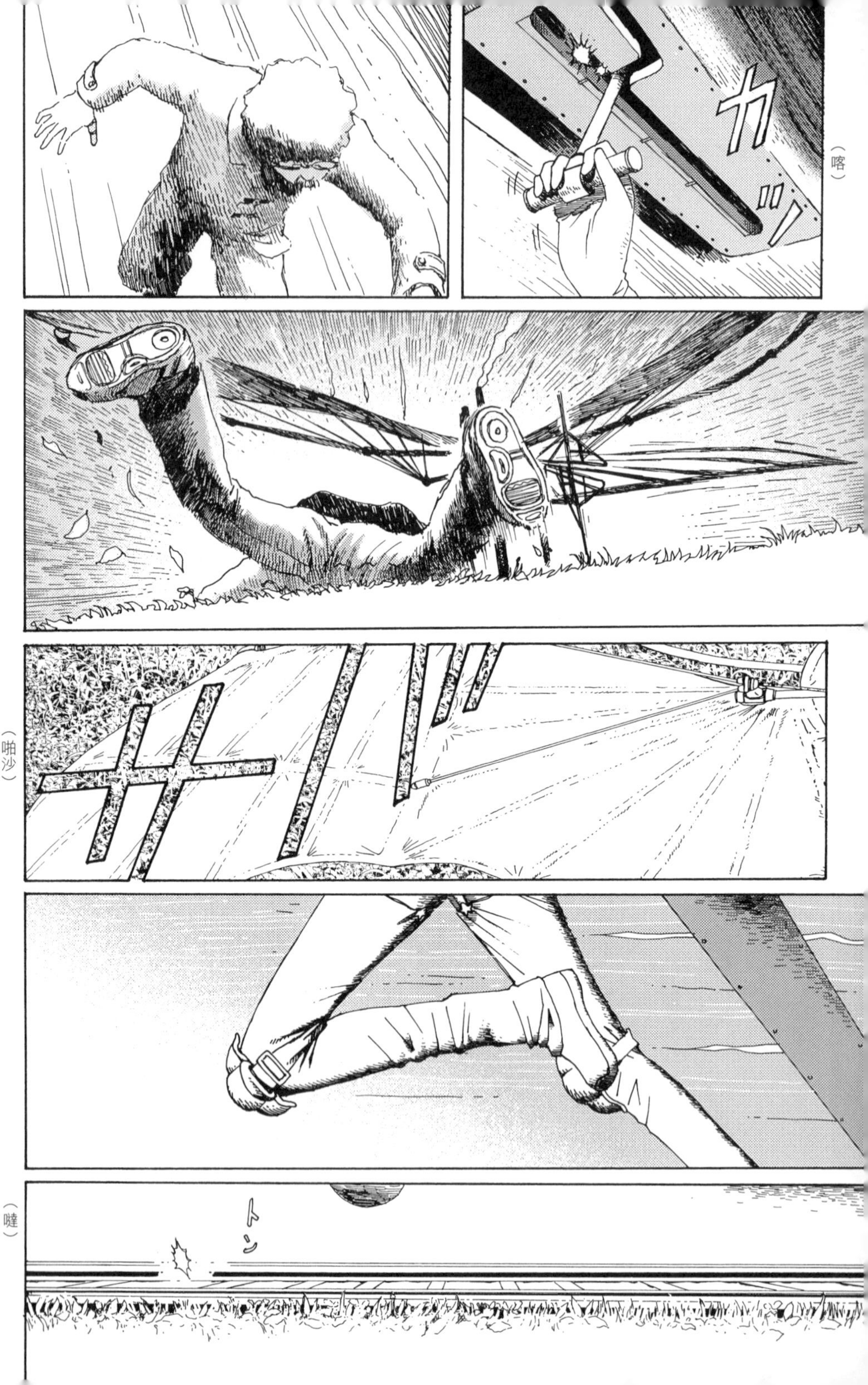
カッ
（喀）
（啪沙）
トン
（噠）

(·啪沙·)

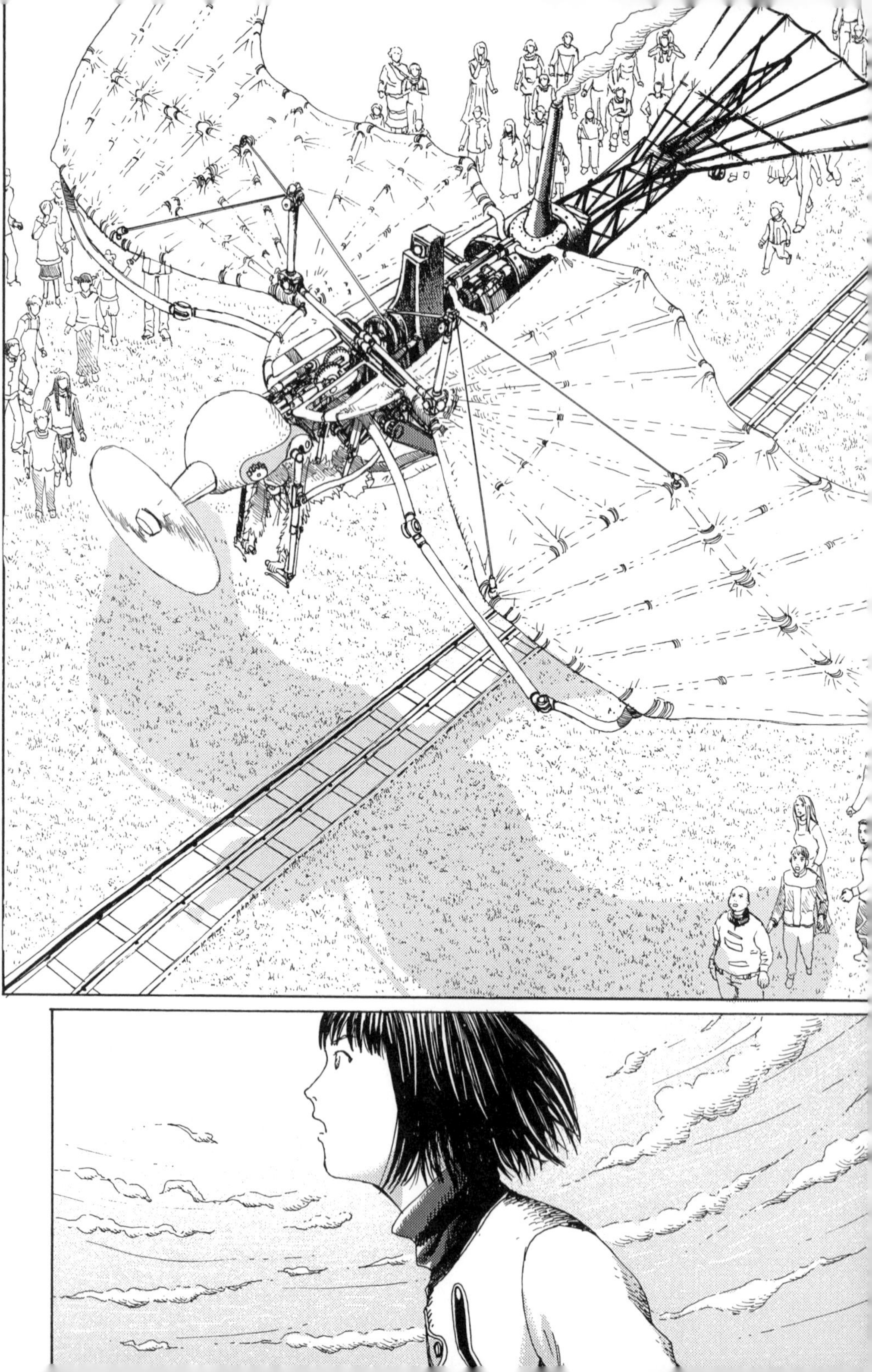

皮皮……
ウィイイイイイ…
キュ——ン
在飛……
（嗡咿——嘰——）
（啪沙——啪沙）
哇啊啊啊！
好厲害！
好厲害啊，皮皮！
嗶
嗶
ブブー
ビブー
カシャ
カシャ
カシャ
（叭叭——嗶叭——叭——喀沙喀沙喀沙）
啟……
動・完・畢。
ガリガリガリガリ
（喀哩喀哩喀哩）
啊！
動了！

太好啦!!
現・在・氣・溫・十・二・度・
天・氣・良・好。
濕・度・10・%。
ボボボボボボ
（啵啵啵啵）
快看啊，皮皮！
ギギ
カシャン
（嘰嘰喀鏘）
在走路!?
在說話!?
不得了了，
它在認識周遭！
達姆爾……
這是飛躍的
進步啊!!

爸爸，對不起。
我……越過了藍線，
越過了紅線，
我要飛得更高更高，比瑪莉還高……
（啪沙 啪沙）
（喀哩喀哩喀哩一嘰——）
快看皮皮啊，
她在那麼高的地方……
空・中・有・很・大・的……鳥……
喀鏘喀鏘
キュウウウ

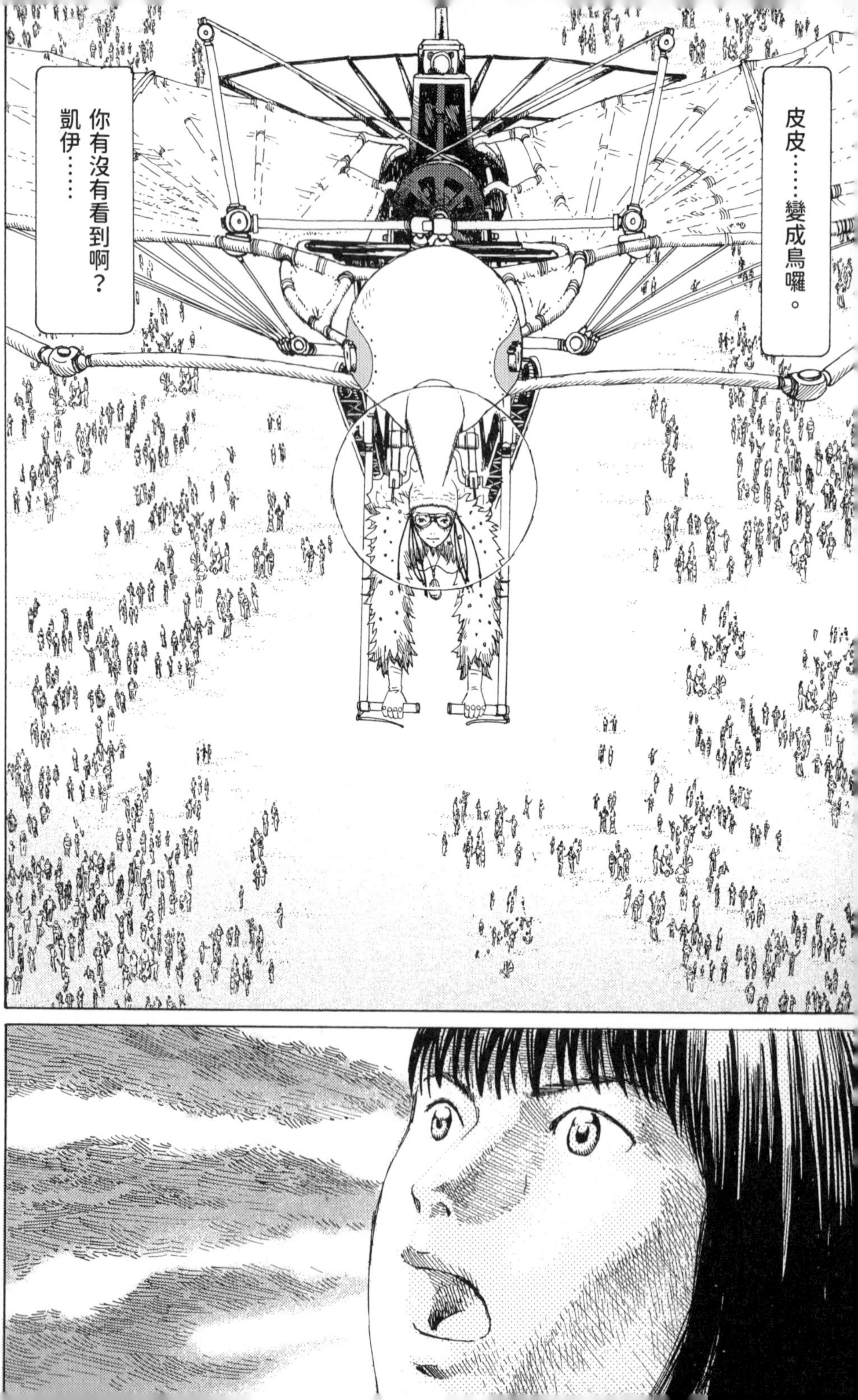
皮皮……變成鳥囉。
你有沒有看到啊？凱伊……

空·中·有·很·大·的…
鏘鏘
嘎嘎
嘎嘎
嘎嘎嘎
嘎嘎嘎嘎
這是……什麼聲音!?
頭好像要裂開了!!
凱伊一定很吃驚吧。
(嘰~~~)
大家聽不到嗎?
(嘰嘰嘰)

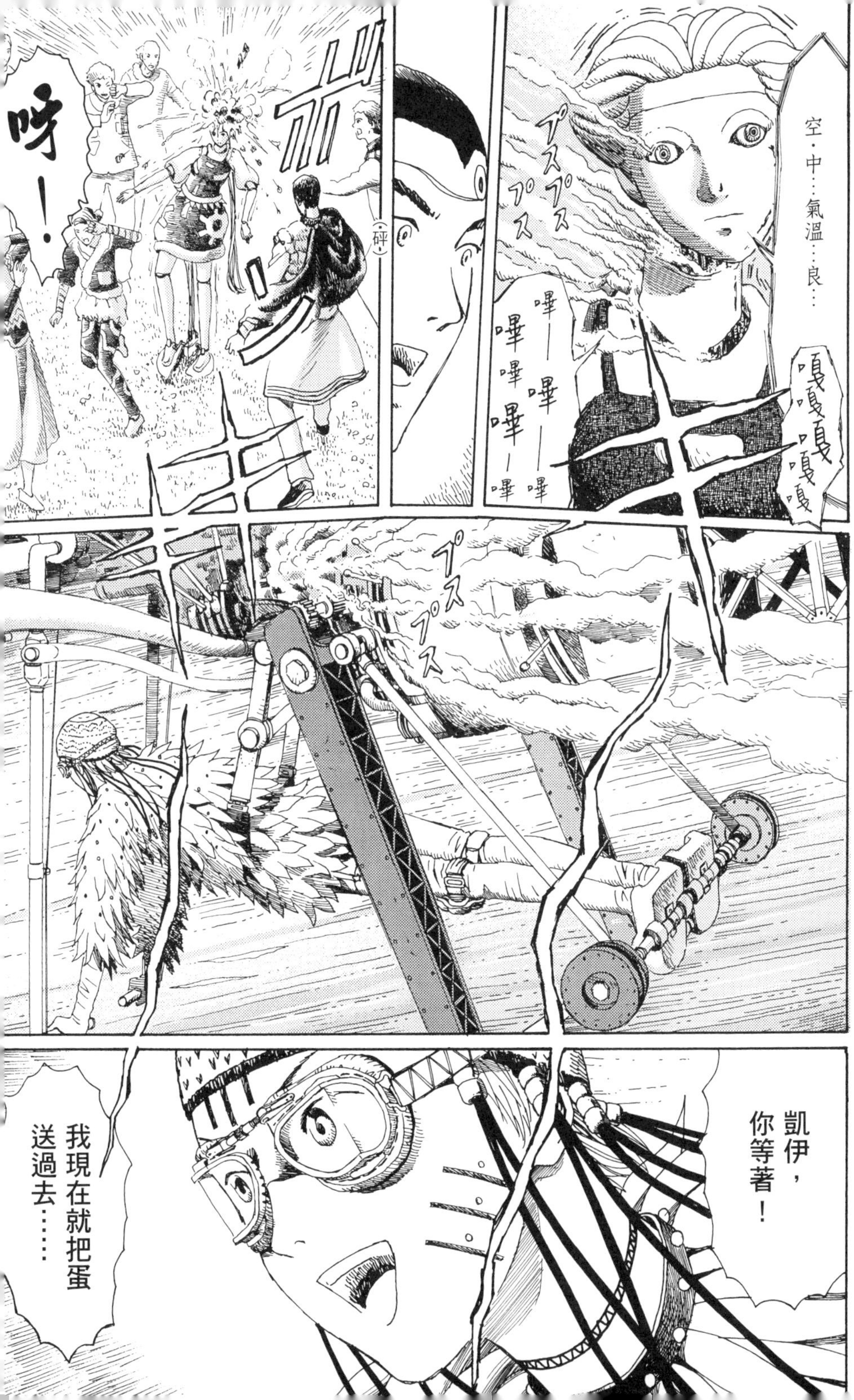

(噗嘶噗嘶噗嘶)
空・中…氣溫…良…
嘎嘎嘎嘎嘎嘎
プスプス
プス
嗶—嗶—嗶嗶嗶嗶—嗶
(砰)
呼!
プス
プス
(嘰~~~ 噗嘶噗嘶 嘰嘰~~~)
凱伊,你等著!
我現在就把蛋送過去……

ボン
（砰）

爆炸啦!!
皮皮!
呀~~~
皮皮~~~
!皮皮
皮皮!
那聲音停止了……

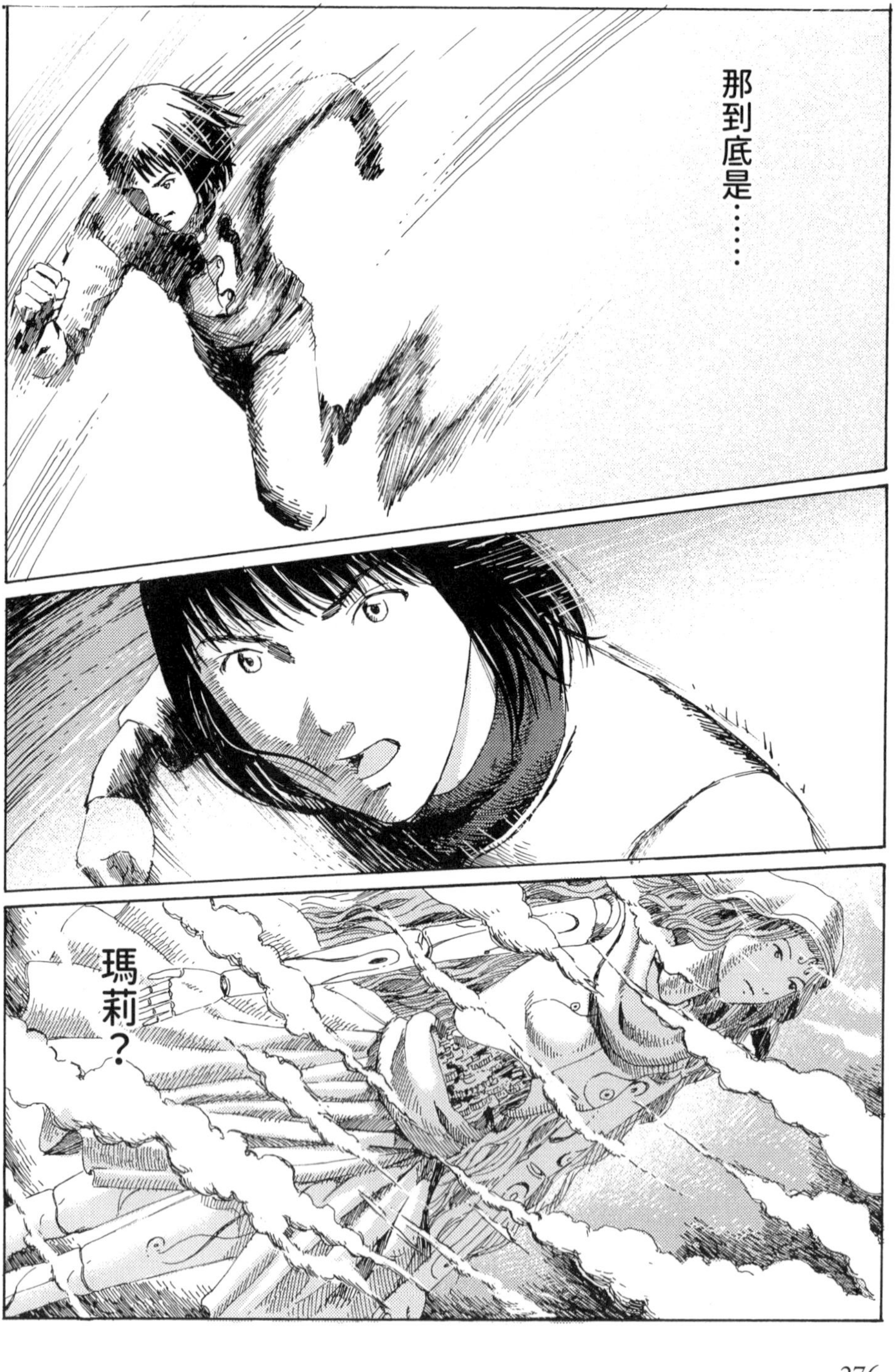
那到底是……
瑪莉？

SINGING MUSIC OF MARIE
EPISODE
IX
第9話
瑪莉的音樂變調

凱伊……你在哪？
凱伊……

皮皮。
凱伊……
還好，妳受的傷不重……
會痛嗎？
不會。

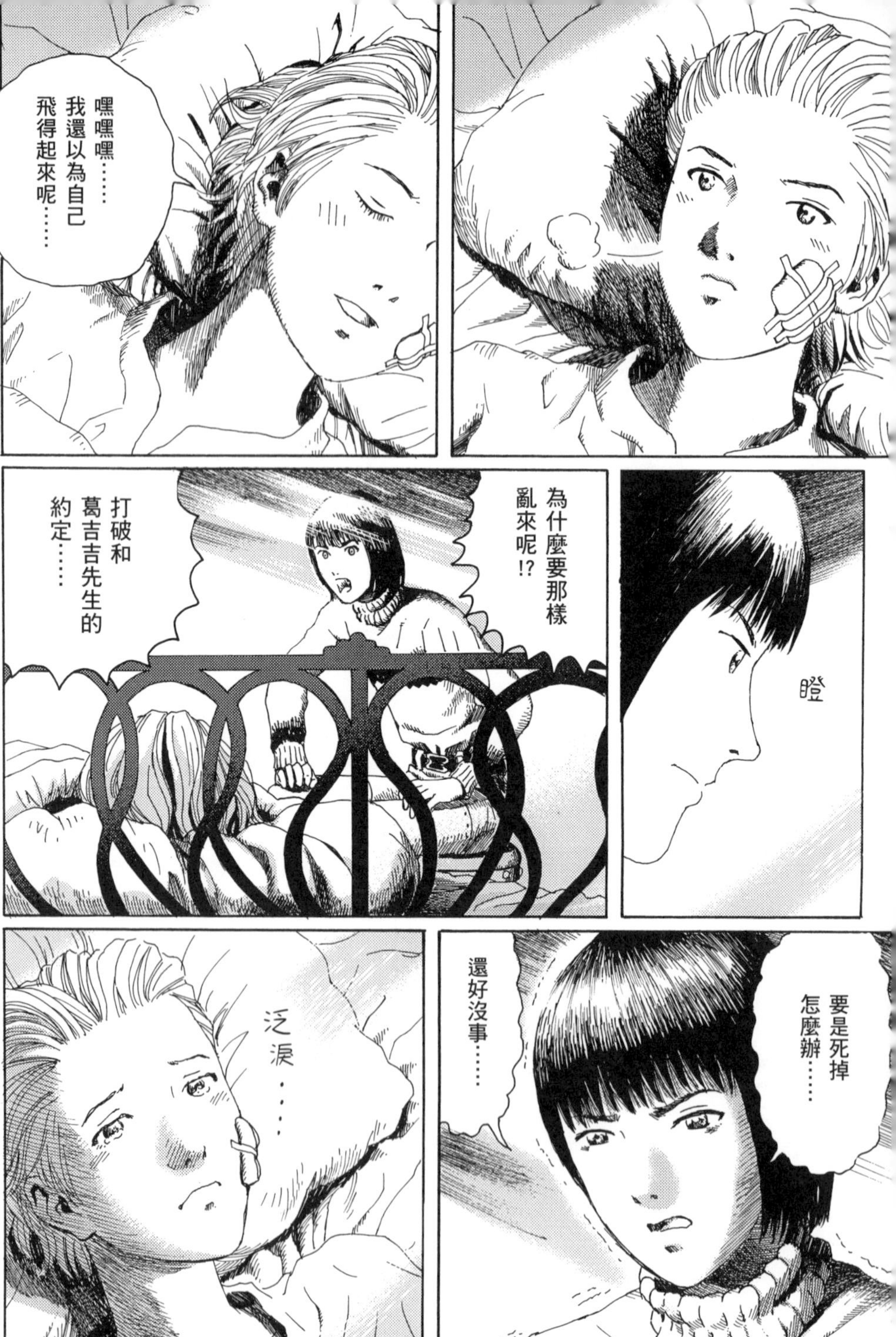
嘿嘿嘿……
我還以為自己飛得起來呢……
瞪
為什麼要那樣亂來呢!?
打破和葛吉吉先生的約定……
要是死掉怎麼辦……
還好沒事……
泛淚……

唉呀——
真是淒慘的生日呢……
雖然
都是皮皮害的啦。
不對……
皮皮沒錯，
皮皮原本
眞的在飛。
キイイイイ～
（嘰——）

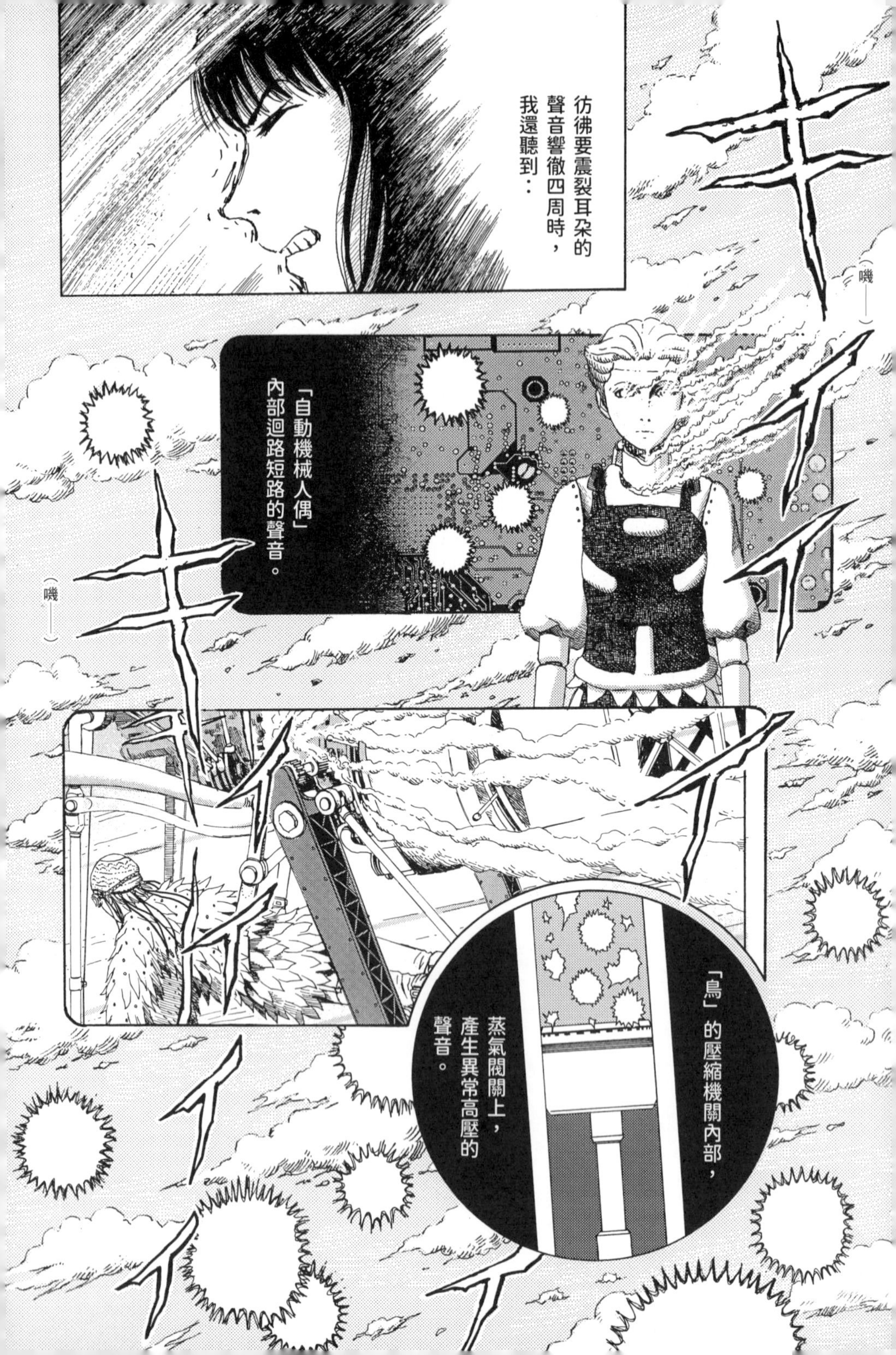
彷彿要震裂耳朵的
聲音響徹四周時，
我還聽到：
（嘰——）
「自動機械人偶」
內部迴路短路的聲音。
（嘰——）
「鳥」的壓縮機關內部，
蒸氣閥關上，
產生異常高壓的
聲音。

皮皮的鳥、
達姆爾的自動機械
都和那聲音共鳴，然後故障。
而那聲音的源頭……
確實是從瑪莉那裡傳來的。
變調的，瑪莉的音樂……
爲何？……是因爲什麼？

因為我想讓你看嘛，
看飛在空中的皮皮……
我就只能那樣做啊。
沒對凱伊告白，開不了口呢……
只能再等一年嗎……
瞄
為什麼一年只能告白一次呢？
一年……實在太長了啊。

（啪答　啪答啪答）

凱伊更難受對吧。
因為你的對象是瑪莉呀……

皮皮還有明年
可以告白，
再不行
也有後年。
凱伊……

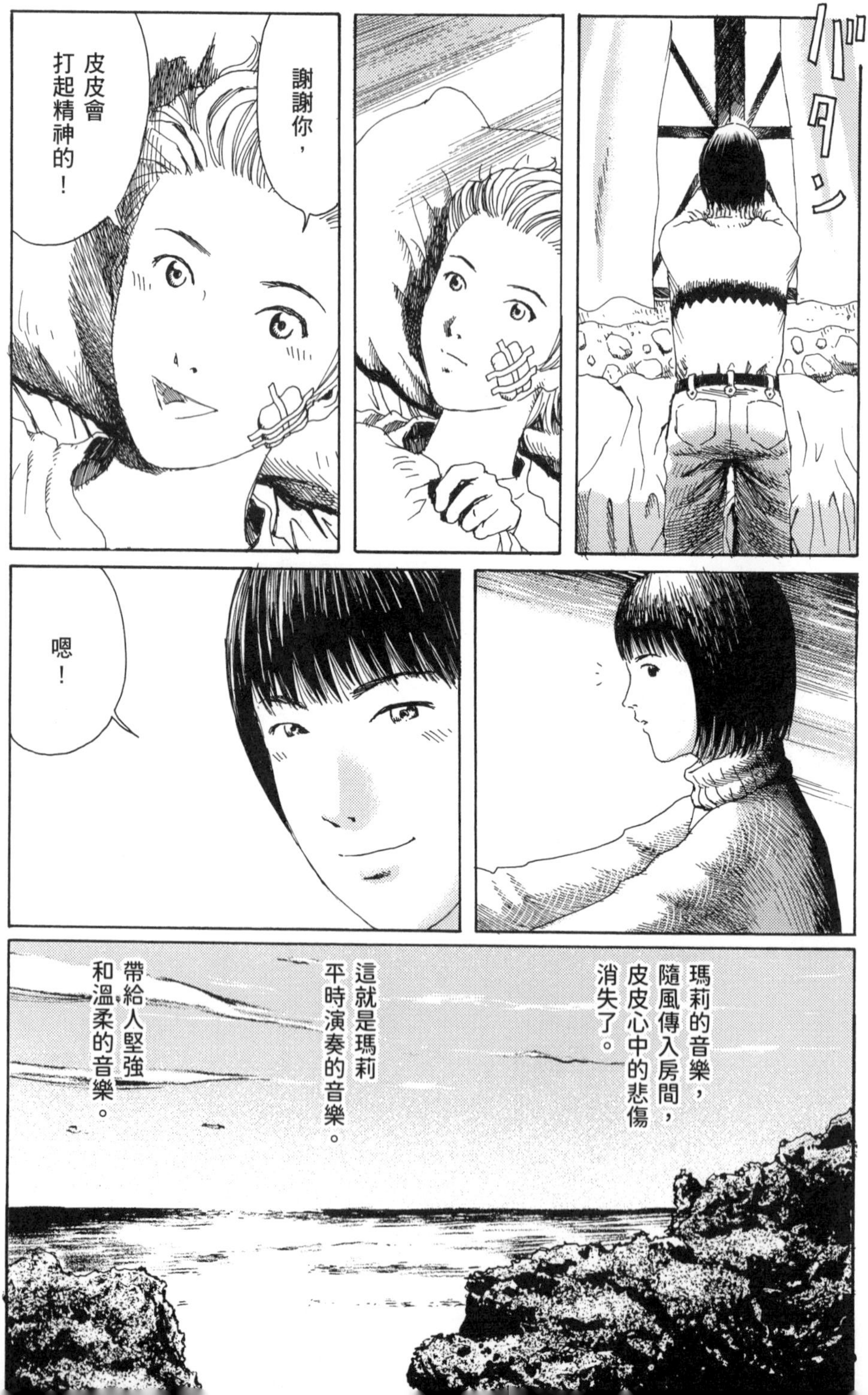
バタン
（啪答）
謝謝你，
皮皮會
打起精神的！
嗯！
瑪莉的音樂，
隨風傳入房間，
皮皮心中的悲傷
消失了。
這就是瑪莉
平時演奏的音樂。
帶給人堅強
和溫柔的音樂。

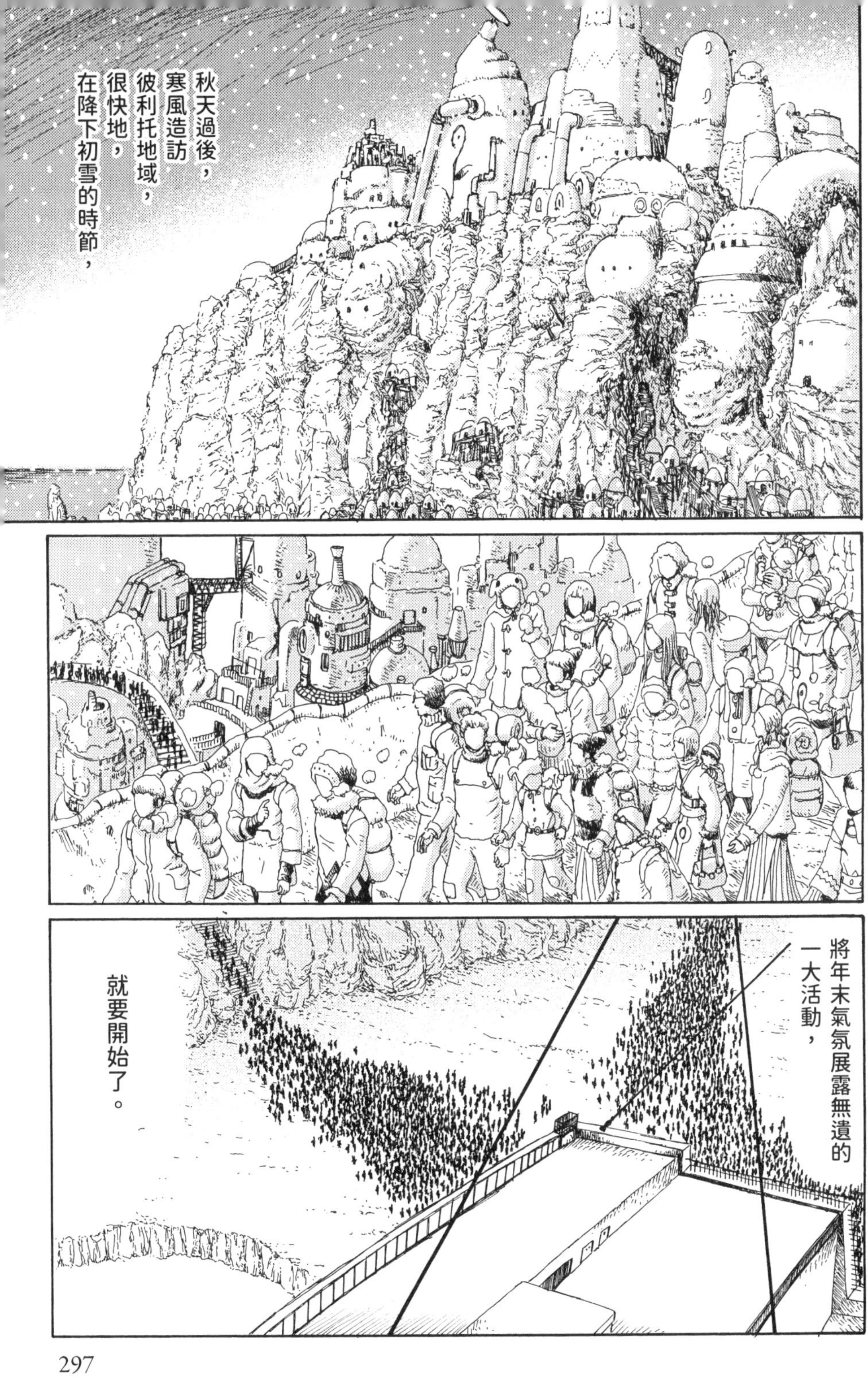
秋天過後，
寒風造訪
彼利托地域，
很快地，
在降下初雪的時節，
將年末氣氛展露無遺的
一大活動，
就要開始了。

上船囉，皮皮。
嗯。
唷，
皮皮你們也搭這班啊。
你好啊，達姆爾。
聽說達姆爾也徹底整理好心情，再次投入自動機械的製作工作了，不愧是探究者。
(啵～～～～啵～～～～)
ボ
ボ

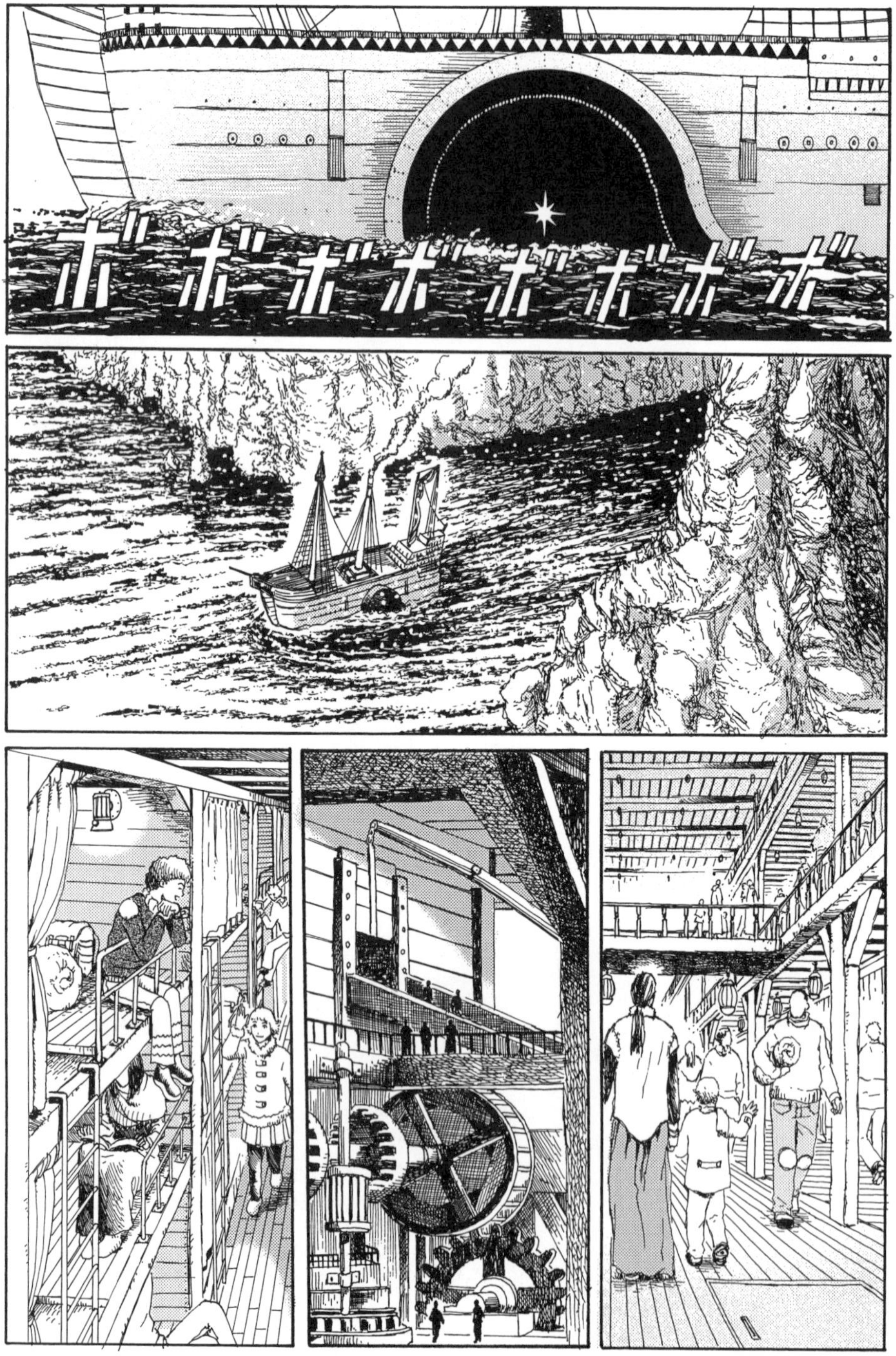

（啵啵啵啵）

乘船第三天，
塔多地域總算映入眼簾了。

巡禮之地．塔多。
世界各地的人們，
一年會在這裡聚集一次。

無數的船隻，從世界各地前來。

巡禮爲期十日，在這期間，
塔多地域會擠滿數千萬人。

將總數三千棟的神殿合在一起，
面積就和彼利托地域一樣大。

從碼頭走到神殿要花上整整一天。
看到這麼多人，就會徹底明白谷爾先生那番話的意思。
每個人愛瑪莉的方式各有不同……
累了嗎？
我來背妳吧？
不要把我當成小孩。

凱伊，還記得啊。
我來背妳吧。
不要把我當成小孩。
好——
加油吧。

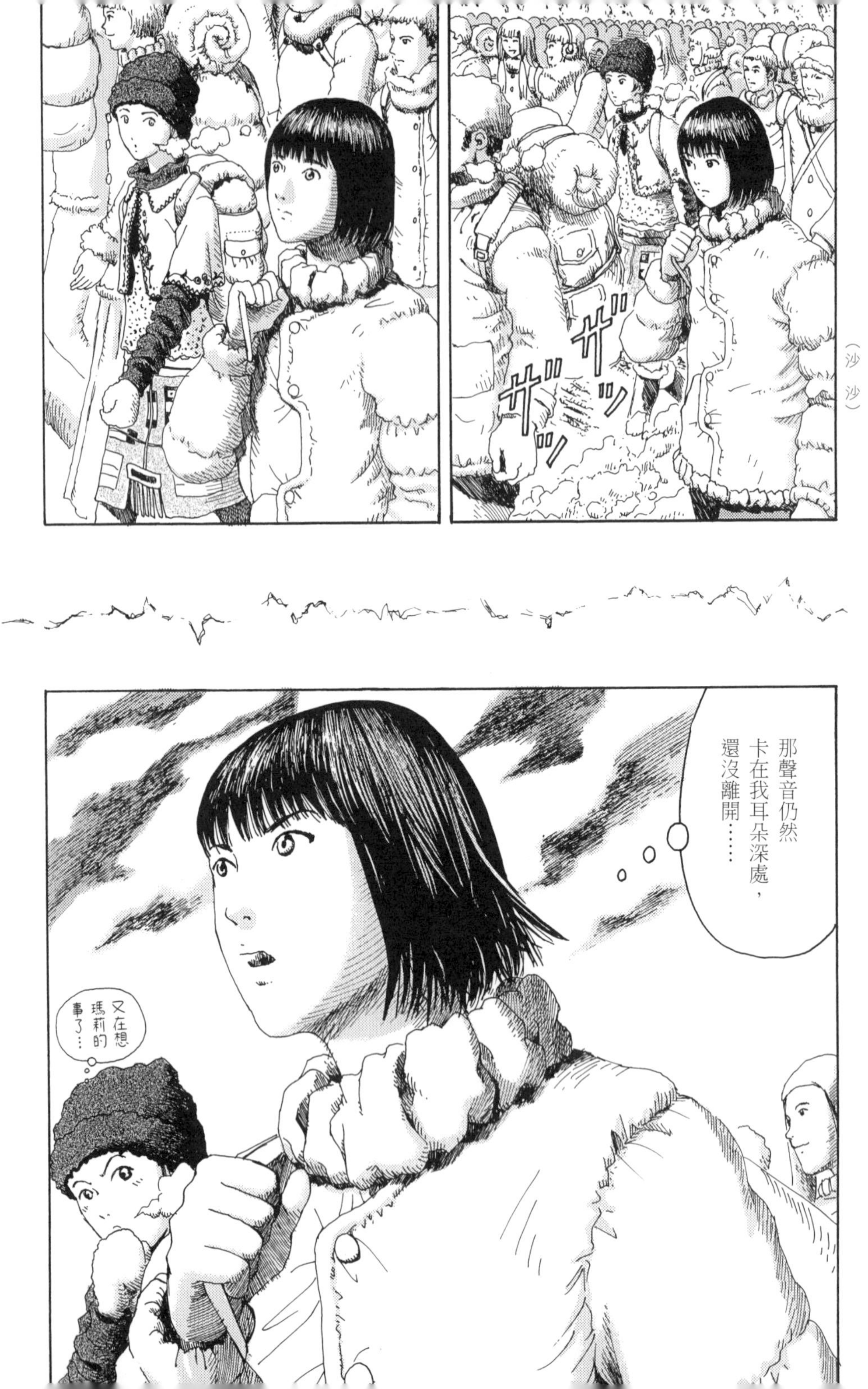

ザッ
ザッ
（沙沙）
那聲音仍然
卡在我耳朵深處，
還沒離開……
又在想
瑪莉的
事了…

SINGING MUSIC OF MARIE

EPISODE X

第10話

谷爾先生的眼淚

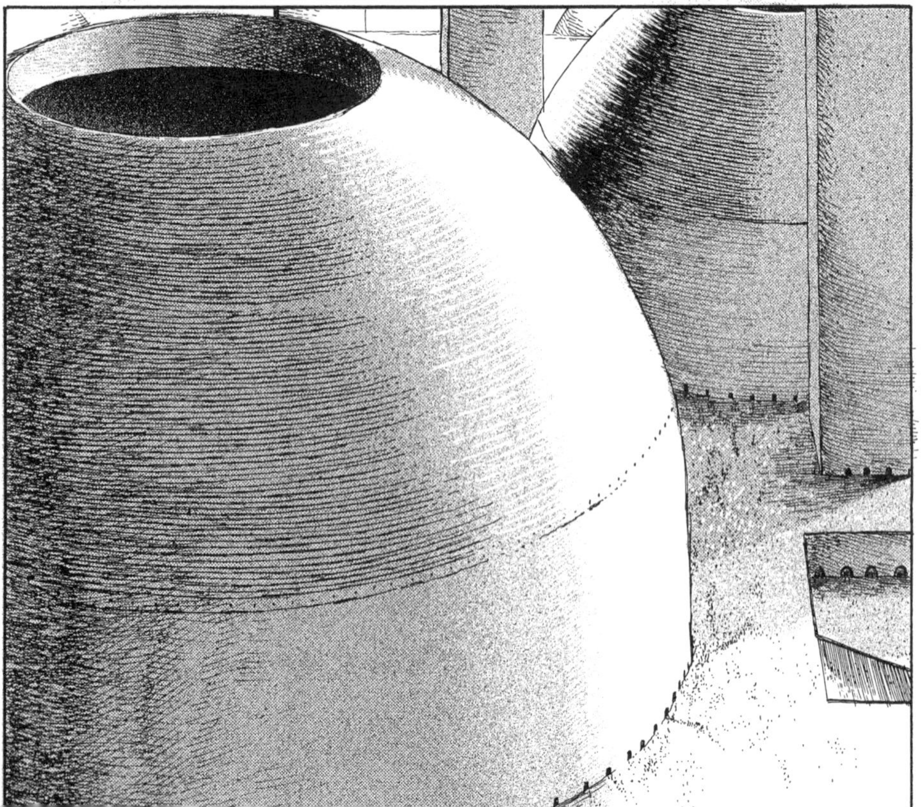

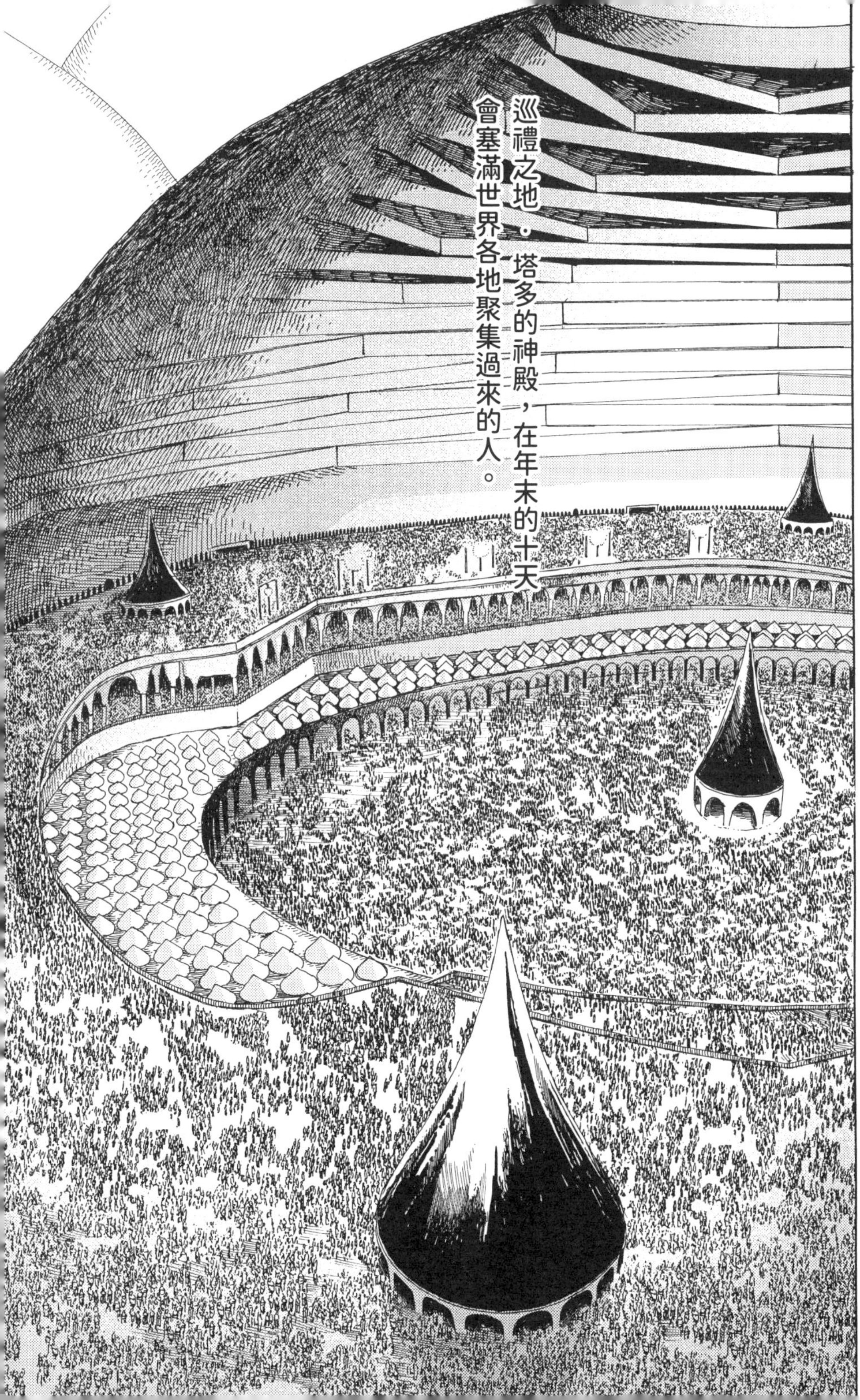
巡禮之地。塔多的神殿，在年末的十天
會塞滿世界各地聚集過來的人。

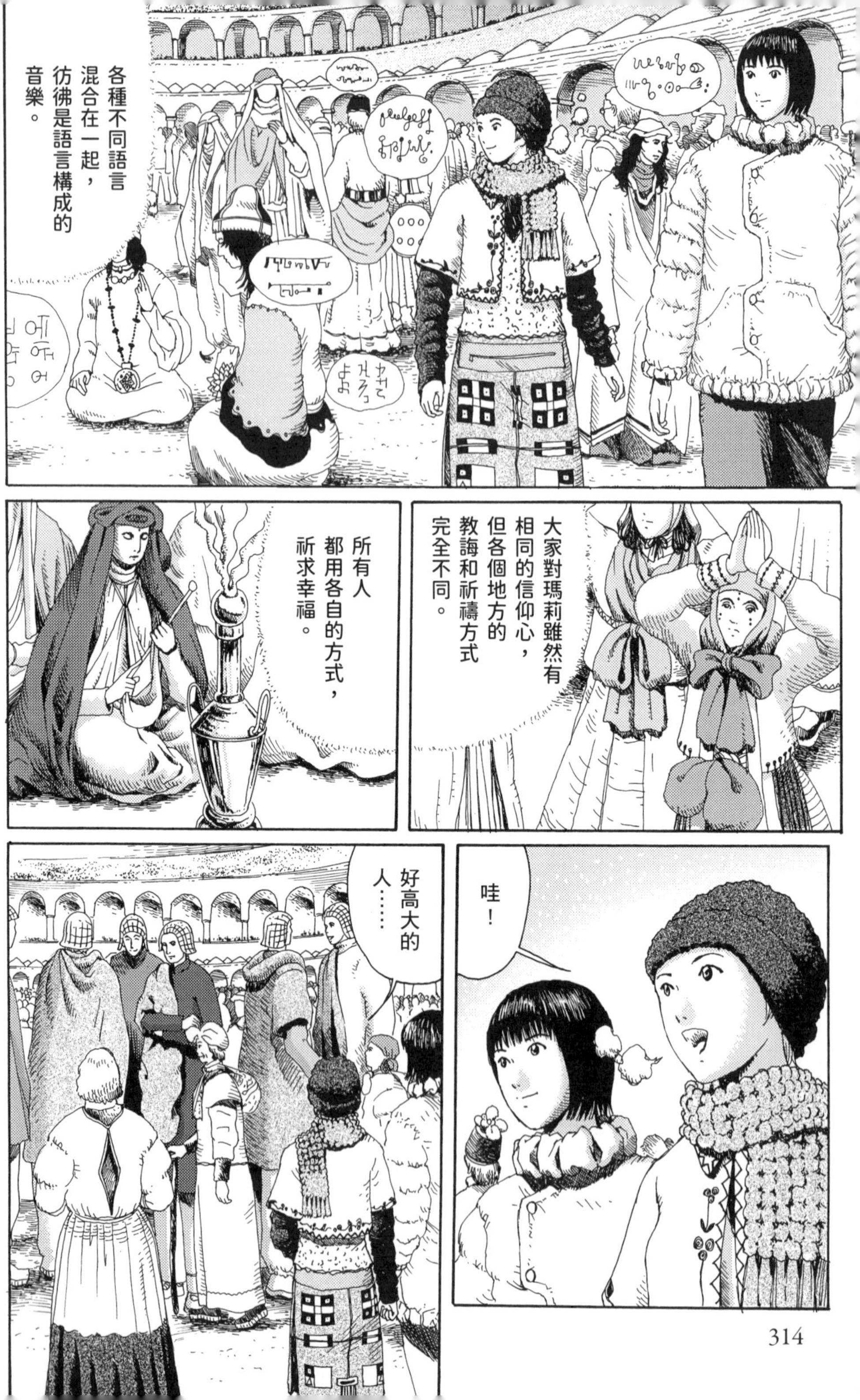
各種不同語言混合在一起，彷彿是語言構成的音樂。
大家對瑪莉雖然有相同的信仰心，但各個地方的教誨和祈禱方式完全不同。
所有人都用各自的方式，祈求幸福。
哇！
好高大的人……

好熱鬧的祈禱方式呢。
感覺好開心喔。
聽說這座島的人把睡眠當成一種祈禱。
啊，我可擅長了！

我聽不懂啊，老奶奶。
皮皮……他們在拜妳耶……
唔～～
我來翻譯吧。
啊，麻煩了～
是禮者……
妳，
是？
聽說有德行非常高的人跟著妳喔。
咦？

呃……這樣啊。
謝謝你們這樣說。
哇—
嘿嘿嘿，雖然不清楚是怎樣，但有厲害的人跟著我耶。
哼
看不到在哪呢。
老奶奶，掰掰。
話說回來，禮者真厲害耶。
真的！畢竟會說好幾十國的語言呢。
塔多有數萬名禮者，在研究人們向瑪莉祈禱的方式。
任何人都能成爲禮者，無論他的出身、性別、年齡爲何，可是一旦任職就等於獻身給瑪莉，終生不可離開塔多地域。

巡禮期間，禮者極度忙碌。
他們必須擔任口譯，或者照顧病人或迷路的小孩，甚至得傾聽民眾訴說煩惱。
禮者會處理好這一切要務，是非常堅強的人物……
是款待全世界的照顧者。
真帥啊……
他們看過所有的「瑪莉書」嗎？
不知道耶，世界上有多少島，就有多少「瑪莉書」呀。
差不多該回去大家那邊了吧。
嗯。

嘿嘿嘿，趁亂牽手。
？
咦咦？
大家好像搞錯了呢。
哈哈哈！

像這樣的祈禱方式也很令人開心耶。

早點睡吧。
好——
呀哈哈哈

這樣啊。
那聲音破壞了皮皮的鳥，還有達姆爾的自動機械人偶……
而那變調似的聲音，是從瑪莉身上傳來的……
是的。

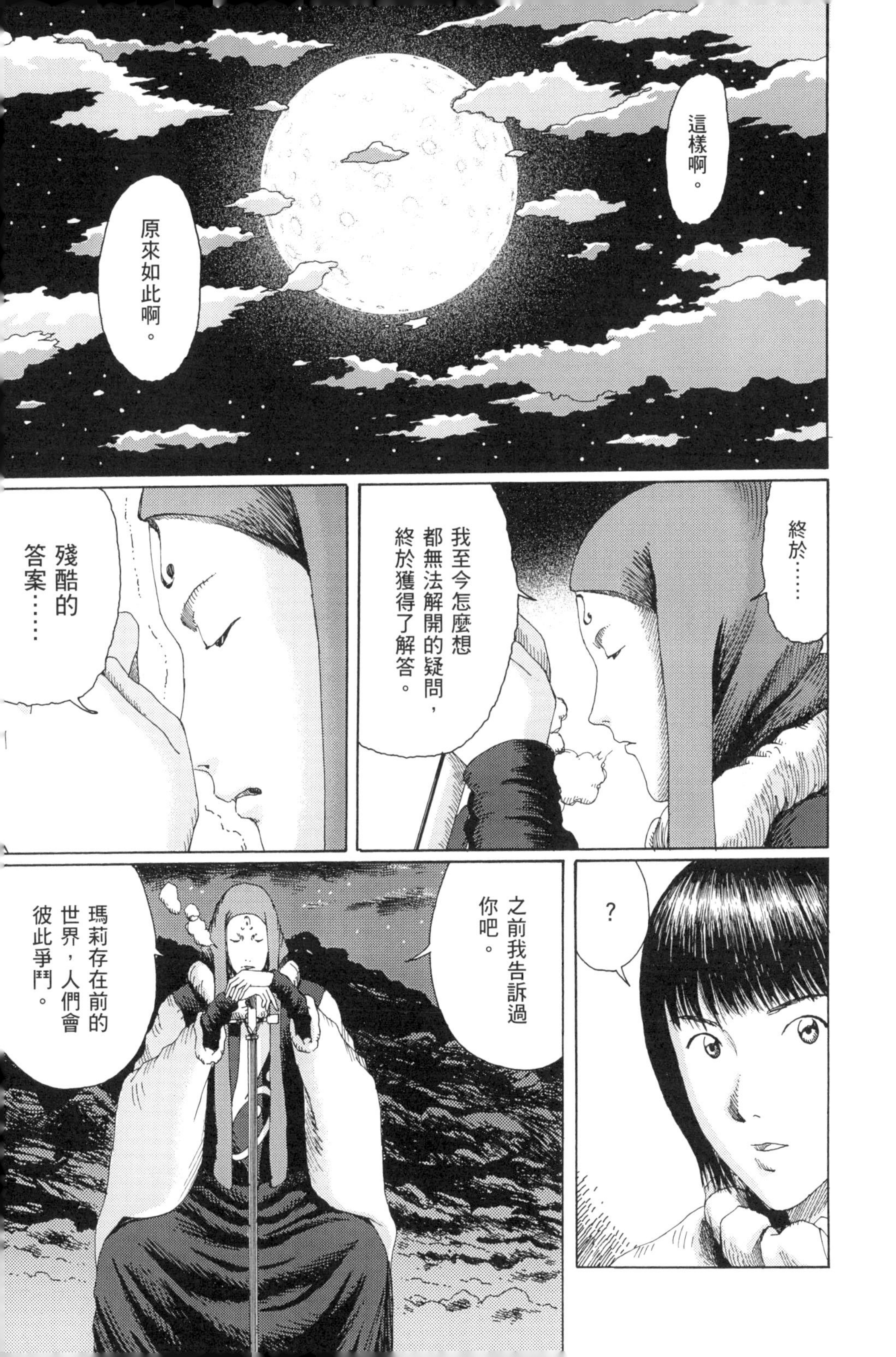
這樣啊。
原來如此啊。
終於……
我至今怎麼想都無法解開的疑問，終於獲得了解答。
殘酷的答案……
？
之前我告訴過你吧。
瑪莉存在前的世界，人們會彼此爭鬥。

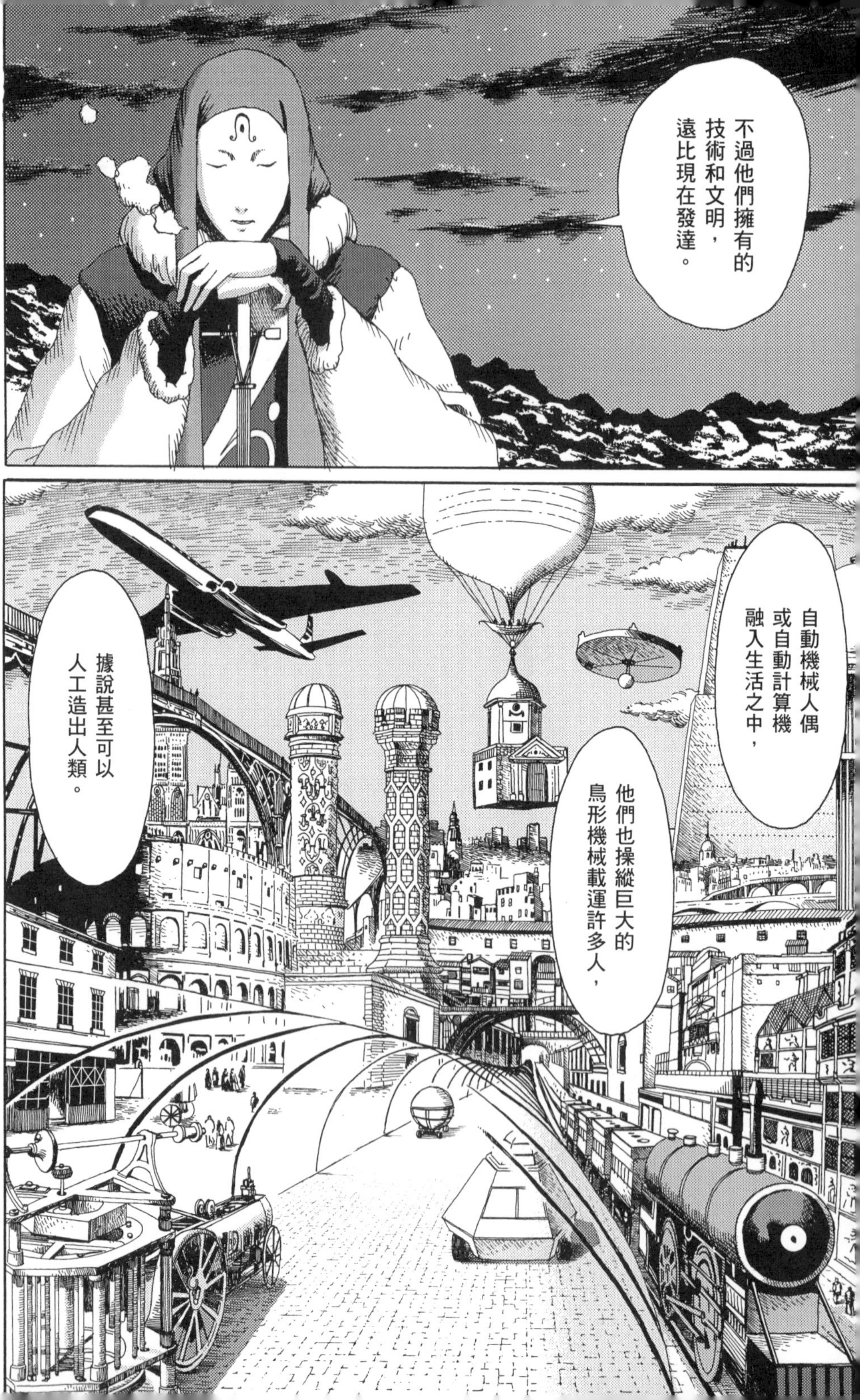
不過他們擁有的技術和文明，遠比現在發達。
自動機械人偶或自動計算機融入生活之中，
他們也操縱巨大的鳥形機械載運許多人，
據說甚至可以人工造出人類。

當時的人類，是不是太接近神之領域了呢？
！
您是不是要避免人類擁有越線的技術呢？
我們所崇拜的瑪莉，
是不是為了這個目的而誕生的呢？

對啊，原來啊。
我怎麼會這麼笨，
谷爾先生既是神官，也是一名探究者，我卻告訴他這種事！
如果機械技術的發達違反神的旨意，
那麼身為神官，他就不可研究技術。
而且再怎麼研究，
往後技術也絕對不會更加發達。

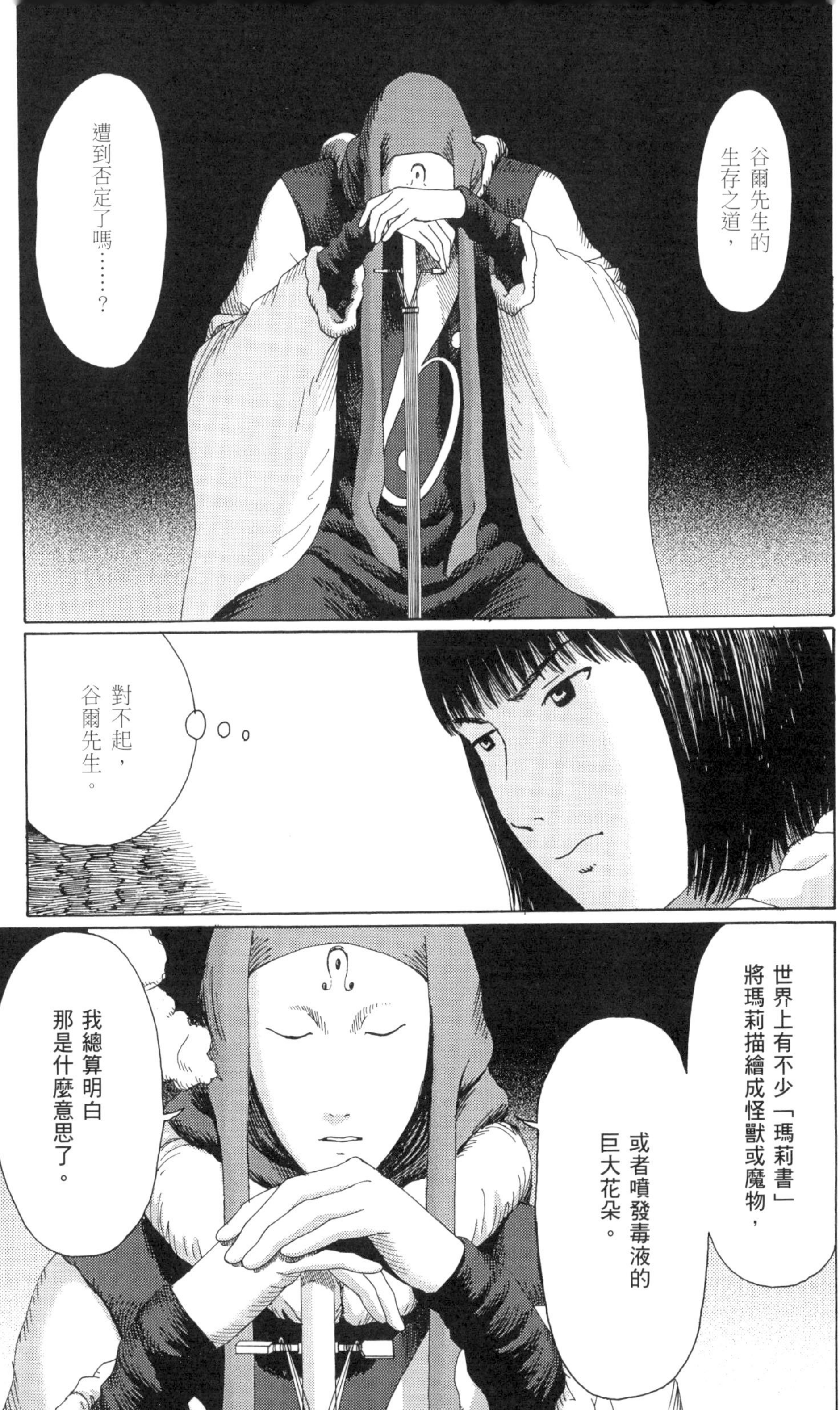

谷爾先生的生存之道，
遭到否定了嗎……？
對不起，谷爾先生。
世界上有不少「瑪莉書」將瑪莉描繪成怪獸或魔物，
或者噴發毒液的巨大花朵。
我總算明白那是什麼意思了。

人類的技術，數千年來不曾進步，
我們總是為了無法說明的失敗苦惱萬分。
並不知道更高的力量為我們畫了一條「線」。
既然要畫線，何不乾脆讓我們止於「工具」的世界就好了呀……工具只是人類雙手的延長。
而打造機械的目的是要它脫離人類雙手、自動化運作。一旦跨入「機械」的世界，我們的慾望就會加速，會追求更先進的技術。
就算追求，也無法前進。
……但是更高的意志會保障我們滿足的生活。
我們簡直像是籠中鳥。

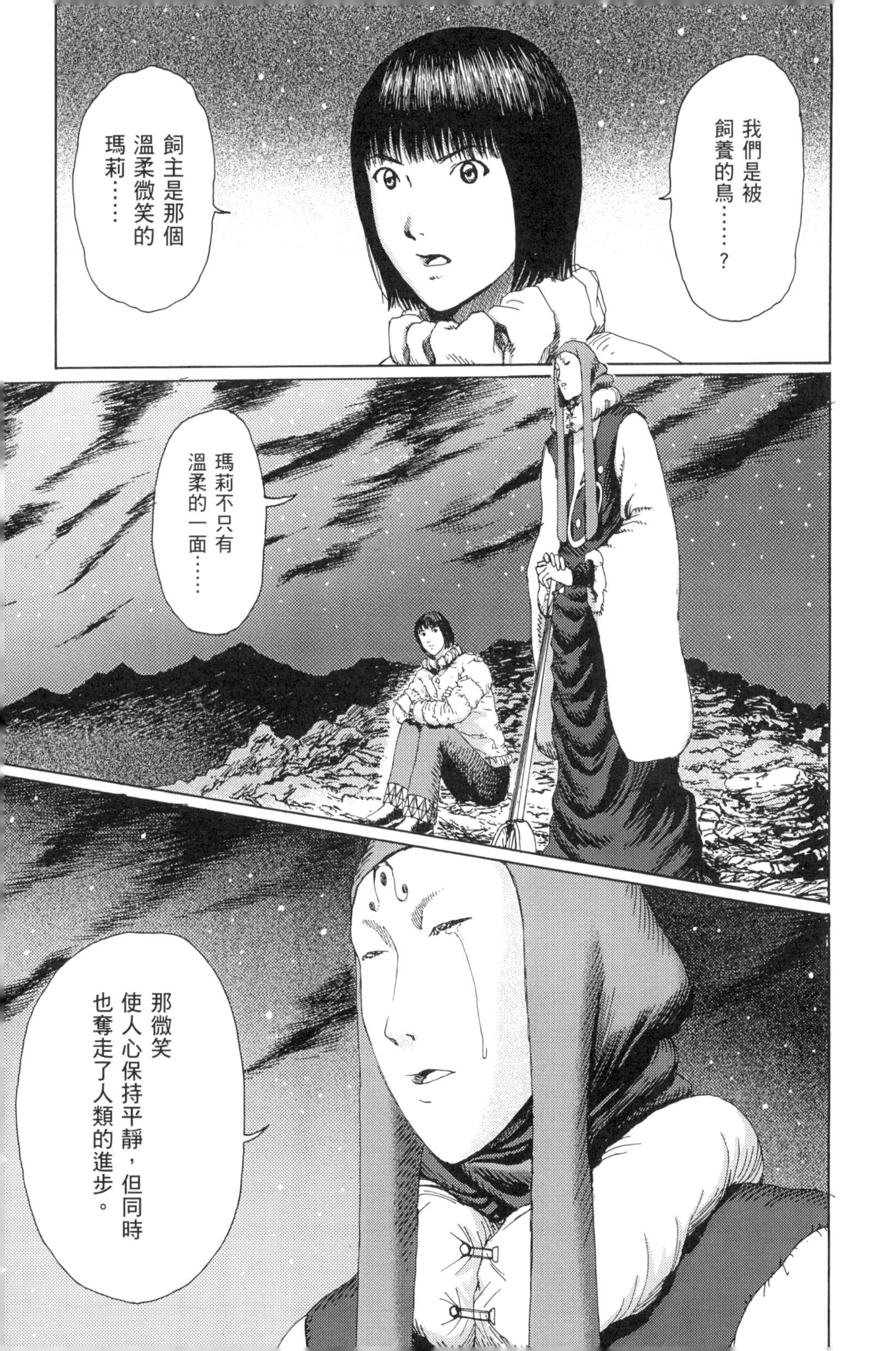
我們是被飼養的鳥……？
飼主是那個溫柔微笑的瑪莉……
瑪莉不只有溫柔的一面……
那微笑使人心保持平靜，但同時也奪走了人類的進步。

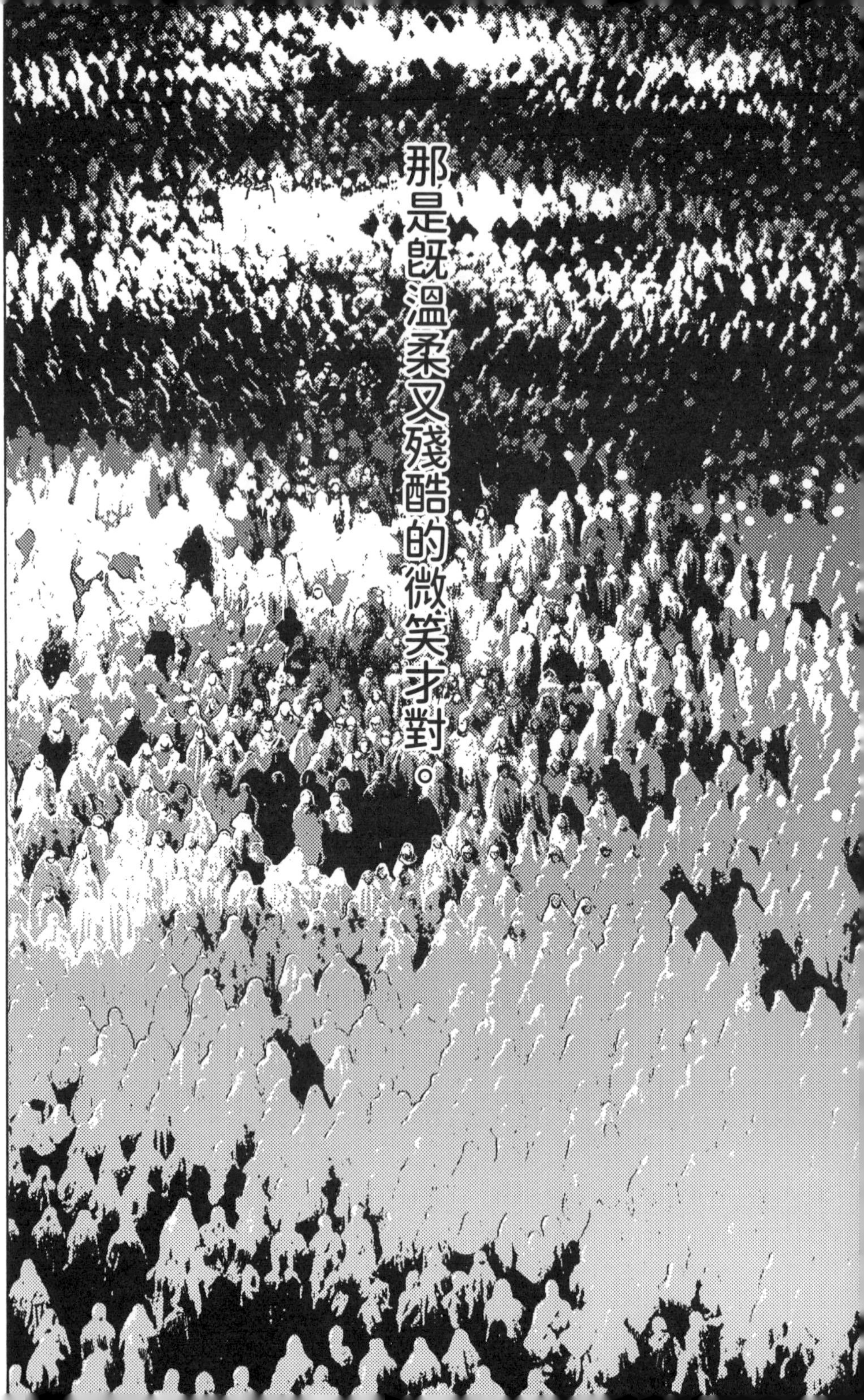
那是既溫柔又殘酷的微笑才對。

巡禮第十天‧‧最後一夜，
所有人都會徹夜祈禱。
大家在寂靜中呼出的氣息，
都會被吸進天空這個大洞。

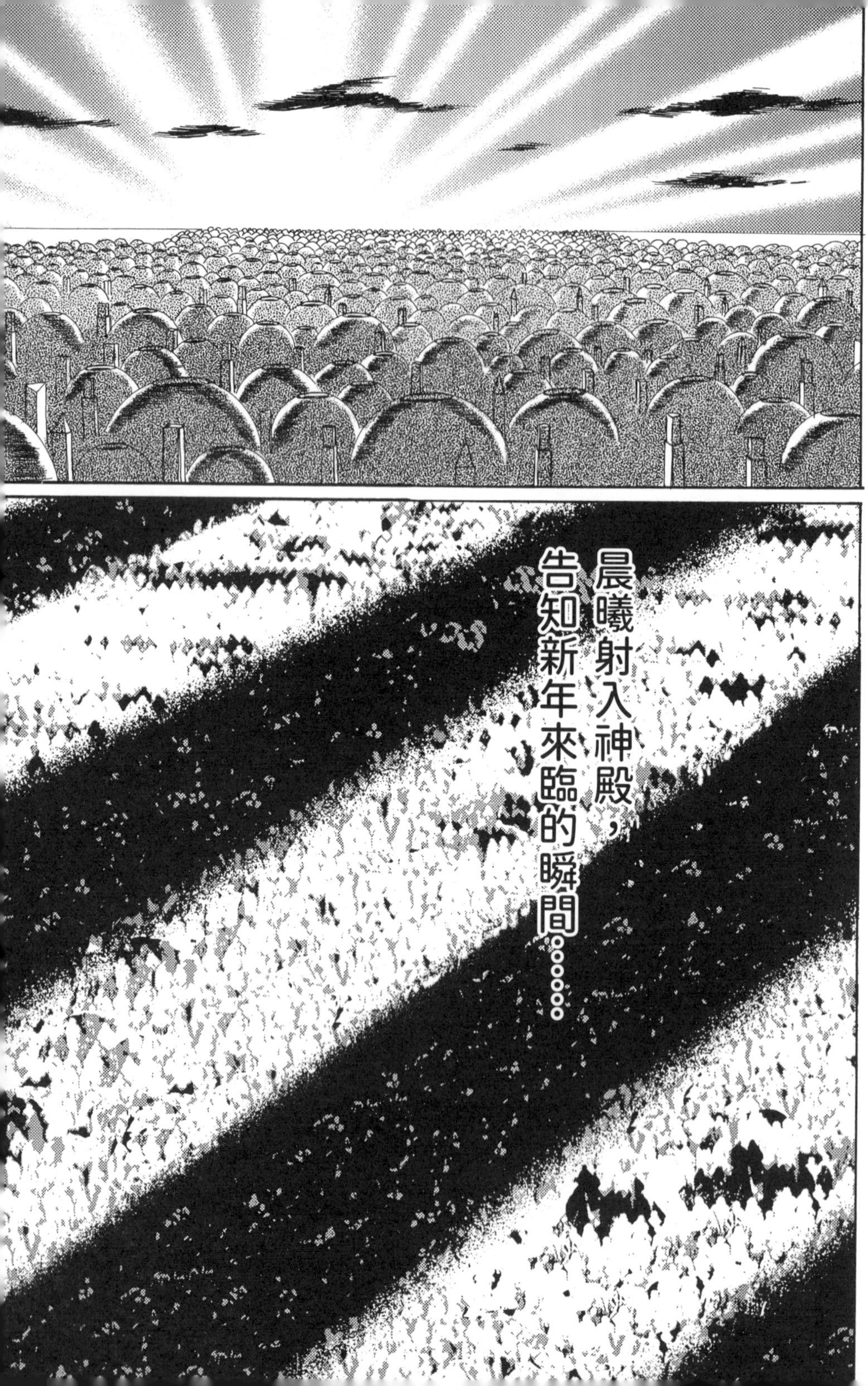
晨曦射入神殿，
告知新年來臨的瞬間……

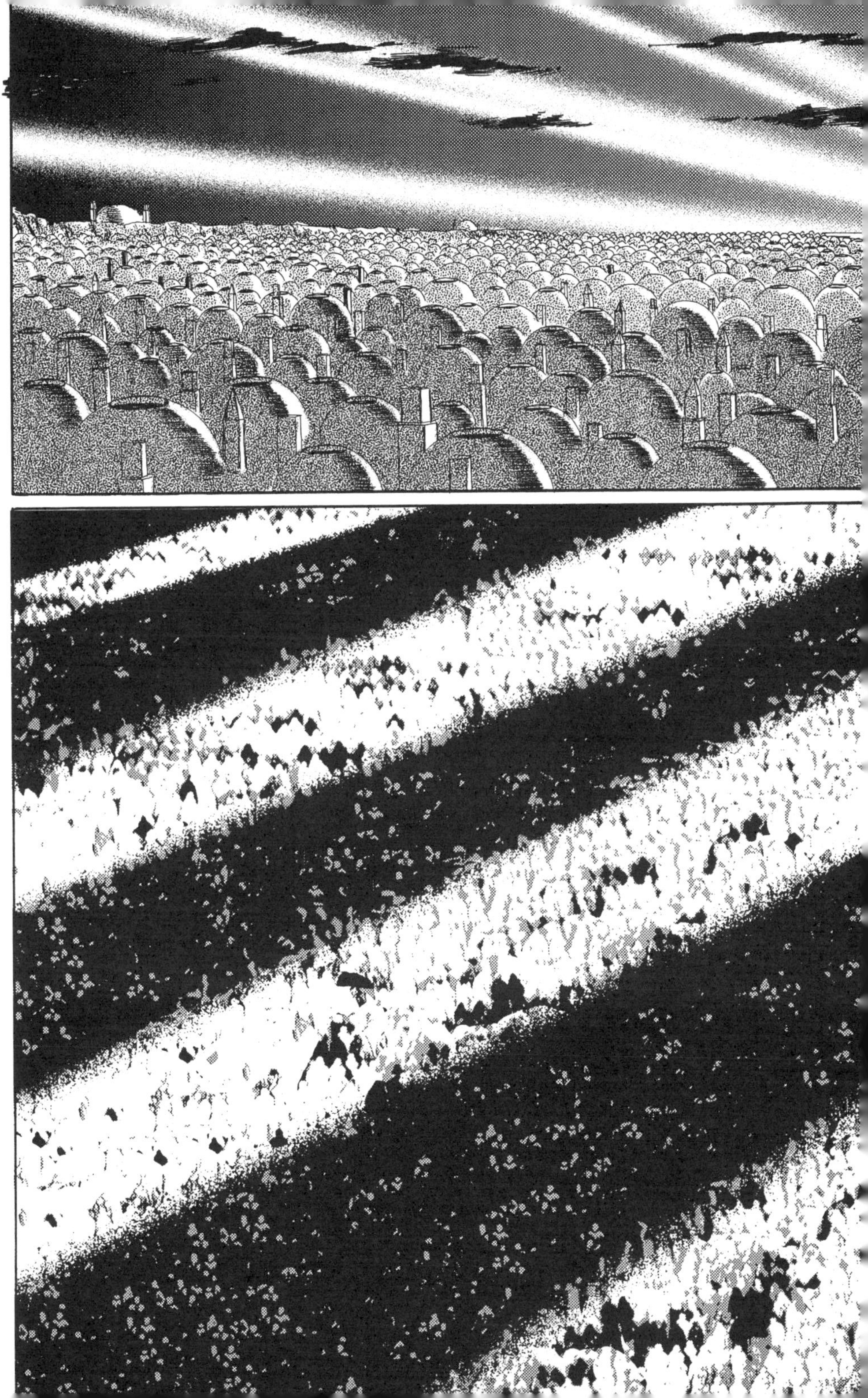

言語、習慣、教義各異的人們，
都因瑪莉合而爲一。

ブワッ
（嘩）

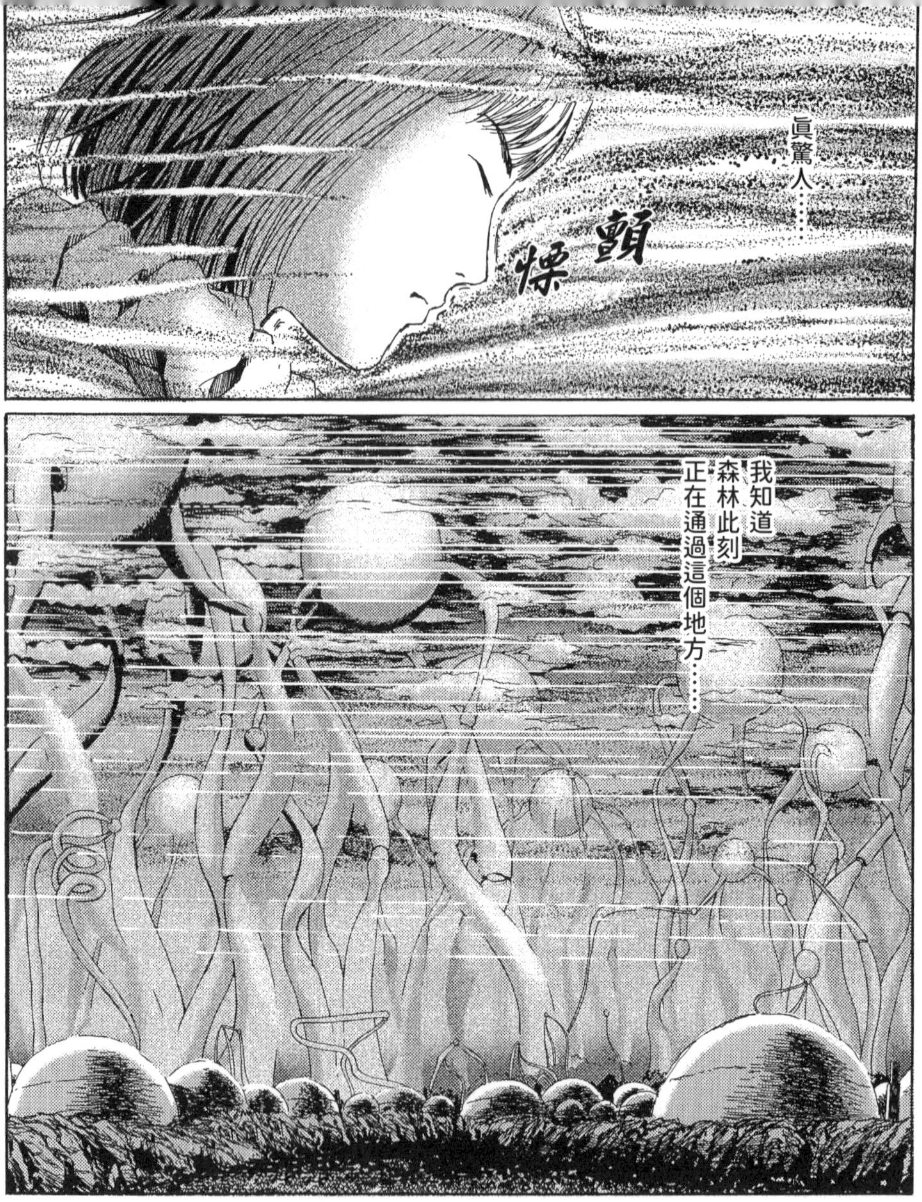
眞驚人……
顫慄
我知道
森林此刻
正在通過這個地方……

所有人的內心，
都發出了溫柔的聲響……
無比幸福的一刻…………

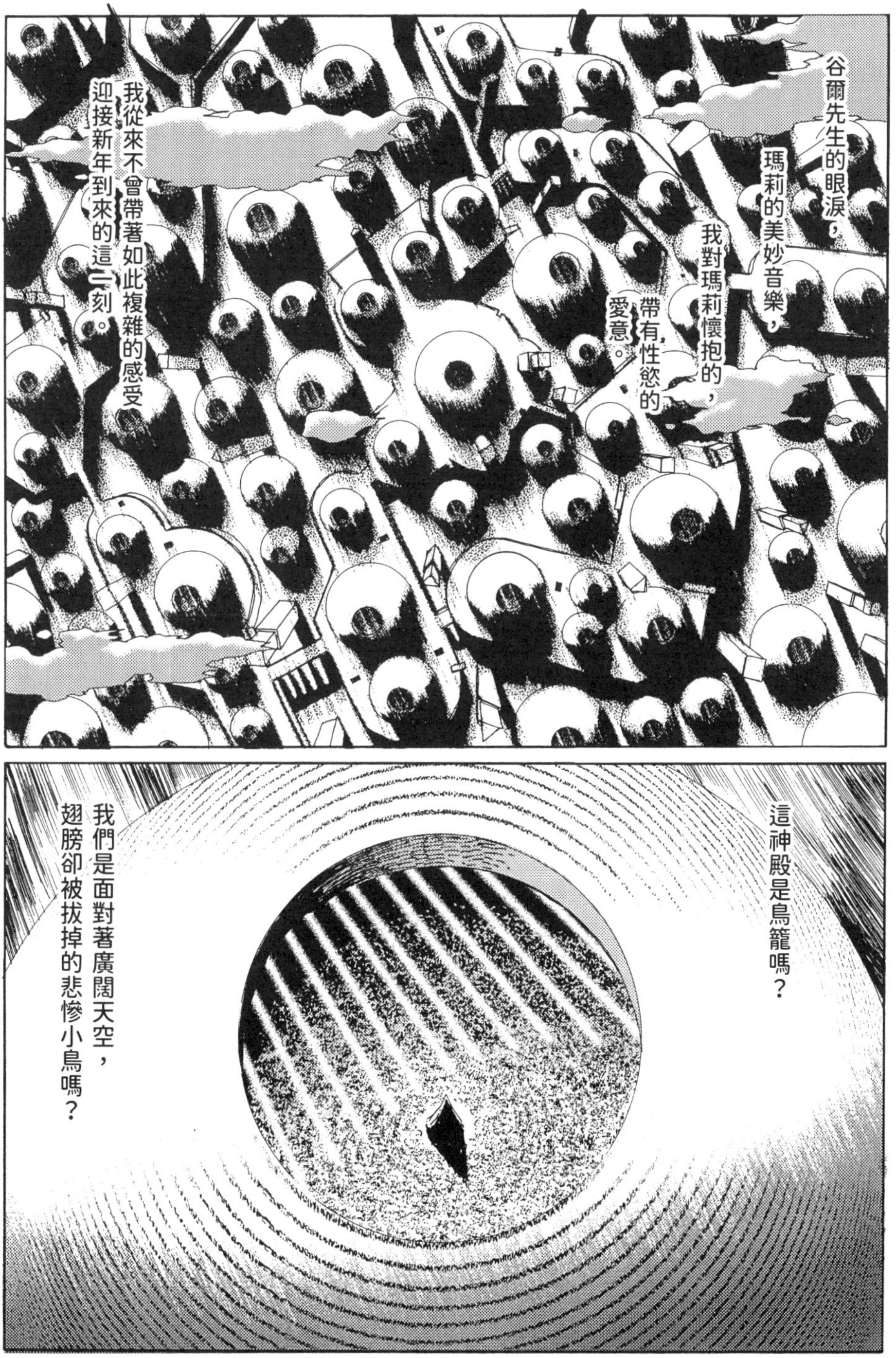
谷爾先生的眼淚，
瑪莉的美妙音樂，
我對瑪莉懷抱的，
帶有性慾的
愛意。
我從來不會帶著如此複雜的感受
迎接新年到來的這一刻。
這神殿是鳥籠嗎？
我們是面對著廣闊天空，
翅膀卻被拔掉的悲慘小鳥嗎？

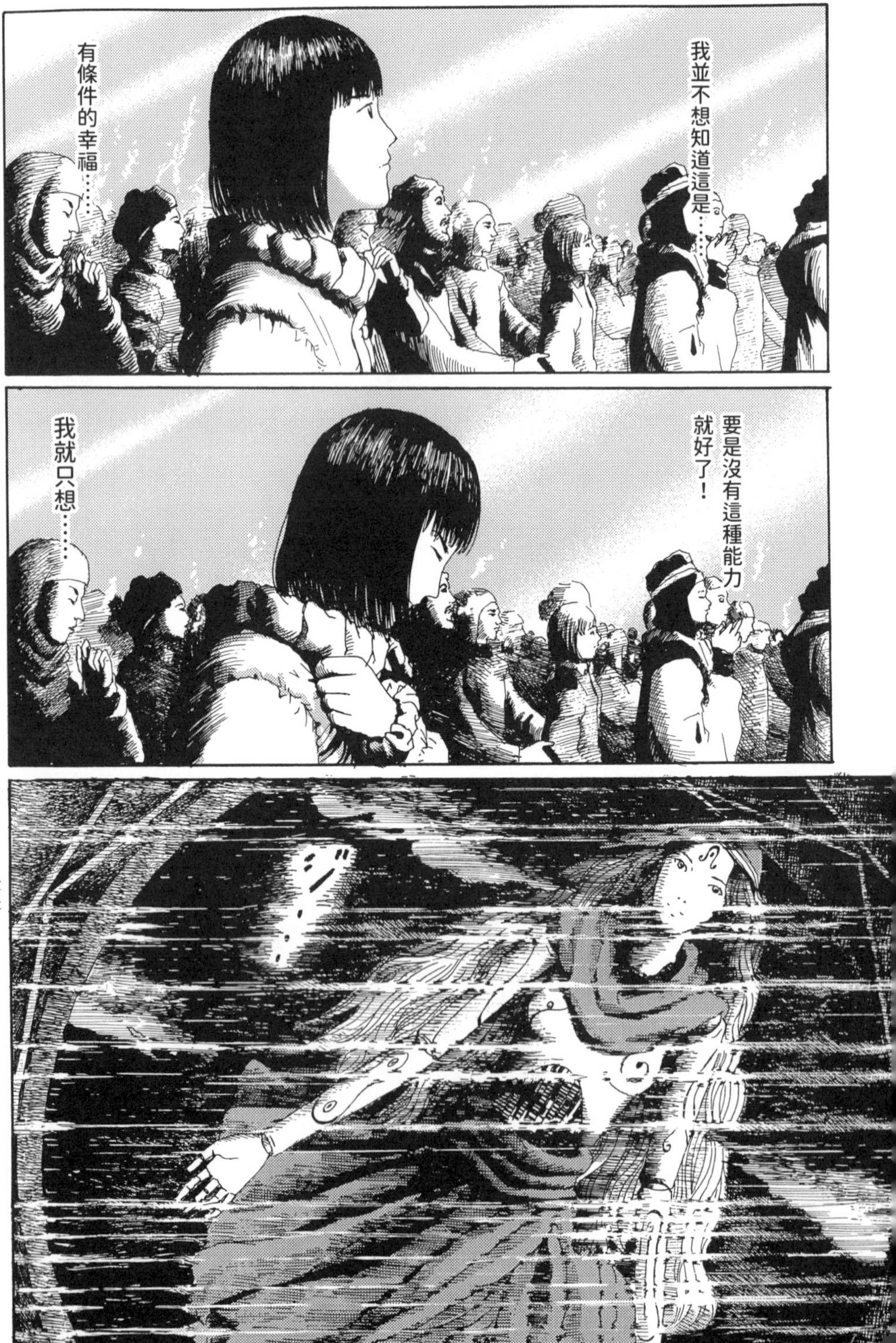
我並不想知道這是……
有條件的幸福……
要是沒有這種能力就好了！
我就只想……

（茲）

ジ…
(茲)
我就只想不斷祈禱下去呀。
劈

擁有印記者啊…………　…………………………
命定的那一刻，現在來臨了…　……………

SINGING MUSIC OF MARIE

EPISODE XI

第11話

瑪莉毀壞之日

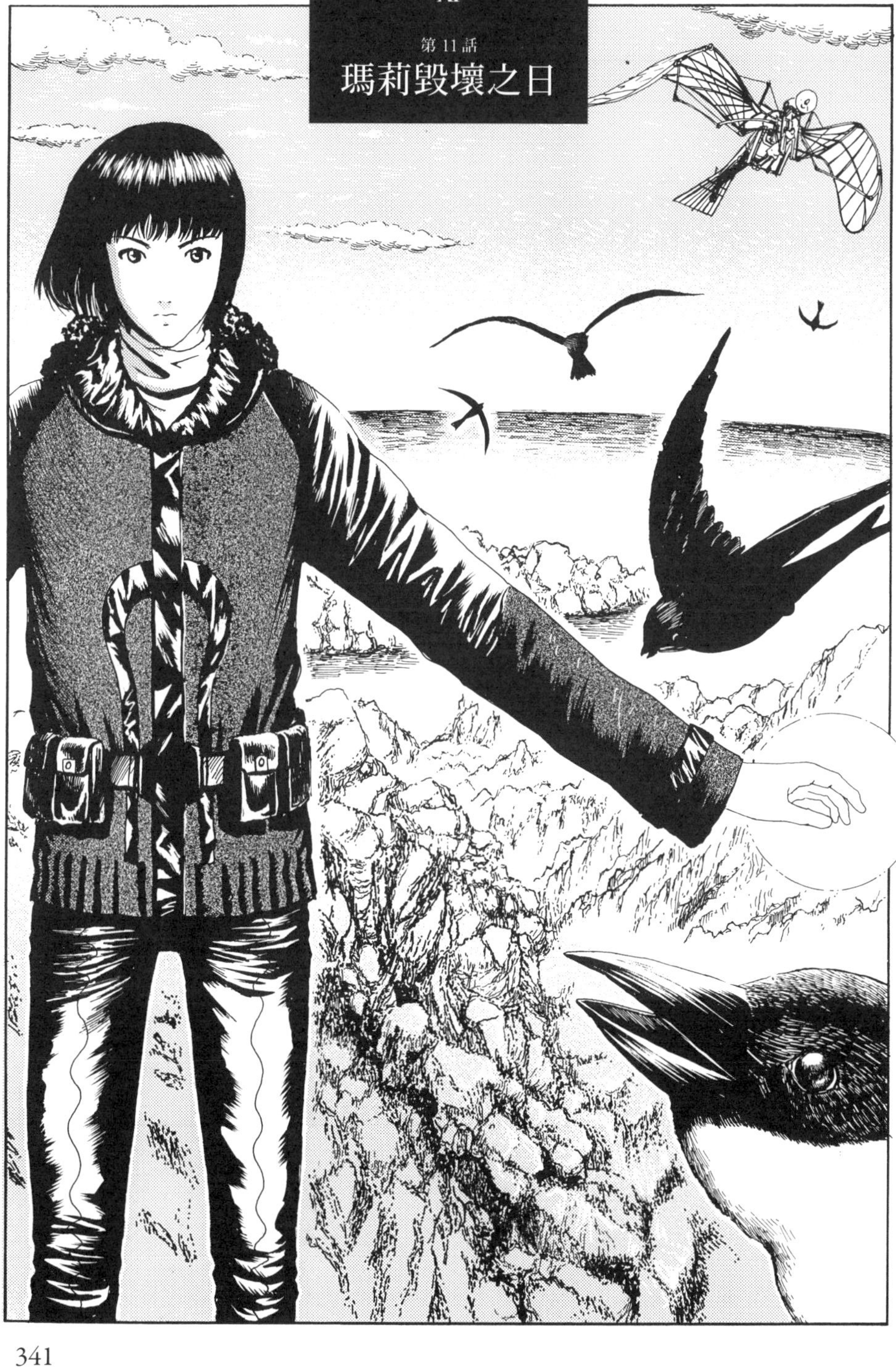

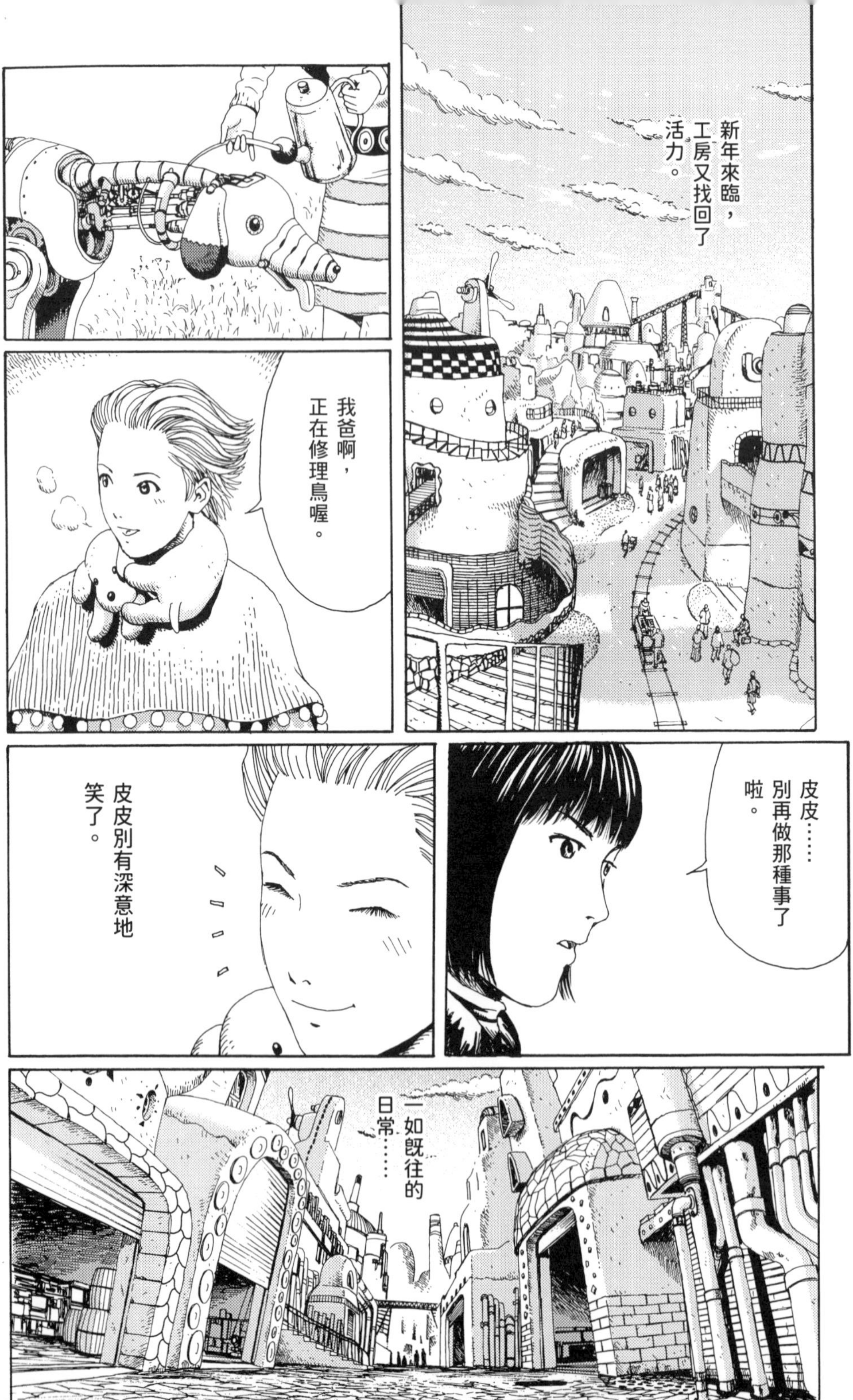

新年來臨，工房又找回了活力。
我爸啊，正在修理鳥喔。
皮皮……別再做那種事了啦。
皮皮別有深意地笑了。
一如既往的日常……

怪了……
好像有什麼不太一樣……

哎——不覺得麻煩死了嗎？
稍微休息一下吧。
反正領班今天也不會回來。
你怎麼說那種話啊！
不要在那邊挑剔別人做的東西啦！
零件商少在那邊跩啊！

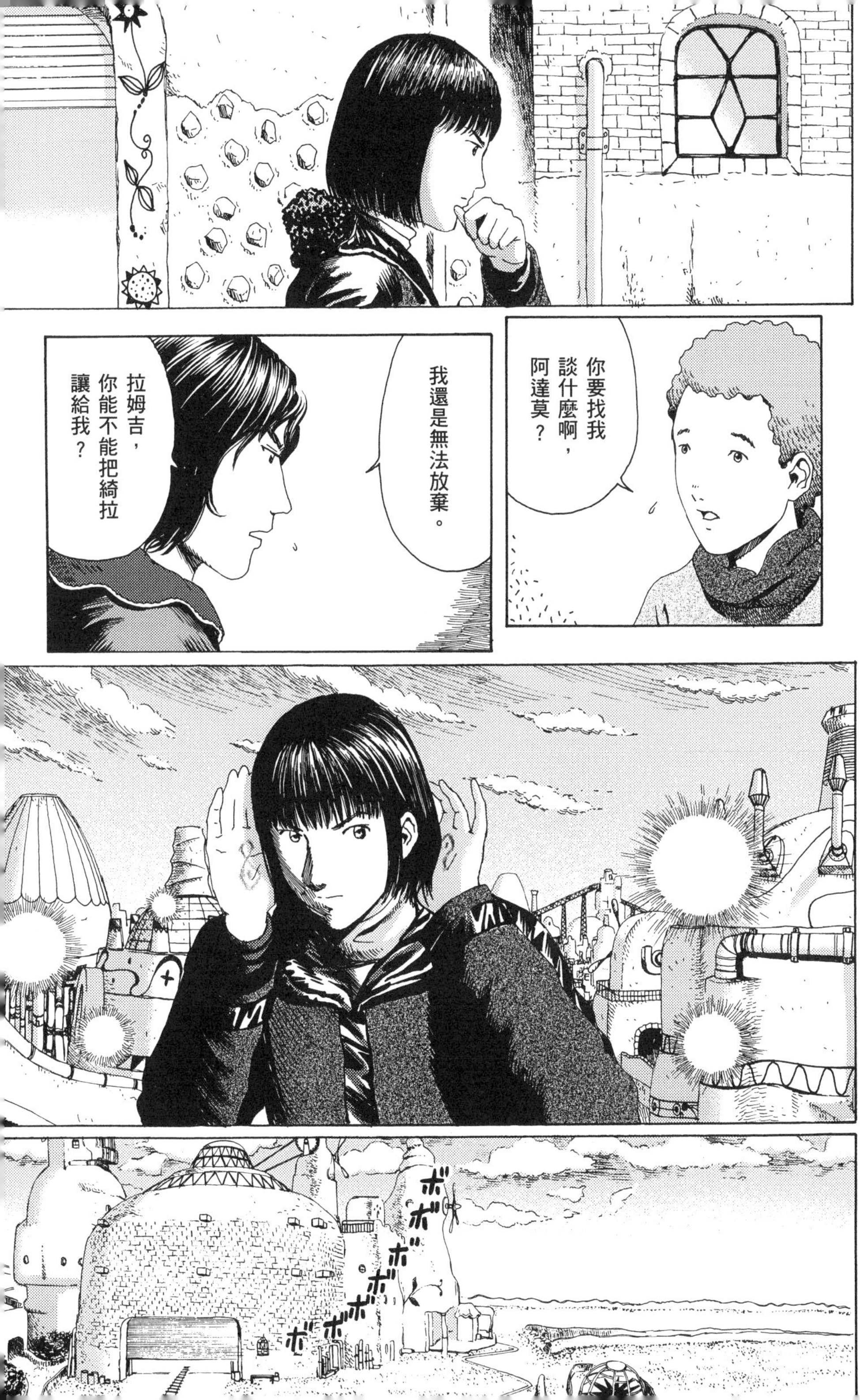
你要找我談什麼啊，阿達莫？
我還是無法放棄。
拉姆吉，你能不能把綺拉讓給我？
（啵啵啵啵）

(砰 啵啵啵 咻)
ポン
シュ
ボッ ボッ ボッ ボッ
好！
爸，媽媽要你馬上去市場一趟。
嗯？
這樣啊，我知道了。

抱歉啊，爸爸。
我覺得今天會很順利。
呼
呼
托托，什麼啦~~~~
快點快點！
打擾了ー
達姆爾的工房？

キュイイイイイイイイ
（嘰——）
（咻）
シュ
您·好·請·問·有·什·麼·事·呢？
啟動後過三小時了，
這次肯定會完成的！
嘻

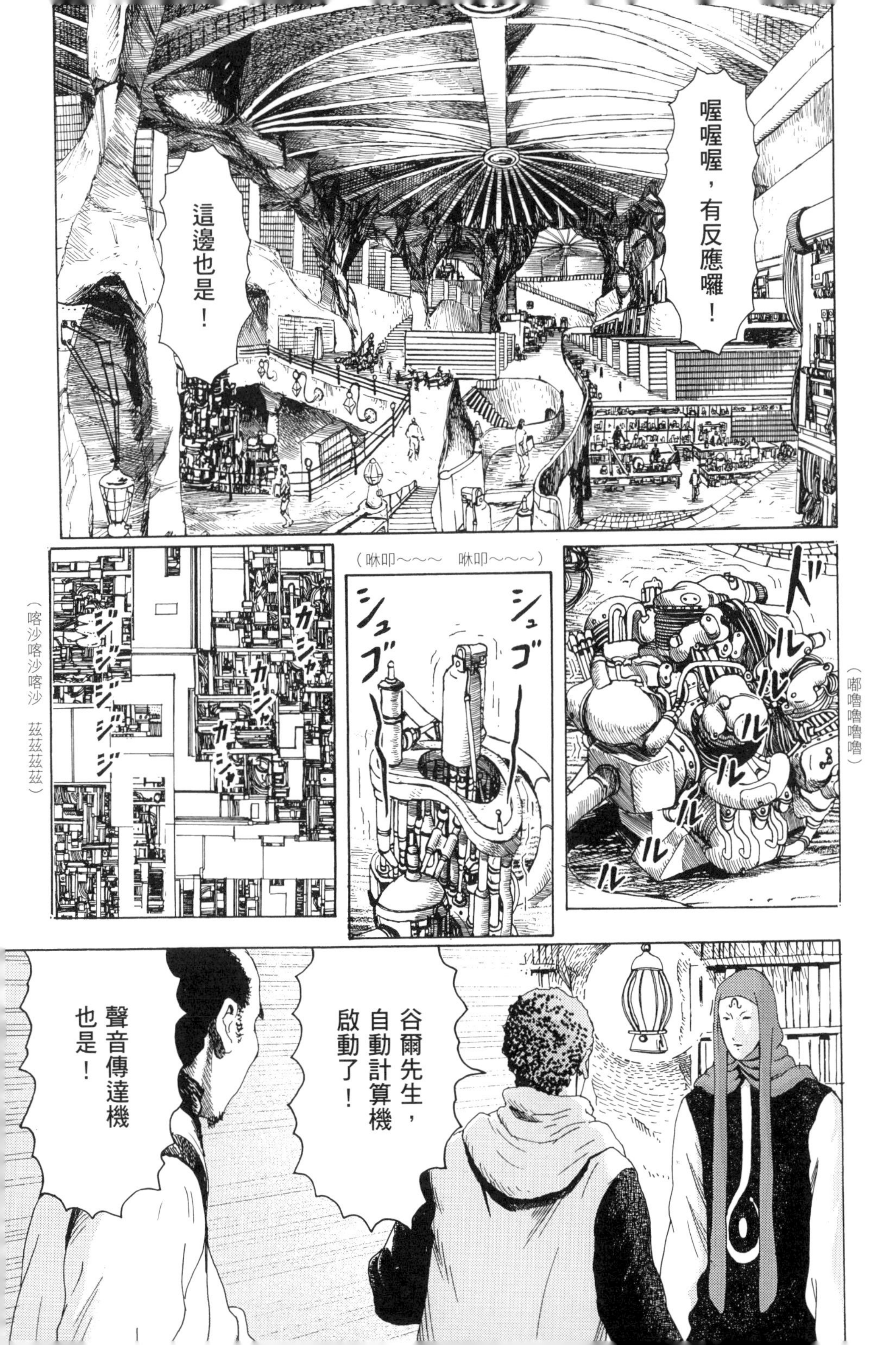
喔喔喔，有反應囉！
這邊也是！
（嘟嚕嚕嚕嚕）
ドルルルルルルル
（咻叩～～～　咻叩～～～）
シュゴー
シュゴー
（喀沙喀沙喀沙　茲茲茲茲）
カシャ
カシャ
カシャ
ジジジジ
谷爾先生，自動計算機啟動了！
聲音傳達機也是！

太好了，太好啦！
我們的研究走在正確的道路上！
到底能持續多久呢？
父親。
五十年前也有一個像今天這樣的日子喔，就只有一天。
這是神的惡作劇嗎？
凱伊……

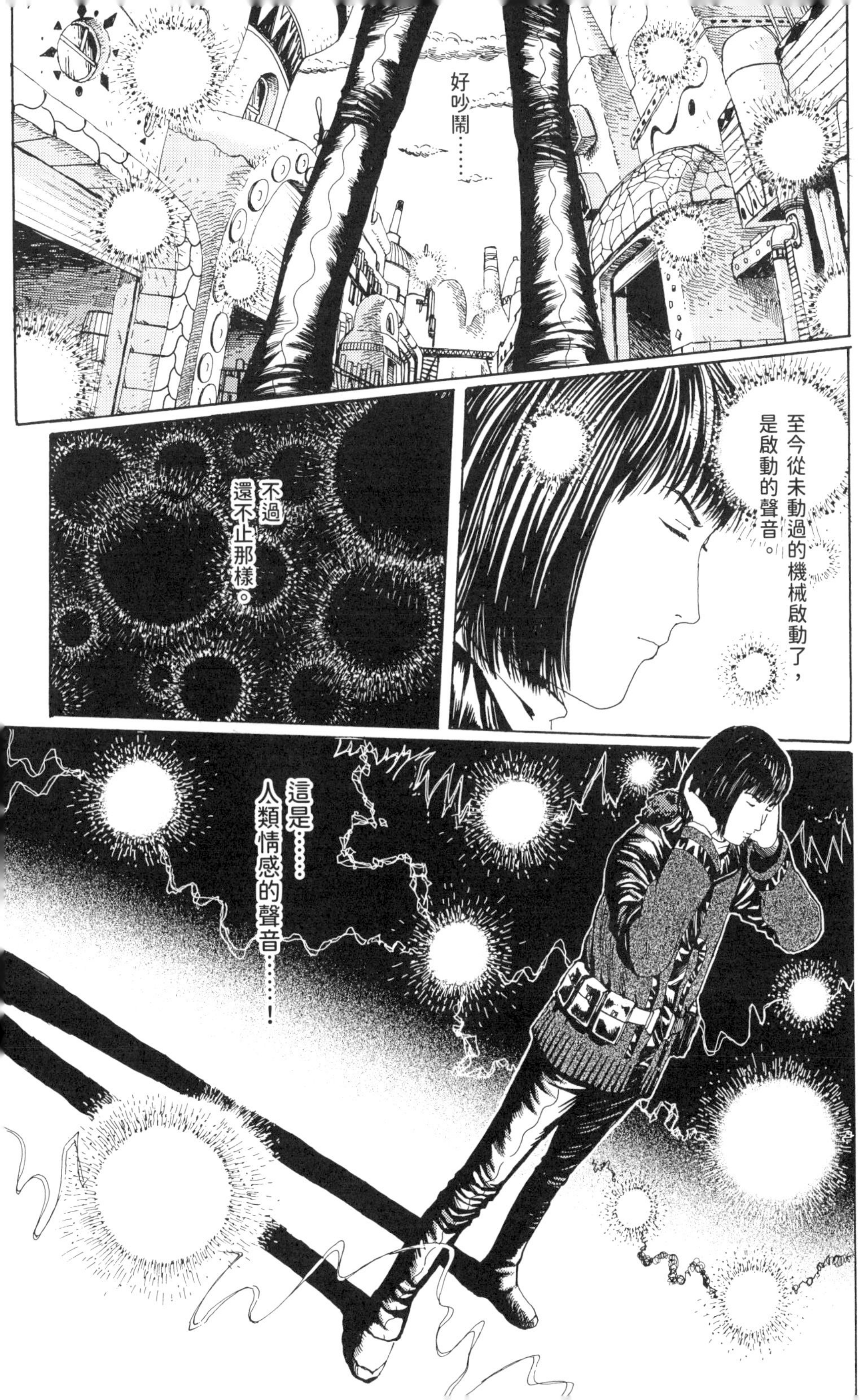
好吵鬧……
至今從未動過的機械啟動了，
是啟動的聲音。
不過
還不止那樣。
這是……
人類情感的聲音……！

什麼？你再說一次看看！
零件商閉嘴做零件就是了！
煩躁的感情發出激烈的聲響。
我們要出去玩一下，工作你會幫我們做好吧？
咦？
可以吧！
怠惰和傲慢發出混濁的聲響。

拿我們拚命做出的機械去交換巴羅果實，太奇怪了吧？
那些傢伙一年到頭都在睡覺呢。
高牆在人們和其他島民之間築起，發出頑劣的聲響。
凱伊是專屬於皮皮的！
我絕對不會交給任何人！
ボボボボボボ
（啵啵啵啵）
我們已經結婚了啊。
雖然覺得這樣很糟糕，但我無法放棄啊!!
我想要綺拉！我該怎麼辦呢？
就算你跟我說……
嫉妒……色慾……佔有慾糾結的聲響。

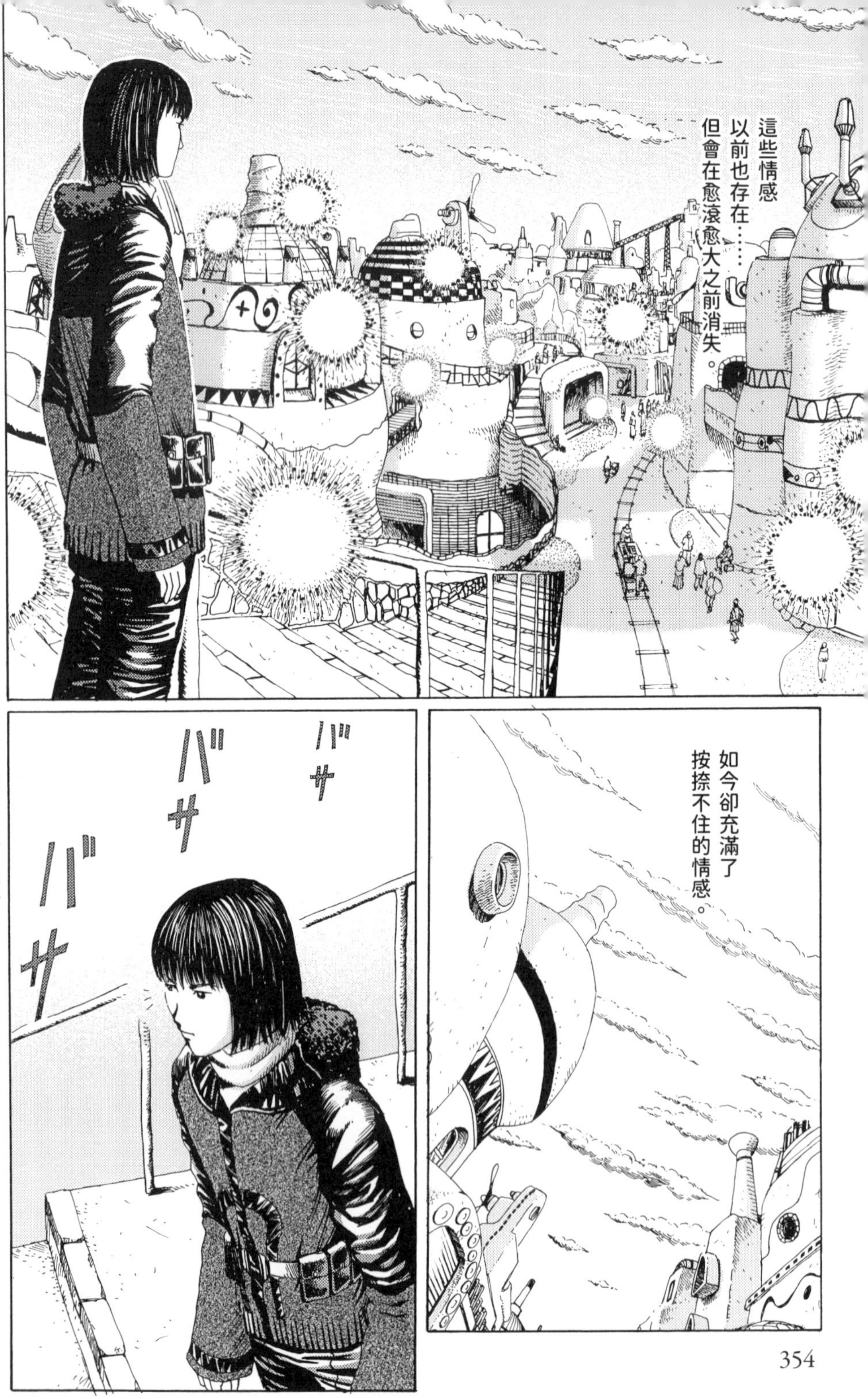
這些情感
以前也存在……
但會在愈滾愈大之前消失。
如今卻充滿了
按捺不住的情感。
バサ
バサ
バサ
（啪沙 啪沙 啪沙）

バサ
バサ
バサ
（啪沙 啪沙 啪沙）

凱伊，
皮皮……飛起來了！這次真的飛起來囉！
皮皮。
這麼一來，天空就不專屬於瑪莉了唷!!
凱伊，看著我!!

（喀鏘 喀鏘）
ガシャン
ガシャン
哇——
在走路，在走路！
達姆爾，這次沒問題吧？
搞定了……吧
好棒喔！
喔喔喔
喀鏘喀鏘
ガシャン
ガシャン
（喀鏘 喀鏘）
（啾咿——）
キイイイイイイイ
空・中・有・很・大・的・鳥。
啊——皮皮——

皮皮——！
妳又來啦——！
住手啊，很危險啦！
呀嗬——
達姆爾做的皮皮也動起來囉——
沒問題吧……
キュー
ジジジ
到底是怎麼一回事啊？？？
（嘰嗡——茲茲茲）

欸，達姆爾，
要不要在我們工房大量製作這個啊？
然後大賺其他島的金銀，只進我們口袋。
唔……
這提議很好吧？
空中有很大的鳥。
皮皮—
呀——
混蛋，少看不起人了！
你們兩個都住手！
唔。
是打架……
我還是第一次看到呢。

莫名亢奮耶，
這是什麼感覺？
你這廢物！
你這廢物！
喂喂
放開我！
走著瞧啊，
賣零件的！
我第一次聽到的，
殺意的聲響……!!

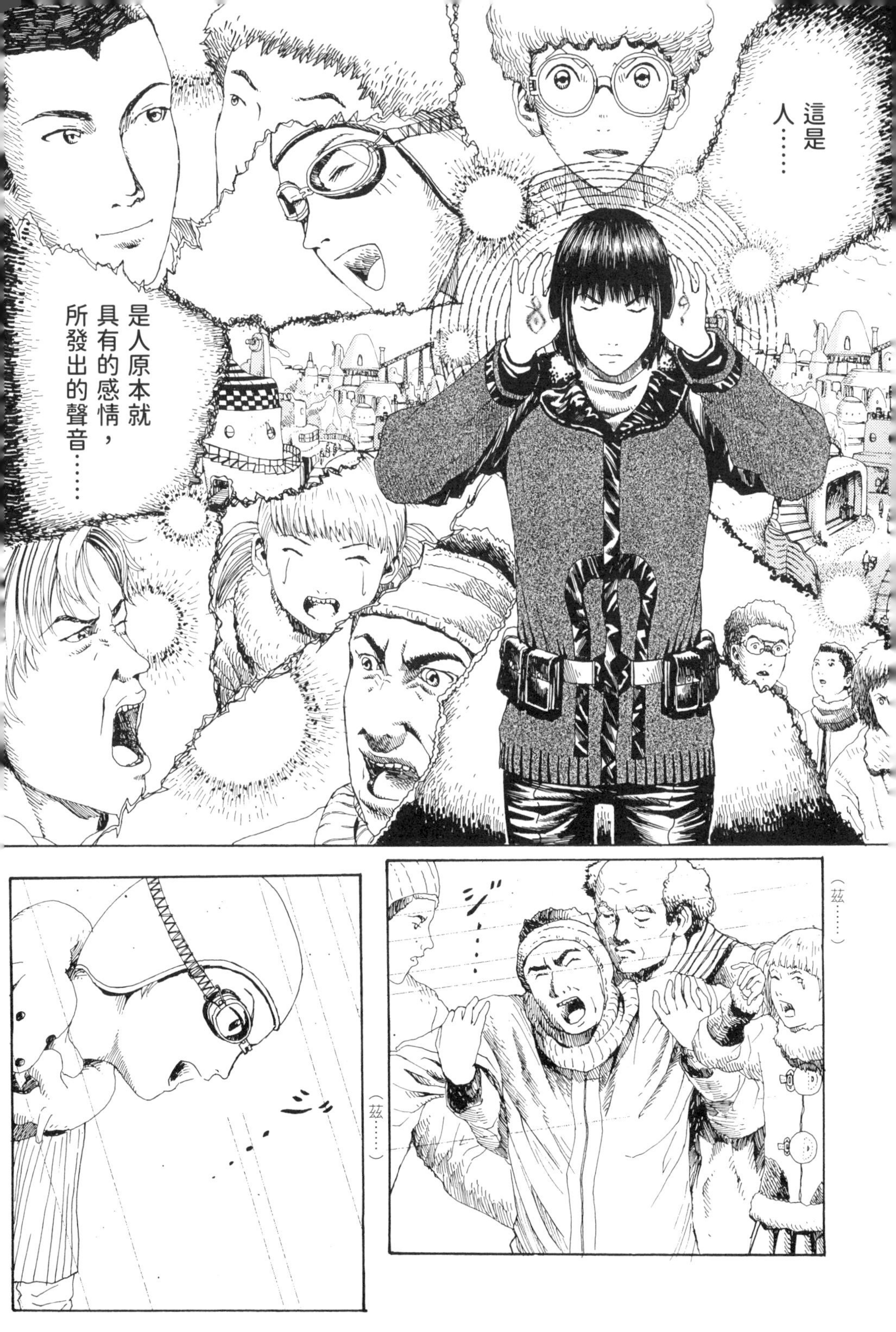
這是人……
是人原本就具有的感情，所發出的聲音……
ジ……
（茲……）
ジ…
（茲……）

被徹底抹滅了嗎？

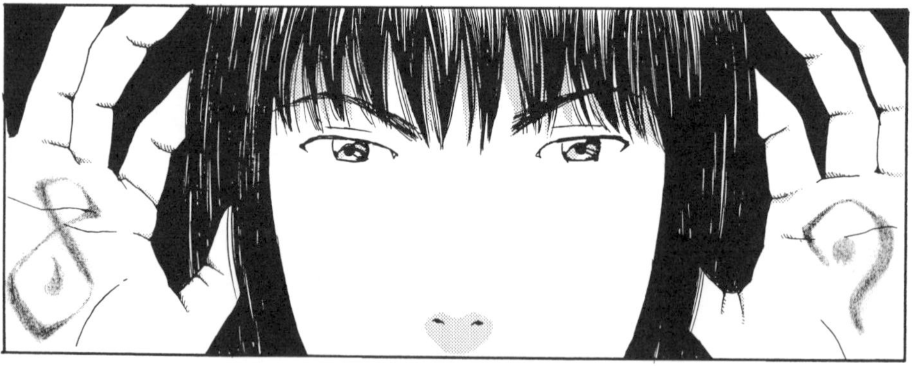

我聽不到！

聽不到
瑪莉演奏的音樂。
所以大家的情感
才失控的啊!!

啊……
啊啊啊啊啊啊!!
瑪莉她……
瑪莉她!

喂，大家……？
喂！
托托！
為什麼？
為什麼大家都不動了!?
嚇

SINGING MUSIC OF MARIE

EPISODE XII

第 12 話

開啟門扉的左手

森林和三賢者來到工房了……！

時間停止了……

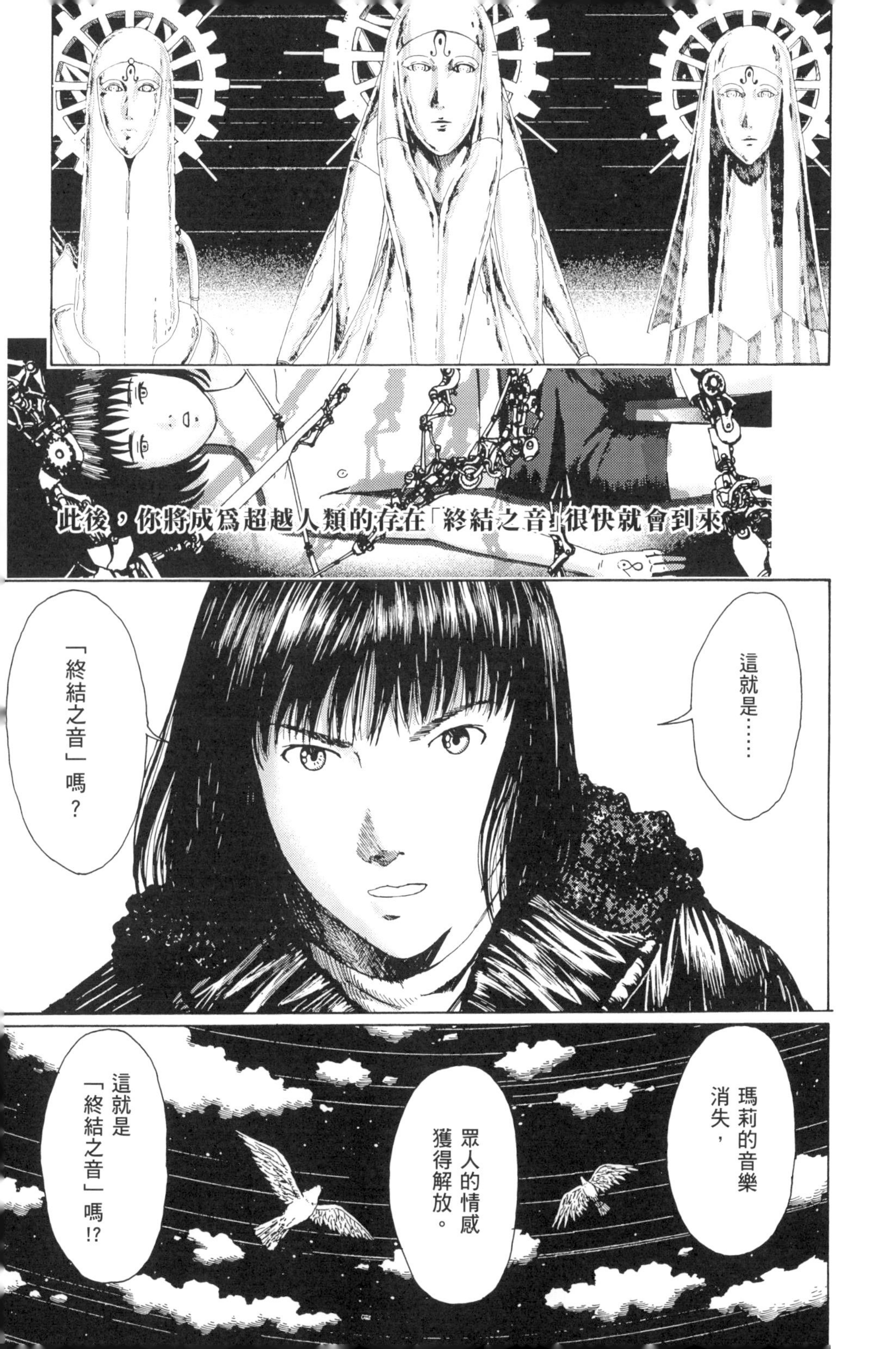
此後，你將成爲超越人類的存在「終結之音」很快就會到來。
這就是……
「終結之音」嗎？
瑪莉的音樂消失，
眾人的情感獲得解放。
這就是「終結之音」嗎!?

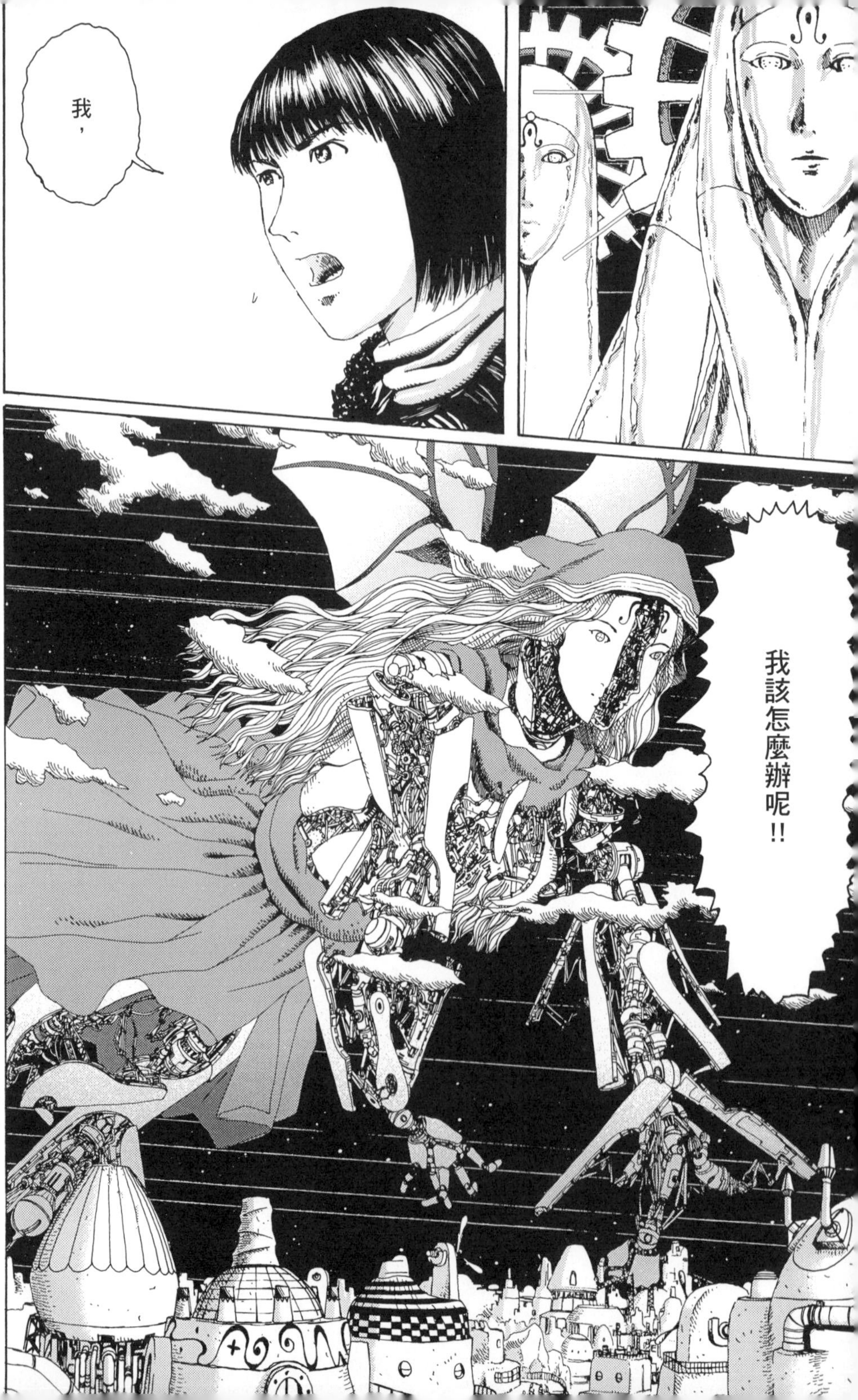

我，
我該怎麼辦呢!!

シュオオオオ
（咻轟—）
你的左手將能開啟門扉

哇啊啊啊啊啊啊!
茲唰—

ドー
（隆）

哇啊啊啊啊！
撕裂

（啪沙）

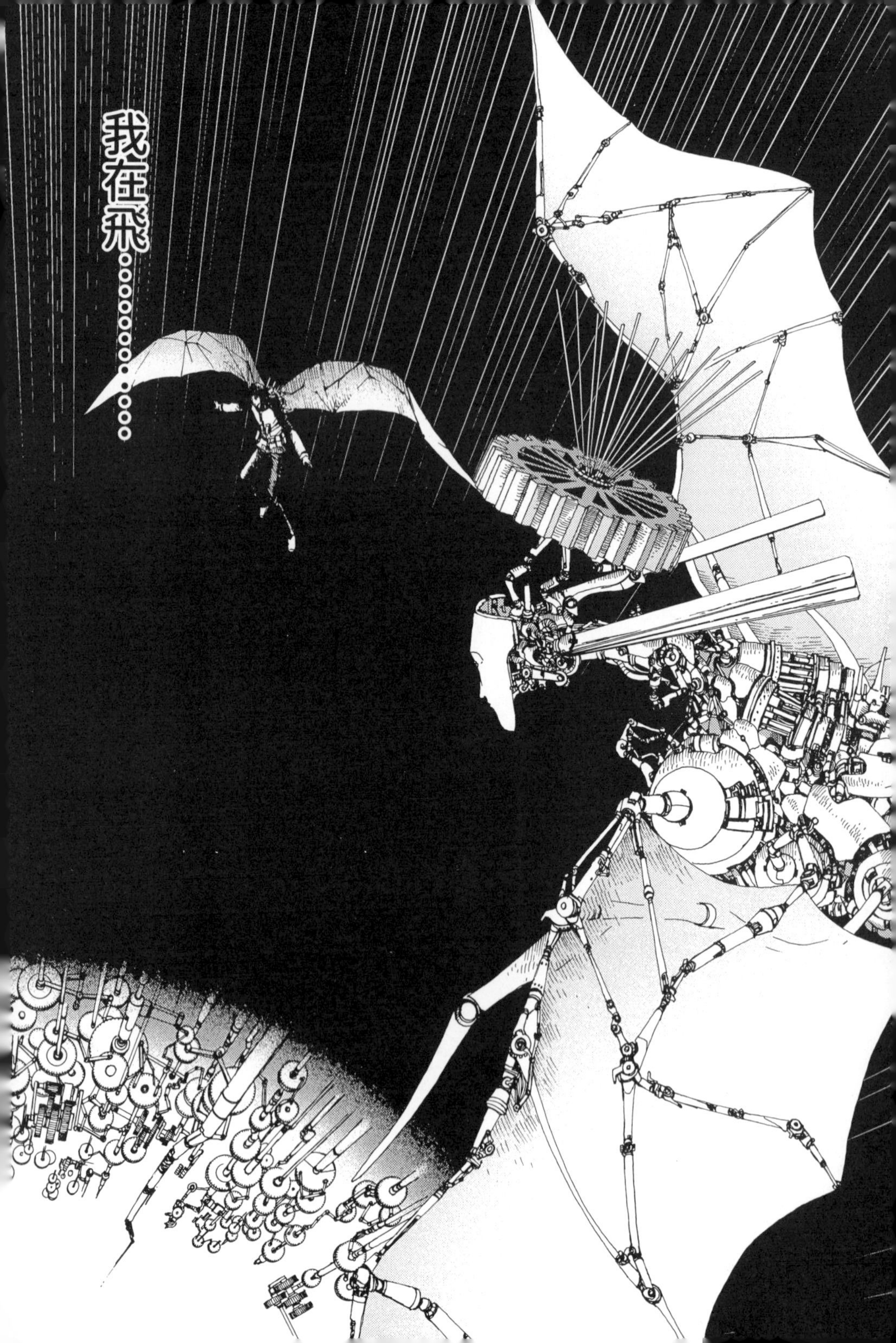
我在飛…………

好深oooooooooooo

噠
（喀鏘 喀鏘 喀鏘）
唔！
シュボッ
（咻啵）
我的身體，到底是怎麼啦!?

這裡是
工房的地下……？
機械裝置構成的原生林……
不是工房，
這裡一定是
森林的地下。
是森林……

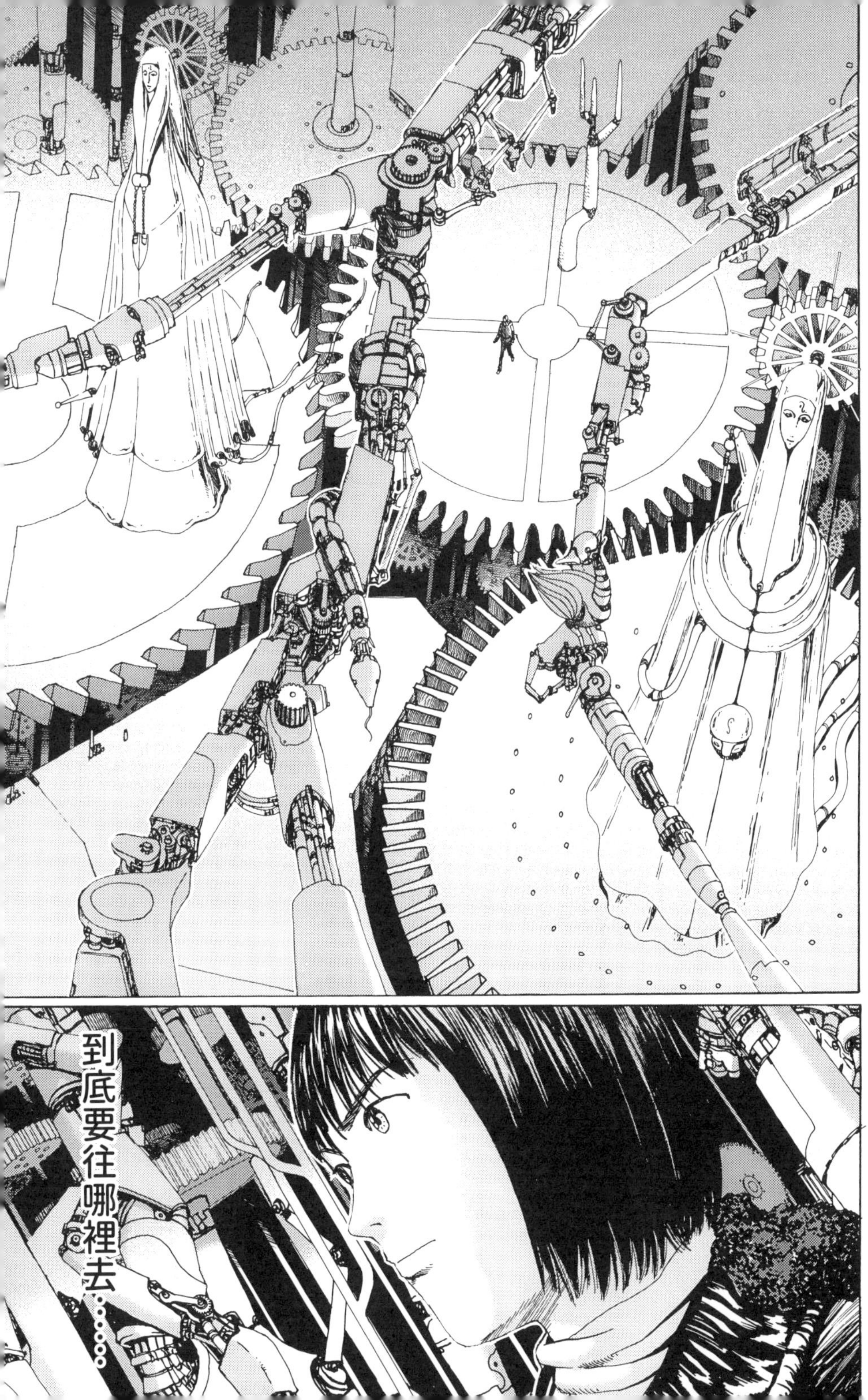
到底要往哪裡去……

好安靜……
一點聲響也沒有……

所有機械都靜止下來了……

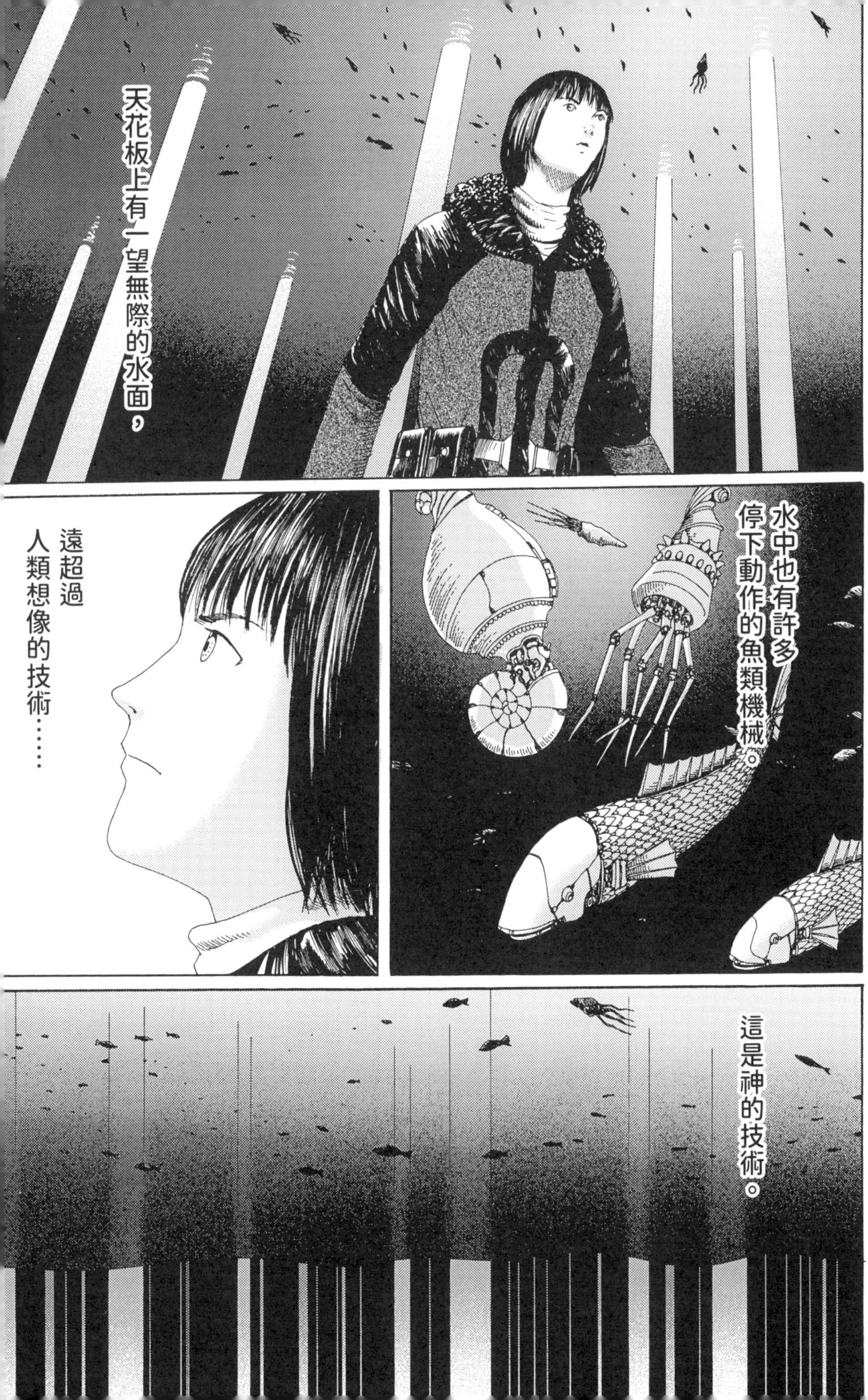

天花板上有一望無際的水面，
水中也有許多停下動作的魚類機械。
遠超過人類想像的技術……
這是神的技術。

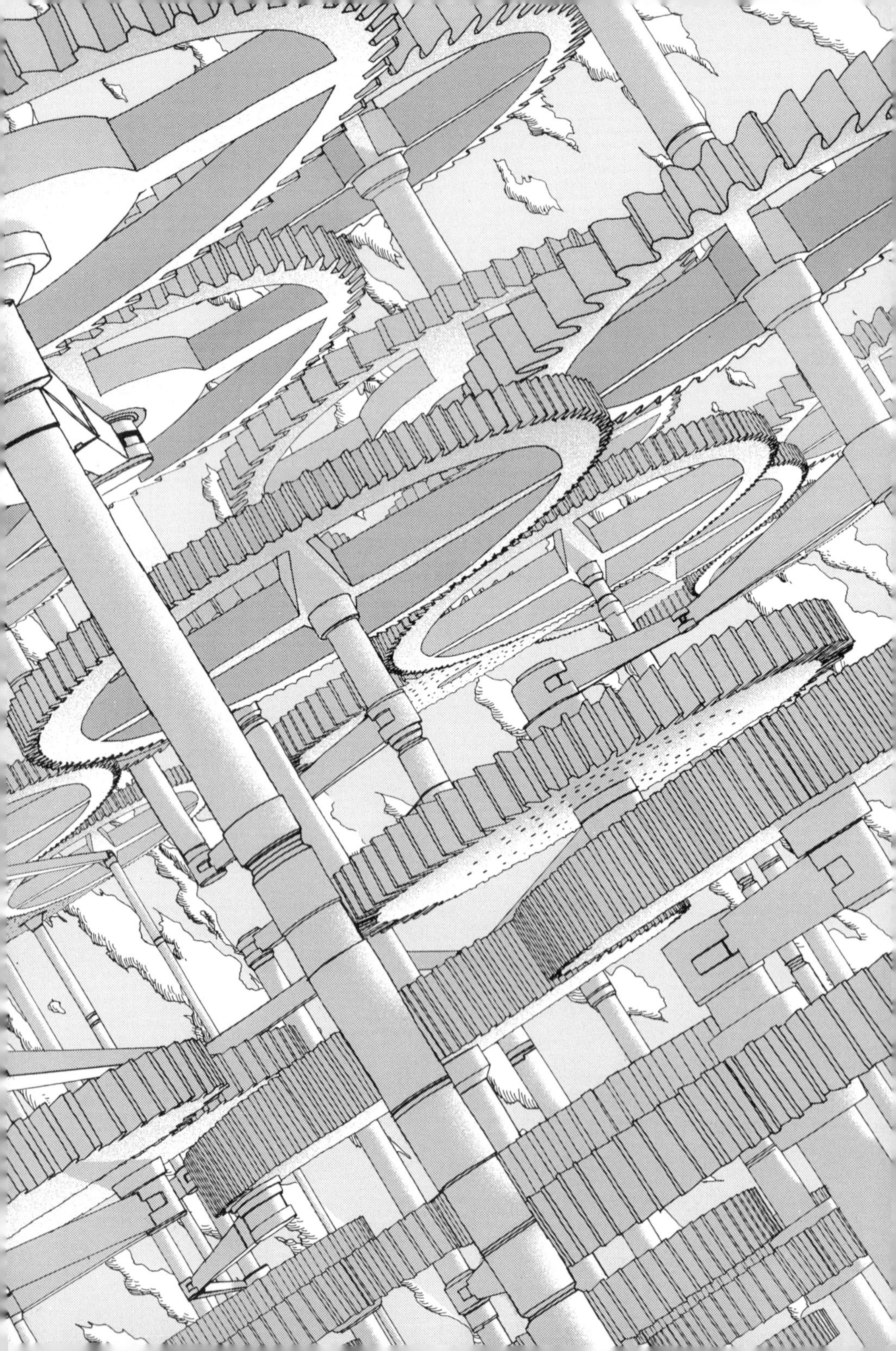

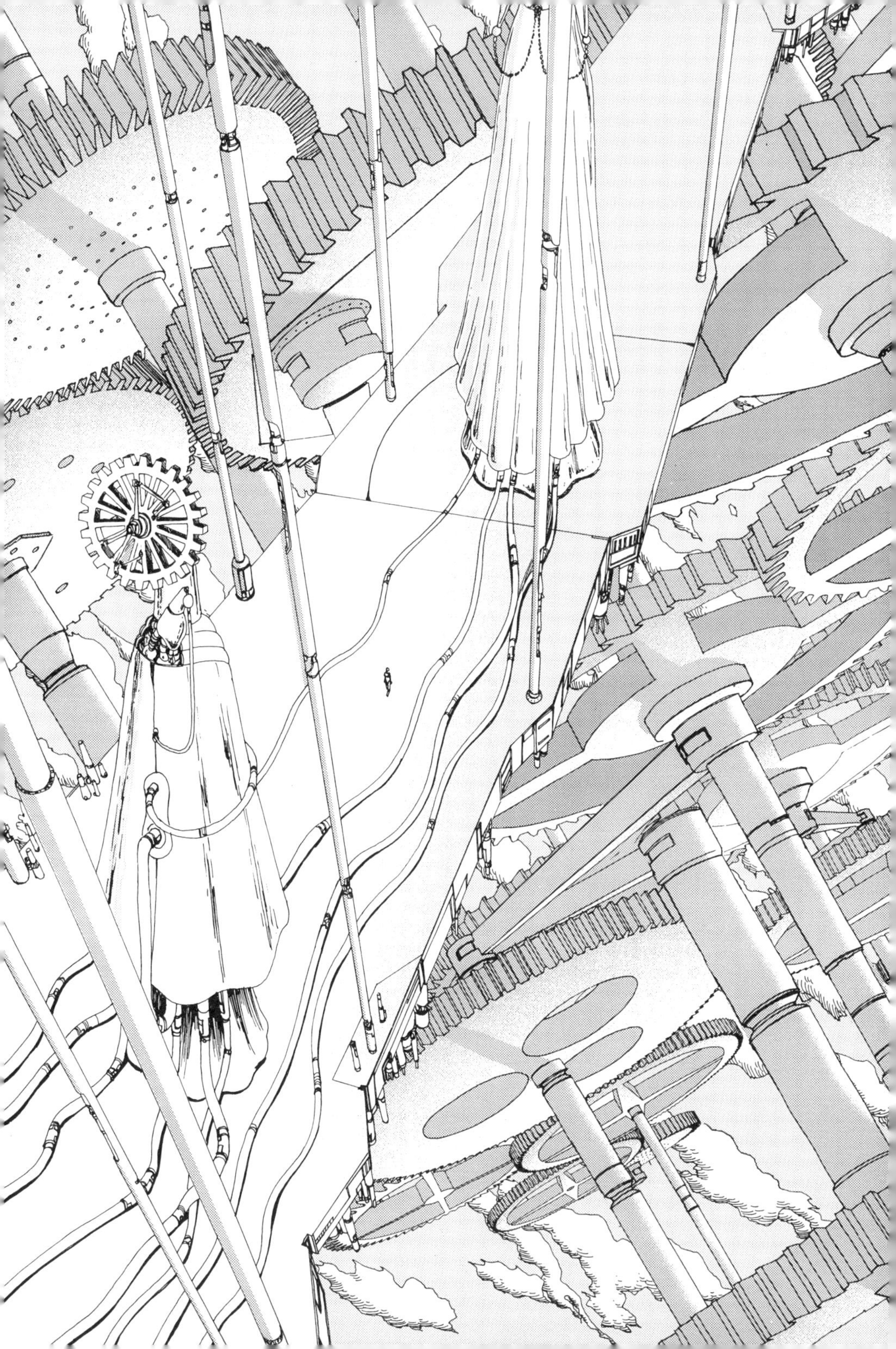

雲！
工房的上空!?
投映在正下方海面上的，
是瑪莉的影子……

這裡是瑪莉的體內!?

當初應該是往下走，
走到底部深處才對呀……
原來森林
是通往瑪莉體內的入口。

SINGING MUSIC OF MARIE

EPISODE XIII

第13話

瑪莉的音樂盒

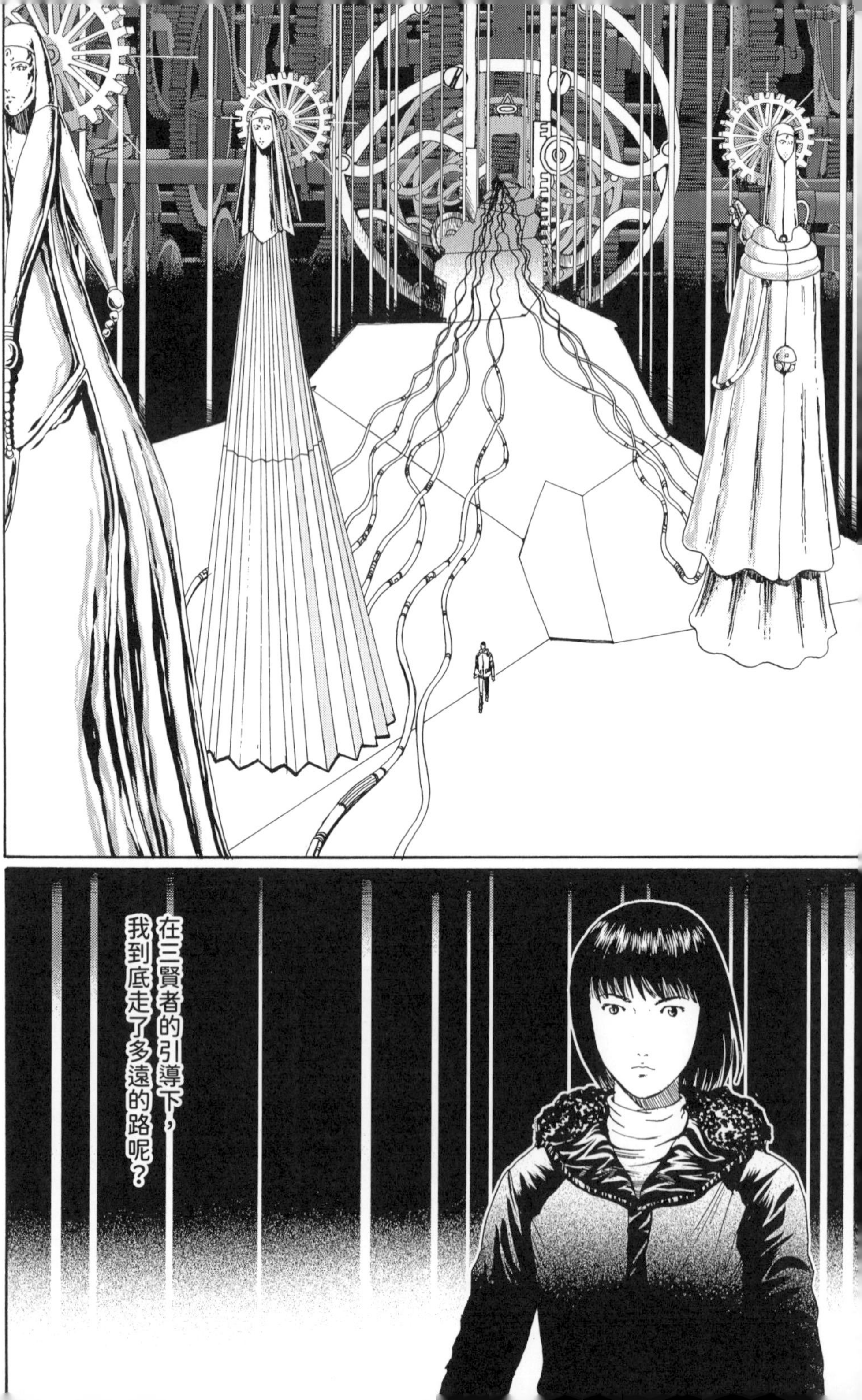
在三賢者的引導下，
我到底走了多遠的路呢？

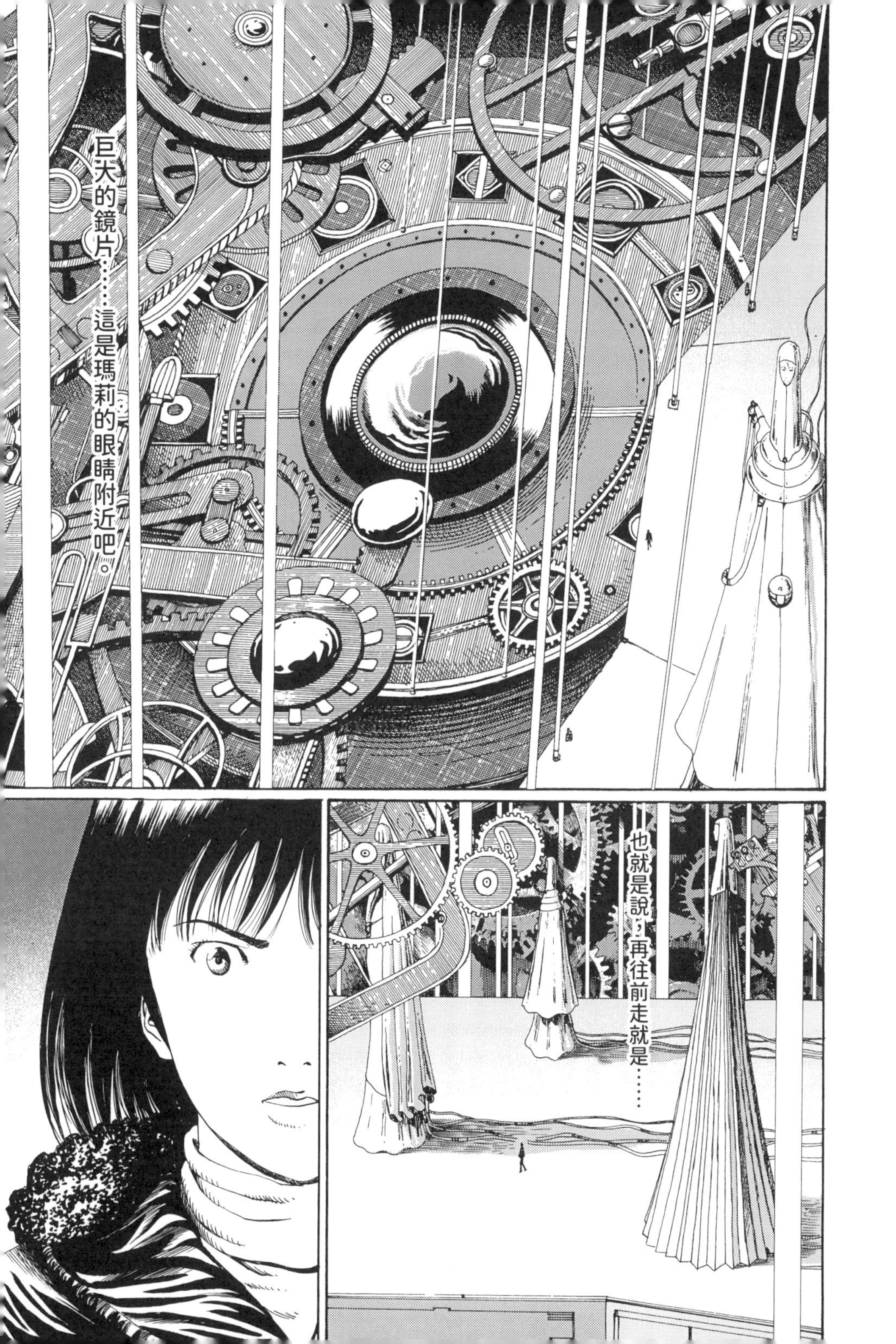

巨大的鏡片……這是瑪莉的眼睛附近吧。
也就是說，再往前走就是……

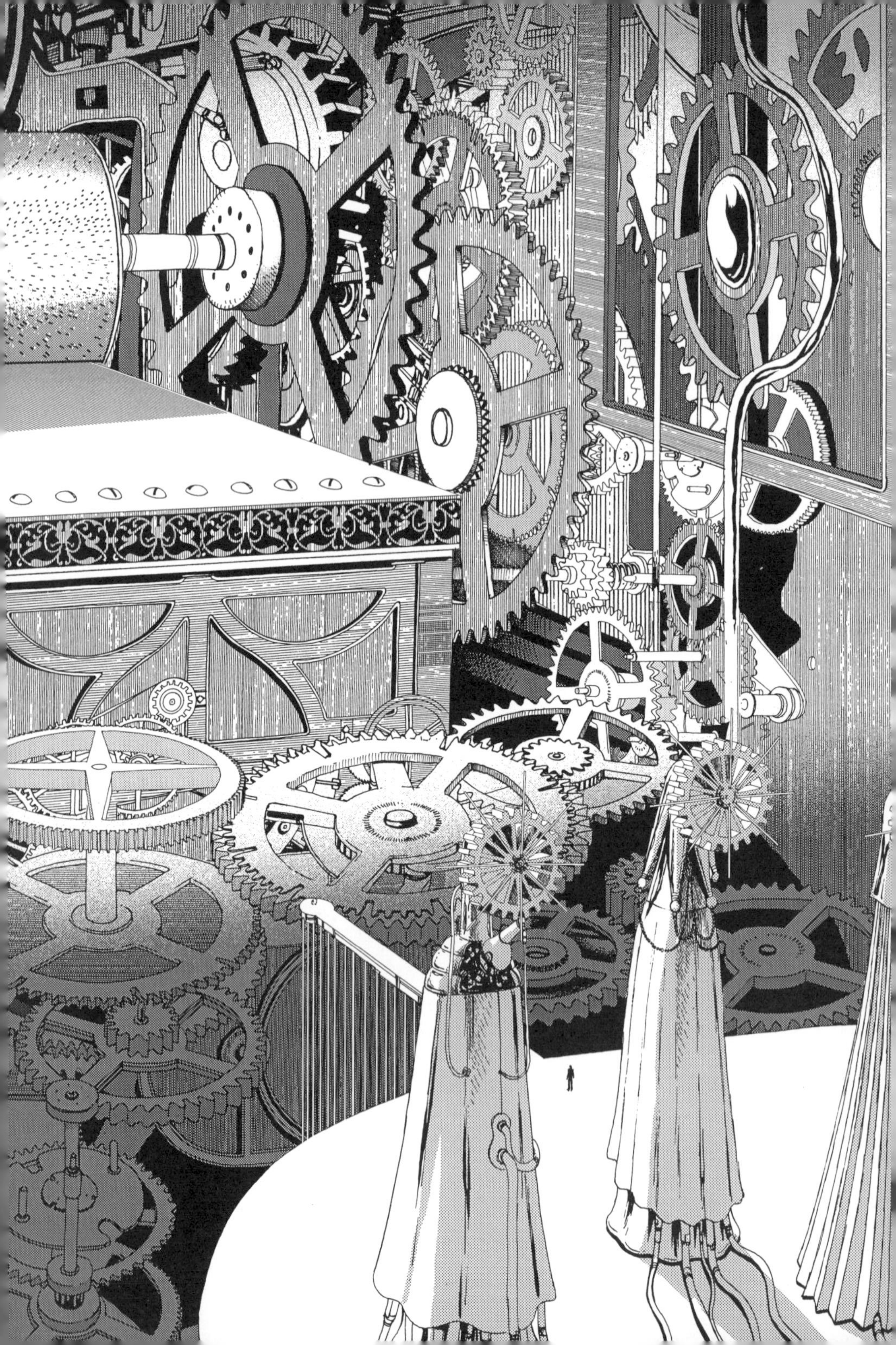

這裡就是瑪莉的頭蓋內部……！

那是，
音樂盒？

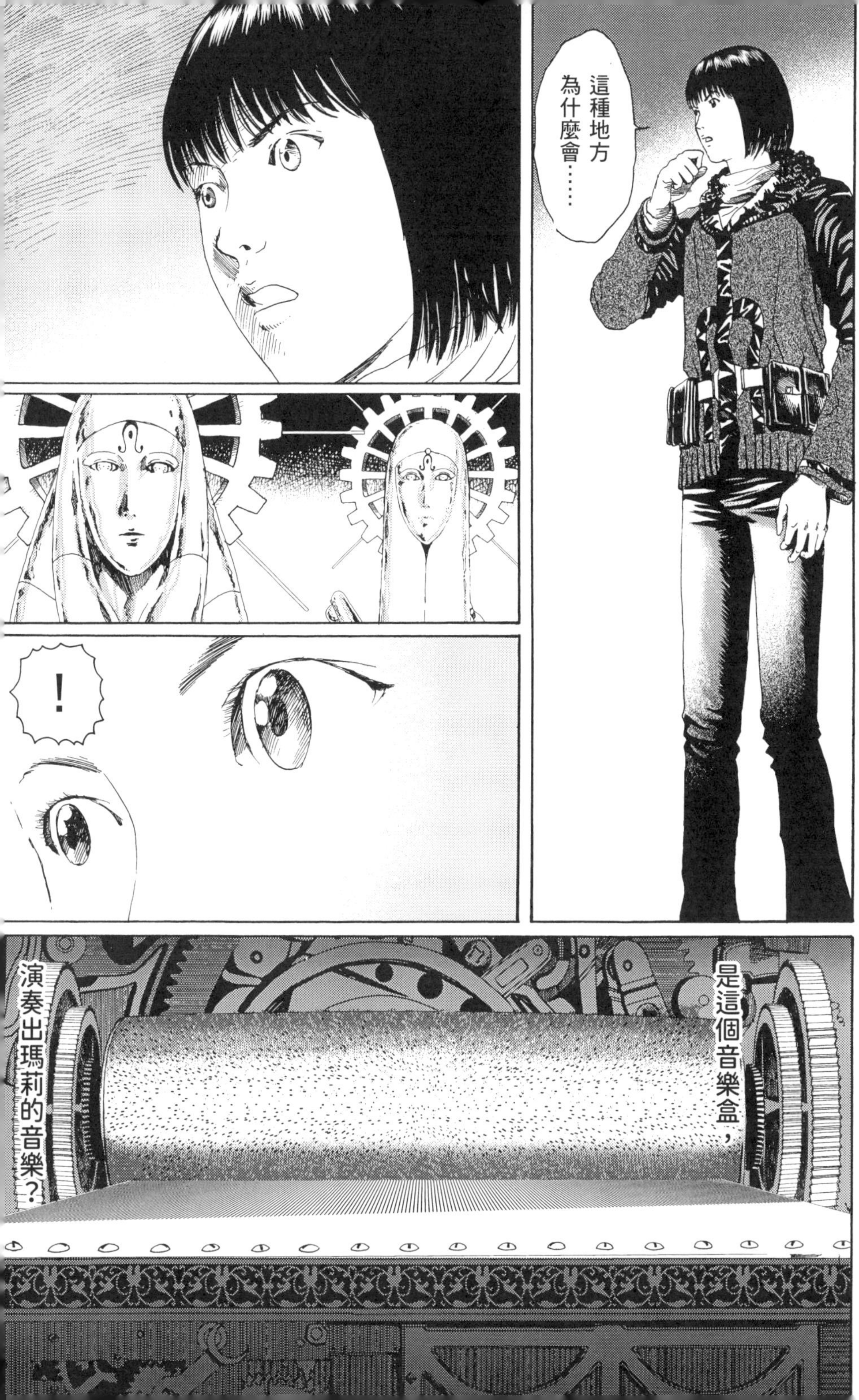
這種地方
為什麼會……
！
是這個音樂盒，
演奏出瑪莉的音樂？

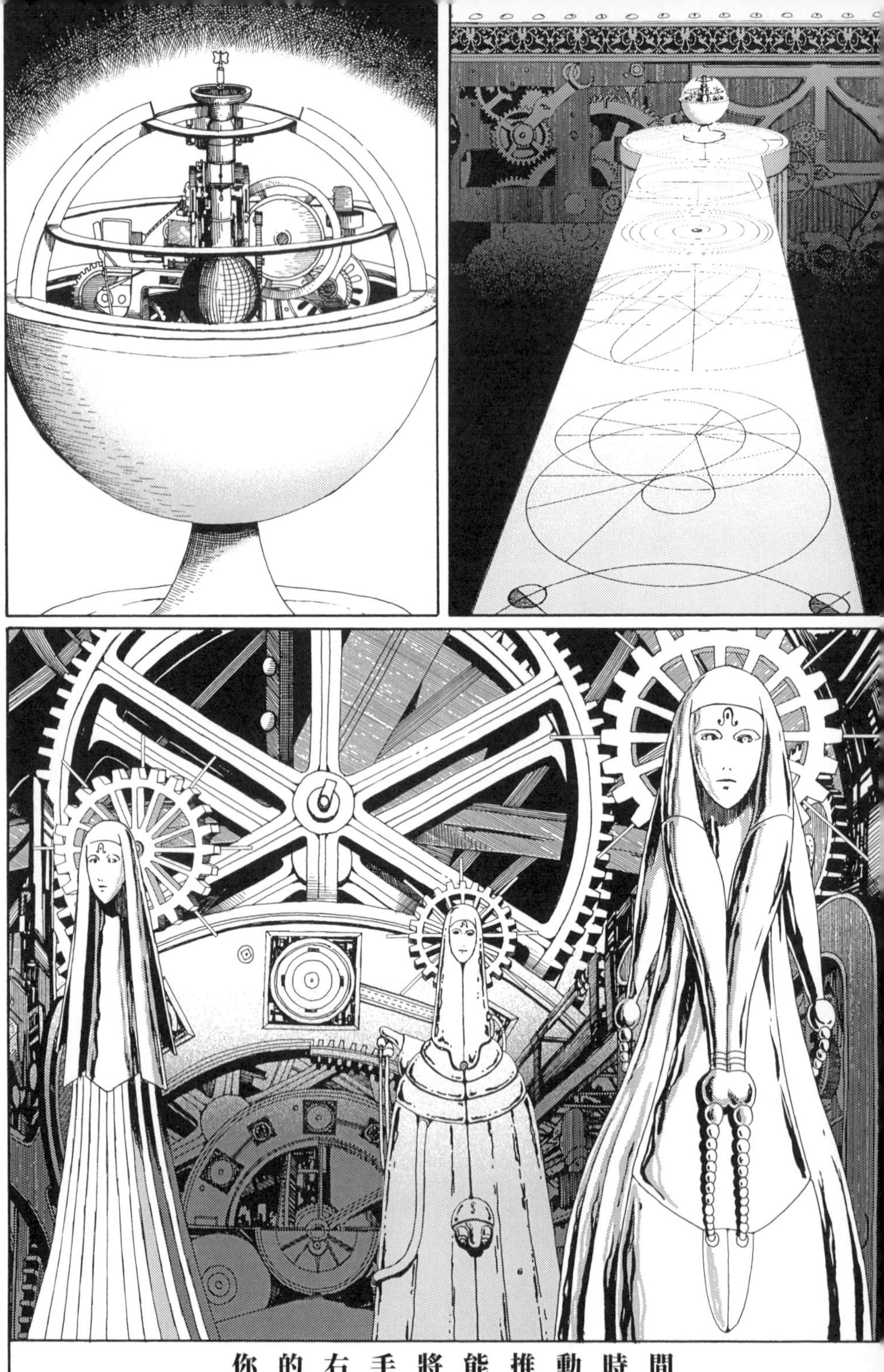
你的右手將能推動時間

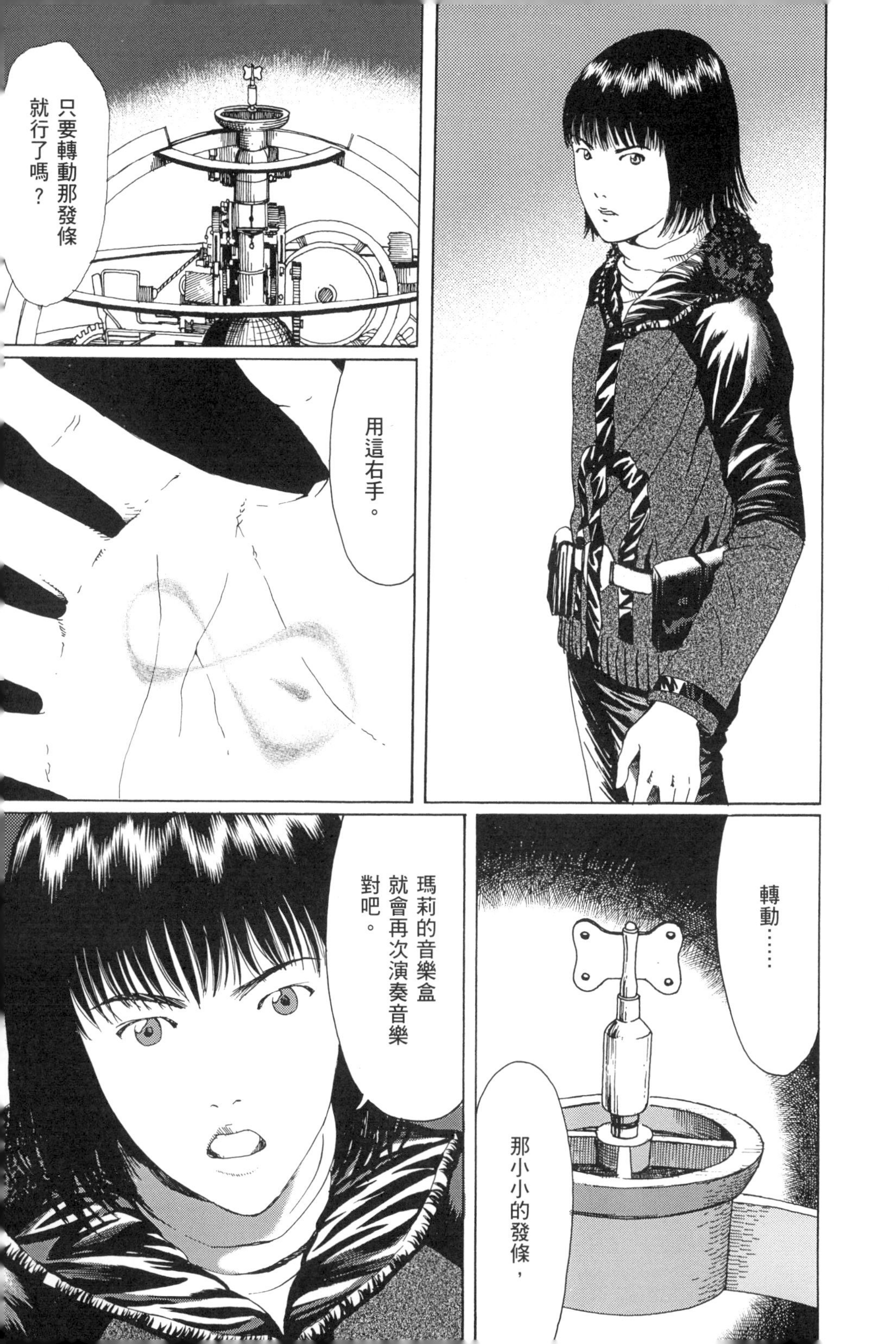
只要轉動那發條就行了嗎？
用這右手。
轉動……
那小小的發條，
瑪莉的音樂盒就會再次演奏音樂對吧。

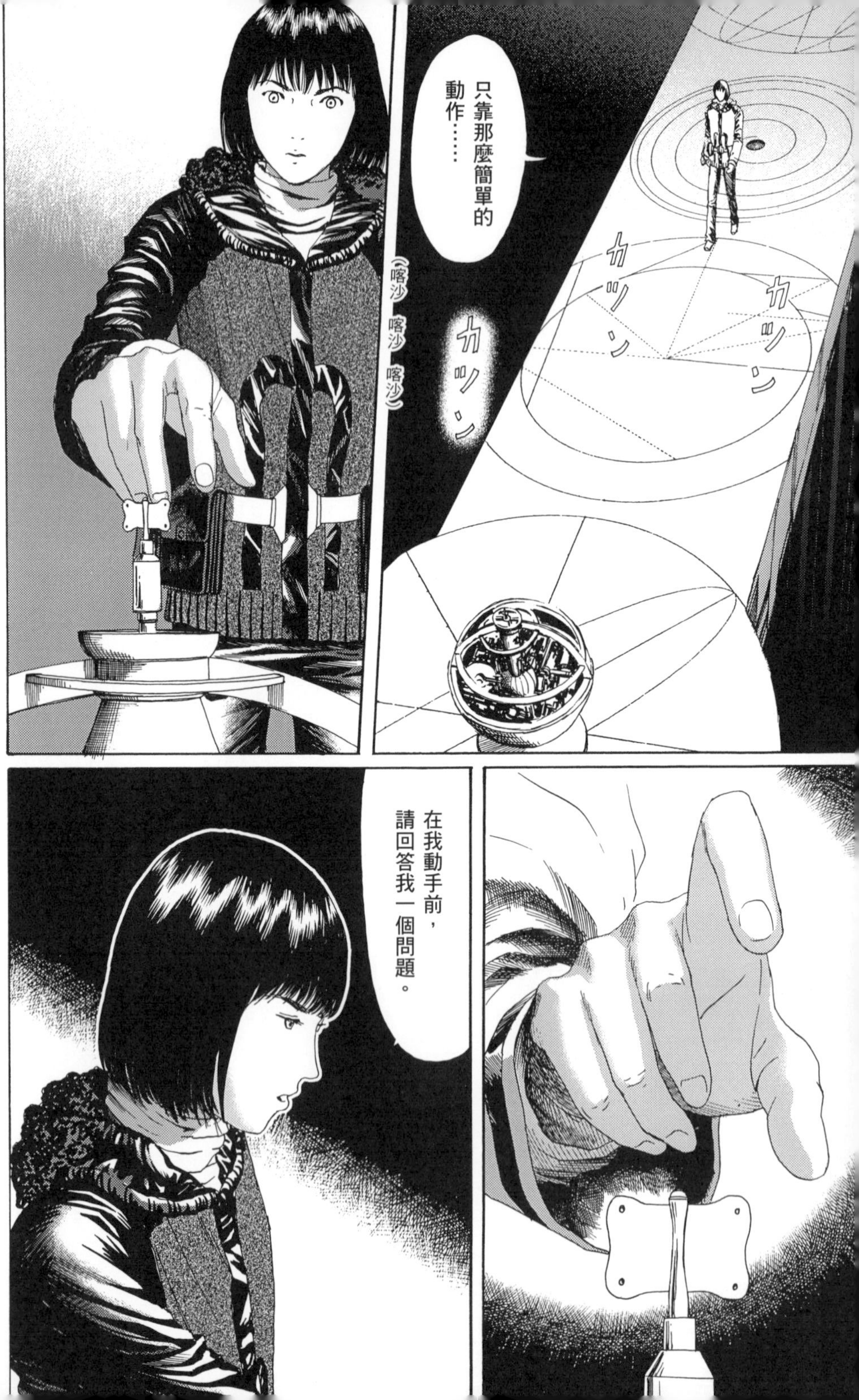
カツン
カツン
只靠那麼簡單的動作……
（喀沙 喀沙 喀沙）
カツン
在我動手前，請回答我一個問題。

為什麼會需要我這種小角色的力量呢？
打造瑪莉時為什麼不給她永不停止的性質？
因爲創造瑪莉的是你……是人類創造瑪莉的……

人類創造了瑪莉……？
人類創造了「神」這個概念……人存在，所以神才存在
爲了使神存在，能夠認知神之形體者，就必須存在

然後，探問該人是否有令神存續的意志，也是必須的
確認意志的時刻，每五十年會來臨一次
這次輪到你……彼利托地域的凱伊……一切都交由你決定

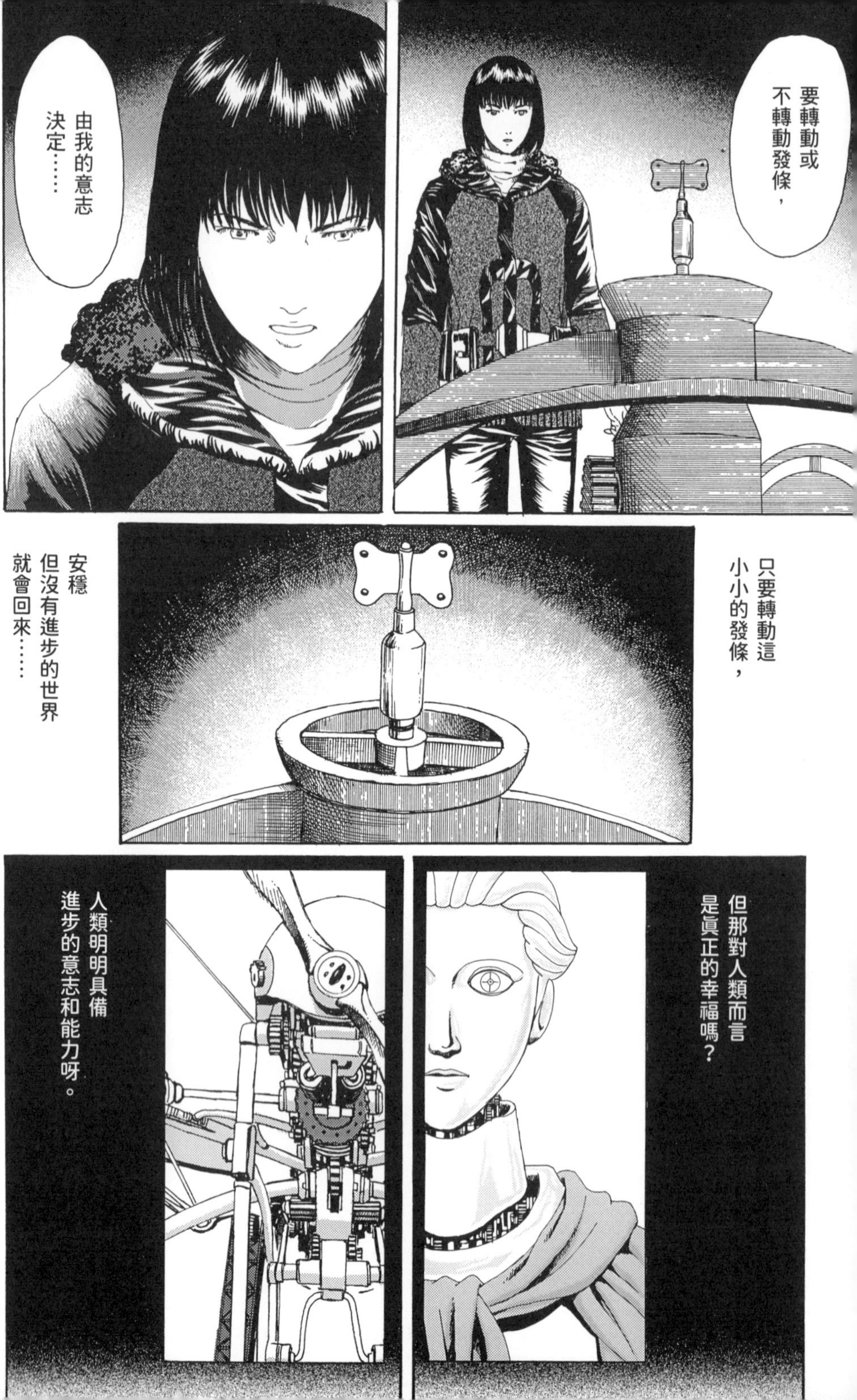
要轉動或不轉動發條，
由我的意志決定……
只要轉動這小小的發條，
安穩但沒有進步的世界就會回來……
但那對人類而言是眞正的幸福嗎？
人類明明具備進步的意志和能力呀。

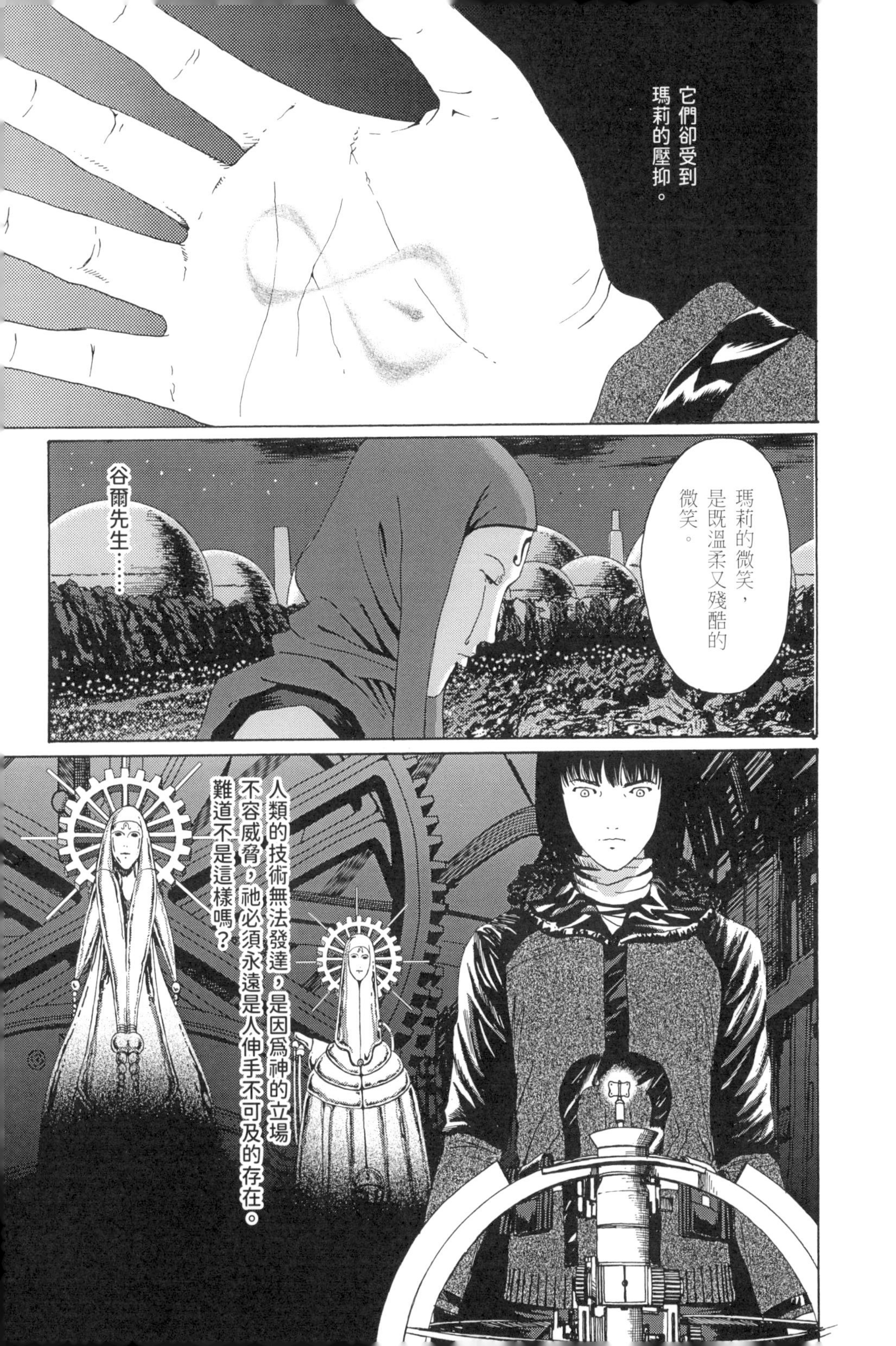
它們卻受到瑪莉的壓抑。
瑪莉的微笑，是既溫柔又殘酷的微笑。
谷爾先生……
人類的技術無法發達，是因爲神的立場不容威脅，祂必須永遠是人伸手不可及的存在。難道不是這樣嗎？

人類如果想飛上天，就將他拂落。
破壞高度進步的機械。
使用力量阻止人類跨入自己的領域——這不寬容又心胸狹窄的神，正是人類造的偶像瑪莉。

人類原本擁有的暴力性情感，一定是可以控制的。
我想要相信人類。

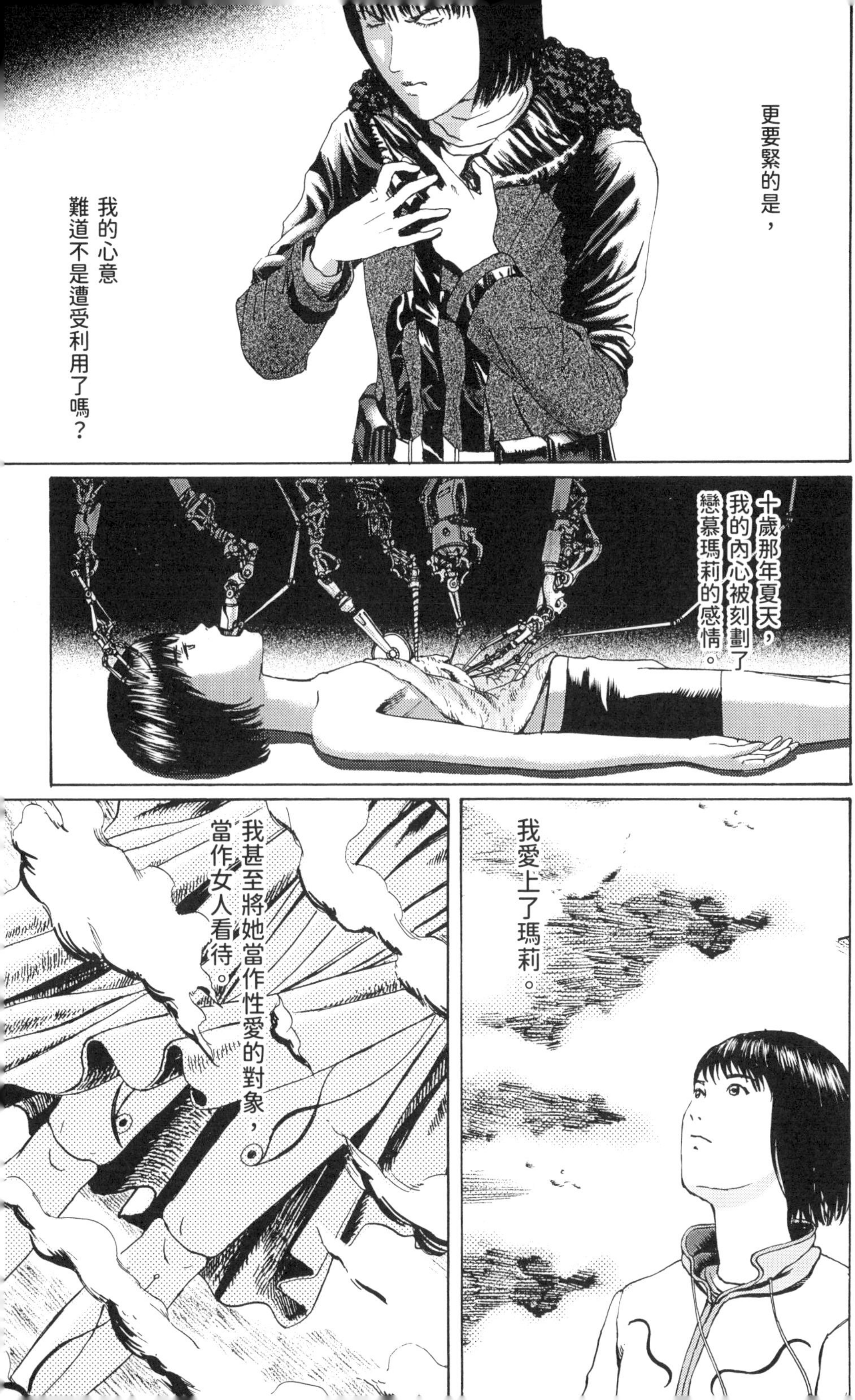
更要緊的是，
我的心意
難道不是遭受利用了嗎？
十歲那年夏天，
我的內心被刻劃了
戀慕瑪莉的感情。
我愛上了瑪莉。
我甚至將她當作性愛的對象，
當作女人看待。

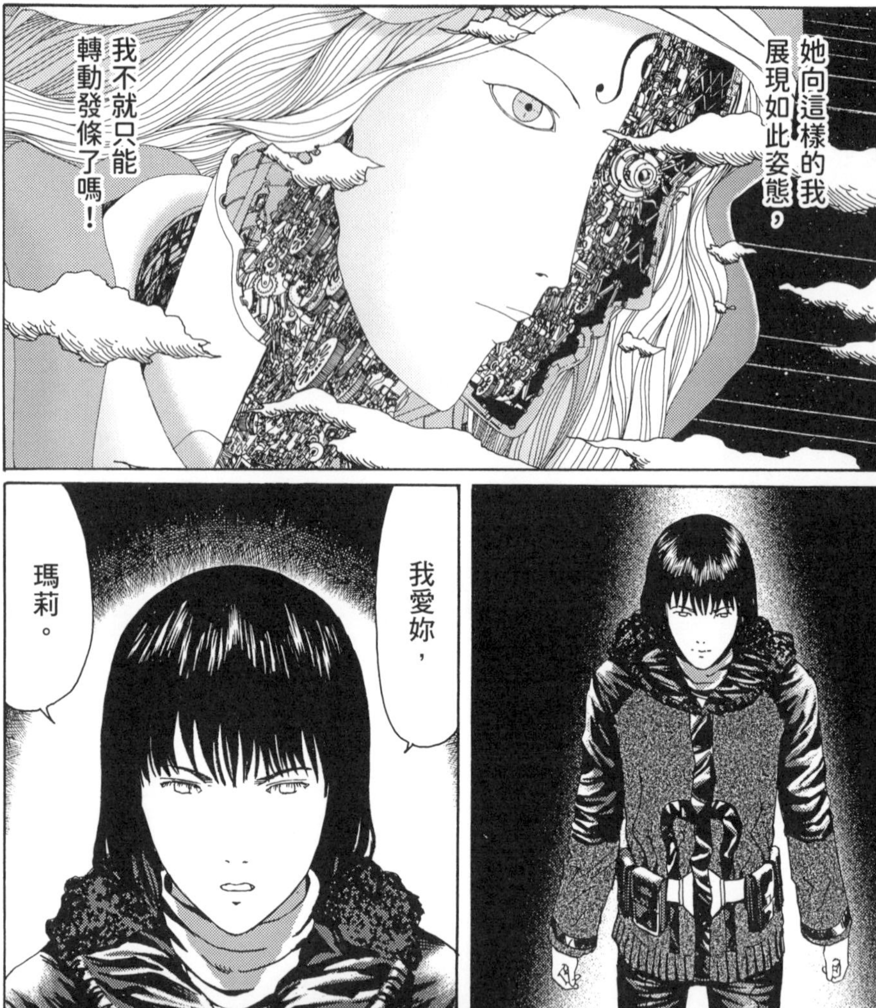
她向這樣的我展現如此姿態，
我不就只能轉動發條了嗎！
我愛妳，
瑪莉。

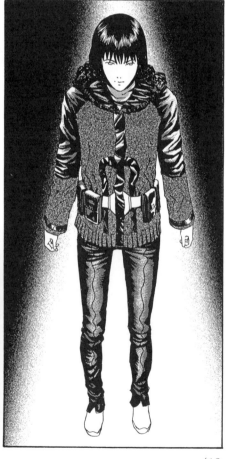

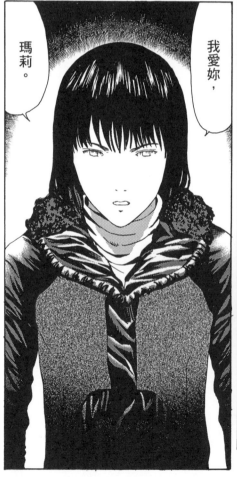

但是，
我不會轉動這個。
我不要瑪莉的這種音樂。
我相信人類，我期望人類進步。

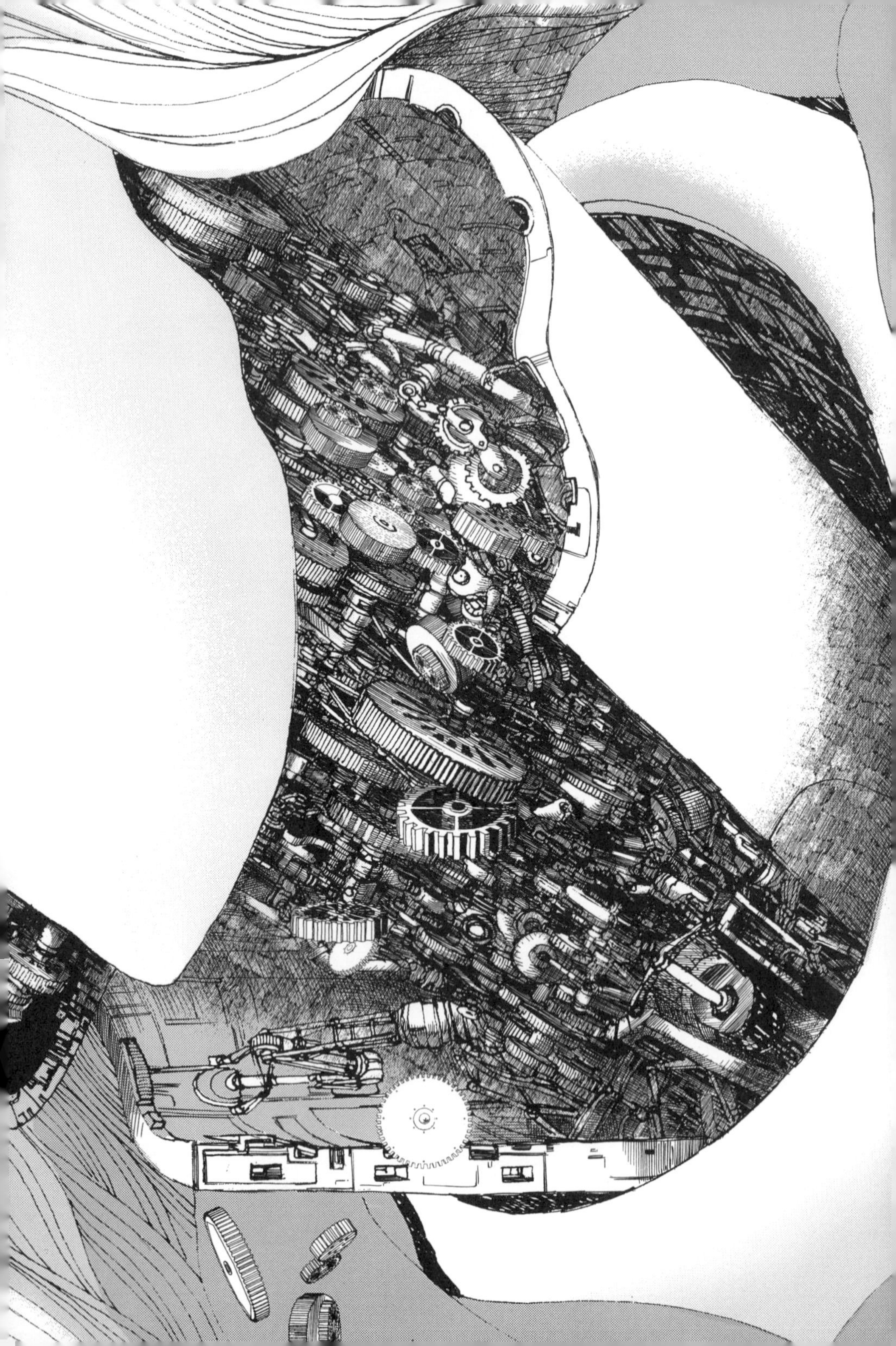

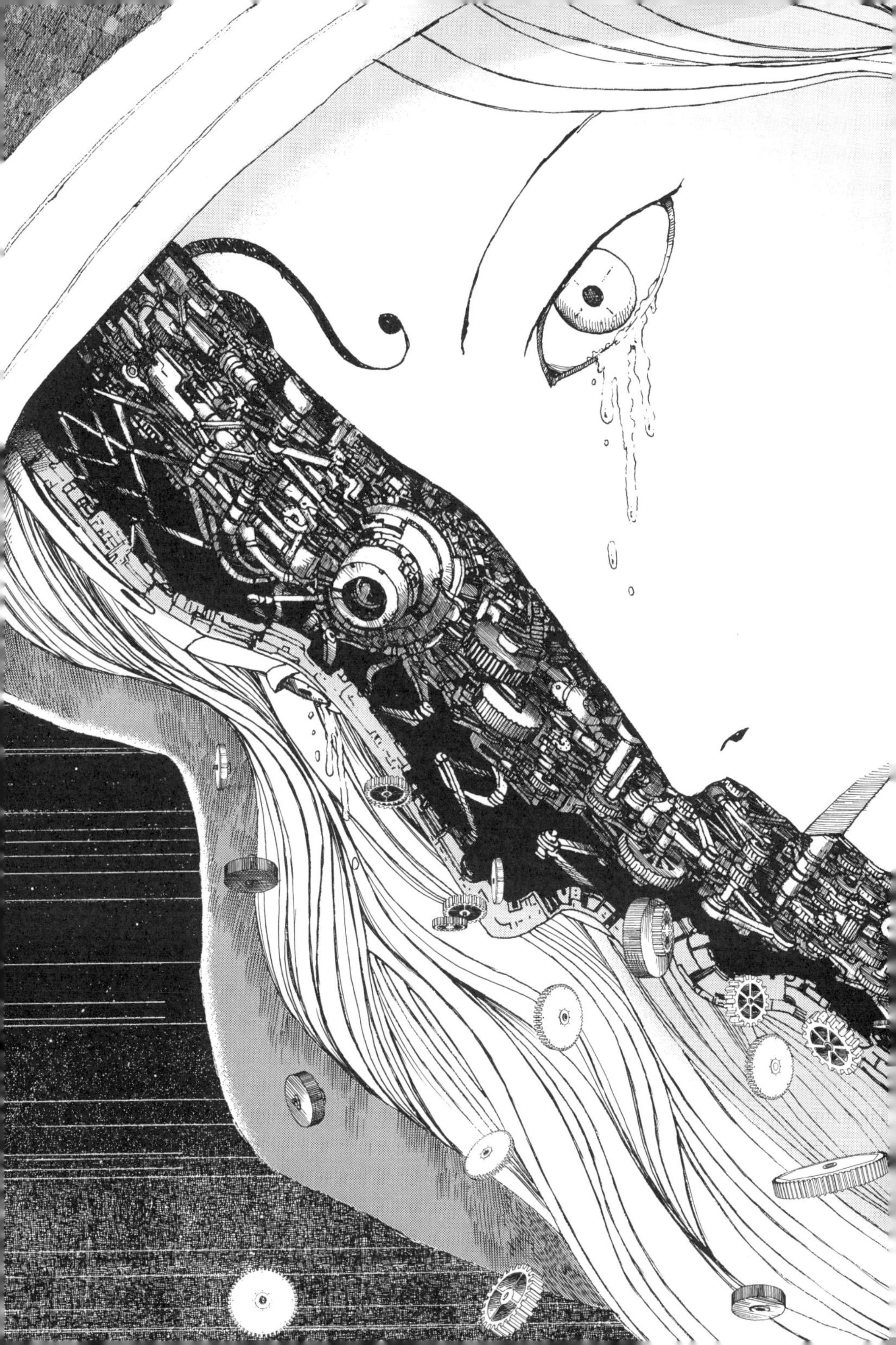

ガラ
（喀啦 喀啦 喀啦）
ガラ
ガラ

（咕嚕咕嚕咕嚕）

那是……
被神沉到水底的古代文明……

ゴゴゴゴゴゴゴ
（隆隆隆隆）
ゴゴゴゴゴゴ
（隆隆隆隆）

（隆隆隆隆）

SINGING MUSIC OF MARIE

EPISODE XIV

第 14 話

世界的機關

ギョイィィ
（嗡咿——）
ゴウン
（隆）
ゴウン
（隆）
我回來了……

你回來了。
爸——爸——
嗝
喂，妳要讓他醒到幾點啊！
這孩子睡不太著啊。
咕
咕
咕
趕快去睡！
驚

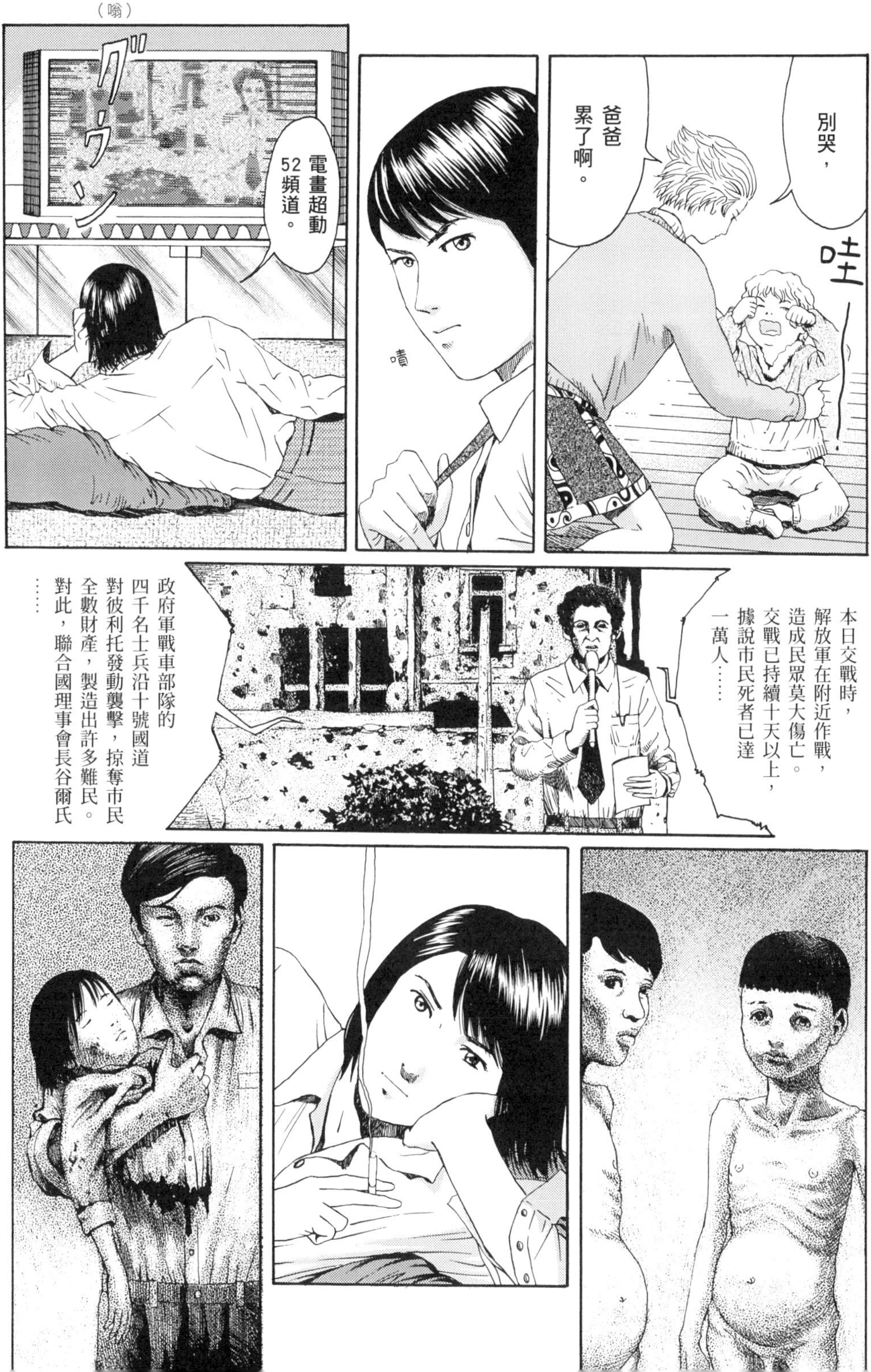
（嗡）
グウン
電畫超動52頻道。
嘖
別哭，
爸爸累了啊。
哇
本日交戰時，解放軍在附近作戰，造成民眾莫大傷亡。交戰已持續十天以上，據說市民死者已達一萬人……
政府軍戰車部隊的四千名士兵沿十號國道對彼利托發動襲擊，掠奪市民全數財產，製造出許多難民。對此，聯合國理事會長谷爾氏……

跟這些孩子相比，我們家的孩子很幸福呢。
是啊……
不過他們在打仗。說是內戰。
我們這邊的職場也是戰場啊。對吧，皮皮。
是呀。
妳喝太多啦。

我走不動了啊……
加油，皮皮。
別哭！流眼淚太浪費了。
到營地後，就可以拿到水和食物了。
可是，凱伊……
呼
呼
我的腳底磨破皮了，好痛……

皮皮？
欸，凱伊……
這吃了是不是會有問題啊？
笨蛋！

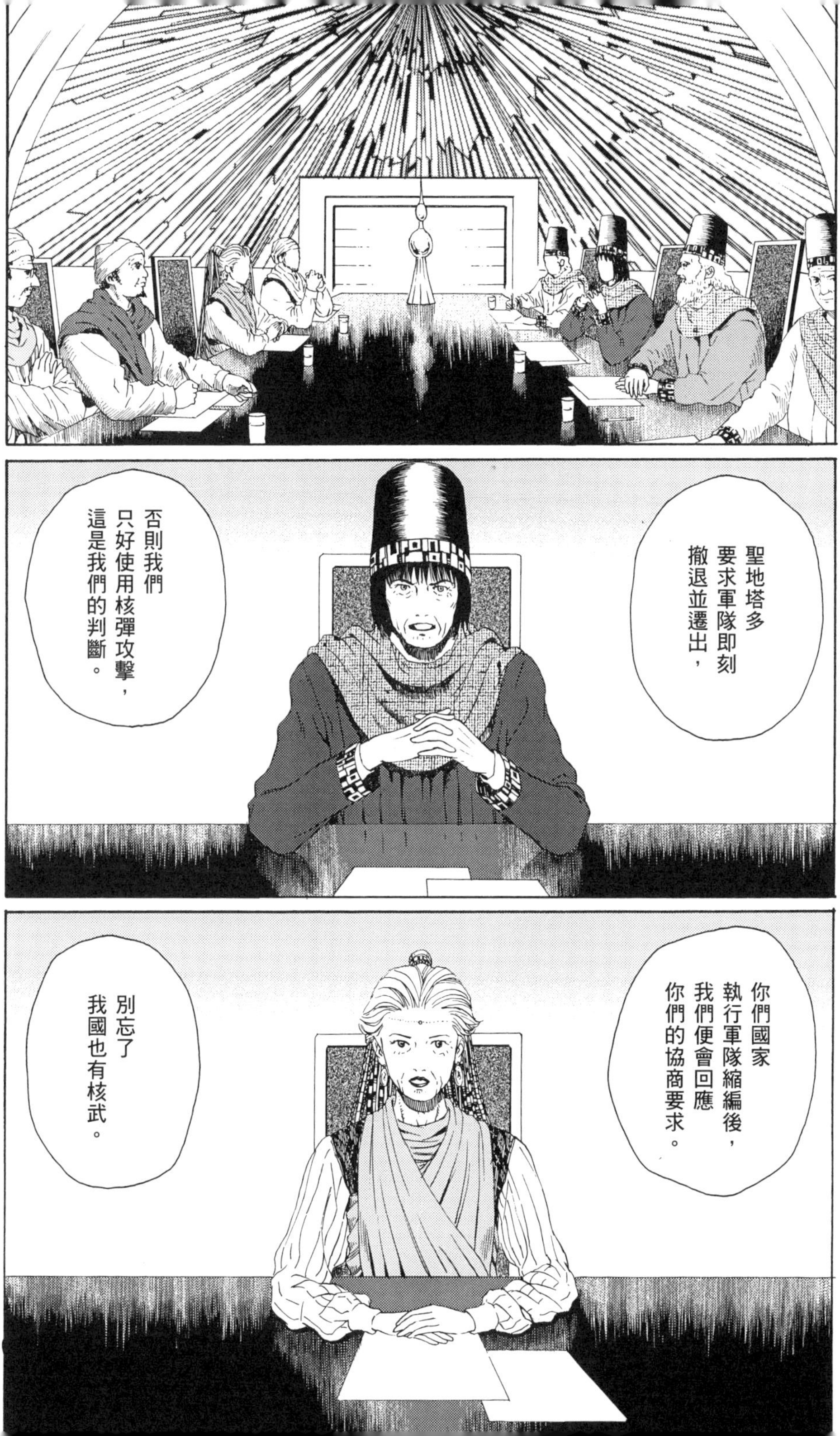
聖地塔多要求軍隊即刻撤退並遷出，
否則我們只好使用核彈攻擊，這是我們的判斷。
你們國家執行軍隊縮編後，我們便會回應你們的協商要求。
別忘了我國也有核武。

托托，可以先讓你上喔！
咦。
這女人很不錯吧。
你在怕嗎!?快上啦！
喂！

（轟隆）

（喀嚓 喀嚓 喀嚓）

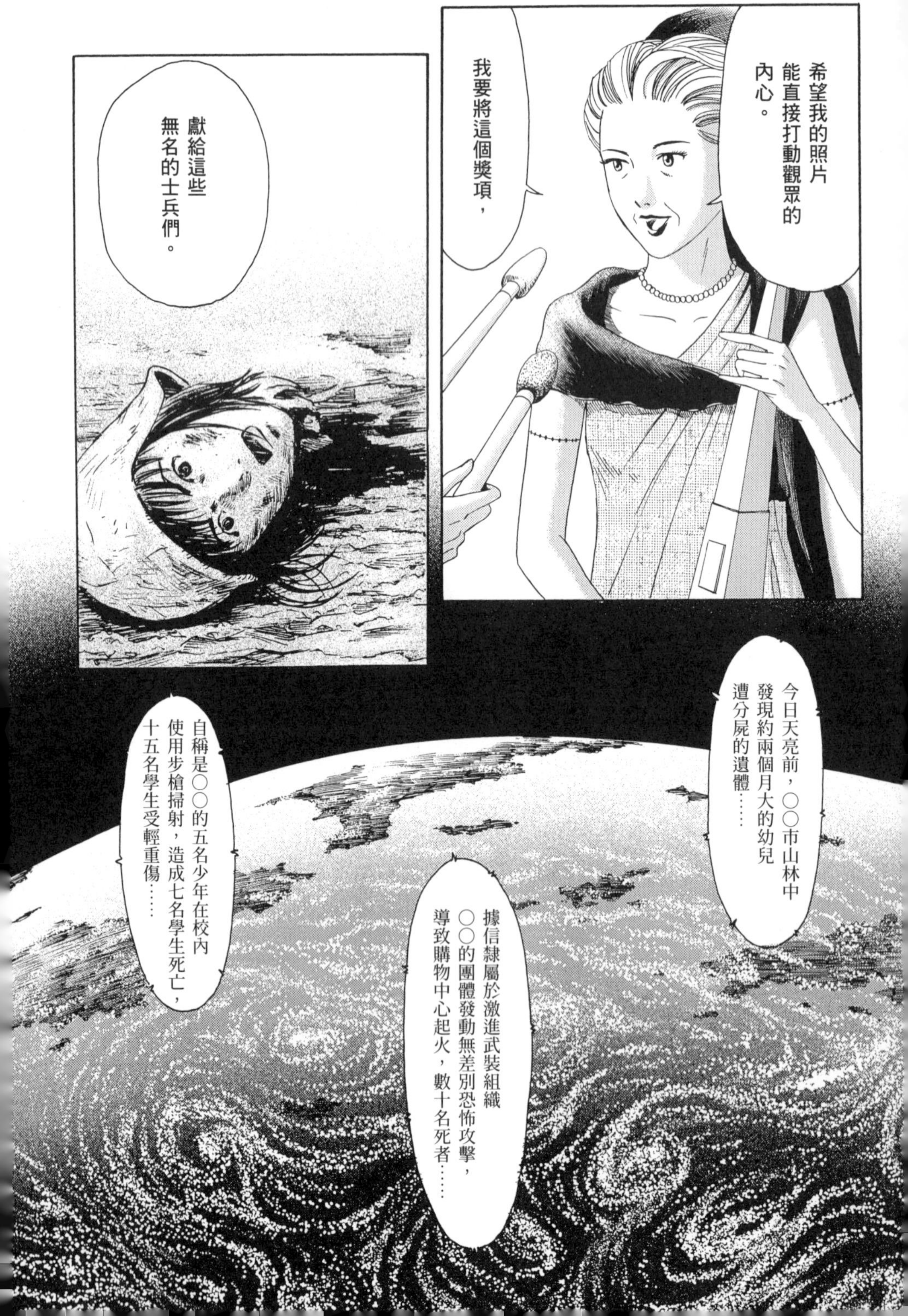
希望我的照片能直接打動觀眾的內心。
我要將這個獎項，
獻給這些無名的士兵們。
今日天亮前，○○市山林中發現約兩個月大的幼兒遭分屍的遺體……
據信隸屬於激進武裝組織○○的團體發動無差別恐怖攻擊，導致購物中心起火，數十名死者……
自稱是○○的五名少年在校內使用步槍掃射，造成七名學生死亡，十五名學生受輕重傷……

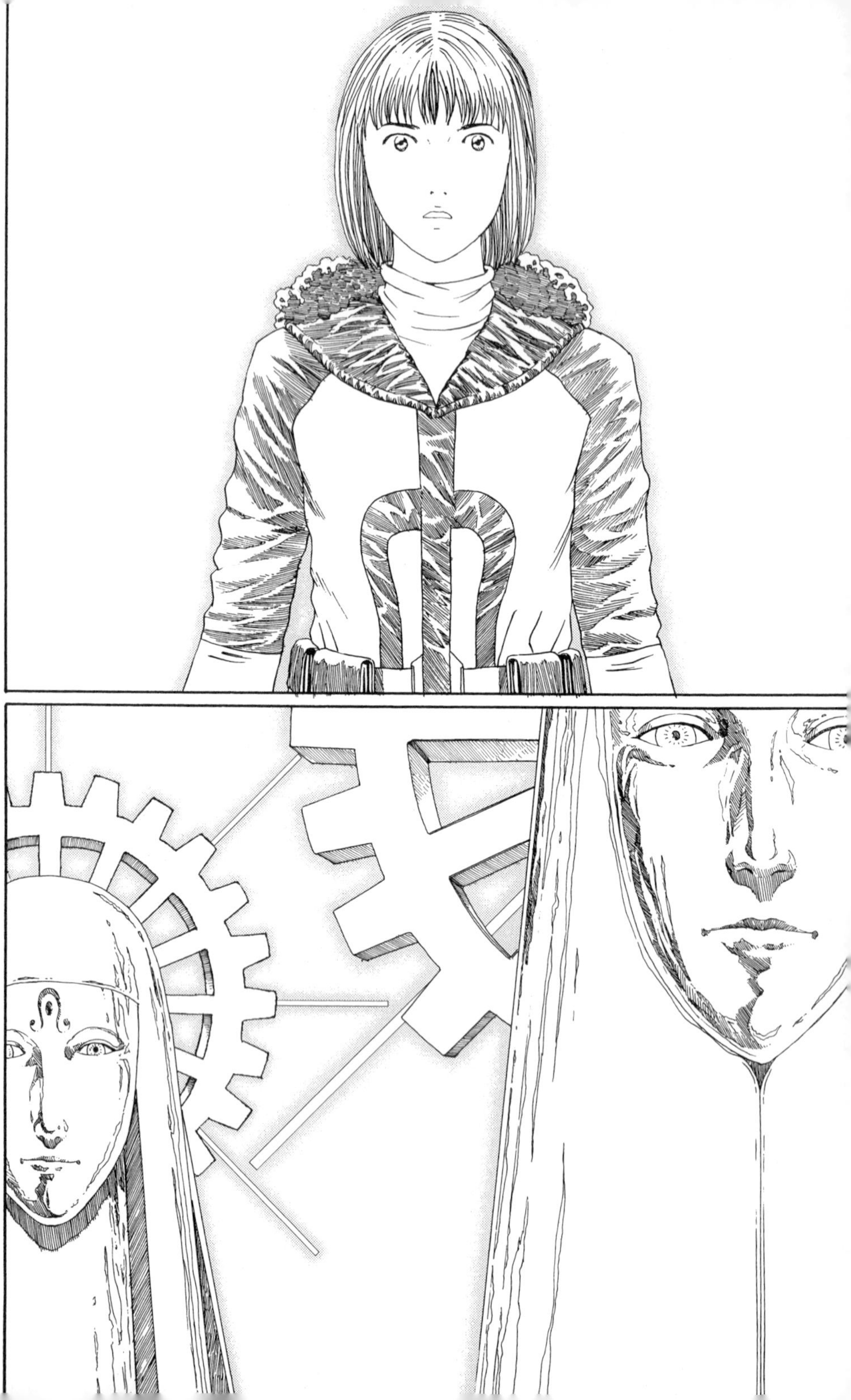

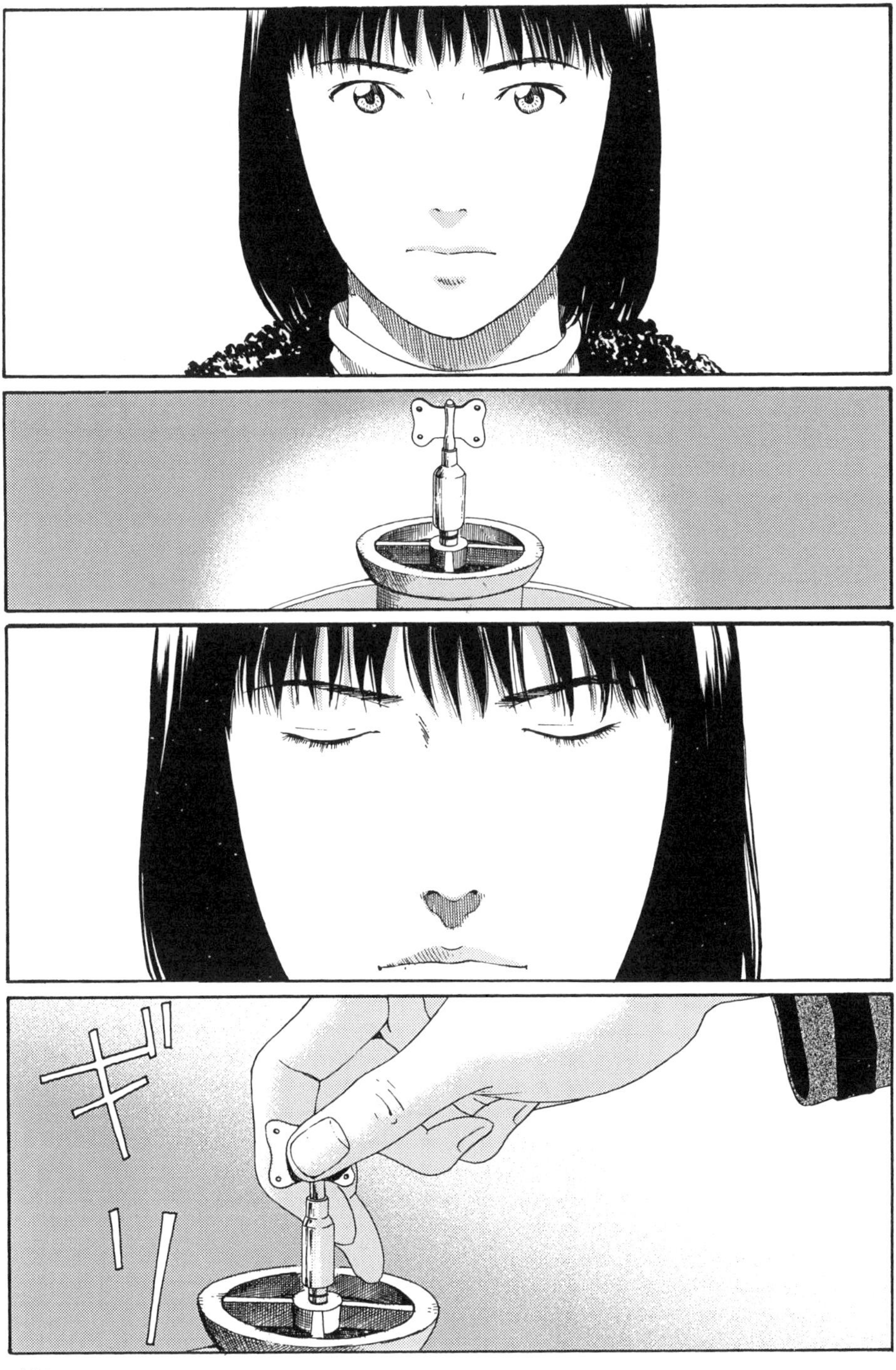
ギリ
（嘰哩）

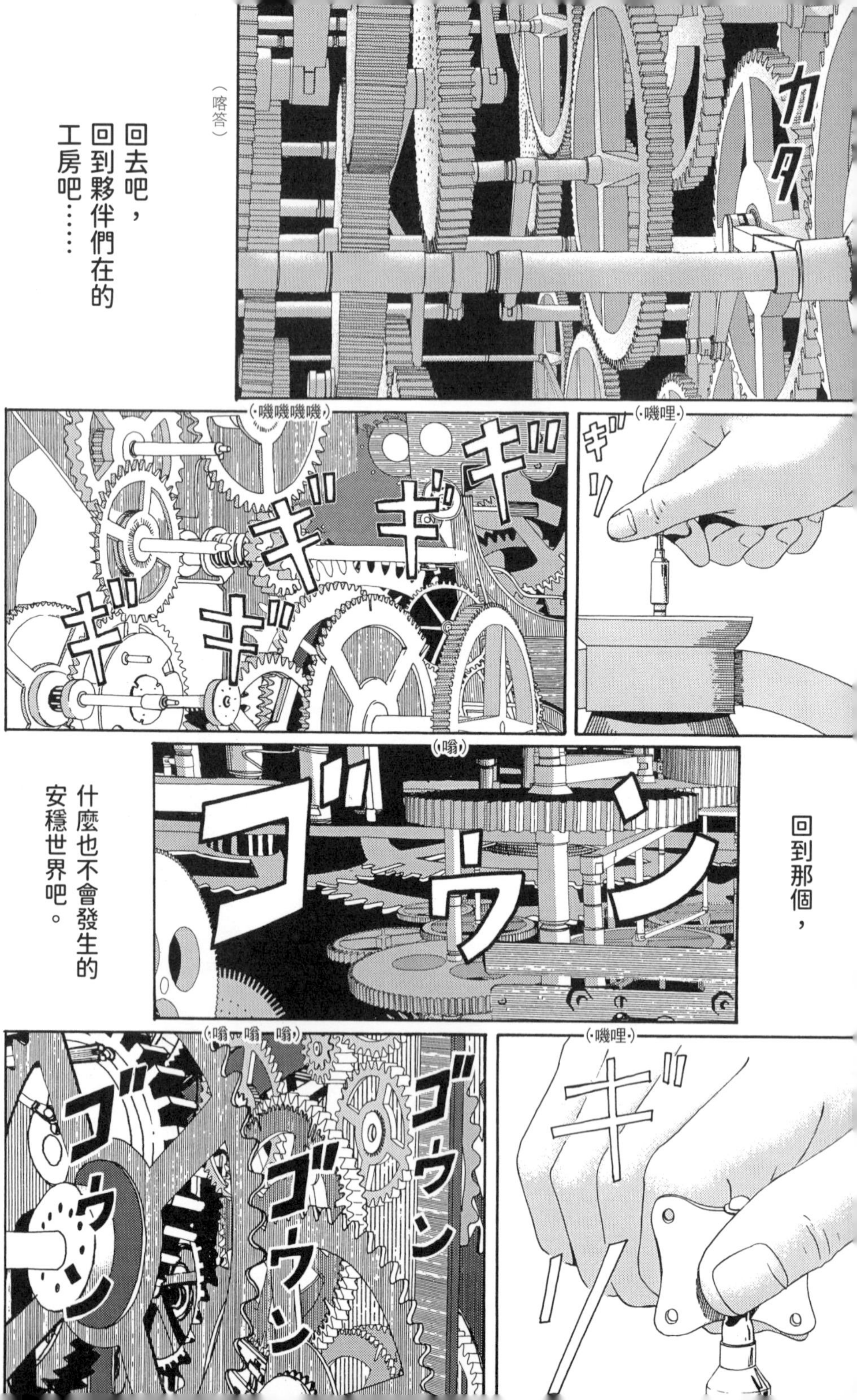
カタ
（喀答）
回去吧，
回到夥伴們在的
工房吧……
ギリ
（嘰哩）
ギギギギ
（嘰嘰嘰嘰）
回到那個，
ゴウン
（嗡）
什麼也不會發生的
安穩世界吧。
ギ
（嘰哩）
ゴウン
ゴウン
ゴウン
（嗡 嗡 嗡）

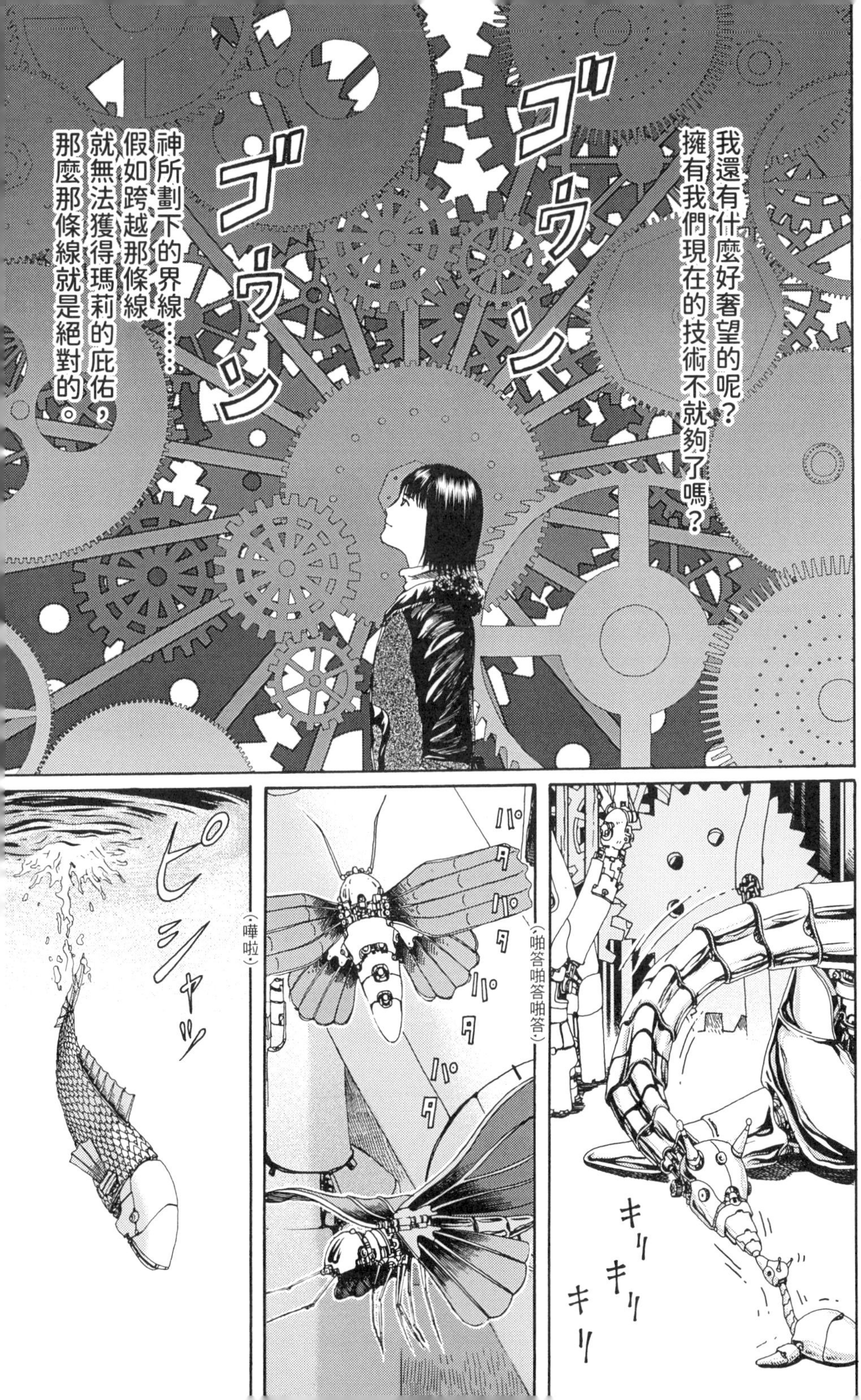
（嗡嗡）
我還有什麼好奢望的呢？擁有我們現在的技術不就夠了嗎？
ゴヴン
ゴヴン
神所劃下的界線……
假如跨越那條線
就無法獲得瑪莉的庇佑，
那麼那條線就是絕對的。
（嘰哩嘰哩嘰哩）
キリ
キリ
キリ
（啪答啪答啪答）
パタパタパタパタ
（嘩啦）
ピシャッ

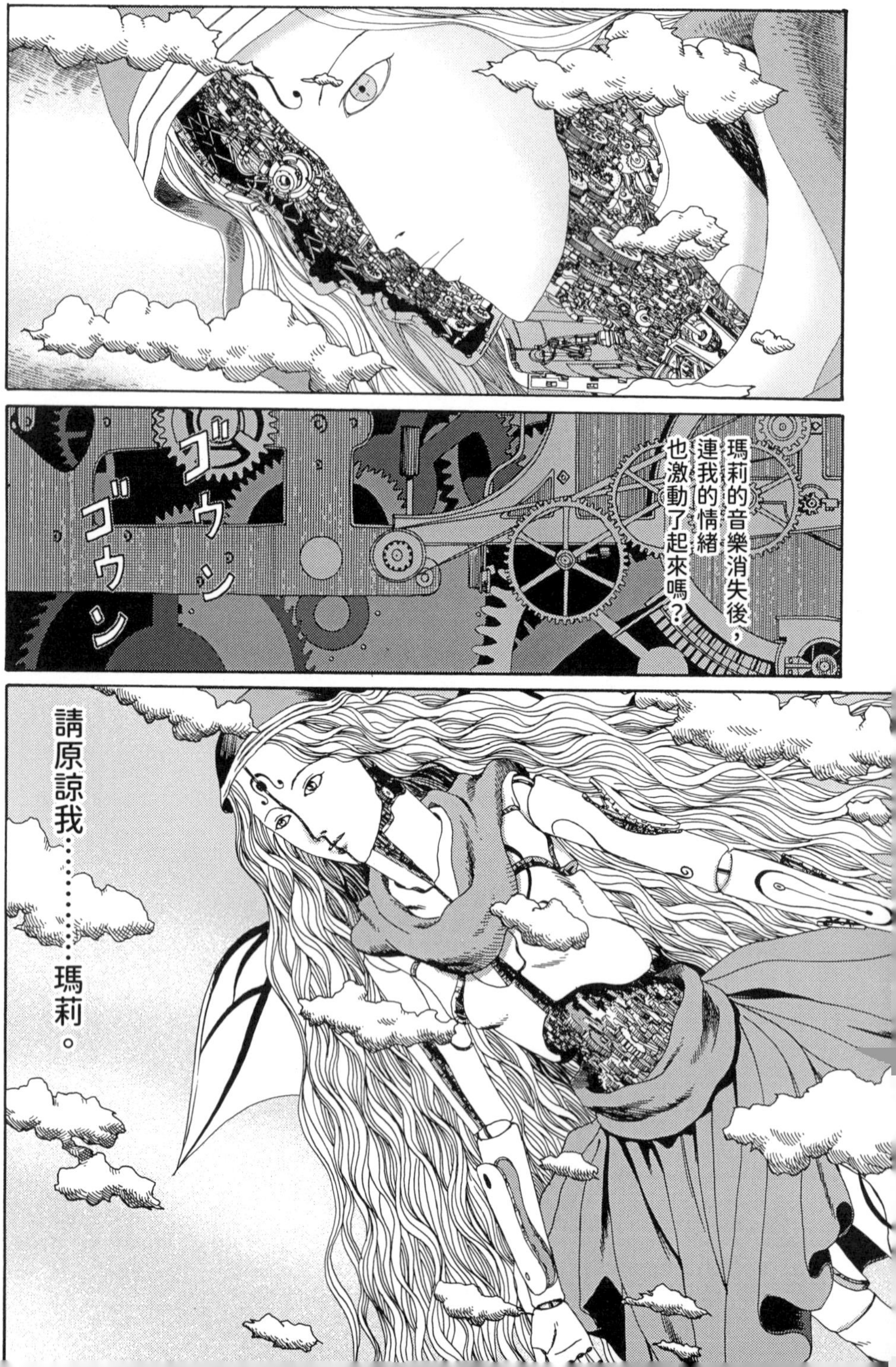
瑪莉的音樂消失後，
連我的情緒
也激動了起來嗎？
ゴウン
ゴウン
（嗡 嗡）
請原諒我…………瑪莉。

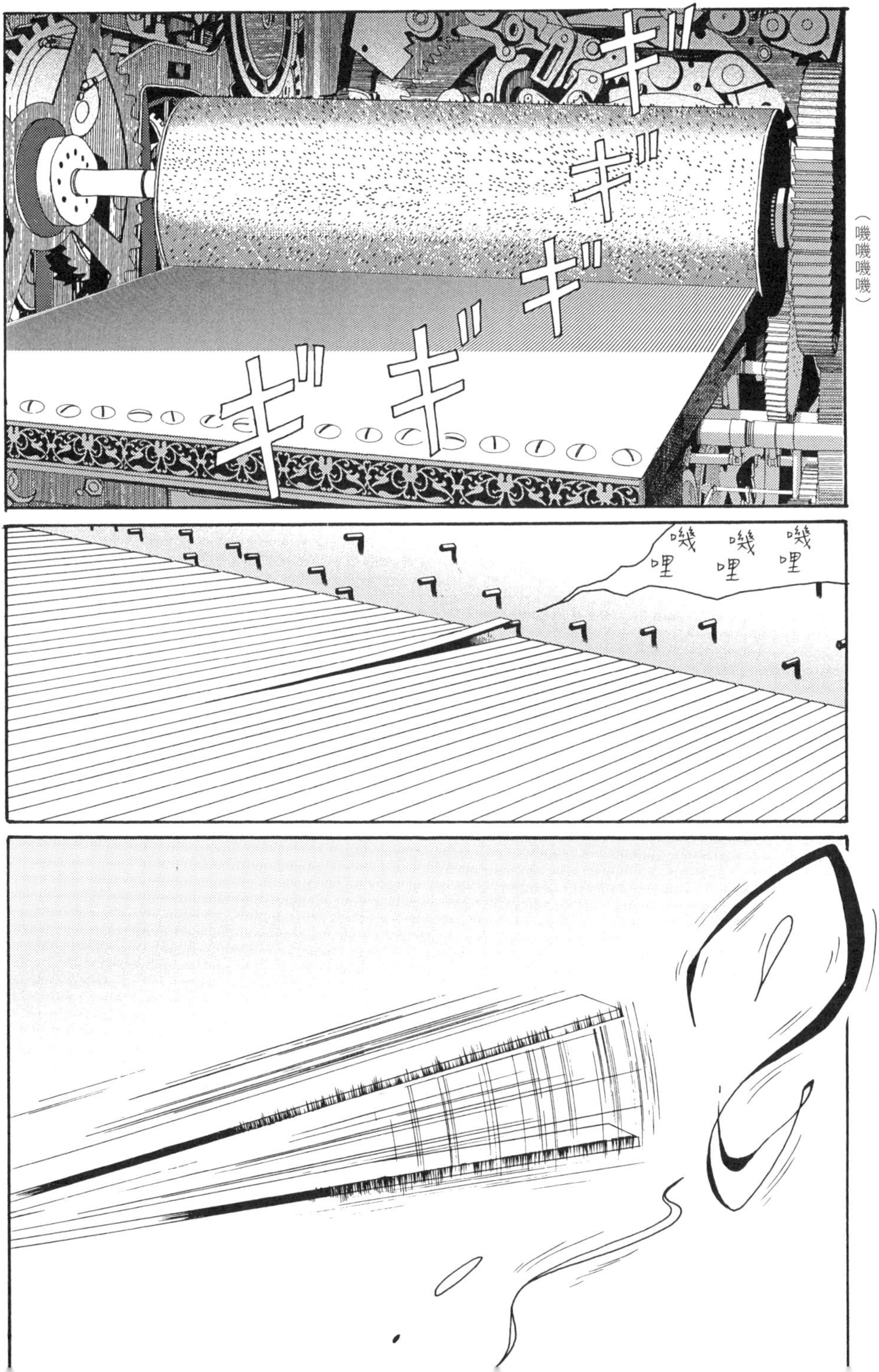
ギギギギギ
（嘰嘰嘰嘰）
嘰哩 嘰哩 嘰哩

啊……
在這麼近的地方……！
顫慄
我是笨蛋。
根本沒有任何事物
比這音樂
還要美好啊！

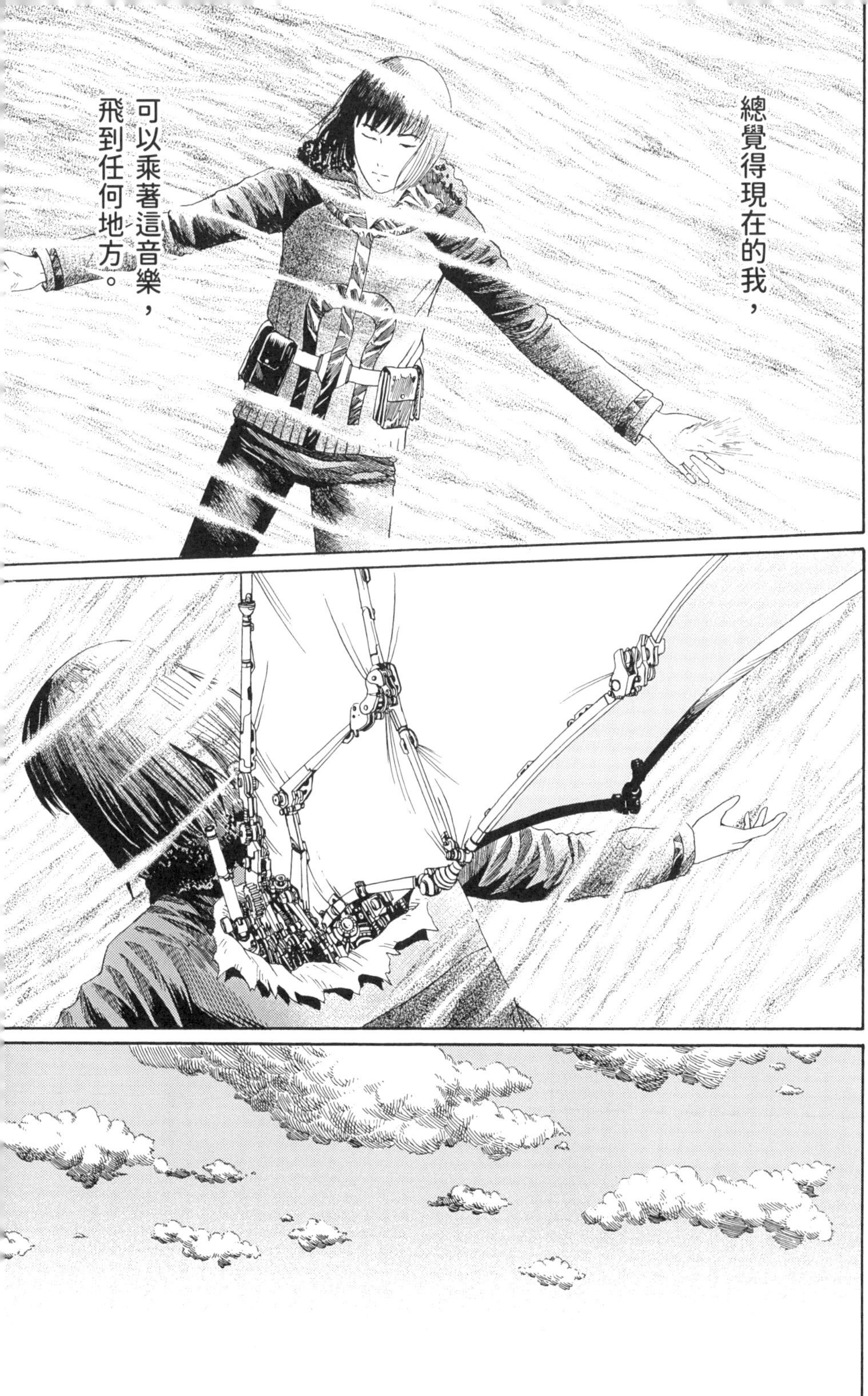
總覺得現在的我，
可以乘著這音樂，
飛到任何地方。

你好啊，凯伊。

瑪莉─
你總是盯著我看對吧。
啊……
都被我看透囉，畢竟我是女神嘛。
臉紅～…
不過迷我的人很多喔……呵呵呵。
對了，讓你看個好東西。

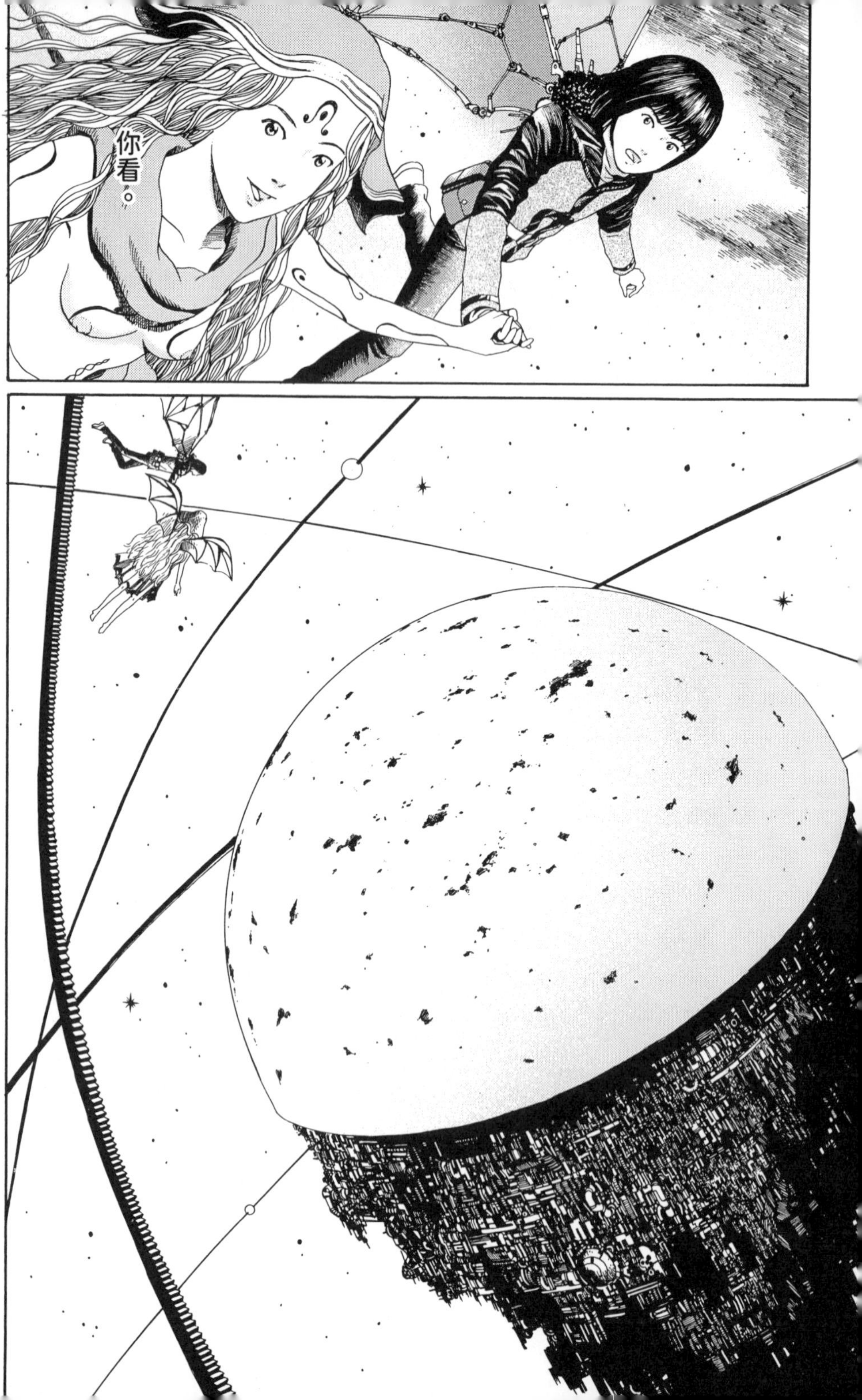
你看。

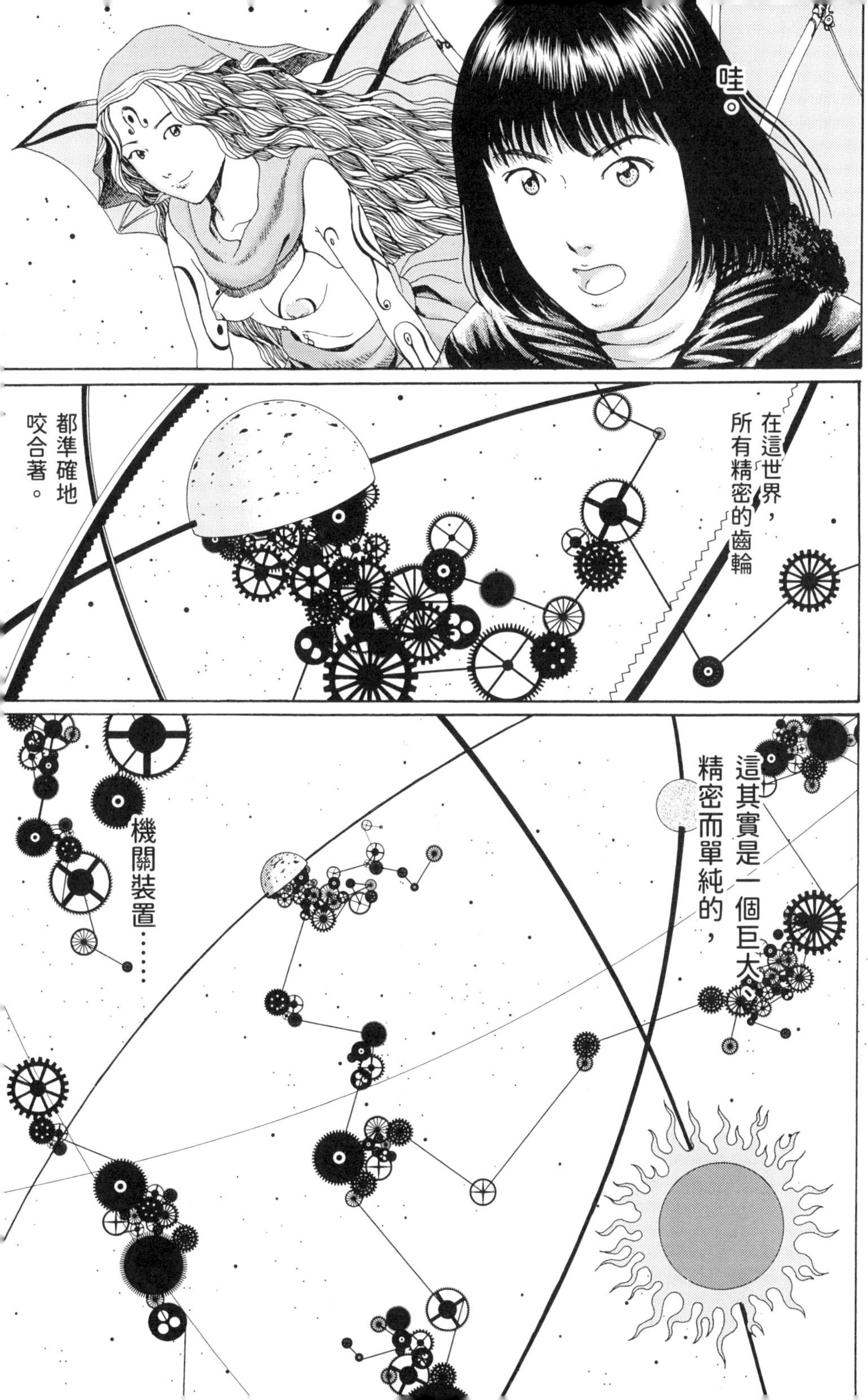
哇。
在這世界，所有精密的齒輪
都準確地咬合著。
這其實是一個巨大、精密而單純的，
機關裝置……

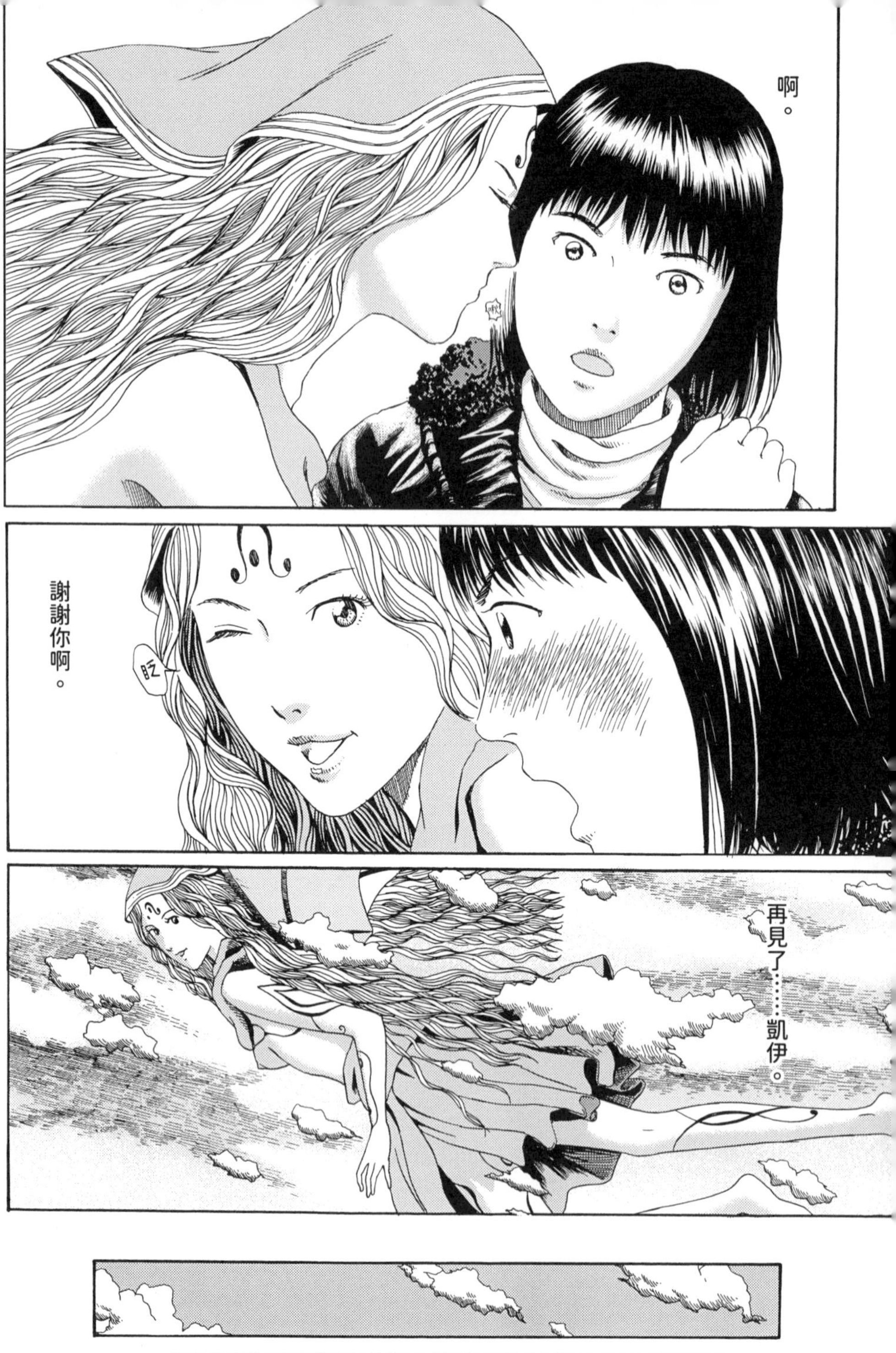
啊。
啾
謝謝你啊。
眨
再見了……凱伊。

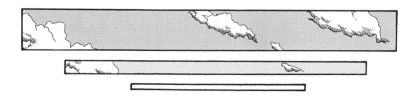

咦？
抱歉……我失常了啊。
不，我才抱歉。
皮皮！
皮皮又墜落了!?
我沒事……哈哈哈。
又要被爸爸罵了……

就這樣，
身爲神的一部分的我，
完成了使命……

SINGING MUSIC OF MARIE
EPISODE
XV

第15話
凱伊消失的早晨

凱伊……？
怎麼啦，一大早的……

我想要把所有事情說給皮皮聽。
妳願意聽嗎？
凱伊？
凱伊都對我說了，說他十歲那年，從海邊到了森林，遇見三賢者。
說他昨天讓瑪莉頭部內側的音樂盒，奏出了音樂。
說瑪莉帶給我們溫柔的心，卻也爲人類技術發展設下界線。

原來是這樣啊。
所以昨天皮皮才有辦法飛上天，
嗯。
達姆爾的自動機械人偶才有辦法動。
我已經無法飛了呢。
有點可惜……
不過這樣也好啊，凱伊。
昨天大家都好怪呀。
包括我……

大家都好容易生氣，眼睛瞪得大大的，
總覺得好恐怖。
話說回來，好驚人啊～～～
瑪莉的身體裡有音樂盒啊……
然後，轉動音樂盒的人竟然是凱伊。
真敬佩你♡
瑪莉演奏的音樂，已經跟平常沒兩樣了對吧。

我聽不到。
咦？
可是你說你轉動了發條……
是我的耳朵已經聽不到她的任何音樂了。
不是那樣的。
我的職責已經完成了。
因此失去了那個能力。

你手上的斑……

那凱伊已經變成普通的男孩子了呢。
不過……我愛著瑪莉。
抖
唯一不變的，就只有這份心意。

我今天要去塔多喔。
我要在塔多成為禮者，
我已經決定了。

禮者……？
那我們不就再也無法見面了……
點頭

別……
別開玩笑啦！
等一下嘛，
你突然這樣說，
我會很頭痛的……
你……
你聽我說，
先、先找大家
談一談之後
再……
等、等一下，
為什麼是
今天呢？
要是見到大家，
我就離不開
這地方了。
因為
我喜歡大家。

那你一直待在這裡不就好了嗎？
皮皮。
這段時間很短，但我終究是被神選中的人。
因此這輩子我都要把自身奉獻給瑪莉。
我想，這已經是我的命運了。

再說，我已經失去
耳朵的能力了，
不能像之前那樣
把尋找礦石當成工作了。
求求你，
不要走!!

皮皮……
一直都想對凱伊……

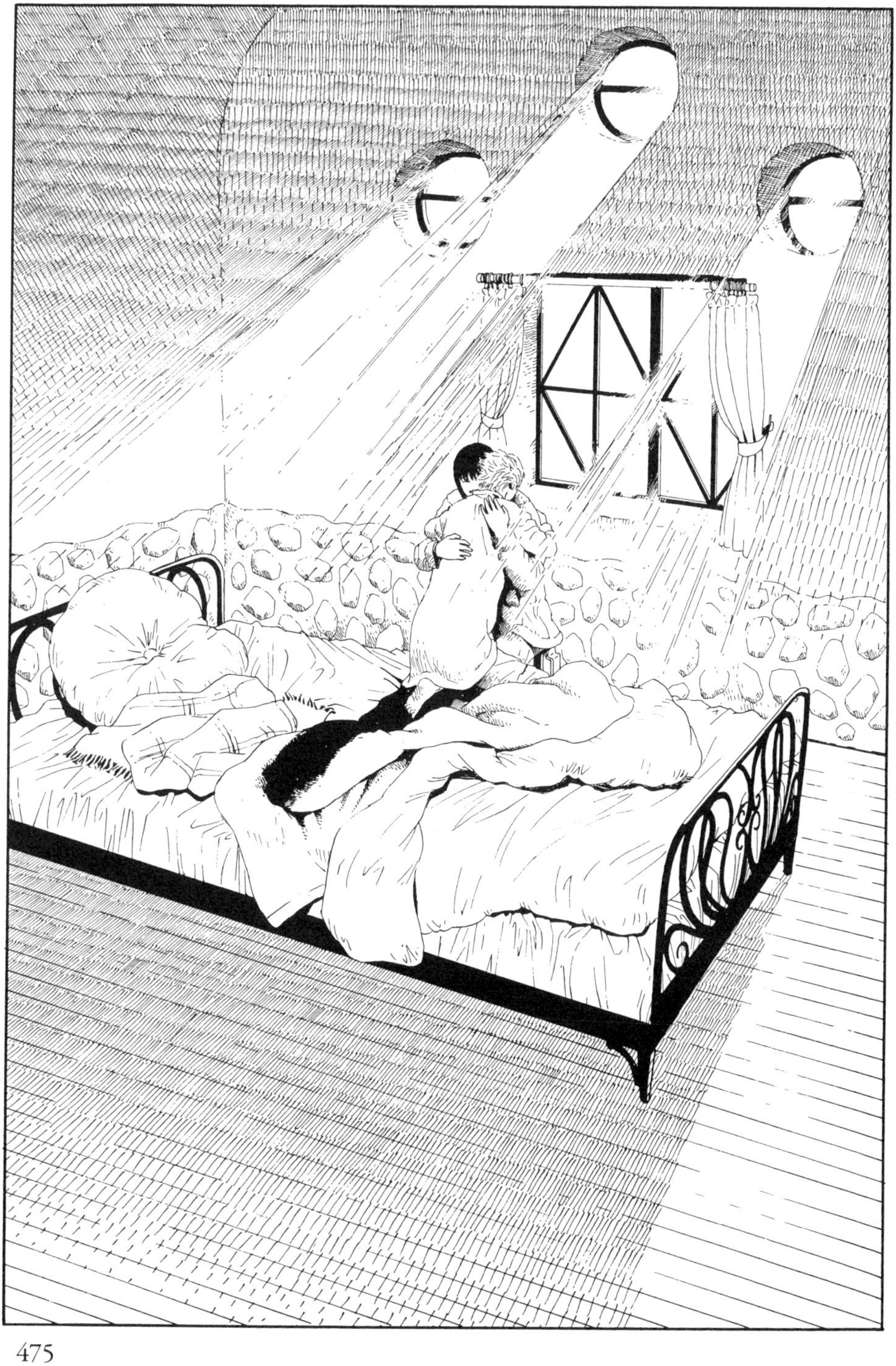

可以牽我的手嗎？
一起走過的這段樓梯。

一起聽過的風車的聲音。
經常在這座中央廣場玩在一起。
每天一起看著這片，有海的景色。
早上的工房無比安靜……
喵

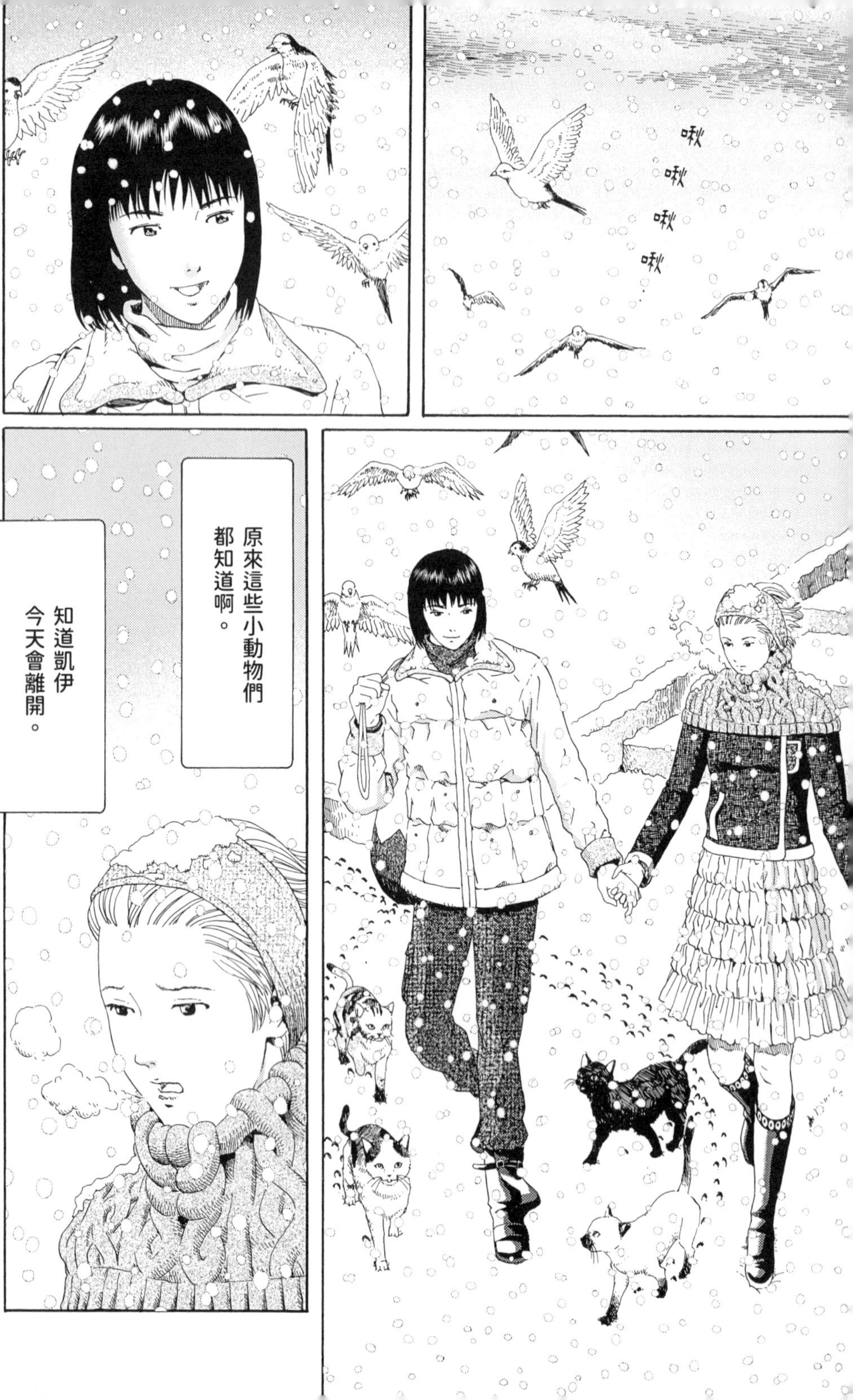
啾
啾
啾
啾
原來這些小動物們都知道啊。
知道凱伊今天會離開。

臭凱伊，
我最討厭你了。
大家會很難過的喔。
竟然不跟他們道別，有點耍帥耍過頭了吧。
凱伊不在的話，皮皮會瘋掉的啊！這樣沒關係嗎!?
皮皮變成什麼樣子，你都無所謂嗎？稍微考慮一下嘛。

如果當初我沒有得到「印記」，
我一定早就向皮皮告白了呀。
等我們投胎轉世到下輩子，就結婚吧。
皮皮。
ガオオオ
（嘟——）

為什麼……？
為什麼在最後要說那麼令人難過的話啊！
滴淚
滴淚
滴淚
滴淚
（嘟嘟～～～）
討厭！討厭討厭啦－！
凱伊是大笨蛋～～
ボゴボ

凱伊在下著雪的日子，
搭早上第一班船離開了。
他說走就走，
稀鬆平常的感覺實在太強烈……
我無法相信這是永別。
這是騙人的啦！
這是夢吧。
皮皮，
拜託妳快醒過來！

再見了，彼利托地域。
馬爾
達姆爾
葛吉吉
托托
谷爾先生
再見了，我最喜歡的大家……再見了……爸爸……

抱歉呀，皮皮。
我說要去塔多當禮者是騙妳的。
如果可以的話，我也想……一直待在妳的身邊。
不過我只能這樣說了。

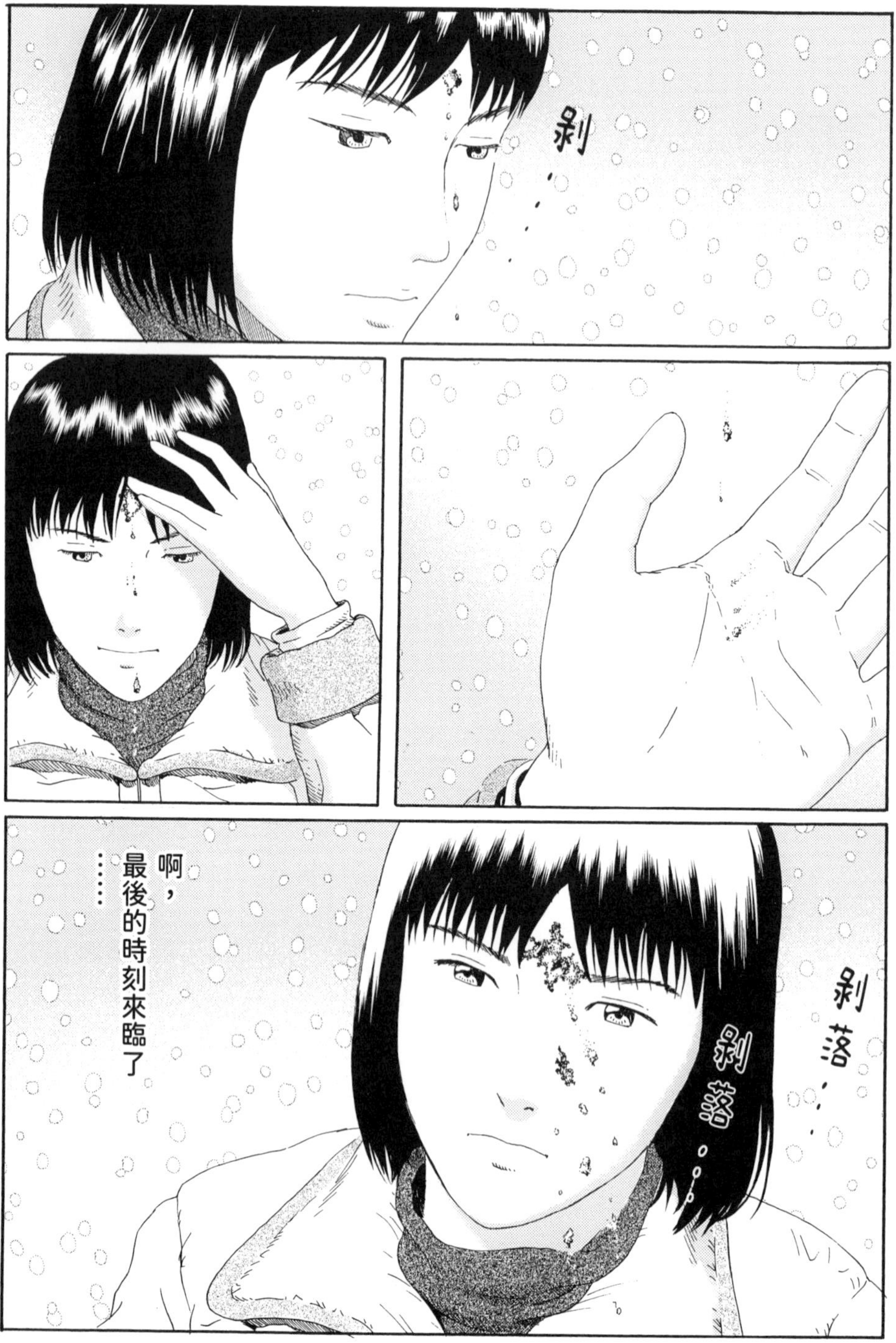
剝
剝落
剝落
啊，最後的時刻來臨了……

轉動瑪莉發條時，
我理解了一切。
我知道自己
是什麼樣的存在了……
結束職責的現在，
我對瑪莉懷抱的戀愛感情
也消失了。
現在的我，
連瑪莉都看不見。

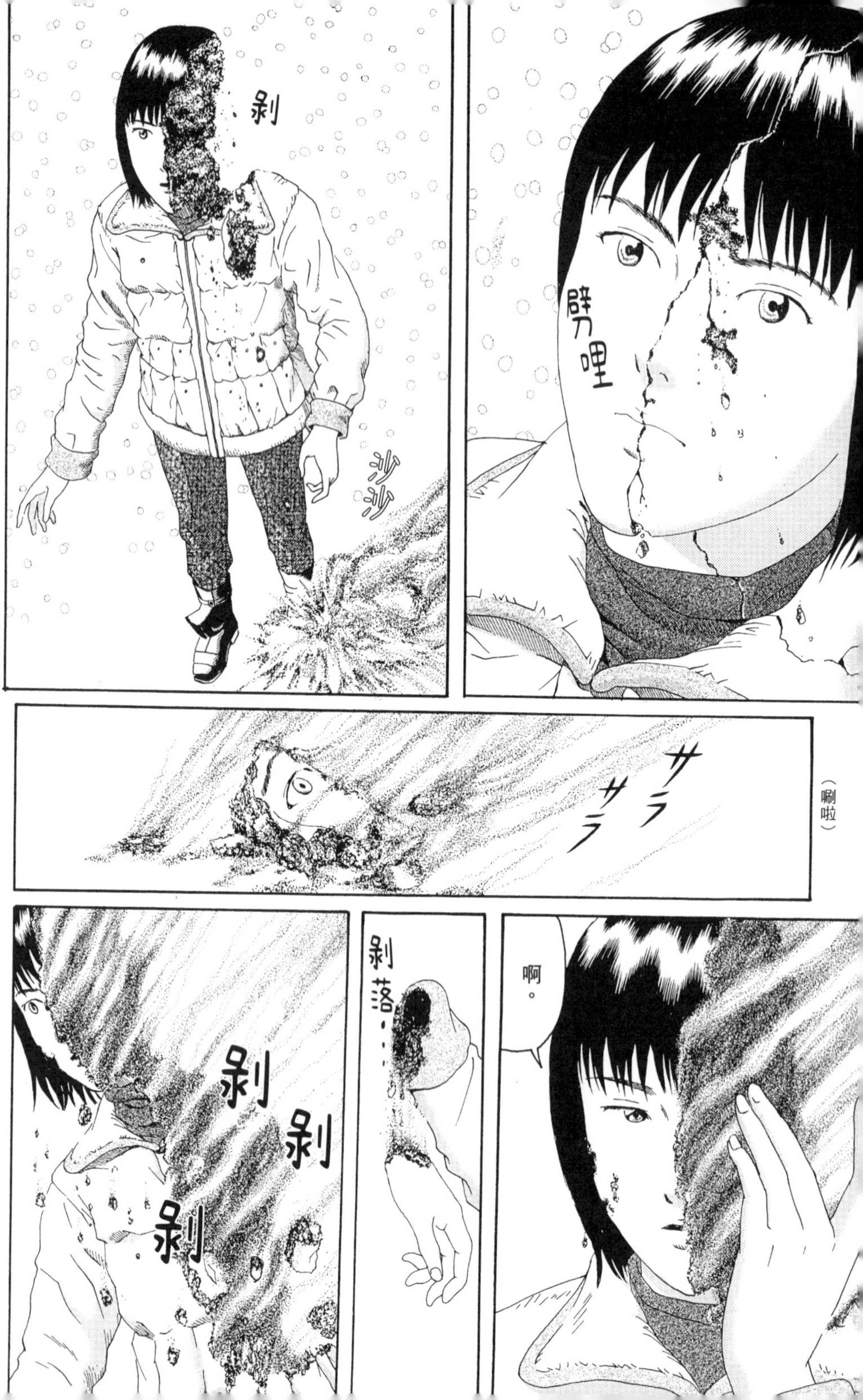

劈哩
剝
沙沙
サラサラ
（唰啦）
啊。
剝落……
剝
剝
剝

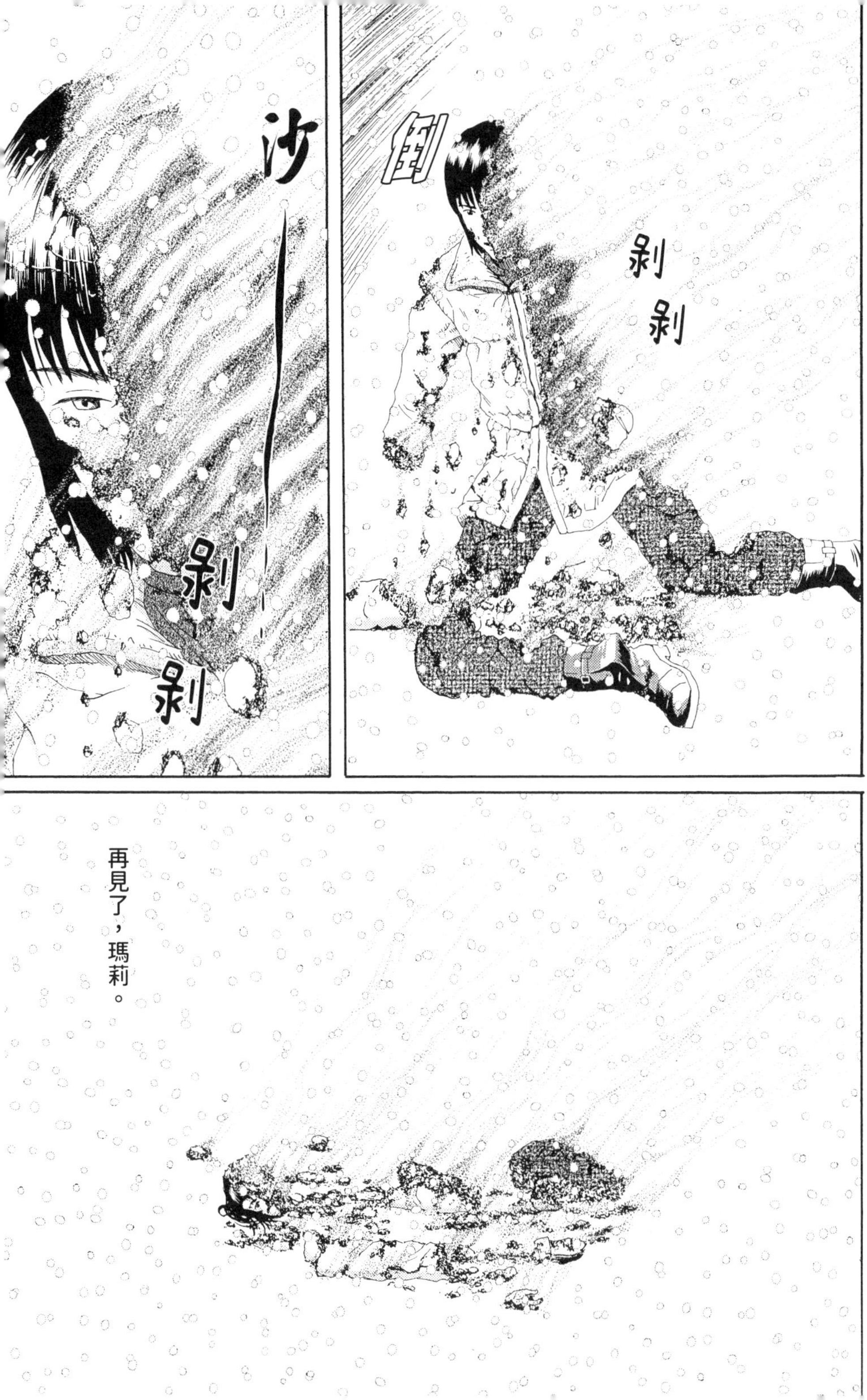

倒
剝剝
沙
剝
剝
再見了，瑪莉。

再見了，工房的各位。
再見了……皮皮……

SINGING MUSIC OF MARIE

EPISODE XVI

最終話

五十年後

啾
啾
啾
啾
啾

皮皮，妳似乎很開心呢。
哎呀，谷爾先生。
凱伊寫信來囉。
凱伊過得好嗎？
嗯，很好啊。

啾啾啾啾啾
那天之後，已經過五十年了呢……
凱伊消失後，我還是很努力地定睛看，
但就是看不到瑪莉呢。
我們明明看不到瑪莉，
為什麼只有凱伊看得見呢？

我突然想起，
八歲那時候……
那個男孩子剛來工房，
手上長著不可思議的斑……
喪父的他名叫凱伊，當時正陰沉地想著事情。
欸，我帶你去禮拜堂。
不用了。
哎呀，別那樣說，走嘛。
哇！

精神脆弱的凱伊，似乎從瑪莉身上發掘了什麼。
之後，凱伊每天都去禮拜堂，
進行祈禱。

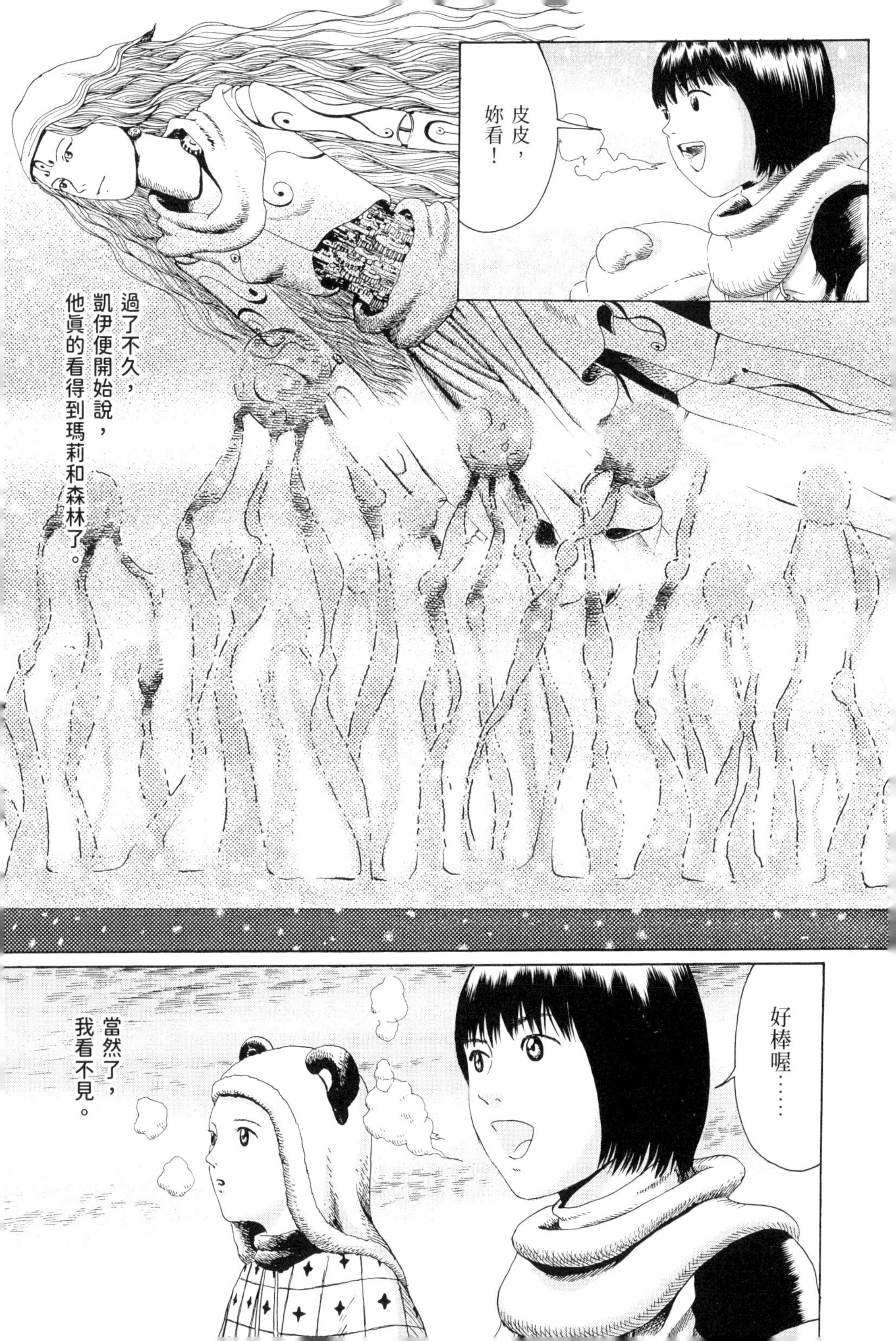
皮皮，妳看！
過了不久，凱伊便開始說，他眞的看得到瑪莉和森林了。
好棒喔……
當然了，我看不見。

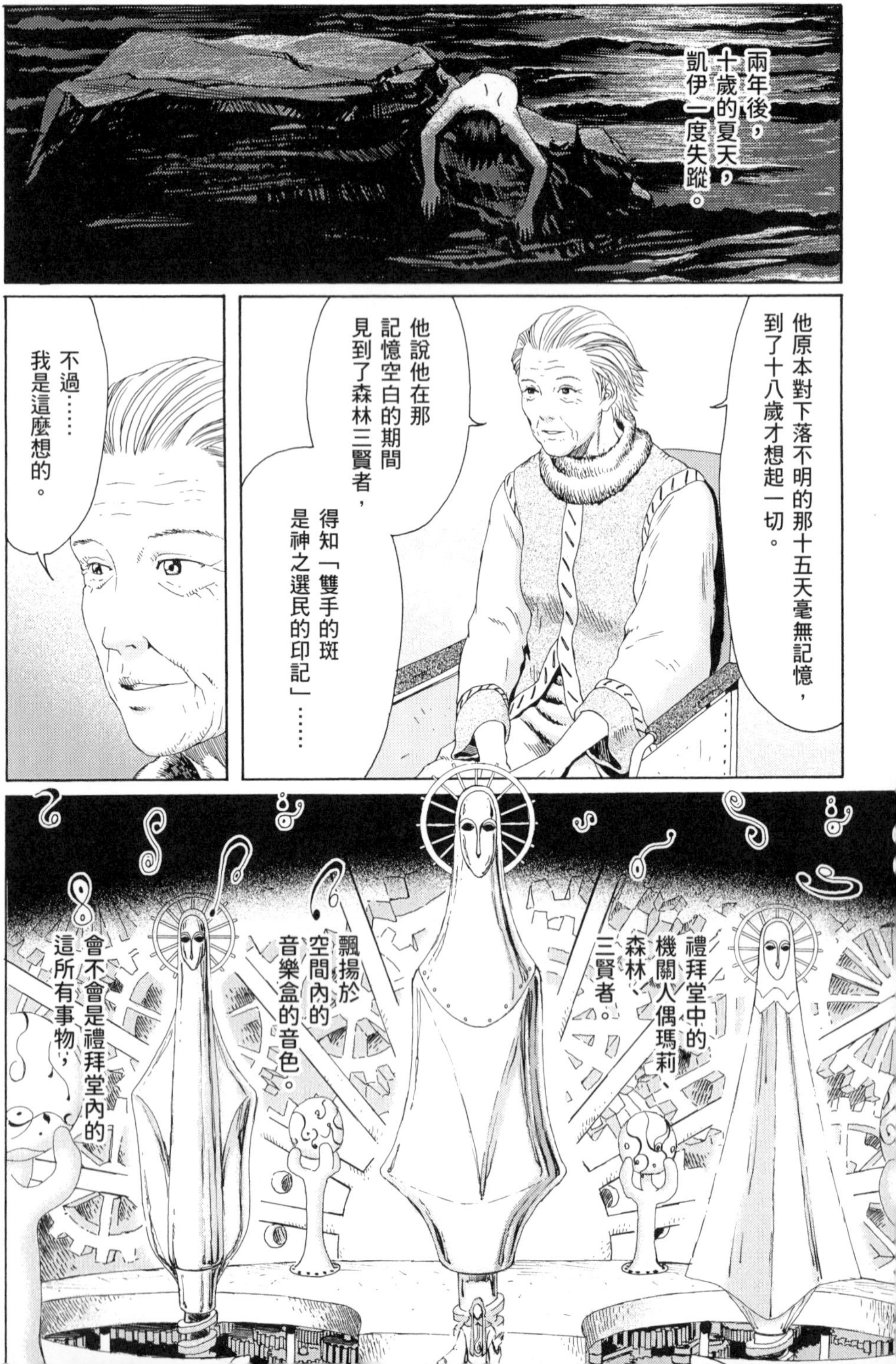
兩年後，十歲的夏天，凱伊一度失蹤。
他原本對下落不明的那十五天毫無記憶，到了十八歲才想起一切。
他說他在那記憶空白的期間見到了森林三賢者，
得知「雙手的斑是神之選民的印記」……
不過……我是這麼想的。
禮拜堂中的機關人偶瑪莉、森林、三賢者。
飄揚於空間內的音樂盒的音色。
會不會是禮拜堂內的這所有事物，

和凱伊天生擁有的雙手胎記結合在一起，才創造出巨大的瑪莉形象呢？
一切都存在於凱伊的腦海內。
他還說森林三賢者和谷爾先生長得一模一樣呢。
噗嗤
那很難說吧……皮皮。
我認為瑪莉真的存在喔。
不論存在形式為何，總之就是存在。

只有「瑪莉」是世界的共通語。
在巡禮之地塔多，成為眾人祈禱對象的神也叫瑪莉。
不過他們各自看見的神長得完全不一樣。
將瑪莉製作成女神像來信仰的，只有彼利托地域為首的幾座島而已。
可以說，偶像崇拜反而才是少數派吧。
更別說森林和三賢者了，
它們是本島聖書《彼利托書》才有記載的存在。

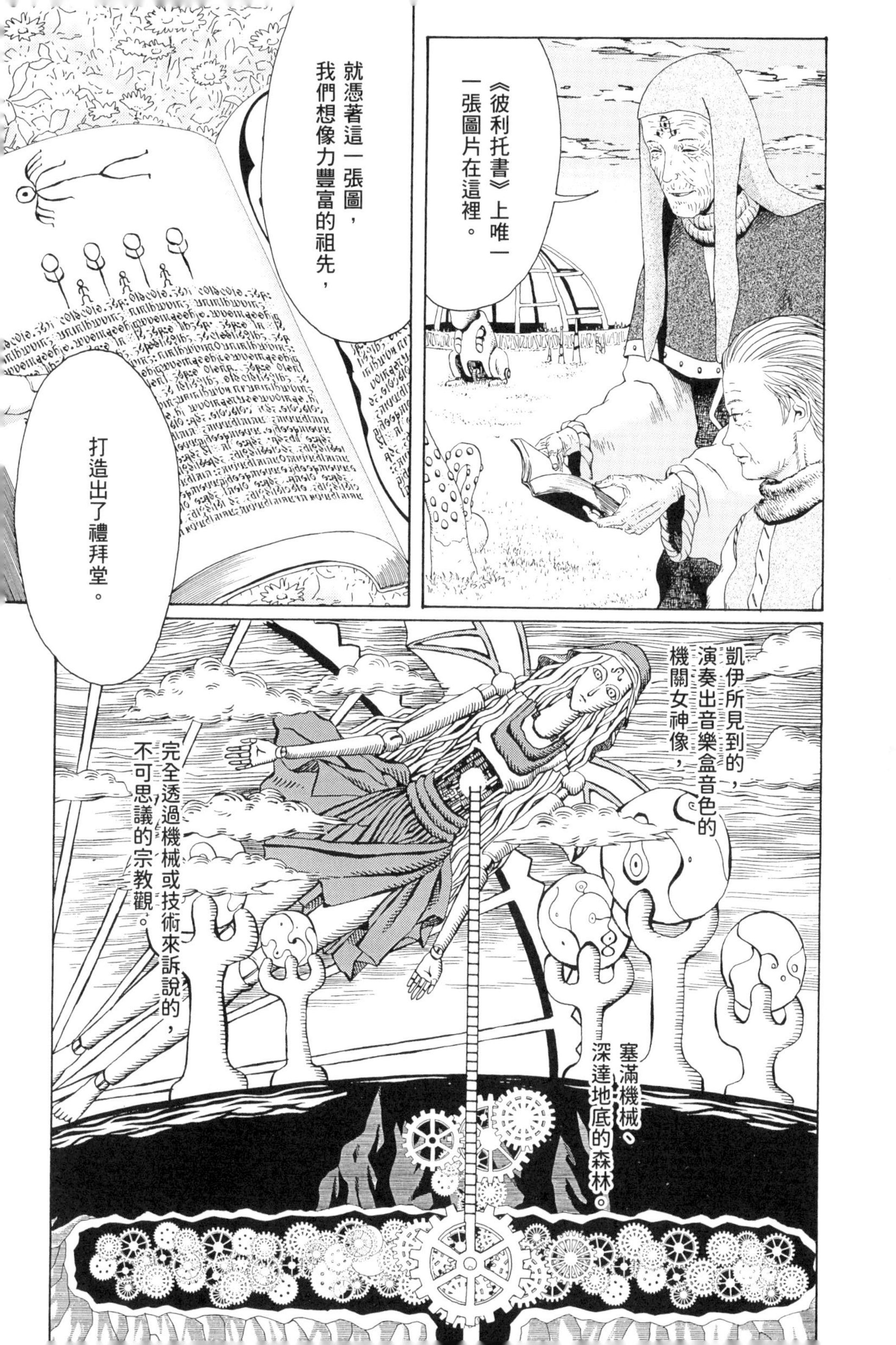
《彼利托書》上唯一一張圖片在這裡。
就憑著這一張圖，我們想像力豐富的祖先，
打造出了禮拜堂。
凱伊所見到的，演奏出音樂盒音色的機關女神像，
塞滿機械、深達地底的森林。
完全透過機械或技術來訴說的，不可思議的宗教觀。

我們確實可以看到
工房帶來的強烈影響。
可是，就算凱伊的神
是由工房催生的好了，
我們能說那只是
他自己的錯誤主見嗎？
假如是，我們又該怎麼
看待他的特殊聽力呢？
人類的技術又為何不會進步？
更重要的是，
人和人不起爭端、
如此安穩的世界，
又該如何解釋呢？

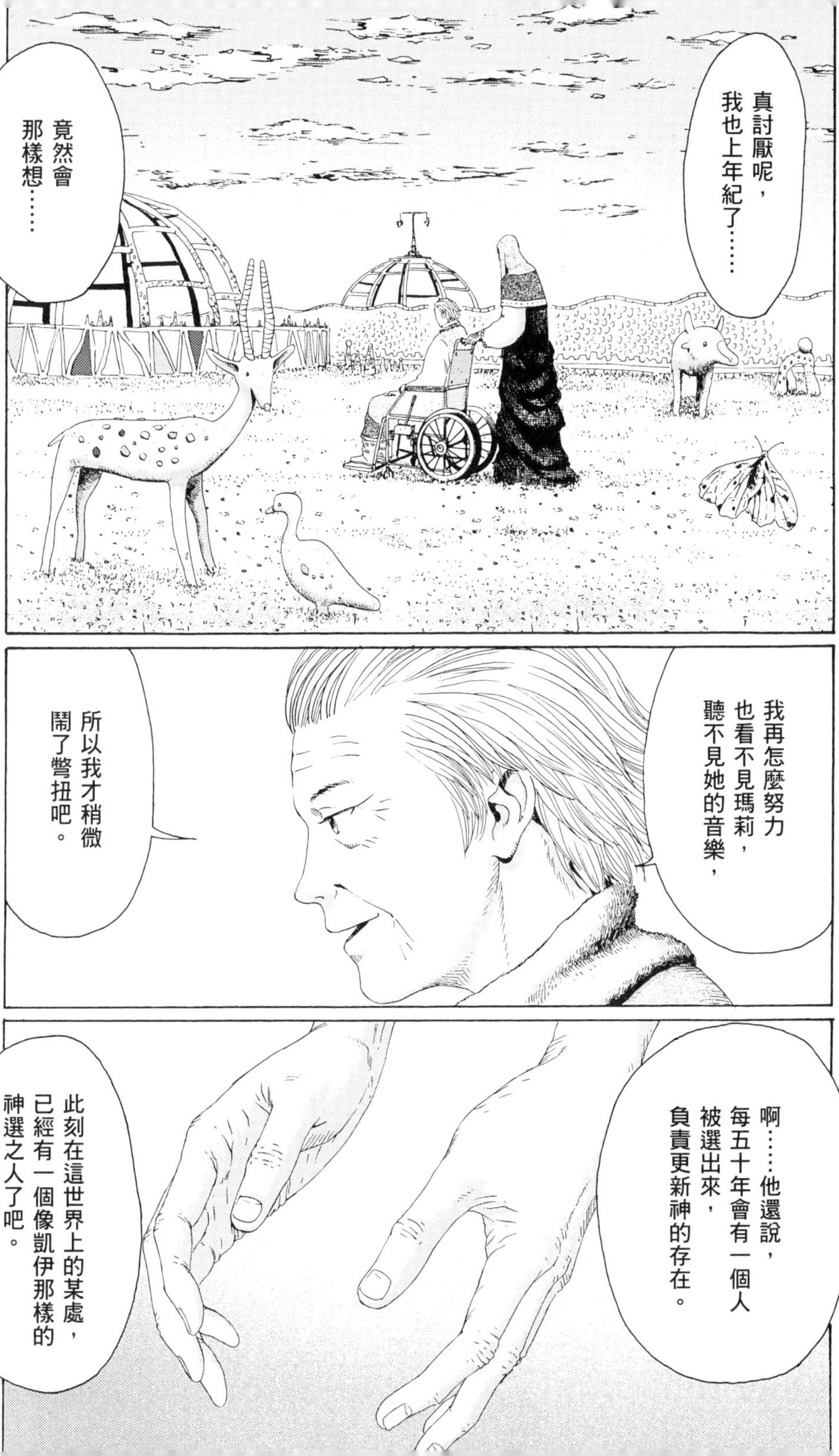
真討厭呢，我也上年紀了……
竟然會那樣想……
我再怎麼努力也看不見瑪莉，聽不見她的音樂，
所以我才稍微鬧了彆扭吧。
啊……他還說，每五十年會有一個人被選出來，負責更新神的存在。
此刻在這世界上的某處，已經有一個像凱伊那樣的神選之人了吧。

是呀……八成會是形態完全不同的人……
例如看得見巨大的花朵、鼻子很靈的少女……
之類的。
嗶——
嗶——
啾啾啾……
嘻嘻
是呀，凱伊真是的。
呵呵呵
他寫了什麼令人開心的事嗎？

嘻嘻嘻…
欸，谷爾先生。

皮皮是幸福的吧？
托托，請看看她的笑容……
我想起了，
那年夏天的事……

十歲的夏天，
在那個莫名悶熱的夜晚，漂流到海邊的，
ザザ……
（沙沙……）
是一具小小的溺死屍體。
ザザ……
ザザザ……
面目全非的凱伊……
（沙沙……沙沙……）
凱伊……
太好了，太好了！
皮皮緊緊抱住見骨的腐爛屍體，開心極了。

凱伊，一起去市場吧！
等我啦～～～
之後，皮皮開始會對看不見的凱伊說話。
皮皮……
我們都覺得皮皮變得很奇怪，非常難過。
皮皮，妳好好聽我說。
凱伊死了……
他已經不在了。
頭好痛……
咦……剛剛是在說什麼去了？
……
葛吉吉先生再怎麼說明，皮皮都還是封閉內心，不肯接受。

凱伊，來拍夢攝嘛。
凱伊，我們去游泳吧。
托托，你有沒有看到凱伊？
不過漸漸地，
大家開始眞心相信凱伊的存在了。
你們好——
唷，皮皮，凱伊。
因爲有許多不可思議之事發生了。
然後啊
動物或蟲子會跟著凱伊，因此立刻就能看出他的所在位置，
而且凱伊的房間會自然地點燈，門也會開關。

凱伊說挖這裡……
還有那個能力！
實際上，凱伊完成了非常驚人的工作。
他發現的礦脈至今仍是彼利托之寶。
入夜後，迷途的死者經常會拜訪我那裡。
一開始我以為凱伊也是那種靈體之一，
不過他顯然和其他靈體有顯著的差異。

正確地說，凱伊是因為成了神的一部分，
精神純度變得太高，人類的身體才無法支撐。
畢竟能認知瑪莉形體的存在，就只有他了。
我們大家都很羨慕谷爾先生或皮皮呀，
因為你們可以和凱伊對話。
可惡～～～我的情敵竟然是個看不見的傢伙……
達姆爾總是在吃醋呢。
嘿嘿嘿嘿

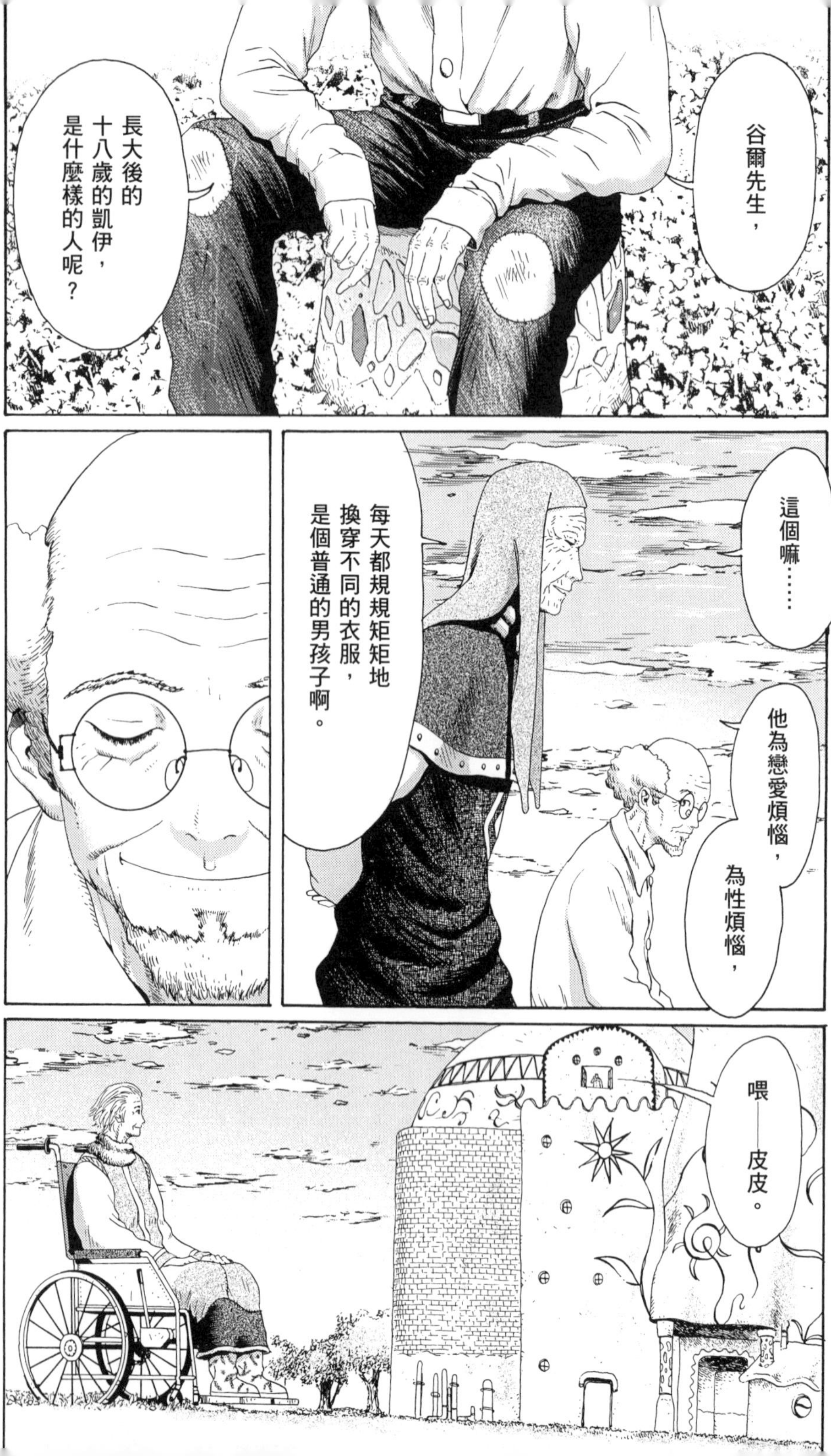
谷爾先生，
長大後的十八歲的凱伊，是什麼樣的人呢？
這個嘛……
他為戀愛煩惱，為性煩惱，
每天都規規矩矩地換穿不同的衣服，是個普通的男孩子啊。
喂——皮皮。

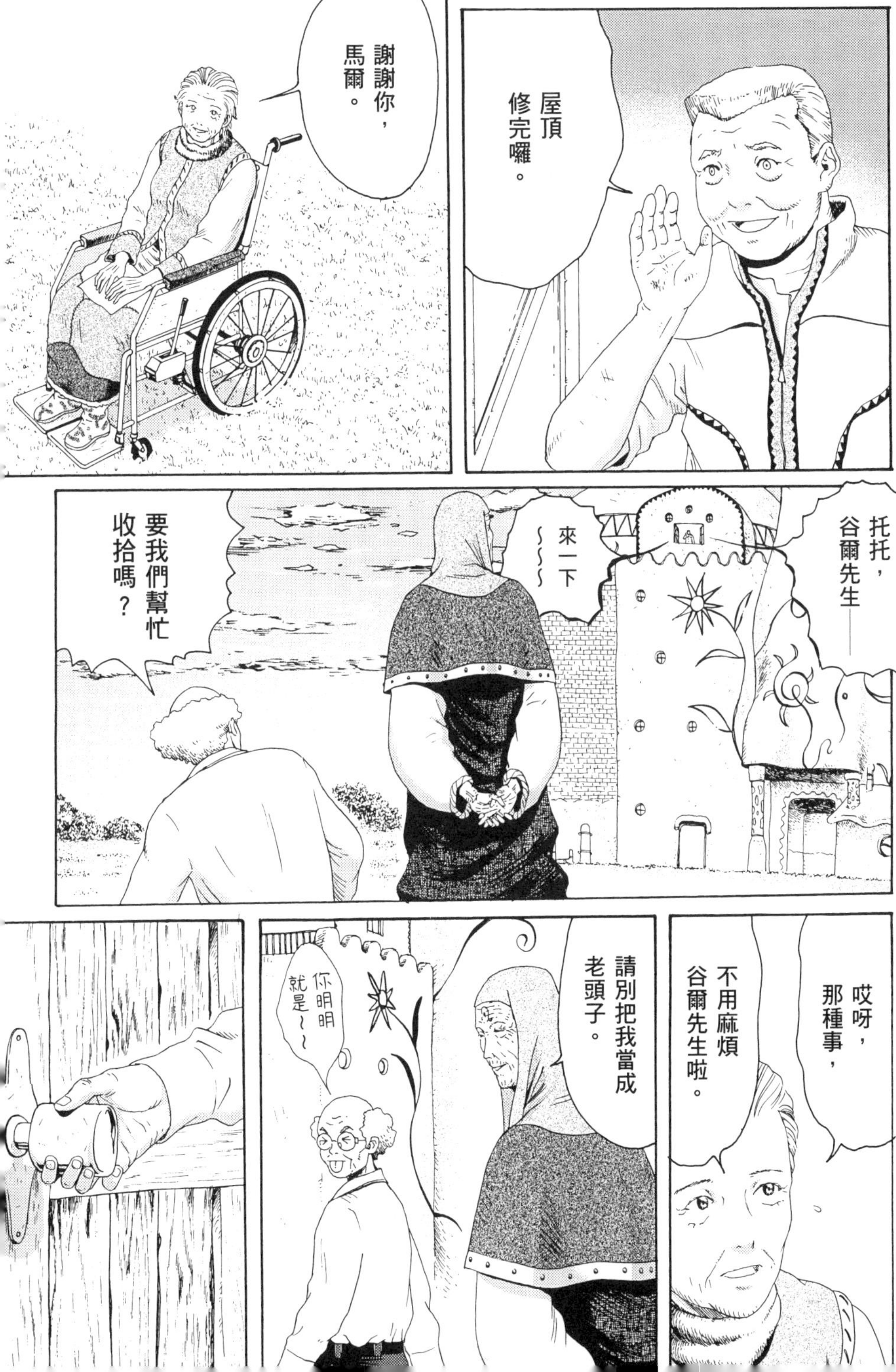
屋頂修完囉。
謝謝你，馬爾。
托托，谷爾先生——
來一下~~~
要我們幫忙收拾嗎？
哎呀，那種事，
不用麻煩谷爾先生啦。
請別把我當成老頭子。
你明明就是~~

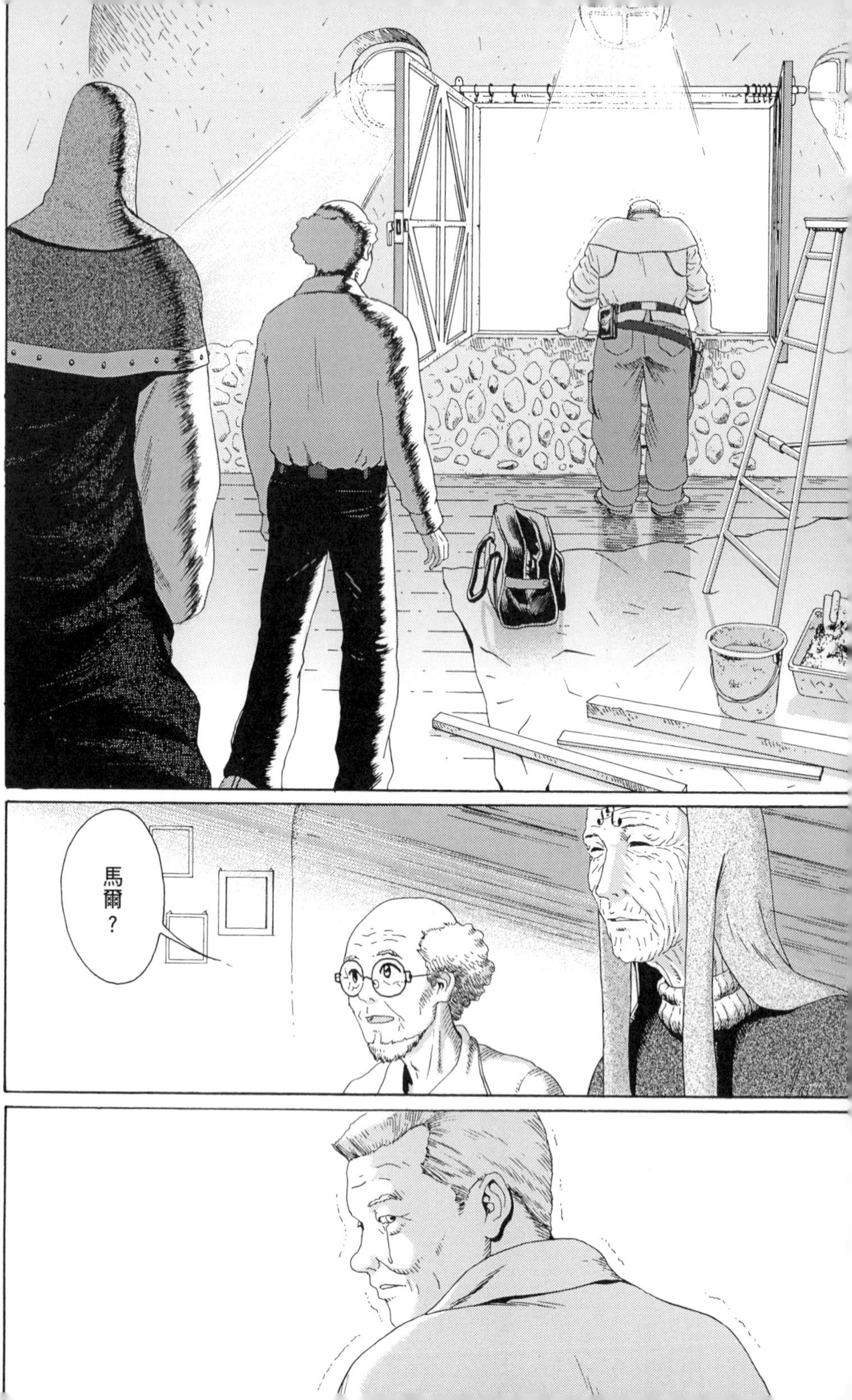
馬爾？

你們看……
?
皮皮的庭園……
它怎麼了嗎？
倒著看看。

啊。

這是……
凱伊的臉……？
皮皮自己一個人，弄出這個……？

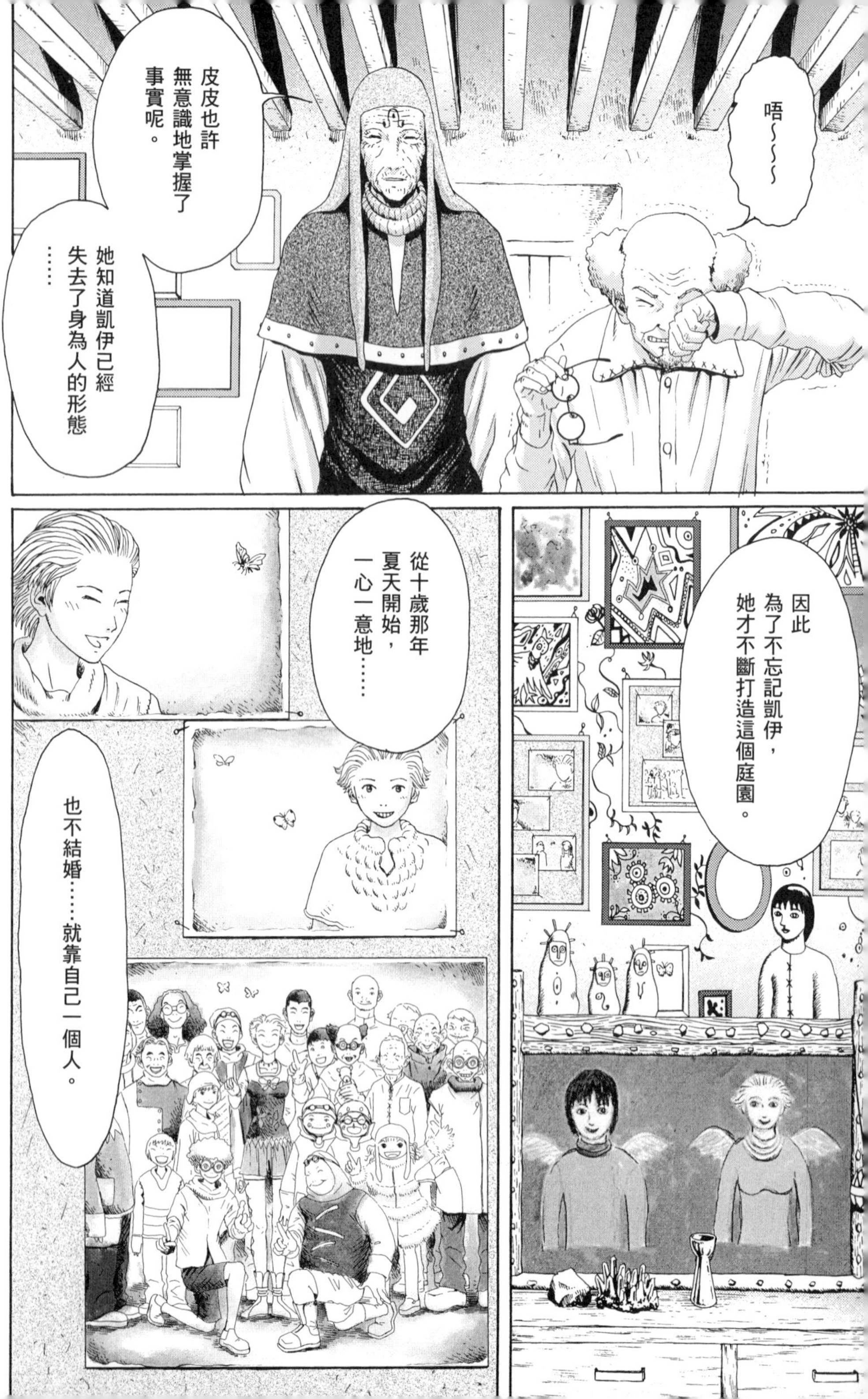
唔～～～
皮皮也許無意識地掌握了事實呢。
她知道凱伊已經失去了身為人的形態……
因此為了不忘記凱伊，她才不斷打造這個庭園。
從十歲那年夏天開始，一心一意地……
也不結婚……就靠自己一個人。

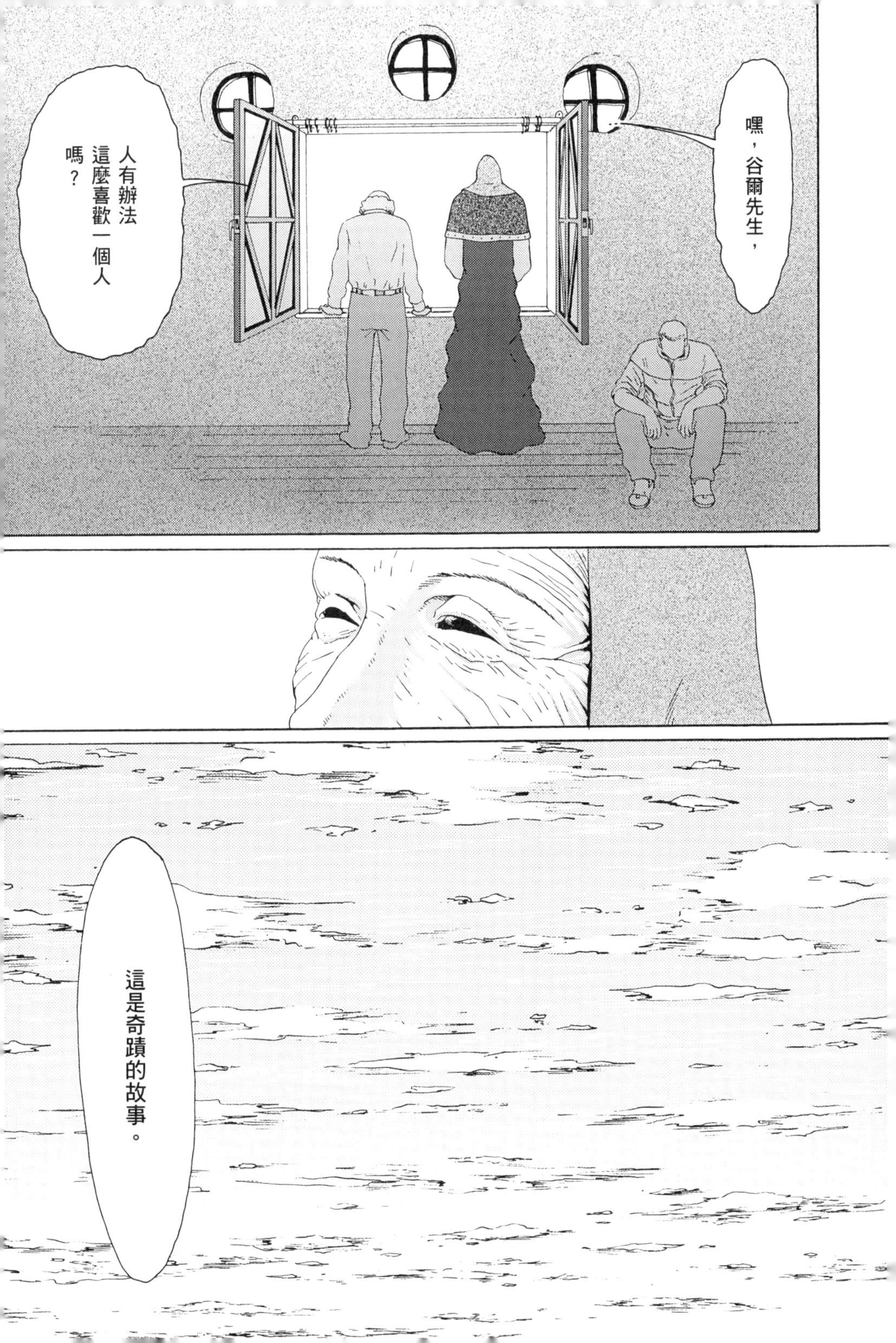
嘿，谷爾先生，
人有辦法這麼喜歡一個人嗎？
這是奇蹟的故事。

晃
晃

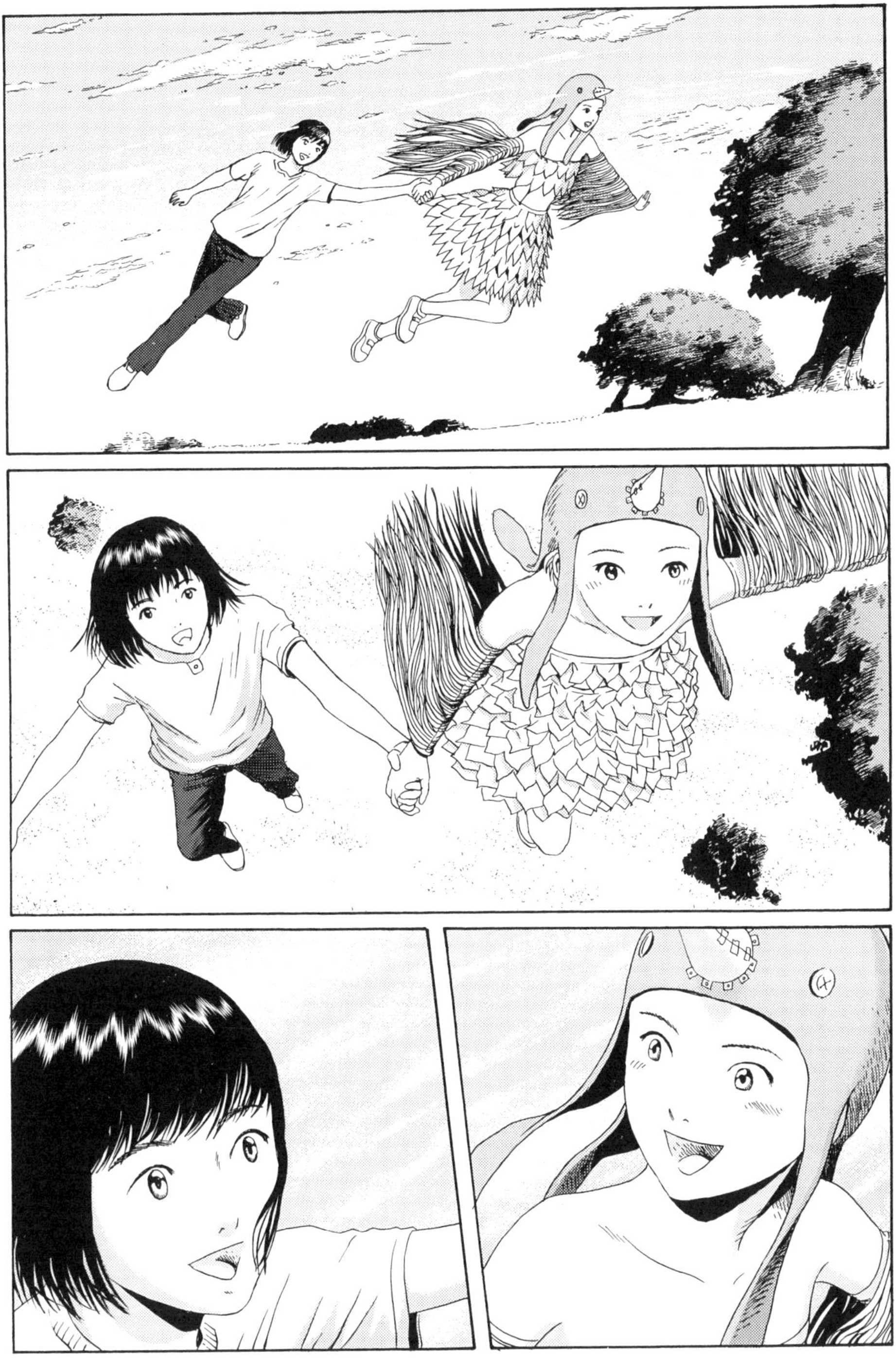

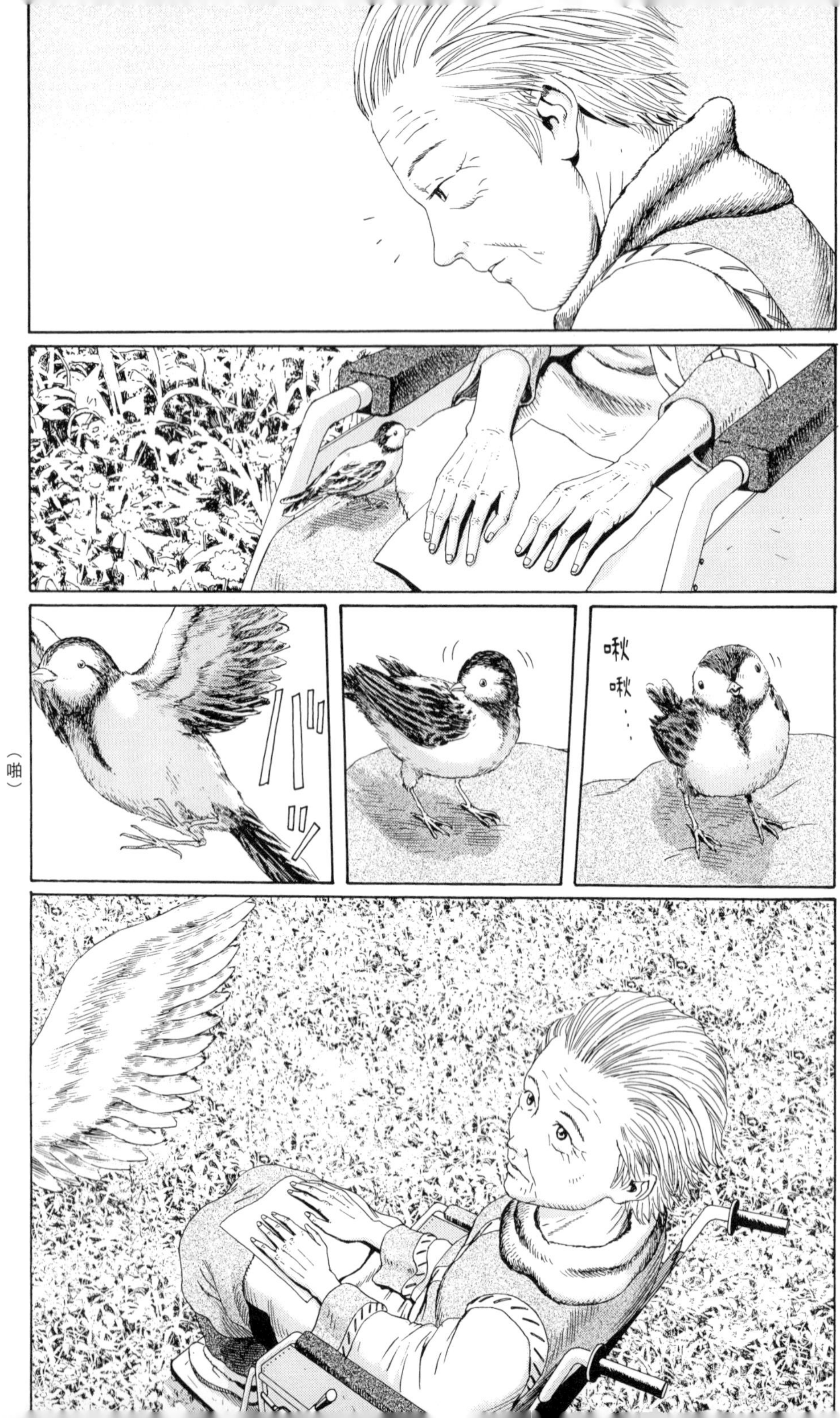
（啪）
啾啾……

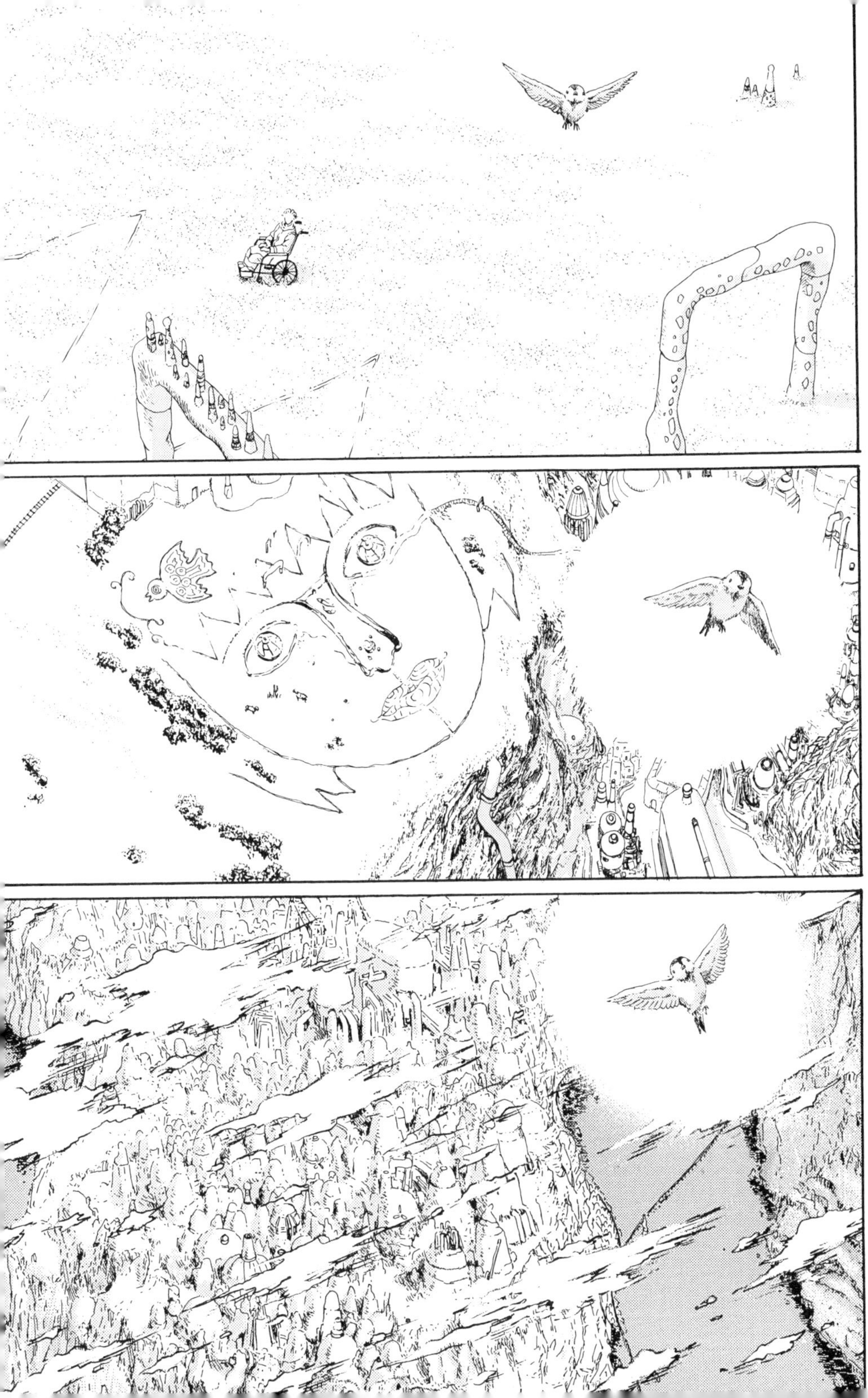

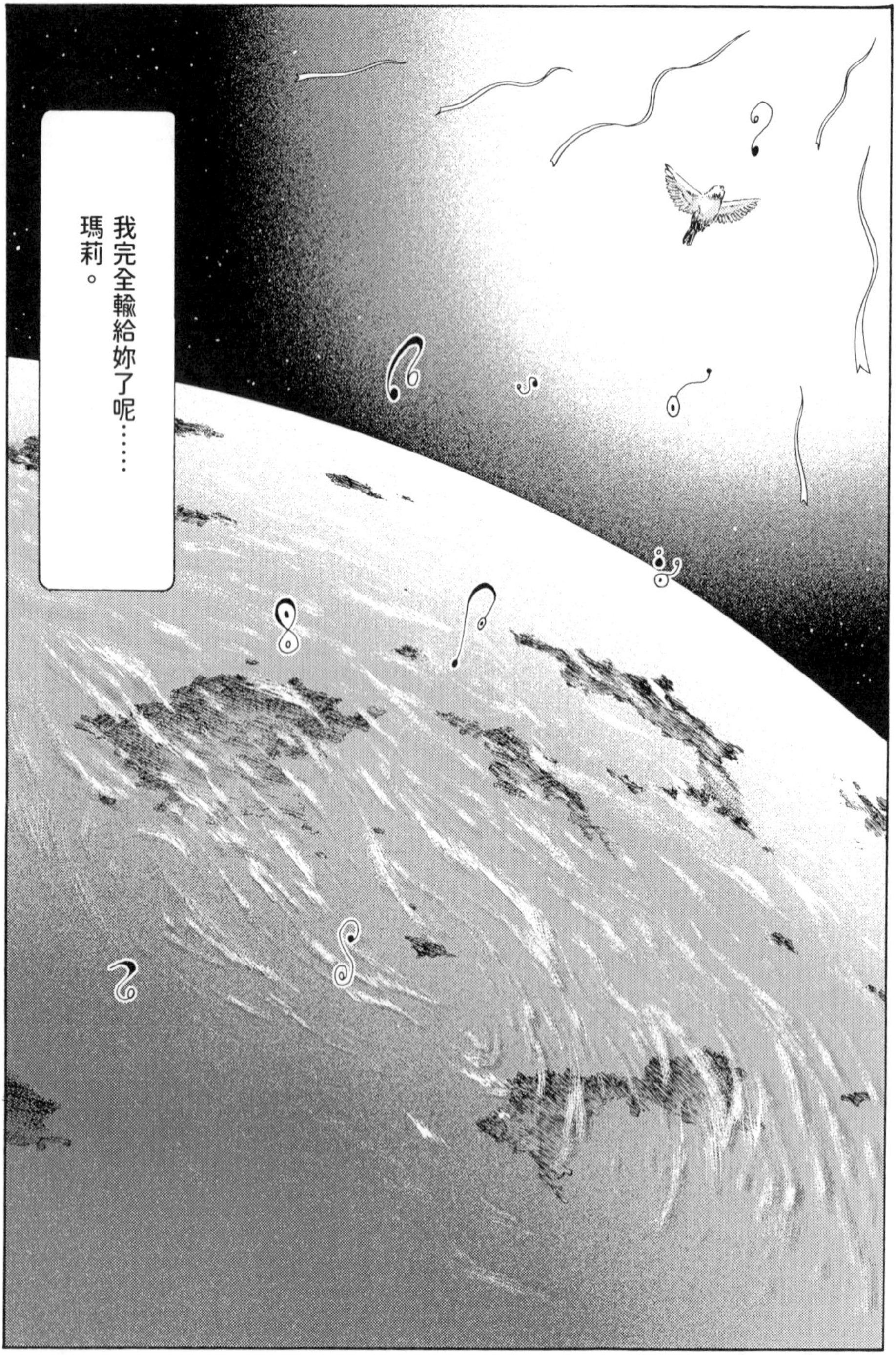
我完全輸給妳了呢……瑪莉。

SINGING
MUSIC
OF
MARIE
END

連載時的題字
大竹浩介 →

作・畫
古屋兎丸

編輯
藤岡美玲（太田出版編輯部）

書籍設計　佐藤亜沙美（SATOSANKAI）

在這個時代重讀十五年前畫的故事，我感受到的痛楚似乎增加了。

如今，世上的恐怖攻擊增加了，憎恨的連環發展成巨大的紛爭，每天播送的新聞都令人覺得：第三次世界大戰已經無聲地展開了嗎？發達的軍事技術極為強大，足以讓人類滅亡好幾次。此刻我真心認為，瑪莉演奏的音樂要是能包覆整個世界就太好了。

二〇一六年四月　古屋兎丸

PaperFilm FC2077

瑪莉的音樂盒

Marieの奏でる音楽

2022年12月 一版一刷

原著作者
古屋兔丸

譯者
黃鴻硯

責任編輯
陳雨柔

封面設計
馮議徹

排版
傅婉琪

行銷企劃
陳彩玉／林詩玟／陳紫晴

發行人
凃玉雲

總經理
陳逸瑛

編輯總監
劉麗真

出版
臉譜出版
城邦文化事業股份有限公司
台北市民生東路二段141號5樓
電話：886-2-25007696／傳真：886-2-25001952

發行
英屬蓋曼群島商家庭傳媒股份有限公司城邦分公司
台北市中山區民生東路二段141號11樓
客服專線：02-25007718；25007719／24小時傳真專線：02-25001990；25001991
服務時間：週一至週五上午09:30-12:00；下午13:30-17:00
劃撥帳號：19863813／戶名：書虫股份有限公司
讀者服務信箱：service@readingclub.com.tw
城邦網址：http://www.cite.com.tw

香港發行所
城邦(香港)出版集團有限公司
香港灣仔駱克道193號東超商業中心1樓
電話：852-25086231／傳真：852-25789337

馬新發行所
城邦(新、馬)出版集團
Cite (M) Sdn. Bhd. (458372U)
41-3, Jalan Radin Anum, Bandar Baru Sri Petaling, 57000 Kuala Lumpur, Malaysia.
電話：603-90563833／傳真：603-90576622／電子信箱：services@cite.my

ISBN 978-626-315-211-3

售價：520元

船
煤礦
煤炭小鎮古
礦山環狀礦車(有許多小小的聚落散布在周圍)
少年凱伊八歲前在一座又一座礦山之間漂泊
礦石小鎮歐帕
樹海
象徵彼利托地域的伊魯巴歐山

漁業小鎮西卡
礦石小鎮朱歐
船
本故事的
舞台
彼利托最大的礦山地帶
工房小鎮基爾
船
舊工房
金礦山
木工小鎮多連
船
彼利托地域